조선통신사

조선통신사

2

김종광 장편소설

다산책방

일러두기

1. 이 책은 조일전쟁(임진왜란과 정유재란) 후 제11차 통신사를 다룬 소설이다.

2. 제술관 남옥은 『일관기日觀記』「좌목座目」에 472명의 이름을 적어놓았다. 정사 조엄은 『해사일기海槎日記』「일행록一行錄」에 102명의 이름만 적어놓았지만 총인원이 '합계 477명'이라고 명기했다. 그 밖에 대마도 배 50여 척과 대마도인(도주와 이정암승을 비롯한 호행 무리와 장사꾼) 2천여 명이 동행했다. 일본 본토에서도 이러저러한 일본인이 3천여 명 동고동락했다. 서울에서 출발한 이들 기준으로 정확히 332일이 걸렸다. 사행단의 절대다수를 차지했던 영남인의 관점으로는 (부산에서 머문 날들을 제하고) 255일이 걸렸다. 서기 원중거는 『승사록乘槎錄』「총목總目」에 수로와 육로를 합하여 5,735리, 왕복 11,470리라고 적어놓았다.

3. 상고한 주요 사행록의 번역본은 부록 '상고 문헌'에 밝혔고, 대소 자료의 출처와 근거는 본문에 담아 밝혔다. 본문 중 해서체는 번역본에서 직접 인용한 것이다. 해서체로 표시하기 곤란할 정도로, 번역본의 명문을 발췌하여 대화문을 유려하게 꾸민 바가 많다.

4. 일본인의 말, 일본인과의 통역을 낀 대화·서계·필담 등은 〈 〉로 묶었다.

5. 일본 지명·직명 등은 한자음, 인명은 원지음 표기를 원칙으로 했지만 불가피한 예외가 있다. 필요시 혼용하기도 했다. 원지음은 『조선시대 대일외교 용어사전』(한국학중앙연구원)을 따랐다.

6. 이 소설의 이야기는 사행록의 한두 줄을 재구성한 것이 반, 순전한 허구가 반이다. 박람강기(博覽强記) 저술도 1할쯤 된다.

차례

2

정포(淀浦, 요도우라) — 1월 27일

정포성은 사면이 푸른 호수였다. 흰 성가퀴들이 물에 떠 있는 듯
했다. 성벽 틈새에 설치한 대형 수차(水車)가 오롯했다. 전체 생김새
는 조선의 물레방아 두 개를 둥근 지름 막대로 연결해놓은 듯했다.
각각 바큇살이 열다섯 개였다. 나무통이 일곱 개씩 매달렸다. 호수
의 물을 가득 담아서 성안으로 들어갔다가 비워져 나오기를 순환했
다. 물레방아보다 한참 윗길의 자력 기계임이 틀림없었다.

별파진 허규(許圭, 38세)와 임시 도훈도 변박은 수차 가까이 가서
제도와 모양을 면밀히 관찰했다. 조엄이 특명한 일이지만, 기계에
관심 지대한 두 사람이라 열심이었다.

"솔직히 부끄럽네. 중국에서 이런 기계를 봤다면 그러려니 했을

거야. 원시인 같은 왜구놈들이 사는 땅이라고 비웃었는데, 이런 걸 보다니…….”

“비단 이 수차뿐이겠습니까. 저는 계속 놀라고 있습니다. 학문이나 문장은 조선이 백배 위일지 모르겠으나, 백성의 삶에 편리하고 유리한 시설에서는…….”

“나도 기술자야. 내 앞에서는 말을 편하게 해도 돼.”

“왜국이 훨씬 앞서 있는 듯합니다. 중국 남쪽에서 들어온 기술, 서역에서 들여온 기술, 앞선 기술들이 제대로 어우러져 있는 듯합니다.”

“그래서 부끄러워하는 것이야. 양반이란 것들이 중국 것이든 왜국 것이든 오랑캐 것이라고 배울 심지가 없어. 우리라도 열심히 해야 하지 않겠나.”

“선배님을 만나서 참 다행입니다. 저랑 뜻이 같으신 분이 계실 줄 몰랐습니다.”

“유학자들 중에도 실학파로 불리는 자들이 있어. 이용후생(利用厚生)! 백성의 생활에 도움이 되는 학문…….”

“그래봐야 학문은 탁상공론입니다. 설계도 하나가 더 소중하죠…… 저 기계의 단점을 찾아내 더 보완된 설계도를 만들 수도 있을 것 같습니다.”

“자네 같은 기재가 크게 쓰이는 나라가 되어야 할 텐데.”

원중거도 두 사람 못지않게 수차를 골똘히 관찰했다.

허규가 변박에게 귓속말했다. “저 서기 양반이 실학파야. 우리처럼 기계에 관심이 많으셔.”

원중거가 두 사람에게 다가왔다.

셋은 자연스레 '실사구시(實事求是)' 이야기를 나누었다.

원중거가 의외로이 칭찬했다. "사또야말로 실학파가 아닌가 싶어. 유형원(柳馨遠) 선생이나 이익(李瀷) 선생님이나 다들 훌륭하지. 허나 힘이 없었네. 그분들의 학문이 공염불인 것은 학문이 공염불이어서가 아닐세. 재야의 선비로서 권력과 무관했기 때문이야. 권력 상부인이 그런 학문을 가져야 하네. 당파싸움 할 수 있는 그분들이 가져야 하네. 대동법을 주창하고 실현했던 김육(金堉) 대감처럼 말이야. 나는 조엄 사또에게 기대하는 바가 크네."

허규가 짐짓 웃었다. "사또에게 불만이 크신 줄 알았는데요. 자주 혼나시고."

"실은 깊이 존경한다네. 자네들이 지금 이 수차를 잡아먹을 듯 바라보고 있는 것도 사또가 시킨 일 아닌가. 물론 자네들의 열의도 있겠으나."

"그렇습니다. 조금이라도 특이한 제도나 도구나 축성이나 무기를 보시면 설계도를 구하라, 구할 수 없으면 파악하여 그리라, 재료가 될 만한 것을 수집하고 챙기라 하십니다."

"고귀마를 보게. 오랑캐 놈들 거라고 무시할 수도 있었어. 그전 통신사도 분명히 고귀마를 보았어. 보기만 하고 알려고 하지 않았지. 한데 사또는 조선 백성에게도 구휼 작물로 긴요하리라 판단하고 적극적이었네. 재배방법과 종자를 구하여 부산에 보냈어. 실천력까지 겸비한 거지…… 참 좋지 않은가. 우두머리가 그런 일에 조금도 관심이 없을 수도 있고, 자네 같은 이들이 알아서 그런 일을 하려 해도 막을 수도 있었네. 사또는 스스로가 관심이 지극하고 자네들을 독려하고 있네. 게다가 그분은 권력의 상층부에 있는 분이니 자네들의 노력이 헛되지 않을 것이네. 조선에 돌아가서 틀림없이 쓰일 거야. 성심껏 해주게. 내가 부탁함세."

"저희는 그런 일을 할 웅지로 왜국에 왔습니다."

셋은 도원결의라도 한 듯 흡족했다.

투명인간처럼 있던 종놈 흥복이가 쭈뼛대었다. "제가 한말씀 아뢰어도 괜찮을까요?"

허규가 관아 기생붙이로 태어나 괄시받던 일이 상기되는지 흐뭇한 얼굴로 대꾸했다. "허풍 장영실이로구나. 장영실다운 묘안이라도 있는 게냐?"

"저 물레방아를 말이죠, 배에다 매달면, 배를 자동으로 움직이지 않겠습니까? 저런 물레방아 백 개만 매달면, 우리 배도 그냥 움직일 것 같아요. 돛도 필요 없고 노 젓는 격군도 필요 없고 오로지 물레방아 힘만으로 가는 겁니다."

기계 촉수가 민감한 세 사람에게도 가없이 허황한 소리였다.

변박이 흥복이의 뒤통수를 쥐어박았다. "아주 뗜을 지어라."

서경(西京, 교토) ─ 1월 28일

물길로 가게 되었다. 삼사는 교자를 탔다. 교군이 각 20명씩이었다. 크고 건장한 자들로만 뽑아 편성한 듯했다. 열 걸음을 넘지 않아서 들락날락 번갈아 메었다. 언제 바꿔 메는지 느낄 수 없을 만큼 자연스러웠다. 흔들림을 못 느낄 정도로 발이 착착 맞았다. 상관은 남여를 탔다. 가마꾼이 열두어 명씩이었는데, 교자 부럽지 않게 편안했다. 중·하관은 말을 탔다. 종놈·격군은 귀를 의심했다. 우리도 말을 타라고? 뭔가 잘못된 것 아닌가.

훗날 박지원이 이언진을 추모하여 『우상전虞裳傳』을 지었다. 누구한테 무슨 말을 듣고 썼는지는 모르겠으나 이런 구절이 있다. '하찮은 포정(庖丁)이나 역부(驛夫)에게까지도 의자에 걸터앉아 발을 비자(椑子)나무로 만든 통에 드리우게 하고 꽃무늬 적삼 입은 왜놈 아이종으로 하여금 씻어주게 하였다.' 또 믿지 못할 얘기가, 종놈·격군도 시중받으며 말 타고 다녔다는 얘기였다. 그것은 사실이었다.

말 탄 조선인 하나에 여덟 명의 왜인이 보좌했다. 깃발, 우산, 등불초롱, 담뱃대, 음식 궤짝 등을 짊어지거나 운반하는 이가 넷이었다. 좌우에서 말고삐를 잡아주는 이가 둘, 시중·심부름꾼이 둘이었다. 친절하고 부지런하기까지 했다. 말 위에서 졸면 옷을 당겨서 깨우거나 좌우에서 부축해주었고, 담배나 특산 음식을 권하기까지 했다. 후한 품삯을 받는다지만 보통 정성스럽지 않았다.

원래 그렇게 다녔던 윗사람한테는 별일이 아닐 수도 있겠다. 허구한 날 보필만 해보았지, 보필받아본 적이 없는 종놈·격군은 뜻밖의 호사에 각양각색이었다. 좋아 날뛰는 이도 있었지만, 괜히 두려움에 떠는 이도 있었다. 대접받지 못했던 자에게 뜻밖의 대접은 사치를 넘어 공포일 수도 있었다. 충분한 시간이 지나 익숙해지자 원래부터 말 타고 다니던 신분이었던 것처럼 거들먹댔다.

삼사와 삼수역의 연락책이 필요했다. 흡창·방자·통인소동 중에 맡아야 했는데 자천타천 마상재 버금가는 임취빈이 자임했다.

　실상사(實相寺)에서 공복으로 갈아입었다. 성안으로 들어갔다. 숙소는 본국사(本國寺, 혼코쿠지)였다. 격군은 또 한 번 놀랐다. 음식상이 떡 벌어졌다. 다투어 먹으면서 이래저래 술렁댔다.
　"왜놈들 꿇어대는 게 정도가 심하더만. 봤지? 높은 놈이나 낮은 놈이나 죄다 꿇어앉아서 구경하는 거."
　"푼수데기야, 우리는 안 그러냐."
　"아녀, 여기 놈들은 진정 우러나와서 꿇어앉는 것 같더라니까."
　"멍충이들, 그건 옷 때문에 그렇다카이. 오랑캐들 옷을 보라고. 다 속바지를 입지 않았잖아. 아랫도리 안 보이려면 별수 있어?"
　"말안장, 말 배때기에 진흙 막는 보자기, 말 엉덩이 덮은 요, 그게 다 비단이더라고. 골때리는 놈들 아니냐?"
　"그 말들이 보통 말들이 아니라카이. 각 주에서 뽑힌 으뜸 말이랴. 그 말 주인이 우리 상것 태운 줄 알면 기함을 할 테지."
　"여기가 대체 어디여? 왜경은 뭐고 서경은 뭐야?"
　"대대로 여기가 수도여서 왜경이라고 한대."
　"아니지, 천황 사는 데라 왜경이라고 하는 거야. 관백이 사는 강호가 동경이니까, 천황 사는 여기는 서경인 거고."
　"천황이 더 높은 거 아녀?"
　"아직도 모르는 놈이 있네. 관백이 더 높아."
　"천황은 뒷방 늙은이라고 보면 돼."
　"뒷방 년이라고 해야지. 왜냐, 지금 천황은 여자야, 여자."

"뭐여, 여자가 천황을 해?"

"불알 달린 애가 있긴 한데 개가 너무 어리대. 불알 달린 애가 열 살만 되면 천황이 또 바뀐대. 누가 해도 상관없으니까 그러겠지."

"천황이 죽었는데 아들이 없으면 종실에서 세우고 그 어머니나 할머니가 다스린다는 거야. 어미 할미도 없으면 누나가 섭정을 하고…… 지금이 딱 그렇다는 거지. 누나도 없으면? 나도 몰라."

"우리도 신라 때 선덕여왕(善德女王)이라고 있었잖아. 고려조에는 천추태후(千秋太后)도 있었고."

"진짜 한 번 봤으면 좋겠다. 천황이 어찌 생겼나. 어디 있는 거야? 여기가 성안이여? 성문 같은 걸 못 봐가지고."

"여기는 여기 태수가 사는 성이라던데. 천황 사는 성은 저기 따로 있디야. 뭐, 말이 성이지 갇혀 있는 거나 마찬가지라던데. 성밖에도 못 나오고 만날 제사만 지낸대."

"여기 태수는 세습이 아니고 관백이 파견한 대감이라대. 천황 감시하라고. 경도사소대(京都司所代) 서경윤(西京尹)이라나."

"뭐가 뭔지 모르겠어. 오늘 우리가 통과한 큰 대문이 열댓 개는 되지? 누각인지 탑인지도 숱하게 봤고. 글구 왜 이렇게 빙빙 돌아."

"대판 여자보다 여기 여자가 훨씬 이쁘더라. 겁나게 봤어, 이쁜 여자."

"나도 미인 하나 봤는데, 거느린 계집종이 수십 명도 넘더라. 겁나게 높은 마나님인가봐. 어오, 요염한 자태가 그냥 한입에 꿀꺽하고 싶더라."

"누가 주냐, 닭대가리야?"

"대판보다 더 복잡스러웠지?"

"말 타고 보니께 정말 볼 만하더라. 종로거리를 열 개는 합쳐놓은 것 같아. 시골에서 노나 젓던 이들은 모르겠다. 나는 서울 살았거든."

"네 눈하고 내 눈이 다르네. 난 그래도 대판이 나았어!"

"연경 갔다 온 늙탱이 종놈(이언진의 노자 노미) 있잖아, 그 늙탱이가 그러던데, 연경에 비하면 아무것도 아니래. 오늘 우리가 본 것에 대판에서 본 것을 합친 것에 열 곱이 연경이랴."

"늙탱이가 완전 뻥쟁이일세. 고려장 질 나이에 똥쌀 고생하니께 노망난 게지."

"대판에 남은 것들이 불쌍타. 구경도 못 하고 말도 못 타보고. 끼니나 제대로 때우고 있는지."

"어차피 벼슬자리는 무조건 세습이기 때문에 똑똑한 놈이 제일로다 성공하는 게 중하고 의원이래. 해서 성공한 놈은 중 겸 의원 겸 선비 겸이랴. 혼자 다 해처먹는댜."

"과거 같은 게 없다는 거네."

"의원 것들이 왜 다 중인 줄 알아? 환자 치료할 때 머리카락 거치적거릴까봐 그런댜. 어째 되게 깨끗하지 않냐."

중관인 종놈들이 들어와서 화를 냈다. "이 식충 도적놈들아!"

중관 것과 하관 것이 명확히 구분되지 않고 한자리에 차려져 있었던 것이다. 모든 것이 다 격군 입으로 들어간 뒤였다.

격군이 주인 없을 때의 종놈한테 꿀릴 이유가 없다. "양반 똥닭개 잘 걸렸다. 니 좆을 뽑아서 니 주인 항문에 처박아버릴 테다."

여기저기서 살벌한 욕이 오가고 육박전이 벌어졌다. 대판에서 70여

명이나 덜어냈지만 격군 숫자가 두 곱 이상이었다. 종놈들이 곤죽이 되도록 얻어터졌다. 격군은 곤장 석 대씩을 맞았다. 억울해하거나 울상 짓는 자가 거의 없었다. 말 탄 호사, 음식 호사를 떠올리니 맞으면서도 웃음이 절로 나왔다.

때리느라고 손 부르튼 나장들만 입이 다섯 발은 나왔다. "배고파 뒈지겠는데…… 사람 때리는 게 쉬운 일인 줄 알어……."

비파호(琵琶湖, 비와코) — 1월 29일

인가가 끊어졌다 이어졌다 하였다. 길이 평평하고 넓었다. 말 다섯 필이 나란히 갈 수 있었다. 진흙을 발라놓아 길가 양쪽이 마치 벽면 같은 데가 숱했다. 잔자갈을 깔아 비에 진흙탕이 되는 것을 방지하는 구간도 길었다. 사람과 말이 오래도록 자그락댔다.

아름드리나무가 울창했다. 솔밭이 다하면 민가가 나오고, 지붕 맞닿은 민가가 다하면 다시 솔밭이 나왔다. 수죽(脩竹, 가늘고 긴 대)·노송(老松)·춘매(春梅)·동백(冬柏) 등이 울타리를 이루었다.

매양 10리마다 좌우로 돈대(墩臺)를 쌓고 그 위에 나무를 심었는데, 이총(里塚)이라고 했다. 돈대를 세어가며 거리를 재는 일로 무료함을 달래기도 했다. 조선의 장승처럼 생긴 게 때때로 나타났다. '여기서부터는 아무 방(方) 몇 정(井)이고, 아무 영(嶺)에 이르러 갈림길이다'라는 식으로 글자 새긴 이정표였다.

비파호(琵琶湖). 길이 4백여 리, 넓이 2백여 리. 전체 모양이 비파처럼 생겼다는 왜국에서 가장 큰 호수. 하도 까마득하여 바다가 아니고 호수라는 것을 믿을 수 없었다.

조선인이 중화(中華) 최대로 아는 호수가 동정호(洞庭湖)다. 대개 책에서 읽고 말로 들어 그렇게 여길 뿐 실제로 가서 본 이는 드물다. 오대령과 이언진과 이언진의 종놈 노미도 겨우 연경까지 가보았을 뿐 달나라처럼 먼 곳의 동정호는 꿈에서도 본 적이 없었다. 한데 못 보았다고 하기 싫어서 셋은 보았던 척했다.

좀 볼 만하거나 좀 특이하거나 좀 거대하다 싶으면 사방에서 중국의 무엇과 비교하여 어떠냐고 물었고, 중국 경험자들은 자기 꼴리는 대로 대답해왔다. 비파호를 보면서는 이러했다.

"늘 똑같은 대답을 해줄 수밖에. 새 발의 피야."

"우열을 가리기 어렵습니다. 나름의 아름다움과 묘함이 뚜렷하여 어느 한쪽을 상찬하거나 폄훼하기 난감합니다."

"신토불이! 조선 게 훨씬 나아. 우리나라에 호수가 있냐고? 이런 젠장할, 산은 백두산·한라산·금강산이 있고, 강은 한강·낙동강·청천강이 있는데, 호수는 펀뜩이는 호수가 없구나. 한강, 한강이 차라리 나아. 직접 가서 보셔."

어쨌거나 중국 동정호 못 보고 호수다운 호수 못 본 이에게, 열두 계곡물이 흘러들어오고 두 곳으로 물길이 나간다는 비파호의 이모저모는 방대하고도 굉장한 볼거리였다. 한눈에 들어오지 않고 구석구석만 보았는데도 입이 쩍쩍 벌어졌다.

호수 안에 섬이 적잖았다. 호숫가와 섬가에 민가가 총총했다. 장삿배들이 빽빽했다.

낭화강의 발원지가 비파호라니, 계속 금루선을 타고 거슬러 올라왔다면 며칠 동안 육로행 수고는 덜 수 있지 않았을까. 일부러 고생시킨 것인가? 오해한 이가 숱했는데 너무 얕아서 배를 띄우지 못하는 구간이라고 했다.

10리 사이에 반드시 변소가 있었다. 한 참(站) 가운데는 다옥(茶屋)이 설치되어 있었다. 호행왜인은 자주 쉬어가기를 청하며 차와 과일을 권하였다. 곳곳마다 지체하면 언제 간단 말이냐. 조엄은 간혹 쉬도록 했다. 조엄이 쉬어가자고 했는데, 교자꾼들이 말을 못 알아들어 지나치기도 했다.

후미 대열이 여러 차례 혼란스러웠다. 한 놈이 좌충우돌로 말을 달려대고 그의 시중꾼 여덟 명이 정신 못 차리고 쫓아다니니, 자주 북새통이었다. 군관 임흘이 격군을 집합시키고 색출에 나섰다.

"말 달리자, 하면서 설친 개똥쇠 나와라. 누구는 말 달릴 줄 몰라서 터벅터벅 가느냐? 행렬이 30리에 뻗쳤는데, 무슨 매친증이냐? 안 나와? 다 뒈져볼래?"

"내가 그랬수. 간만에 말 타니까 달리고 싶어서……."

"추상우, 또 너냐? 이거 완전 사고뭉치네."

임흘이 손수 추상우의 엉덩이에 곤장 열 대를 먹였다.

늘 그렇듯이 종도리가 엉덩이 찜질을 해주었다. "이 엉덩이가 참 용하오. 그렇게 얻어맞고도 아직 쌩쌩하니."

언근(彦根, 히코네) — 1월 30일

곳곳마다 제방이 쌓였다. 저수지에 물이 그득했다. 가뭄의 재앙을 모를 듯했다. 밭이랑은 네모지고 반듯했다. 갈아놓은 것이 깊었다. 농사꾼 출신 격군들이 떠들어댔다.

"소 봤어? 밭에도 소가 없고, 길가에 소를 끌고 가는 놈이 하나도 없네?"

"우리나라서는 높은 사람들이 행차할 때 소 끌고 갈 수 있나?"

"동네에 외양간도 하나 안 보이는데?"

"우리나라 임금이 행차할 때 그런 게 보이게 놔두냐? 안 보이는 데다 지어놓았겠지."

"저게 소가 한 게 아니래. 여기는 소 없대. 저거 다 사람 힘으로 간 거래."

"정말, 여기 농사꾼 죽어났겠군."

"무식한 놈. 여기는 흙이 퍽퍽해서 잘 파진대. 소 쓰면 소 뒤치다꺼리하다가 일이 더 안 된대요."

"암튼 저수지도 겁나게 크네."

논과 밭과 마을 사이사이가 시내라기에는 좁고 도랑이라기에는 넓은 수로로 연결되었다. 거룻배에 왜녀 한두 명씩 타고 조선인을 구경했다. 수로 위에 판자를 걸치고 여럿이 함께 꿇어앉아 쳐다보기도 했다. 수천 리 먼 고장에서까지 일부러 구경온 이들이 참새떼 같았다. 조선인과 왜국인이 서로 구경하느라고 넋이 빠졌다.

숲 기슭에서 병풍이나 휘장을 쳐놓고 음료와 음식을 파는 이가 숱했다. 아이들 주먹만 한 밥뭉치도 1문, 다양한 종류의 차도 한 잔당 1문, 대나무 줄기에 작은 떡 다섯 개씩 꿴 꼬치도 1문이었다. 구운 토란과 구운 고구마는 조각을 내놓고 1문당 서너 조각씩을 주었다. 모든 물건값을 1문짜리 엽전으로 통일한 듯했다. 술만큼은 잔 크기에 따라 1문짜리부터 10문짜리까지 있었다. 왜국 돈에는 '寬永通寶(관영통보)'라고 새겨졌다. 모양새는 조선의 상평통보(常平通寶)와 크게 다를 것이 없었다.

왜인은 툭하면 사먹어댔다.

윗사람들 눈치를 보느라 군침만 삼키던 조선인도 시나브로 용감해졌다.

"대판에서 왜국 돈을 백 문씩 나눠줬잖아. 쓰지도 못할 돈을 줬을 리는 없어."

"그냥 준 건 아니지. 우리 급료 중에서 일부를 뗀 거지. 고국에 선물 사가라고."

"술만 안 마시면 되지 뭐."

"봐, 높은 분들도 사먹는데 뭐."

이번에 떡 사먹고, 다음번에 엿 사먹고, 에라 모르겠다, 술까지 사마셨다.

덕분에 말 잘 타고 간다고, 왜인에게 사주는 이도 있었다.

"배 타고 갈 때는 탐도 못 했던 재미가 있군그래!" 기꺼워했다.

울긋불긋한 깃발 세워진 집이 멀리 있었다. 평상에 나앉은 왜녀들이 예사롭지 않았다. 뭐 눈에는 뭐만 보인다고, 뭐하는 집이며 뭐하는 여자인지 대뜸 알아차린 이들이 있었다. 나아가 놀라운 능력을 발휘하는 이도 있었다. 남들은 쉬어 빠진 파김치 꼴이라·은자 받고 하라고 해도 못할 판인데, 대단한 체력으로 잠깐 새에 해치우고 오는 것이었다.

"부지런히도 하네."

"너, 그러다 걸리면 뒈진다."

"에이, 뽕 따먹는 누에 같은 놈!"

하고 보니 논밭 대신 뽕나무 숲만 뵈는 마을도 있었다. 뽕나무에서 얻는 이익이 막대할 것이었다. 원중거와 이덕리는 동상동몽 했다. 조선도 뽕나무를 널리 심어야 한다!

언근성 또한 번성한 도시였다. 다른 데에서는 숟가락이 나온 적이 없었다. 처음으로 왜 숟가락을 만났다. 고국에서부터 휴대한 제 숟가락을 꺼내놓고 왜국 숟가락과 비교했다.

격군이 입을 모았다. "여기 밥상이 으뜸 풍성하다! 앞으로도 계속 이렇게 주었으면 원이 없겠다."

대원(大垣, 오가키) ─ 2월 1일~2일

새벽에 망궐례를 관소 뜰에서 행했다.

부사 이인배가 제안했다. "비도 오고 날씨가 영 심상치 않습니다. 하속(下屬)이 맛문합니다. 하루쯤 쉬어 가는 게 어떨지요."

조엄이 흔쾌히 받았다. "그럽시다. 우리가 무쇠는 아니잖소."

종사관이 급히 들어왔다. "대마주가 먼저 출발해버렸답니다."

삼사도 부득이 길을 떴다. 비를 무릅썼다. 상관이 탄 남여는 덮개를 씌우고 휘장을 치고 갑옷으로 가렸다. 안이 칠흑처럼 어두워서 밤새 안 잔 이들은 꾸벅꾸벅 졸았다. 말도 그물과 비단으로 온통 가렸다. 말 탄 자들은 우산을 받쳤다고는 하나 비바람에 시달렸다.

"이런 날은 좀 쉬어야지!" 아랫것들 불퉁대는 소리가 윗사람의 귀를 가렵게 했다.

고생하는 것은 왜인이었다. 험준한 고개 진흙탕 길에서는 가마꾼의 무릎까지 빠졌다. 곧잘 겪는 일인지 피곤하거나 게으른 기색이 없었다. 때때로 건과를 주니 맛있게 먹었다.

유명한 망호정(望湖亭, 보코테이)을 지나쳤다. 그곳에 올라 호수 구경 못 함을 한스럽게 여기는 이가 허다했다. 올 때도 이 길로 간다니, 그때는 꼭 보리라 다짐했다.

비바람에도 불구하고 남옥은 기어이 모양과 형세가 단정하고 넓고 상쾌하니 참으로 승경을 보았다. 이전 조선 나그네가 남긴 네 개의 편액이 걸려 있었다. 남옥도 중의 부탁을 받고 '第一湖山(제일호산)'이라고 써주었다.

남옥이 홀로 본 것은 가마꾼을 잘 두었기 때문이다. 이러저러한 이유로 다른 이의 가마꾼은 수시로 바뀌었다. 남옥의 가마꾼들은 고정되었는데, 얼굴도 익고 정도 들고 먹을 것도 잘 베푸는 이 조선인이 명승지를 유독 밝히는 것을 알기에 뭐라도 나타나기만 하면 일러주었다.

미농수(美濃守) 다옥(茶屋)에서 쉬었다. 계곡물이 대단히 맑았다. 네모난 못이 있었다. 다이묘가 자주 쉬어가는 곳이랬다. 기이한 화초가 만발했다. 특히 매화와 오동나무가 눈길을 사로잡았다. 울룩불룩한 돌들이 절경을 이루었다. 잉어만큼 큰 각양각색 물고기 수백 마리가 노닐었다. 떡을 잘게 조각낸 먹이를 던져댔다. 물고기들이 아귀다툼하는 것을 재미나게 지켜보았다.

무진년(1748) 사행 때, 교리(校理) 홍숙행(洪淑行)이 남긴 두 글귀, '奇花瑤草(기화요초)' '名泉異石(명천이석)'이 현판으로 서남쪽 두 누각 문설주에 걸려 있었다. 먼저 다녀갔던 조선인의 흔적이 이제 온 조선인의 마음을 스산하게 했다.

성천(醒泉)이란 샘도 있었다. 우리말로 풀면 '잠을 깨는 샘물'인데, 웬만한 샘이 다 그렇듯이 전설이 깃들었다.

삽사리가 기록했다.

싸우러 갔던 군사들이, 적이 우물에 푼 독을 마시고 모두 어지러워져 대패하고 돌아왔다. 패잔병들이 이 샘에 이르러 달게 마시고는 정신이 번쩍 들었다. 되살아난 생기에 다시 쳐들어가 승전했다. 그때부터 이 샘물을 마시면 만병이 치료된다는 믿음이 생겼다. 이거 삼국지에서 베낀 거 아냐? 하기는 어디에나 있는 전설이겠다. 조선에도 이런 전설 가진 샘이 한둘이겠나.

대수롭지 않게 쳐다보다가 전설을 듣고 나니 아니 마셔볼 수가 없었다. 일행은 먹이에 달려든 물고기들처럼 샘물을 허발했다.

이곳을 떠날 때 제가 탔던 남여를 잃어버린 이가 있었다. 궂은 날씨에 마음 급했던 가마꾼들이 이미 탄 줄 알고 빈 남여째 가버린 것이었다. 군관 조학신이 어쩔 줄 모르는데, 임취빈이 나타났다. 조학신이 저도 모르게 외쳤다. "구원녀가 왔구나!"

왜인이 보기에 조선인은 다 똑같아 보였다. 복색으로 구별 안 되는 종놈과 격군은 (아래위 깨끗한 흰색 바지저고리) 더욱 분간이 안 되었다.

조선인 또한 왜인과 남여와 왜말이 다 똑같아 보였다. 왜인은 자기가 모시던 조선인을 알아보지 못하고, 조선인은 자기가 탔던 남여와 말, 가마꾼과 말꾼을 알아보지 못하니, 뭐 한번 떼로 구경하느라고 내렸다가는 북새통 혼잡이 일었고, 바꿔 타는 일이 흔했다. 기어이 남여 못 타고 말 못 타고 멍청히 있는 이가 한둘이 아니었다.

임취빈은 일행의 처음과 끝을 왔다갔다하며 이탈자를 구원하는 일을 도맡았다. 통인소동·흡창·방자가 다 같이 맡은 일이었으나, 누구를 돕기는커녕 그들 또한 낙오돼 헤맬 때가 잦았다. 왜인조차 헤매는 이가 여럿이었다. 그자들을 돕는 왜금도도 시원치 않아서, 임취빈은 왜인까지 구원해주었다.

임취빈은 그 일이 그렇게 재미있는지 희희낙락하며 낙오자를 찾아다녔다. 왜인은 임취빈을 여자로 알았고, 조선인도 임취빈을 여자로 넘넘해서, 임취빈은 '구원녀'로 불렸다.

금수(今須, 이마스)에서 점심을 먹기 위해 멈추었다. 종서기 김인겸이 좌정하자마자 유생 여덟이 찾아왔다. 오래 기다렸던 눈치다. 김인겸은 담배 한 대 참에 시 여덟 수를 지어 하나씩 나누어주었다. 각기 다른 내용이었다.

유생 중에 덴 쇼산(田勝山)이란 자가 써 보였다. 〈선생의 재주는 일생에 처음 봅니다. 사문공 중에 특히 시 빨리 짓기로 유명한 퇴석(退石)이란 분이 계시다던데 혹 선생이신지요?〉

〈내가 퇴석 김인겸 맞소. 늙고 병들고 둔한 글이 과하게 소문났나 보오. 부끄럽기 짝이 없소.〉

〈작은 나라의 비천한 유생으로 태어나, 큰 나라의 선비님을 보았으니 죽어도 여한이 없습니다.〉

쇼산이 인사도 없이 나가기에 별 싱거운 사람 다 보겠네 했다. 그가 비단보자기에 싼 작은 궤를 가지고 돌아왔다. 궤에 '은자 43냥'이라고 적힌 봉투가 들었다. 시 값 겸 만나준 값이랬다.

김인겸은 썼다. 〈글값으로 은화를 주겠다는 뜻은 감격스럽소. 허나 예의에 크게 맞지 않는 일이오. 못 받고 도로 주니 허물치 마시오.〉

쇼산은 부끄러워하면서도 굳이 주려고 했다. 〈예부터 성현들도 제자의 수수례(授受禮)를 다 받았습니다. 소생이 이것을 폐백 하는 것은 제자 되기 위한 소원입니다. 물리치지 마소서.〉

〈수수례라고 하는 것은 고기로 하는 것이지 은자로 하는 게 아니오. 성현께서도 받을 리 만무하오. 내 무슨 재덕으로 그대의 스승이 될까? 주고받기 그르오. 잡말 말고 도로 가져가시오.〉

쇼산이 나갔다가 귤과 설탕과자를 가지고 와서 지성으로 권했다. 그것까지 사양하지는 못했다.

김인겸의 가마꾼들이 퍼더버렸다. 날이 저물고 큰비는 내리고 길은 미끄럽고 잠시 쉬는 것은 이해하겠다. 한참 쉬고도 갈 기미가 없었다. 사면 천지는 아득하고 일행은 온데간데가 없다. 밤길도 대낮같이 밝히던 무수한 등불초롱이 다 사라졌다. 있어도 보이지 않을 만큼 깜깜했다. 말 타고 간 종놈 한흥이가 애타게 그리웠다.

담배 석 대를 빨았는데도 왜인들이 일어날 줄을 몰랐다. 이러다가 이 자들이 달아나버리면 어떻게 되는 건가? 왜국에 들어와서 이토록 겁나보기는 처음이었다.

가마꾼들 하는 시늉이 춥고 배고파서 꼼짝할 수가 없는 듯했다. 김인겸은 남여 안의 먹을거리를 다 꺼내 나눠주었다. 아까 쇼산에게 받아둔 귤과 설탕과자가 큰 도움이 되었다.

구원녀가 나타났다. 임취빈이 주먹밥을 하나씩 주니 가마꾼들은 맛나게 먹으며 뭐라고 떠들었다. "피곤하고 굶주린 것도 맞지만 길을 몰라서 해찰 부렸답니다. 용서해달랍니다. 용서해주실 거죠?"

"용서가 다 뭐냐? 무사히 데려다만 주면 절이라도 하고프다."

임취빈이 길을 인도하니 가마꾼들이 김인겸의 남여를 메고 뒤처진 길을 막 달렸다.

알고 보니, 종놈 한흥이도 편했던 것이 아니다. 말꾼들이 길을 잘못 가는 바람에 산중을 누비다가 새벽에야 들어왔다. 임취빈 혼자서 구원한 조선인이 서른 명도 넘었지만, 아무 도움도 받지 못하고 떠돈 이가 그 곱절이었다.

두통과 구토에 시달리는 주인 김인겸 앞에 나타난 한흥은 거의 다 죽어가는 모양새로 부복했다. "나리, 못 뵙고 죽는 줄 알았습니다. 침구는 기어이 못 가져왔습니다. 침구 가진 왜놈이 사라져서 안 나타났어요. 그놈 기다리다가 길 잃어버리고……."

"침구가 뭐가 중요하냐. 네가 살아왔는데."

숙소마다 주종 간의 해후가 눈물겨웠다.

육로에 든 이후 "오늘이 가장 괴로웠다!"라고 한목소리였다.

일행은 쉬기를 바랐다.

〈어제 비로 물이 불어나서 앞길의 교량이 파손되어 보수 중이니 이곳에 머무소서.〉 대마주의 전갈이었다.

조선인은 참으로 원하는 바였다.

수역 최학령이 걸잡았다. "아마 다른 뜻도 있을 겁니다. 이 고장 지방관이 접대가 시원치 않았잖습니까. 대마인이 고의로 머물러서 폐를 끼칠 작정인가 봅니다."

가마꾼·말꾼은 기꺼운 기색이 없었다. 쉬면 급료도 없다고.

대원성도 언근성 못지않았다. 민가가 즐비하고 시가가 번화했다. 구석구석 살펴본 이는 거의 없었다. 구경 좋아하기로 소문난 몇몇도 어제가 자못 힘들었던지 숙소에서 꼼짝하지 않았다.

명고옥(名古屋, 나고야) —2월 3일

매섭게 추웠다. 왜국에 와서 추위를 잘 모르다가 모처럼 고국의 한겨울을 만난 듯하니 오들오들 떨었다.

좌도천(佐渡川)에 이르러 주교(舟橋)를 건넜다. 제1주교는 흐르는 냇물에 백여 척의 배를 잇대어 판자를 깔았다. 쇠사슬, 새끼줄, 포도 덩굴 등으로 판자를 단단히 엮었다. 마치 평지를 가는 듯했다. 제2주교도 백여 척쯤 되었다. 제3주교는 3백 척이 넘었다. 배 한 척당 2보로 계산한다면, 천 보에 가까운 배다리였다.

냇가에는 죽부인(竹夫人) 같은 것이 담처럼 쌓였다. 하나의 둘레가 한 아름에, 한두 길도 넘었다. 저기에 잡석을 담아 제방을 한다고 했다. 일이 년 지탱하는 동안 죽부인 안에 흙이 쌓이고 풀이 나서 언덕이 된다고.

변박이 놀라워했다. "저런 방법이 있었군요. 우리나라 서남해에도 좋은 방책이 될 것 같습니다."

허규가 끄덕였다. "대나무를 저렇게 이용할 수도 있었군. 아, 우리는 많이 배우고 깨달아야 하네."

원중거가 다른 견해를 밝혔다. "저것은 우리가 몰라서 못 하는 것이 아닐세. 우리나라에는 삼남에 대밭이 조금 있을 뿐이네. 본뜨려고 한들 어떻게 할 수 있겠는가?"

쇼군이 파견한 강호영접관 무리가 맨 먼저, 대마인·조선역관과 통신사의 공적인 짐을 운반하는 수레가 두 번째, 세 번째가 통신사, 네 번째가 고장 호위군 무리였다. 먼저 무리가 시야에서 보이지 않을 정도로 거리를 두어, 이삼십 리에 뻗쳤다.

앞서간 무리에서 이러저러한 까닭으로 이탈한 자들이 있기 마련이다. 그렇다 하더라도 무리와 무리의 거리가 상당히 떨어졌기에,

앞 무리의 이탈자로 인해 큰 소란이 일어난 경우는 드물었다. 그제 그 난리 속에서도 무리와 무리가 얽히는 일은 없었다. 그 드문 일이 발생했다.

통신사 선두는 국서 실은 용정자(龍亭子, 나라의 옥책·금보 등 보배를 운반할 때에 사용하던 가마)였다. 용정자 좌우에 기수 노릇 하는 장교들이 따랐다. 장교들 눈에 술이라도 처마셨던지 해롱대는 대마인 두 놈이 보였다.

"말에서 내려라!" 들은 체를 하지 않았다. 두 놈과 국서는 더욱 가까워졌다.

조선말을 몰라서 저러나? 기수들은 그간 배운 왜말로 비켜나거나 말에서 내릴 것을 재촉했다.

욕도 좀 했다. "쿠소야로!" "오바카!" "빠가요로!" "다세야로!" "쿠즈야로!" "부스노쿠세니!"

두 왜놈이 눈깔이 뒤집혀서는 욕을 가장 큰 소리로 가장 심하게 한 월수(鉞手) 노태중(盧太重)에게 달려왔다. 노태중이 당황해서 말에서 떨어졌다. 하마한 두 대마인이 노태중을 구타했다. 다른 기수들이 우 몰려오자 둘은 기승하여 휭 달아났다.

노태중은 제 시중을 들던 왜 말꾼들을 걷어차며 화풀이했다.

이 소란이 조엄에게 보고되었다. 조엄은 행렬을 정지시켰다. 장사군관 임춘흥을 보내 수역 최학령을 데려오게 했다. 임춘흥에게 대강을 들은 최학령이 대마봉행에게 따졌다. 〈당신들 마두 관리를 어떻게 하는 건가? 이제 우리는 경쳤소!〉

조엄은 달려온 최학령에게 삿대질했다. "통탄할지어다! 도대체 어찌 단속했기에 이런 불경스러운 일이 야기되었는가. 너희는 앞서 가며 대체 뭘 하는 건가? 그래, 이것은 우리 통사들만 야단쳐서 될 일이 아니지. 당장 불러와라."

대마봉행이 급히 달려와 엎드렸다.

〈미친 두 놈을 찾아서 다스린 뒤에 가겠습니다. 도주에게 비보(飛報)했습니다. 고정하시고 조금만 참아주소서.〉

서너 식경 후 대마주가 잇따라 전갈을 보내왔다.

〈어찌하여 가시는 것을 늦추셨는지 자세히 듣고 무척 놀랐습니다. 놈들 때문에 저희 모두의 수고가 거품이 될까봐 심히 두렵습니다…… 두 놈을 막 붙잡았습니다. 목을 치라면 치겠습니다.〉

시간이 흘러서 조엄도 진정이 된 터였다. 목까지 치라고 하는 것은 심한 처사일 듯했다. 다시는 이런 일이 없도록 조처하라고 전갈을 보냈다.

대마주가 즉시 답장을 보내왔다. 〈당일로 대마도에 압송하겠습니다. 크게 벌주겠습니다.〉

조엄·김인겸은 명호옥(鳴護屋), 원중거·남옥·성대중은 명호옥(名護屋)이라고 적었지만, 실제로는 명고옥(名古屋)이었던 나고야는 왜국의 긴 창검이 생산되는 고장이라고 했다. 서경이나 대판성에 맞설 만큼 큰 도회였다. 성곽과 누대가 웅장하고 화려했다. 집마다 등불과 촛불을 밝혀놓아 대낮처럼 밝은 구역이 숱했다.

종서기 김인겸은 나고야의 왜녀들을 보고 읊었다. "인물이 명미(明媚)하여 연로(沿路)에 으뜸이다. 그중에 계집들이 다 일색(一色)이다. 샛별 같은 두 눈치와 주사(朱砂, 붉은 광택이 나는 광물) 같은 입술들과 잇속은 백옥 같고, 눈썹은 나비 같고, 삘기 같은 손과 매미와 같은 이마 얼음으로 새겼으며, 눈으로 뭉쳐낸 듯 사람의 혈육으로 저리 곱게 생겼는가?"

종놈 한홍이 저도 모르게 뱉었다. "임취빈이보다는 안 예쁜 것 같은데요."

김인겸이 껄껄댔다. "이놈아, 취빈이는 사내니라."

강기(岡崎, 오카자키) ─ 2월 4일

원중거가 뒷간에서 푸짐하게 싸고 나왔는데, 아무도 없었다. 종놈 홍복이 말 타고 다닌 이후로 주인 챙길 줄을 몰랐다. 한번 혼꾸멍내야겠어. 담배 한 대를 뺀 후에, 왜금도와 임취빈이 나타났다. 원중거가 없는 것을 발견하고 부사 이인배가 찾으러 보냈다는 것이다. 금도가 찾고 부른 뒤에야 가마꾼이 다 모였다. 헐떡거리며 당황하는 것이 안쓰러웠다. 금도가 가마꾼들을 욕하다 못해 때리려고 했다.

원중거가 임취빈에게 전하라고 했다. "저들에게는 죄가 없다. 아마 식사하고 있었던 모양인데 다 먹자고 하는 일, 그만 야단쳐라. 나는 중요한 사람이 아니니 허둥지둥 서둘러 갈 필요도 없다. 천천히 안전하게 가도록 하자."

가마꾼들이 비로소 얼굴을 폈다.

원중거는 늦은 덕분에 좋은 구경을 하게 되었다. 왜 인민을 지척에서 볼 수 있었다. 구경 나왔다가 파해서 돌아가는 모양이었다. 화려한 가마를 보았다. 안에 탄 사람이 어떤 신분인지 모르겠으나 뒤따르는 시녀 20명이 진하게 화장을 했고 대단한 치장을 했다.

그 밖에도 화려하고 사치한 사람을 태운 탈것이 무수했다. 걸어 다니는 왜녀도 즐비했다. 얼굴에 분과 연지를 덕지덕지 발랐고 금빛 꽃을 꽂았고 그림 곁들인 채색 옷을 입었다. 한 코만 발가락을 꿴 신발도 인상적이었다.

2각쯤 안 보이던 임취빈이 나타났다. "여기가 시장 거리랍니다. 여기 명고옥에는 거상이 많답니다. 여덟 주를 두루 돌아다니며 재화와 권력을 모두 거두어들인대요. 잽싸게 한 바퀴 돌아봤는데 처음 본 게 하도 많아서 눈알이 핑핑 돌아요."

"우리나라로 치면 개성상인들이로구나."

"개성이 여기만큼 번화합니까?"

"시장으로 치면 개성이 한양보다 못하지."

"그럼 한양 시장과 비교하면 어떻습니까?"

"차마 비교를 못 하겠다. 조선은 모든 것이 너무 작아."

"저는 그만 앞서가겠습니다. 나리가 뒤따라오고 있다는 것을 알려드려야지요."

"심심하다. 같이 가자."

"홍복이가 저기 오네요. 홍복이랑 즐겁게 오셔요."

임취빈이 획 가버리고, 말에서 내린 홍복이가 쭈뼛쭈뼛 다가왔다.

바다가 다시 보였다.

"육지로 가다가 다시 바닷물을 보니 가슴이 시원하다."

"바다를 건너온 것을 곰새기니 몹시 괴롭다."

"역시 산길보다는 해변길이 좋다."

중구난방이었다.

바다가 보이기도 하고 보이지 않기도 하는 길이 죽 이어졌다.

시작교(矢作橋)는 왜국에서 가장 큰 다리라고 했다. 150칸쯤 돼 보였다. 판교 양쪽에 기둥을 세우고 기둥머리를 동철로 쌌다. 난간의 장식은 견고하고 치밀하고 사치했다. 기이한 문양들을 아로새겨 놓았다.

조선인은 모처럼 우쭐했다. "우리나라의 함흥(咸興) 만세교(萬世橋)와 비교하면, 겨우 3분의 1밖에 되지 않는군. 다리가 길기로는 천하에 찾아봐도 만세교만 한 것이 없으리라!"

물이 깊고 넓은 무한한 포구가 보였다. 바닷물과 서로 통한다는데, 온갖 배가 까마득히 정박했다.

광활한 들판에서 농사일이 한창이었다. 논밭은 곧발랐다. 깊은 도랑이 농토의 경계였다. 자기 농토를 한 두둑으로 잇고 둘레에 도랑을 판 것이다. 두둑에는 소나무가 우뚝 솟았다. 무슨 소나무인지 가지가 없었다. 소나무 경계 안쪽에 물을 채우면 논이고 물을 말리면 밭이라니, 광활한 이모작 지대였다.

길전(吉田, 요시다) —2월 5일

산길로 접어들었다. 계곡물이 우렁차고 초목이 무성했다. 마을이 드물었다. 드문드문 뵈는 집은 볏짚 지붕의 오막살이였다. 구경하는 왜인도 누추한 의복이었다. 옷이 그래서 그런지도 모르겠으나 모두 못생긴 여자와 볼품없는 사내였다. 크고 번성한 마을과 도회지만 보다가 조선의 두메산골을 연상케 하는 모습을 대하니 되우 의아했다.

서북쪽에 높은 산이 첩첩했다. 부사산(富士山, 후지산)에서 뻗어나온 줄기인 듯했다. 동남쪽은 황량한 벌판이었다.

길전 역시 큰 도회였다. 드넓은 포구에 정박한 배가 무수했다. 다시 도회지를 만나니, 조선 나그네들은 묘한 안도감에 휩싸였다.

부산 머물 때 소동 손금도는 장기를 배운 바 있었다.

"저 아둔패기한테 왜 장기를 가르쳐줘가지고! 아이구, 내 팔자야."

종놈 순산이 한탄할 만큼, 손금도는 장기에 푹 빠졌다. 순산이 욕하고 때려도 손금도는 틈만 나면 장기판에 붙었다. 장기알 한번 못 잡아보면서 어깨너머로 구경하는 것만으로도 즐거워했다.

마루의 장교·나졸 사이에 꼽사리 붙은 손금도를 발견하고, 순산이 소리질렀다.

"문둥이야, 주인 나리가 찾으신다. 발 닦아달래."

손금도가 장기판에서 눈을 못 떼자, 순산은 손금도를 덥석 들어 마당에 던지고 돼지오줌보 차듯 했다.

임취빈이 나타나 순산을 가로막았다. "내가 경고했지? 우리 애들한테 손대면 그냥 안 놔둔다고."

"꺼져! 개년아. 이 새끼는 좀 맞아야 해. 한두 번이 아냐. 내가 엄청 봐줬다고."

"내 말이 우스워?"

"한주먹거리도 안 되는 게."

순산도 임취빈이 펄펄 날아다니는 재주를 지녔다는 것을 모르는 바 아니었으나 그것은 기예일 뿐 마구잡이 싸움과는 다르다고 깔보았다. 자신 있게 우뚝한 주먹과 굵직한 발길을 내질렀다. 임취빈이 요리조리 피하며 가냘픈 주먹과 호리호리한 발길을 퍼부었다. 순산은 말벌떼에게 쏘이는 느낌이었다. 한 대도 못 때려보고 얼굴이 멍 투성이가 되었다. 장교·나졸이 이토록 재미난 구경거리가 얼마 만이냐 기꺼워했다.

"항복, 살려줘, 살려줘!" 순산은 무릎 꿇고 싹싹 빌었다.

"한 번만 더 우리 금도 건드리면 그땐 아주 죽을 줄 알아! 욕해도 죽는다." 임취빈이 단단히 을러메었다.

손금도는 주인나리 이명윤의 발을 닦아주고 갖은 시중을 들었다. 종놈방에 가보니, 순산이 이불 쓰고 누워 분하고 억울해서 울먹대는 소리가 살벌했다.

"나 때문에 미안해요. 취빈 언니도 나름 성격이 더러워서……."

"좆까시오. 꺼지시오."

"언니, 나를 부려서 재물을 취하는 것은 어떠하오?"

손금도는 순산의 귀에다가 달콤한 말을 퍼부었다.

순산이 듣다못해 벌떡 일어났다. "니깟 게 무슨 수로! 나도 못 이기는 게."

"언니는 내가 말 두 마리만 가지고도 이길 수가 있소."

"누굴 핫바지로 보나. 이 새퉁바가지가 진짜로…… 내가 이기면 내가 시키는 대로 할래? 내 눈 앞에서 취빈이한테 똥침 놓을 수 있어?"

"취빈이 언니 고추라도 보여드리겠소. 내가 이기면 내 말대로 하는 거요?"

장기판을 펼쳤다. 손금도는 마 두 개만 가지고 20수 만에 순산을 이겼다.

둘이 속닥거린 뒤에, 다른 아랫것들 방을 기웃거렸다.

『경국대전經國大典』이란 자주국의 법을 만들어놓고도, 중국 명나라 기본법전 『대명률大明律』을 명나라가 망한 뒤로도 계속 현행법·보통법으로 상용한 것은 서글프다. 아무튼 대명률에 '어느 놀이고 간에 재물을 내기한 것이라면 모두 장(杖) 팔십(八十)에 처한다'는 법이 있었지만, 법을 우습게 알고 내기·노름에 빠진 이들이 허다했다. 내기·노름이 아니더라도 재미로 즐기는 이가 허다했다. 하물며 술이 금지된 이런 오랜 여행길에서 놀이는 끼니나 마찬가지였다.

아주 오래전부터 사람들을 홀린 여섯 가지 놀이가 있었다. 첫째가 바둑. 혁기(奕棊)라고도 한다. 둘째가 장기. 상기(象棊)·상희(象戲)라고도 한다. 셋째가 쌍륙(雙陸). 저포(樗蒲)라고도 한다. 넷째가 투전. 두전(頭錢)·투패(鬪牌)·마조(馬弔)라고도 한다. 다섯째가 골패(骨牌). 강패(江牌)라고도 한다. 여섯째가 윷놀이. 척사(擲柶)라고도 한다. 아무래도 배우기 쉽고 실력에 상관없이 두루 재미있어하는 장기가 가장 흔했다. 바둑은 배우기 어려웠고 재미를 가질 만큼 수준에 도달하기도 어려워서 소수가 즐겼다. 투전이나 골패나 쌍륙이나 윷

놀이는 실력보다 운수소관이라고 운수 사나운 이들이 하기 저어해서, 노름에 이골이 난 자들이나 죽자고 해댔다.

사람 많기는 격군 숙소였다. 순산이 무명천 장기판과 나무장기알 주머니를 흔들면서 손금도를 가리켰다. "이 어리벙벙 어린애를 이기면 돈 한 냥(상평통보 엽전 10문/푼은 1전. 10전은 1냥. 10냥은 1관)을 드리겠소. 지면 1전만 받겠소. 공으로 돈 버는 거지. 해보실라우?"

손금도는 순산이 담배 열 대를 빼는 동안에, 스물세 번을 이겼다. 훈수 없는 놀이판이 어디 있으랴. 격군이 다투어 훈수를 두어 동무를 응원했지만 번번이 어린애에게 졌다. 훈수가 독이 되었는지도 모르겠다. 두는 이는 정신이 없어서 제 실력을 발휘할 수가 없었다. 동아리에서 최고수 소리를 듣던 이는 자기가 졌다는 것을 믿을 수 없었다. 훈수 두는 동무들의 입과 실랑이해가며 다섯 번 거푸 덤볐지만 매번 무참히 발렸다. 곰 재주 팔아 돈 번 중국 장사꾼처럼, 순산은 부자 될 꿈에 부풀었다.

금절하(수切河, 金絶河, 이마기레가와) ─2월 6일

도회지를 벗어나자 동리는 드물고 밭과 들은 메말랐다. 구걸하는 승려와 맹인이 자주 나타났다. 승려는 합장하고 구부리며 '아미타불'을 외었다. 구걸 중 말고도 곳곳에 승려가 있었다. 언덕에 바위에 길가에 굴에 크고 작은 불상이 안치되어 있었다. 그 앞에 꿇어앉은 중은 경쇠를 치고 염불을 외었다. 왜인은 조아리고 합장하고 동전을 던져주었다. 신실한 불자 조선인 몇몇도 몰래 합장하고 엽전 한두 닢을 던졌다.

흰모래가 바람을 따라 어지럽게 흩날렸다. 푸른 소나무 우뚝우뚝 솟은 사이로 갑작스레 바닷빛이 새어 들어왔다.

남옥은 감회에 젖었다. 완연히 우리나라 영동의 풍경일세. 넓고 아득한 바람과 파도를 물리도록 보았지 않은가? 한데도 바닷빛만 보고도 즐거움과 기쁨이 일어나니, 사람 마음이란 참 묘한 것이야.

선창에 닿았다. 말과 말꾼들이 작별하고 돌아갔다. 삼사가 엽전을 두루 나누어주게 했다. 따로 선물을 챙겨주는 조선인도 있었다. 며칠 정든 사이라 이별의 정취가 있었다. 눈물 흔한 이는 펑펑 떨어뜨렸다. 상상관의 교자꾼과 상관의 가마꾼은 그대로였다. 자기들은 강호까지 가기 위해서 각별히 뽑힌 자들이라며 의기양양했다.

각 주의 태수가 보냈다는 채선들에 나누어 탔다. 금루선처럼 휘황찬란하지는 못하였으나 역시 기괴하게 장식한 배였다.

금절하(今切河, 金絶河)는 왜국의 제일가는 물줄기였다. 원래는 바다였는데 수백 년 전에 갈라져 강이 되었다고. 조선인은 대개 믿지 않는 눈치였다. 이 강에는 전설 같은 이야기가 있다. 지난 병자년(1636, 인조 14) 통신사가 돌아올 때 일공미(日供米) 남은 것을 본토 왜인에게 돌려주었다. 왜인은 그것을 황금으로 바꾸어 쫓아와 주었다. 사신은 황금을 이 강에 던져버렸다. 이 강의 별칭이 '투금하(投金河)'인 연유다.

군관 민혜수가 모처럼 썼다.

그 뒤로 왜인이 황금을 주는 일은 결코 없게 되었다. 이후 통신사는 선인들의 청렴한 풍격(風格)을 우러러 사모할 수는 있어도, 자신들이 청렴한 풍격을 시험해볼 수는 없었다.

이후로 황금을 받은 적은 없지만, 은은 늘 받았다. 본토 왜인에게 이러저러하게 선사받은 은을, 대마인에게 절반 이상 주고 오는 게 관례가 되었다. 본토 왜인에게 돌려주기는 번거롭고 어렵고, 조선으로 가져오는 것은 벌받을 일이고—상국 사신의 체면으로 어찌 하국 오랑캐 고관대작이 바친 것을 받아올 수 있단 말이냐!—대마도에 떨어뜨리고 온 것이다. 대마인이 은밀하게 되돌려주어 실상은 받아서 조정의 비자금으로 쓰기도 했다. 특히 광해군은 궁궐 재건하는 데 통신사가 받아온 은을 전용해서 욕먹을 거리를 하나 더했다.

금절하는 바다로 통하는 곳이었다. 강호를 왕래하는 자는 반드시 거쳐야 한다. 단속이 엄중했다. 장사치도 공문이 없이는 지나칠 수 없었다.

통신사는 '금조게판(禁條揭板)'을 자주 보았다.

궁금해하는 일행이 많았다. 유도홍이 작심하고 번역해서 원하는 이에게 일러주었다. "이는 바닷가 백성들에게 한 약조이고, 육로에 게시한 것은 이와 좀 다릅니다."

양쪽 언덕에 제방을 쌓은 것이 5리도 더 되었다. 물이 얕고 모래가 막히어 배가 갈 수 없었다. 물이 겨우 복사뼈를 가릴 정도였다. 왜인이 다 달라붙어 한 배씩 언덕까지 끌어올렸다. 뭍에 내려 교자와 남여와 말로 갈아탔다. 새로운 말꾼들은 더욱 비대하고 건장한 듯하였다. 헤어진 왜인보다 훨씬 마음에 든다고 기꺼워하는 자가 상당했다.

황폐한 마을을 수십 지나고 나니, 큰 도회 빈송(濱松)이 나타났다. 삼문사는 닿는 고장마다 숙소에서 창수하는 게 일이었다. 길전에서는 시를 가져온 자가 없었다. 빈송에서도 없었다.

"어제는 간만에 푹 쉬어서 참 좋았는데, 오늘은 꺼림칙하네."

"늘 하던 일을 안 해서 그런가 봅니다."

"산천이 거칠고 살림살이가 가난해서, 문자를 알고 글을 짓는 유생도 없는 것일까?"

성안은 큰 도회지만 고장 전체로는 궁벽했다. 성 안팎 구분 없이 번화한 노정을 거치다 보니, 빈한한 고장으로 느껴졌는지도 모른다.

"잘 되었지 뭐. 오늘도 푹 쉬어보세."

동행인 왜승 슈코가 잠깐 들렀을 때, 두세 명의 왜인이 시를 품고 왔다.

슈코가 썼다. 〈굳이 안 보셔도 됩니다. 삼문사께서는 매우 인애(仁愛)하셔서 말 배우는 어린아이에게까지 화답해주셨습니다. 조금만 재량해 선별하셔서 정신과 기력을 아끼셔야 합니다. 편히 쉬시게 물러가라고 하겠습니다.〉

〈처음부터 하지 않는 것이 옳았소. 이미 시작했다면 어떻게 사람을 가리겠소. 공들여 온 자를 실망케 하여 돌려보낼 수는 없소.〉

남옥이 왜인을 들어오게 하여 창수를 나누었다.

현천(懸川, 가케가와) ─ 2월 7일~8일

천류하(天流河), 일명 천룡천(天龍川)이란다. 급류 위에 배다리가
있었다. 배다리를 이룬 배 숫자를 세어본 이들이 있었다. 종서기 김
인겸은 72척, 부서기 원중거는 51척, 제술관 남옥은 큰 배가 50척
작은 배가 20척이라고 했다. 남옥이 제대로 헤아린 것이라면, 김인
겸은 다 합한 것이고 원중거는 큰 배만 언급한 것이겠다.

팔번궁(八幡宮)을 보았다. 돌을 쌓은 대(臺)는 사방이 백 보쯤, 높
이가 한 길쯤 되었다. 4면 돌이 틈 하나 없이 반듯했다. 인력을 들인
것이 아니라 자연 그대로의 것을 다듬은 것인 듯싶었다. 중국을 본
사람 오대령은 일본에서 뭘 보아도 같잖게 여겼는데, 거의 처음으로
놀랐다. "만약 저게 사람의 힘으로 이루어진 역사라면 만리장성과
맞먹는 역사네!"

제술관 남옥은 남여와 말을 번갈아 타기를 즐겼다. 원래 남여만
타야 할 사람이었으나, 지루하고 따분하면 말 탄 이와 바꾸고는 했
다. 이날도 남여를 타고 출발했다가 배다리 건널 때 바꿔 탔다. 점심
먹고서 계속 말 타고 가려 했더니 주저주저하던 가마꾼들이 역관을
통해 하소연했다.

"국법이 있어 몹시 괴롭답니다."

"무슨 국법?"

"지들 높은 사람이 가마 안을 확인하고서 제술관님이 아니라 다
른 사람이 있는 걸 알면 자기들 모가지가 위험하답니다."

할 수 없이 도로 남여를 타고 따분하게 가고 있는데, 임취빈이 말 한 마리를 가져왔다.

"대마봉행이 나리께 드리랍니다."

남옥이 남여 안에서 졸릴 때면 말 위에 올라 눈을 비볐다.

현천 또한 큰 도회였다. 사문사 처소에는 지필묵이 항상 갖춰져 있었는데, 처음으로 없었다. 그럴 리가 없을 것 같아 다른 방 종놈이나 대마인이 훔쳐갔나 알아보았지만 애초부터 없었던 게 확실했다. 끝내 지필묵이 대령되지 않았다.

이튿날 대마주가 전갈해왔다. 〈앞길에 큰 강이 있는데 물이 부사산에서 흘러옵니다. 요사이 날씨가 따뜻하여 물이 몹시 불었는지라 건너기가 어려우니 내일 가야겠습니다.〉

삼사가 받아들였다. 거의 쉬게 되어 좋아했다. 몇몇은 궁금하고 의아했다. 조선인의 관점으로 산에 쌓인 눈 녹은 물 때문에 범람한다는 것은 쉬이 이해가 안 되었다. "대마도 것들한테 또 무슨 일 있나보네!" 의심부터 하는 이가 태반이었다.

남초 떨어진 원역이 많았다. 나바 로도가 고장 특산 남초를 구해왔다. 잎새가 두껍고도 컸고 별나게 액이 드러나 있었다. 액은 작은 사탕 같았다. 잘라서 불붙여 빨아보니 매웠다.

나바가 웃었다. 〈저질품이 섞인 것입니다. 햇볕에 말려 건조한 것은 액이 없고, 그늘에 말린 것은 액이 있습니다. 액 남초는 독이 있다고 하여 상류층은 취급하지 않지요.〉

삼문사는 나바, 슈 씨 중 삼인방 등과 종일 이야기했다. 남옥은 왜국의 정치 얘기가, 원중거는 불교 얘기가, 성대중은 동남동녀의 인솔자였던 서불(徐巿) 얘기가 흥미로웠다.

대정천(大井川, 오이가와)—2월 9일

두 고개 사이의 열댓 집이 차와 떡을 팔았다. 분칠하고 연지 바르고 이를 검게 물들인(처녀가 이를 검게 하는 풍습을 가진 나라가 드물지 않다) 왜녀들이 집 앞에 서 질기게 호객했다. 왜인이 꾀꾀로 사먹었고, 조선인도 왜녀 희롱하는 재미로 사먹었다. 몇몇은 왜녀와 손을 붙잡고 집안으로 들어가거나 숲으로 스며들었다. 떡 세 개 먹는 새에 다녀오는 이도 있었다.

윗사람이 상상도 할 수 없는 일들이 아랫사람 사이에서는 다반사로 벌어졌다.

멀리 동북쪽에 우뚝 솟은 산 꼭대기가 은투구를 쓴 양 눈부셨다. 바로 부사산이었다. 일본의 제일 산이라고.

정서기 성대중이 고했다. "왜인은 부사산·열전산(熱田山)·웅야산(熊野山) 세 산을 삼신산이라고 한답니다."

전설 하나. 삼신산은 발해(渤海)의 동쪽으로 몇억 리나 떨어진 곳에, 밑바닥이 없는 골짜기인 귀허(歸墟)의 개울 속에 있다. 한 산의 둘레가 3만 리이고 꼭대기 너비가 사방 9천 리다. 산과 산 사이가 7만 리나 떨어져 있다. 정상에 선인들이 사는 어전(御殿)이 있고 주변에 불로불사의 과일나무가 있다. 선인들은 산과 산 사이를 하루 몇 번씩이나 날아다닌다.

전설 둘. 중국 진시황과 한무제가 불로장생의 명약을 구하기 위하여 발해만 동쪽에 있다는 봉래산(蓬萊山)·방장산(方丈山)·영주산(瀛洲山)으로 동남동녀 수천 명을 보냈다.

조선에서도 그 세 산, 삼신산이 조선에 있다고 믿는 이들이 예로부터 숱했다. 제주의 한라산과 고성(高城)의 금강산과 남원(南原)의 지리산이라는 것이다. 왜국에서도 삼신산이 왜국 땅에 다 있다고 믿는 이들이 대대로 숱했다는 것이다.

조엄이 가소롭다는 듯 웃었다. "삼신산(三神山)이란 말부터가 본디 황당하지. 삼신산이 있다고 한들, 세 산이 다 일본 땅에 있다는 것은 어떻게 믿겠는가? 서불(徐巿)이 일본에 왔다는 것도 믿을 수가 없는데 선약(仙藥)을 이 섬나라 세 산에서 캤다니……."

『사기史記』에 의하면, 동남동녀 수천 명의 인솔자가 서불이란 자였다.

"왜국의 식자들도 서불이 애초 일본에 온 일이 없다고 하더군요. 그저 무지몽매한 인민이 터무니없이 믿을 뿐입니다. 조선도 마찬가지입니다만……."

"나는 그 선약이 산삼이었으리라 확신하네. 수(壽)를 연장하는 영약(靈藥)을 구한다면, 산삼 말고 또 무엇이 있나. 진시황이 영약을 구하고자 했다면 어찌 산삼이 많이 생산되는 조선을 제쳐두고 산삼이 생산되지 않는 일본으로 가게 했겠는가? 서불은 조선에 와서 헤매다가 끝내 산삼을 못 찾고, 왜로 간다는 소문을 퍼뜨리고는 어느 섬

엔가 숨어버렸을 것이네."

"옳은 말씀입니다. 한데 혹시 산삼을 드셔보셨는지요? 정말이지 가삼(家蔘, 심어 가꾼 인삼)이 산삼과 맞먹을 만큼 훌륭한지 궁금합니다."

"나도 가삼만 먹어보고 산삼은 못 먹어보았네."

대정천에 닿았다. 물이 세 갈래로 나뉘어 흘렀다. 장마철이면 하나로 합쳐질 듯했다. 깊이는 반길밖에 되지 않았으나 급하게 소용돌이쳤다. 배다리를 놓을 수도 있는데 놓지 않았으니 영문을 모르겠다는 이가 반, 배다리를 아예 놓을 수가 없겠다는 이가 반이었다. 종놈·격군이 조선에서처럼 설마 우리더러 가마를 메고 나르라는 것은 아니겠지 하면서도 혹시나 하고 윗사람들 눈치를 살폈다.

어디선가 왜인 천여 명이 우 쏟아져나왔다. 무리 지어 판자·대나무·새끼줄 등으로 튼튼히 만든 목판을 지녔다. 큰 목판에 교자와 사람 서넛을 태웠다. 40여 인이 어깨에 메고 시냇물을 개헤엄치듯 건넜다. 중간 크기 목판에는 남여와 짐을 얹어서 10여 명이 운반했다. 작은 목판은 사람 두엇을 앉혀 여섯 명이 옮겼다. 보따리 짐을 광주리에 담아서 옮기거나 그냥 어깨에 메고 건너는 왜인도 숱했다.

왜인은 거의 알몸이었다. 윗옷만 입고 바지 없이 정강이에 조각천만 둘렀다. 이 추운 날 시린 물속을 아무렇지도 않게 오가는 왜인의 다리가 볼 만했다. 뻘겋게 드러난 다리에 쑥뜸 흔적이 낭자했다.

뒤쪽에서 왜인 하나가 말을 타고 달려나왔다. 이놈이 갓길을 쭉 달려가서 시야에 보이지 않았으면 말썽이 없었겠다. 말을 늦추고

서는 힐끔힐끔 뒤돌아보며 낄낄대는 것이었다. 국서 수레 호위하는 장졸들 눈에 몹시 거슬렸다.

군관 겸 별파진 허규가 갓길로 달려가 그자의 대나무 삿갓을 채찍으로 내리쳤다.

"썩 비켜나지 못할까!"

왜인이 몽둥이 들고 대항하려 했다. 허규가 "이놈이 죽고 싶어 돌았나!" 또 한 번 채찍을 휘두르자 왜인은 어마 뜨거워라 달아났다.

등지(藤枝) 고장 숙소에 들었다.

대마통사 길랑병오(吉郎兵五)가 허규를 찾더니 욕을 해댔다. 〈이 누칙쇼!〉 〈쿠소가키!〉 〈보케!〉 〈바카야로!〉 〈헨타이야로!〉

가장 빨리 배우고 익히는 게 욕이다. 허규도 그간 배운 왜 욕을 써먹었다. 〈치큐쇼!〉 〈데키소코나이!〉 〈데바카에!〉 〈시니나 쿠즈가!〉 〈무시케라메!〉

두 사람은 씩씩대며 으르렁댔다. 누가 먼저 주먹을 날리기만 하면 크게 한판 붙을 판이었다.

여러 사람이 둘러싸고 진정시켰다. 알고 보니 허규에게 채찍으로 대가리를 맞은 놈이 길랑병오의 종놈이었다. 종놈의 분을 풀어주고자 주인이랍시고 달려온 것이었다.

"며칠 전에도 국서를 범한 두 놈이 너희 도주에게 벌받은 일을 모르는가? 대죄를 범한 종놈을 스스로 벌해야 할 놈이 오히려 광란이구나. 너 또한 네 종놈과 함께 대죄를 받을 것이다." 허규가 조선말로 으르렁댔다.

길랑병오가 조선말로 대꾸했다. "내가 그대를 잘 대해준 것을 마땅히 알아야 해. 이처럼 시건방지다니. 내가 모를 줄 아나?"

"네 따위 게 뭘 알아?"

"네 어미가 관비라지?"

"이놈이……." 허규가 채찍을 꺼내들고 후려치는 것을 다른 군관들이 겨우 뜯어말렸다.

허규가 관비 자식이라는 것은 조선인 중에도 아는 이가 드물었다. 윗사람은 몇 알아도 아랫사람은 거의 몰랐다.

통사 길랑병오는 대마도 실력자의 조카로서 세력을 믿었는지 원래부터 방자하기로 악평이 난 자였다. 초량왜관에 사오 년을 묵어 웬만한 조선인보다 조선 물정에 빠삭했다. 그렇다고 해도 얼자로 태어나 출세한 허규의 이력까지 알다니? 조선 사람이 자세히 가르쳐주기 전에는 알기 어려운 바다. 그런 것까지 일러준 자들이 누구겠는가!

당사자는 침통하여 땅만 노려보는데, 젊은 군관들이 씩씩댔다.

"역관놈들 입이 더럽게 싸군."

"싸다 뿐인가? 미친 소리를 염불해대지. 대마도 것들의 수고가 이전보다 배는 더하다니? 이게 뭔 개소리겠어. 역관 놈들끼리 똥구멍을 살살 핥아주는 거지."

"대마도 것들의 오만방자함이 도를 넘었어."

"역관 놈들의 주둥이를 확 찢어버릴까!"

조학신이 뚜벅뚜벅 걸어갔다. "제가 가서 싹 찢어버리고 오겠습니다!"

조학신을 붙잡아 앉히느라고 여럿이 힘을 썼다.

다소 진정된 후에, 허규가 입을 열었다. "틀린 말은 아니잖은가. 자네들도 내가 얼자라고 시삐 보는 것을 내 모르겠는가."

평소에는 흰쌀에 섞인 보리쌀 취급을 하더니 갑자기 동류 취급을 해주느냐는 뜻이겠다. 군관들이 아니라고 선뜻 발명하기 힘들었다. 허규는 넋 빠진 이처럼 어디론가 가버렸다.

이 일이 부사 이인배에게 보고되었다. 이인배는 세 당상역관을 보내 대마주에게 전말을 전하도록 했다. 지난번 일과는 비교되는 것이, 왜인 종놈과 국서의 거리가 상당한 편이어서 작정하고 국서를 범했다고 몰기에는 지나친 감이 있었다. 어쨌든 먼저 때린 것이 조선인이기도 했다. 대마주의 〈자세히 조사하여 죄주겠다〉는 전갈만 받고 덮어두기로 했다.

이 일로, 허규가 관비의 아들이라는 것을 모르는 이가 없게 되었다. 모르던 걸 알게 된 아랫것들이 떠들었다.

"지미, 나보다도 천한 것이 거들먹대기는. 내 어머님은 양인이셨다고. 아버님이 노비라서 나도 노비가 된 것뿐이라고."

"같은 얼자라도 재수 좋으면 양인 되는 거고, 재수 더러우면 평생 종으로 사는 거고."

노비법이 하도 자주 바뀌고 법대로 지켜지는 것도 아니어서 대중 잡기가 힘들지만, 어미가 노비인 경우 아비의 신분에 상관없이 자식도 무조건 노비가 되는 것이 보통이었다. 다만 아비가 양인인데 대를 이을 자식이 없다면 노비의 자식이라도 양인으로 인정해주었다. 허규가 그런 경우였다. 법적으로는 분명히 양인이었다. 허나 세상 사람에겐 관비 아들이라는 사실이 명징했다.

"근본 없는 얼자도 출세해갖고 깝죽거리는데, 나는 이게 뭐냐."

"요새 종놈 상놈 그런 게 무슨 상관이냐. 종놈 부자가 쎄고 쎘고 양반 거지가 돌멩이처럼 흔해 빠졌는데. 돈 벌고 출세한 놈이 장땡이고 너 같은 상것은 그냥 삼팔따라지야."

"그야말로 개천에서 난 용이시구만. 그분이 군관짜리들 중에 제법 인품이 있잖아. 더욱 존경스러운걸."

대판(大坂, 오사카)―2월 10일

동양 삼국에 흔한 절이 죽림사(竹林寺, 지쿠린지)겠다. 대나무밭에 둘러싸인 절이 한둘이겠는가. 조선 뱃사람들이 머문 오사카 낭화강의 한 포구에도 죽림사가 있었다. 죽림사의 건물 한 채를 빌어 의원(醫院)으로 쓰도록 조처되었다. 소동 김한중은 366인이 떠나고 즉시 죽림사로 옮겨졌다.

남겨진 의원 남두민이 소동 김한중에게 갖은 약을 다 썼지만 백약이 무효였다. 나잇살이 부끄러운지도 모르고 울먹였다. "부끄럽다, 한중아. 너 하나를 살리지 못하는구나. 고작 이게 내 의술이다. 아무리 풍토병이라지만, 내 능력이 안 되는 게야. 양의 이좌국이라면 널 살릴 수도 있었어."

환자가 의원을 위로했다. "인삼도 먹었는데요, 인삼 먹고도 안 되면 안 되는 거지요. 의원님이 무슨 잘못예요."

"아니다, 아니야, 내가 못나서 너를 못 살리는 게다."

광광 작가 이기선장 변탁은 때때로 찾았다. 아프다는 격군을 몇몇 데리고 왔다가 둘러보기도 했다.

김한중은 꼭 물었다. "언니들은 잘 계시지요? 언니들이 보고 싶습니다."

죽림사 주지승이 심심치 않게 필담 상대를 해준다지만, 대개 홀로 누워 있는 것이 서러운 모양이었다.

"그 천둥벌거숭이들이야 미친듯이 잘 있지. 천당 만난 놈들 같아. 윗사람들이 없으니까 살판 났어. 이것들이 평생 노름 다 하고 갈 판이다. 옷가지까지 다 잃고 빨가벗고 지내는 놈이 부지기수야."

"선장님하고 도훈도 나리가 계시잖아요."

"그것들이 우리를 졸로 보지, 차포상마로 보나?"

"마음대로 밖에 나갈 수도 없다면서요?"

"지키기야 여기 왜놈들이 철통같이 지키지. 개구멍이 많아서 그렇지."

사흘 전에는 뜻밖의 얘기를 했다.

"선장님, 사실은 저 유부남예요."

"뭐? 어떻게 그럴 수가 있나. 자네가 나이 많은 것은 소동 행수 자리로 뽑은 것이니 했지만 어떻게 유부남이 소동으로 올 수가 있어?"

"다른 사람들은 모르지요…… 아이들이 보고 싶어요."

"몇 살이냐?"

"네 살, 두 살요."

"눈에 밟혀서 배를 어떻게 탔어?"

"먹고살려고요."

그리고 오늘이었다. 선장 변탁이 또 들어서니, 남두민이 바다를 처량히 바라보고 있었다.

"한중이 아직 살아 있지요?"

"살아 있네. 오늘을 넘기지 못할 게야."

"딱해서 어쩝니까!"

주지승이 서너 살짜리 아이 둘을 데리고 들어왔다.

변탁이 어설픈 왜말로 물었다. 〈그 아이들은 뭡니까?〉

〈아픈 사람이 자꾸 두 아이가 보고 싶다고 해서…….〉

"즈이 아이도 아닌데 봐서 뭐해."

세 사람은 두 아이를 앞세워 환자의 방으로 들어갔다. 김한중이 두 아이를 보고 간신히 웃었다.

"지필묵……."

마지막 소원이지 싶었다. 붓과 종이를 준비해주었다. 변탁이 먹을 갈아주었다.

김한중은 짧디짧은 인생을 정리하듯 한 자 한 자 썼다.

今春倭國客(금춘왜국객)	이 봄에는 왜국의 손님이지만,
去年朝中人(거년조중인)	작년엔 조선에 살던 사람이었네.
浮世何會定(부세하회정)	둥둥 떠가는 세상에 어찌 정해짐이 있을 것인가.
可歸古池春(가귀고지춘)	고향땅의 봄으로 돌아갈 수 있을 것인가.

김한중이 영영 눈감았다.

주지승이 "나무아미타불, 나무아미타불"을 끝없이 외웠다. 훗날

주지승이 김한중의 넋을 달래려고 읊은 "나무아미타불"이 백만 번도 넘는다는 황당한 전설이 진실처럼 퍼진다.

변탁이 내려오자 격군은 십여 동아리를 지어 나름대로 놀고들 있었다. 변탁이 버럭 소리질렀다.

"김한중이 죽었다! 갔다고, 이 귀양다리들아."

잠시였지만 뱃사람들은 저마다의 표정과 몸짓으로 슬픔을 표했다.

장얼인노미가 익살 부렸다. "갈 사람은 간 것이고, 놀 사람은 계속 놀자고. 우리가 뭐 죽은 사람 한두 번 겪나."

사행단이 남겨놓고 간, 무명·의복·솜·종이로 염습했다. 관은 함께 남아 있던 왜 금도·통사가 대령했다.

강고(江尻, 에지리) ― 2월 10일

새벽에 바리때를 잃어버린 자들이 있었다. 밥그릇처럼 소중한 것을 잃어버리다니, 아랫사람들에게는 일어나기 힘든 일이고, 시중꾼에게 맡기는 윗사람에게서 자주 일어났다. 종놈이 안 챙겨주고 왜인 시중꾼이 챙겨주니 그런 것일까. 남옥은 의심스럽기도 했지만 심부름하는 왜인이 대단히 성실한데 알 수 없는 일이다, 하고 넘어갔다.

무판(舞板, 마이사카) 또는 우진(宇津, 우쓰)이라는 큰 고개가 있었다. 오르고 내리는데 거의 20리 길이었다. 왜국에서 거리로 따지면 상근령(箱根嶺) 다음가는 고개였다.

해괴한 몰골로 나팔을 불면서 돈을 구걸하는 거사(居士)·무격(巫覡)의 무리가 잊을 만하면 나타났다.

금으로 아로새긴 장판을 펼치고 그 앞에서 경쇠를 두드리면서 양식을 구걸하는 중들도 끊이지 않았다.

한 길 정도 되는 죽통이 시냇물에 세워졌다. 죽통 꼭대기에 흘러나온 맑은 물이 땅 위 물통으로 떨어졌다. 죽통을 처음 세우고 한번 물을 빨아당기면, 물이 빠는 기운을 따라서 쉬지 않고 올라온다. 한번 물이 솟으면 다시는 끊어지지 않는 것이다.

허규와 변박은 그 원리를 금방 깨우쳤다.

"흡인력을 이용한 것이군."

"우리나라에도 흡인력을 빌린 도구들이 꽤 있습니다."

강고(江尻)는 명고옥 못지않게 번화하나 명고옥에 미치지 못한다는 게 여론이었다. 도쿠가와 이에야스(德川家康)가 처음 도읍했던 곳이다. 강호로 도읍을 옮긴 이후에도 쇼군 가문의 출발지라 하여 대우가 특출하단다.

관소는 보태사(寶泰寺, 호우다이지)였다. 화양원(華陽院)이라고도 하는데 쇼군이 수시로 와서 분향(焚香)하기 때문이란다. 절은 넓고 시원했다. 기암괴석이 열 지어 네모진 못가를 에워쌌다. 기화이초(奇花異草)가 울타리를 이루었다. 태반이 이름을 전혀 추측을 못 하겠고 그 비슷한 것도 못 본 것이었으나, 모두 한목소리로 그중 괴이하다고 한 식물이 있었다. 소의 혀처럼 생겼다. 푸른 과일 빛이 났다. 줄기도 아니고 잎도 아니다. 나무 같기도 했고 풀 같기도 했다. '선인장(仙人掌)'이라고 했다. 43년 전 제술관 신유한은 '귤이 담장을 뚫었다'고 적어놓았는데, 귤은 그림자도 볼 수 없었다.

길원(吉原, 요시와라) ― 2월 11일

밤부터 비가 계속 내리고 마필(馬匹) 대령도 지체되었다. 삼사는 머무르고 싶었으나, 대마주가 이미 떠났다니 부득이 출발하였다. 거지반 열흘 전 겪었던 일을 상기하고 공포에 질렸다.

오산(鼇山)의 청견사(淸見寺)에 올랐다. 전방에 안개가 자욱했고 저 끝에 물마루가 있었다. 후방은 산이 병풍처럼 둘렀다. 절 건물이 우뚝우뚝 솟았고, 폭포가 쏟아졌다. 앞뜰에 한 그루 매화나무가 퍼뜨린 그늘이 집 세 칸을 덮었다. 바야흐로 꽃이 피어서 눈이 내린 듯하고 향기가 진동했다.

보태사에서 본 것보다 더 길고 큰 선인장이 있었다.

이전 통신사가 남긴 필적이 법당 문설주에 현판으로 있었다. 병오년(1606, 선조 39)의 삼사와 무진년(1748, 영조 24)의 삼사가 지은 칠언절구 한 수씩, 신유년(1643, 인조 21) 독축관(讀祝官) 박안기(朴安期)의 필적인 '諸佛宅(제불택)'.

박안기는 일본 천문학자에게 『칠정산七政算』(조선 세종 때에 이순지, 김담 등이 왕명에 따라 펴낸 역서曆書. 내편과 외편으로 되어 있는데, 중국 원나라의 역법과 명나라의 역법을 참고하여 우리나라의 실정에 맞게 꾸몄다)을 가르쳐준 것으로 유명하다. 박안기 덕분에 일본은 비로소 자국 실정에 맞는 역법을 완성했다는 학설이 유력하단다.

정서기 성대중이 알렸다. "전부터 이 절을 논하는 사람이 간혹 우리나라의 양양(襄陽) 낙산사(洛山寺)에다 비유하곤 했습니다."

이 말을 전해들은 주지승이 화원 김유성에게 졸랐다. 〈낙산사의 그림을 얻고 싶습니다. 화원께서는 낙산사를 여러 점 그리셨다고 들었습니다. 한 점만 그려주소서.〉

김유성이 졸리다 못해 허락했다. 〈돌아오는 길에 그려주겠소.〉

이상한 일이지만, 왜인이 절이라고 일컫는 곳에서 사미승(沙彌僧, 십계十戒를 받고 구족계具足戒를 받기 위하여 수행하고 있는 어린 남자 승려)을 본 적이 없었다. 이 절에서 처음으로 사미승을 만났다.

해안이 길었다. 성난 파도가 철썩거렸다. 바다 내음이 엄습했다. 소금 굽는 가마솥이 끝없었다. 진흙길을 걸어서 한 준령(峻嶺)을 넘었다. 바닷가 벼랑에 길이 험하고 급하여 간담이 서늘했다. 앞만 보고 걸었다.

풀로 엮은 암자가 드문드문 보였다. 부사천(富士川)의 21척짜리 주교를 건넜다. 내가 넓고 깊었다. 비바람이 심하게 몰아쳤다. 인마가 거의 쓰러질 뻔하였다. 일행이 후줄근히 젖었다.

삼사는 예정 참소까지 가기 힘드니 가까운 곳에서 유숙하자고 전갈했다. 대마주는 너무 멀리 가 있어 마냥 대답을 기다릴 수 없었다. 삼사는 왜인을 재촉하여 길원이란 고을로 들어갔다. 수역 최학령이 대마인의 뜻을 가져왔다. 내처 가자는 것이었다.

조엄이 준엄히 나무랐다. "그자들은 주교를 고쳐놓는다는 핑계로 머물고, 시내 건너기 어렵다고 머물렀다. 잘만 지체하더니 왜 서두르는가? 수역이 그런 말을 들어와서 고하는 것 자체가 온당치 못하다. 내 말이 중요한가, 저자들의 말이 중요한가?"

이부자리 없는 이가 많았다. 종놈이 손수 챙겨온 경우면 있고, 짐 수레 편에 실었으면 먼저 까마득히 가버린 것이다.

"침구가 없더라도 떠난 것보다는 낫다!"라고 입을 모았다. 더는 풍우에 시달리고 싶지 않은 것이었다.

뜻밖에 떼거리 손님을 맞은 길원 고장은 난리를 맞은 듯했다. 갑자기 변통하여 이것저것 접대 준비하는 것도 급했지만 치부를 가리기 위해 동분서주했다.

길원은 왜국 최대의 유곽거리였다. 강호에 산재하던 유녀옥(遊女屋)을 길이 135칸, 폭 180칸의 구역을 조성하여 몰아넣었다. 북쪽을 제외하고 삼면을 수로로 둘렀다. 환락가이며 사교장이며 매매춘 천국이었다. 조선으로 치면 한양의 모든 기생집과 놀이집을 한자리에 모아놓은 것이겠다.

길원은 역대 사행이 점심만 먹고 지나친 곳이었다. 이번 사행이 유일하게 유숙했지만, 요시와라의 참모습을 알아챈 이는 아무도 없었다. 요시와라의 밤은 모처럼 고요했다.

부사산(富士山, 후지산)—2월 12일

아침 북쪽 창문에 부사산이 우뚝 솟았다. 푸른 하늘 속에서 산 정상이 희맑았다. 자연의 장관을 보았을 때, 있는 그대로를 감상하지 못하고, 비교하고 대조하고 추리하고 품평해야 직성이 풀리는 것도 인간의 한 습성일 테다.

"몸집이 부대하고 중후하니, 부산(富山)이라고 이름 지을 만하군. 물에 솟은 부용(芙蓉) 같으니 부용봉(芙蓉峯)이라고 해도 괜찮겠어."

"저어기는 사철 항상 흰빛이랍니다."

"눈이야, 눈. 눈이 녹지 않고 쌓여 있는 거야. 사철 내내. 우리 백두산처럼."

"눈빛이 아니고 이끼빛이라네. 금강산 가본 이는 알지. 금강산 바위마다 흰 이끼가 끼었는데 그게 멀리서보면 눈처럼 하얗게 보이는 거라고. 금강산 안 가봤으면 말을 마."

"괴력난신일지도 모르지. 산이 높으면 음산한 기운이 서려 흩어지지 않아. 불가해한 물리 현상이 존재한다는 거야. 화산이나 온천 같은 게 그렇지. 저 흰빛도 우리가 전혀 모르는 작용일 수도 있어."

"꼭대기에 큰 못이 있다던데."

"말도 안 돼. 어떻게 산꼭대기에 못이 있어?"

"백두산에는 천지가 있고, 한라산에는 백록담이 있다잖아. 저 산 꼭대기에 없으라는 법 있나."

"틀림없이 있네. 일본 산맥은 우리나라에서 건너간 것이야. 백두 대간이 남쪽으로 뻗어서 조선을 형성하고 일본 산맥까지 만든 거지.

우리가 건너온 바다가 옛날에는 다 육지였어. 백두대간은 정말 장대하지. 북쪽으로 뻗어간 것은 상상 불가하게 흑룡강까지 넘어간다는 게야. 아무튼 부사산은 백두산의 아손(兒孫)이니, 백두산처럼 그 머리가 희고 꼭대기에 못이 있는 것이네."

"그럴듯합니다만, 왜국 열도는 백두대간과 무관합니다. 중국 남쪽에서 출발한 장기산맥(長鬐山脈)이 바다를 건너 일기도를 거쳐 들어왔겠지요."

"그게 아니고, 백두대간이 북해를 경유하여 온 것이야."

부사산에 올라가본 적이 없는 조선인들이 이러쿵저러쿵하는데, 왜인은 혀가 잘려나간 이들처럼 묵묵부답이었다. 올라가본 이도 있을 테고, 올라가지 않았더라도 들은 바가 상당할 텐데, 평소에는 귀찮게 알려주는 것도 많더니만, 물어봐도 속 시원히 대답해주는 자가 하나도 없었다.

"우리나라 웬만한 산보다 몇 배는 높아."

"서울의 백악산과 비슷한 정도야. 삼각산, 도봉산과 우열을 다퉈."

"그것보다는 한참 높아."

"아니, 낮아. 백악산보다도 낮아."

"어허, 백두산만큼 높다니까. 우리가 닷새 전 삼사백 리 밖에서 부사산을 보았네. 웬만큼 높지는 않고서는 불가능한 일일세. 왜 상인들이 바다에서도 부사산 꼭대기 눈빛을 가지고 방위를 판별한다니 그 높이를 짐작할 수 있잖나."

"자네, 백두산을 올라가봤나?"

"아니, 뭐, 그럴 거라는 거지. 꼭 올라가봐야 아는가? 책 보고 알수도 있는 일이지. 백두산, 거길 누가 올라가봤겠나. 우리 일행 중에는 아무도 없을걸. 한라산 가본 이도 하나 없을걸. 지리산, 금강산도 가본 이가 손가락으로 꼽을걸."

"내가 백두산까지는 아니고, 일찍이 마천령(摩天嶺)·마운령(摩雲嶺) 두 고개를 넘은 적이 있었네. 그 고개들도 저 부사산보다는 높았네. 묘향산이나 지리산 정도는 되겠어."

거리와 높이 같은 명확한 사실이 있는 일에 대해서는 제 의견을 망설이던 이들도, 자기 마음대로 느끼는 문제에 관해서는 주저함이 없었다.

대세 의견은 이러했다. 경치로는 금강산에 크게 못 미친다. 백옥 같은 금강산 1만 2천 봉우리의 천태만상의 기이한 경치를 어찌 부사산 따위가 견주겠는가? 허나 풍부하고 거대하며 웅장하고 중후한 형상이다.

일행이 50리를 지나서 부사산을 돌아보았다. 여전히 부사산 밑자락을 벗어나지 못했다. 아침에 부사산을 낮잡았던 이들은 저절로 되돌이켰다. 우리 예상을 초월한 높이일 수도 있다!

저녁에 삼도(三島, 미시마)에 닿았다. 섬 도(島) 자가 들어가 있지만, 실제로는 바다와 10여 리는 떨어졌다. 혹 까마득한 옛날에는 세 섬이 오순도순했는지도 모른다.

부서기 원중거는 정말이지 사실이 알고 싶었다. 저녁에 나바 로도와 이야기할 때, 부사산의 고저를 물었다.

〈일찍이 가본 적이 없어서 자세히 모릅니다.〉

〈직접 가보지는 않았어도 믿을 만한 사람의 기록은 있을 것 아니오?〉

나바는 거짓말에 능숙하지 못한 이라 난감해하다가 썼다. 〈먼저 의견을 듣고 싶습니다.〉

원중거는 아침부터 본 것을 가지고 나름대로 산 높이 추정한 것을 써 보였다.

나바가 찬찬히 읽고 썼다. 〈산의 높낮이를 잰 것과 거리의 원근을 계산한 것은 선생께서 바다를 바라보는 등의 법으로 미루어 아신 것입니까?〉

〈아니오. 나는 산행에 익숙한 것이지 따로 계산하는 법이 있지는 않소.〉

원중거가 자기 나름으로 계산했던 법이, 나바가 아는 아랍에서 전래한 원근법과 대략 일치했다.

나바가 문득 이마에 손을 대고 절했다. 상대방한테 경탄했을 때 일본 지식인들이 하는 동작이다.

나바가 썼다. 〈선생께서는 신의 눈을 가지고 계십니다. 선생님의 계산과 저희가 아는 바가 일치합니다…… 더는 감히 꾸미는 말을 일삼을 수가 없군요. 이번 행차에 앞서, 나라에서 금함이 있었습니다. 국방이나 지리에 관한 문제는 일체 발설해서는 안 된다는 것이지요. 저희 유생 무리 또한 어기지 못했습니다. 제가 성심으로 아끼고 사모하는 분이시니 선생께는 모두 말씀드리겠습니다.〉

〈고맙소. 나 같은 별 볼 일 없는 서생이 부사산의 높이를 안다고 귀국에 무슨 해가 되겠소? 나는 그저 알고 싶어서 그러는 것이오. 내가 잡스러운 사람이라 쓸데없이 궁금한 게 많소.〉

〈이러저러합니다…… 정상에는 여덟 개의 봉우리가 있고, 팔엽봉의 가운데에 둘레가 40리쯤 되는 연못이 있습니다. 연못물은 검푸른 빛인데 너무 차서 손으로는 떠 마실 수가 없습니다. 5월 하지(夏至) 때에야 얼음과 눈이 다 녹지요…… 그러저러합니다.〉

원중거가 다 읽고 나서 썼다. 〈대개 명산 위에는 연못이 있소. 남쪽 바다에 있는 것은 차가운 샘물이 많으니, 하늘의 뜻이 뜨거운 기운을 누르고자 하기 때문입니다.〉

원중거는 그저 알려줘서 고맙다는 가벼운 마음으로 쓴 말인데, 나바가 뜻밖에도 논쟁 일으키는 답을 썼다. 〈저는 일찍이 항상 오행생극(五行生剋)의 이론을 의심했습니다. 이러니저러니…….〉

음양오행(陰陽五行)을 신뢰하는 조선 실학자, 오행생극을 부정하는 왜국 실학자가 세게 한번 붙게 되었다. 필담한 종이가 수북이 쌓였다.

나바가 벌떡 일어나 절하고 다시 앉았다. 〈저는 이제 구름을 헤치고 하늘을 보게 되었으니 마침내 서리와 눈처럼 늠름합니다. 청컨대 필담한 종이를 가지고 가서 다른 유생에게도 깨우쳐주었으면 합니다.〉

그동안 필담한 것은 물어보지도 않고 다 가져가더니만 새삼스럽게 왜 물어보는 걸까. 내가 무슨 중대한 얘기라도 했나? 원중거는 괜히 걱정스러운 마음이 되었다.

〈필담은 어지럽고 또 틀린 글자와 빠진 글자도 많으니 다른 사람

에게 보이는 것은 마땅하지 않소.〉

〈틀린 글자가 없습니다. 이것은 큰 학문이나 다름없습니다. 제가 잘 필사해서 많은 사람에게 돌려 보이겠습니다.〉

나바는 필담한 종이들을 둘둘 말아 품안에 꼭 끌어안고는 빼앗길까봐 두려운 사람처럼 급히 가버렸다.

나바 로도 역시 부사산에 올라가본 적이 없었고 지식으로 아는 얘기를 전해준 바였다. 어쨌든 원중거가 일행 중 누구보다도 부사산의 근사치를 제대로 추산했고, 부사산의 자세함을 들었다.

조선인도 중국인도 심지어는 왜인도 백두산이 부사산보다는 한 걸음이라도 조금이라도 더 높다고 믿었다. 대륙에 있는 거산이 바다에 있는 산보다 당연히 높지 않겠는가. 기실, 백두산(2,750미터)이 부사산(3,776미터)에 한참 모자랐다.

대판(大坂, 오사카) ─ 2월 13일

김국창은 몸이 좋지 않아 오사카에 남은 백여 명 중 하나였다. 16년 전 소동으로 강호에 다녀온 바가 있어 크게 미련도 없었다. 격군 이광하가 찾아왔다. 김국창은 섬뜩한 눈빛에 소스라쳐 뒷걸음질쳤다.

"이야기를 적어준다고 하던데."

"어, 뭐 그렇지. 자네도 할 얘기가 있나?"

"김한중이가 죽는 걸 보니까…… 사람이 언제 죽을지 모르니까……."

"그래, 할 얘기가 있으면 털어놓아야지. 가슴에 쌓아두면 병 생겨."

"적어주시오⋯⋯ 업복이는 언문소설 읽는 재주를 타고났다. 소설책 읽어주는 자들을 전기수라고 부른다. 전기수들 중에는 형편없는 노인네도 많았다. 그들은 수십 년 동안 소설책을 읽었지만, 업복이처럼 듣기 좋은 목소리를 내지 못했다. 그들이 잘나가는 전기수가 되기 위해 얼마나 노력했을 것인가. 업복이는 여덟 살에 언문을 배우자마자 사람들 앞에서 책을 읽었는데 누구나 흡족해했다.

소설책은 무한한 힘을 가졌다. 누가 어떻게 읽는가에 따라서 그 힘은 김매는 호미가 될 수도 있고 천지조화를 부릴 수 있는 여의봉이 될 수도 있다. 업복이는 소설책을 여의봉처럼 부렸다. 소설책에 의지하는 규중의 여인들에게 재미와 위안을 주었다."

이광하가 돌연히 "관두겠어. 의미 없는 짓이야!" 하고는 획 가버렸다.

"싱거운 사람 같으니라고. 그나저나 눈빛 한번 무섭구만. 음, 타고난 전기수 목소리로고! 아까운 이야기 놓친 것 같아." 김국창은 입맛을 다셨다.

상근령(箱根嶺, 하코네미네) ─ 2월 13일

고갯길이 나왔다. 험난하지는 않았으나, 한도 없이 올라갔다. 화살 만들기에 적합한 대나무 떨기들이 가득해서 상근령이라 한다는데, 과연 대나무 숲이 지천이었다.

부사 이인배가 반인으로 데려온 명궁 김응석(金應錫, 39세)에게 살펴볼 것을 지시했다. 김응석이 이상스럽다는 얼굴로 보고했다. "온 산이 다 총죽(叢竹, 키가 작고 가는 대나무)이기는 합니다. 한데 화살 만들기에 합당한 것이 없습니다. 저따위로 화살을 만든다면 쏘자마자 갈라질 겁니다."

"괴이한 일이 아닌가. 우리랑 화살 만드는 법이 다른가?"

"그럴지도 모르겠습니다. 임진왜란 때도 활과 화살은 우리 조선이 훨씬 강력했다니까요. 저것들이 좋은 화살을 만들 수가 없어 일찍부터 총에 매달렸는지도 모르지요."

예닐곱 살 아이들이 떼 지어 장사했다. 광주리를 끼고 떡 사라고 외쳐댔다. 아이들을 동정하여 앞다퉈 사먹었다.

"어이구, 우리집 애들도 저러고 있을 텐데." 자식을 떠올리고 불현듯 눈물 훔치는 이들도 있었다.

구룡담(九龍潭)이라는 큰 호수가 맞이해주었다. 아직도 높은 산마루인데 둘레가 거의 40리나 되는 호수가 있다니. 크기로 따진다면 비파호의 작은 개미구멍에 지나지 않을 것이다. 기이한 것은 어디선가 흘러내려 오거나 들어오고 나가는 물줄기가 없다는 것이었다.

이런 호수에 전설이 없으랴. 삽사리가 썼다.

아홉 개의 머리를 가진 신룡(神龍)이 물 가운데 있어서, 사람이 혹 그 앞에 가까이 가면 문득 잡아먹힌다. 에라, 그럼 여기 사는 사람이 하나도 없게. 여기 사는 사람은 뭐냐? 제발 전설을 만들더라도 말 좀 되게 만들자.

호숫가에 작은 가게가 백여 호나 되었다. 3분의 2는 찻집이고 3분의 1은 떡집이었다. 저 숱한 집이 장사가 될 정도로 관광객이 사시사철 끊이지 않는단다.

호숫가 대여섯 곳 불당(佛堂)에 금부처, 구리부처가 있었다. 길가에 다양한 자세를 취한 돌부처가 무수했다. 전라도 운주사(雲住寺)를 떠올린 이가 여럿이었다.

차밭이 보일 뿐, 갈아놓은 밭이 드물었다. 땅이 썩는 것도 문제지만 한여름까지도 냉기가 가시지 않아 곡식을 심기에 마땅하지 않단다. 고기잡이배도 있었다. 구룡담에 다른 고기는 드물고 황어(黃漁)만 가득하단다. 한 어부가 황어를 보여주었다. 등은 검고 배는 누런데 두 자나 되었다.

두 개의 문이 수십 보를 두고 마주보았다. 들어가는 문 앞에 창을 세워놓고 활과 검을 늘어놓았다. 지키던 왜장수가 왈왈댔고 대마인이 바쁘게 뛰어다녔다.

수역 최학령이 조엄에게 보고했다.

"관백의 별장을 지나는 길이랍니다. 일본 각 주의 태수들이 모두 말에서 내려 지나간답니다. 무진년(1748) 때에도 사상 외에 상상관 이하 모두가 교자와 말에서 내렸답니다. 그래서 지금 말에서 내리라고 야단입니다."

"관백의 궁전(宮殿)이라면 모를까, 별장인데도 그러하단 말인가?"

"전례라고 합니다."

"나도 내리라는 말인가?"

"아닙니다, 그저 일산만 거두시죠."

"괴이쩍고 의아스럽다."

"이곳은 강호 제일의 관문이기 때문에 행인은 반드시 조사를 받는다 합니다. 그만큼 중시 여긴다는군요. 너그러이……."

겨우 10여 보 거리다. 조엄은 뒤에 알리고 자시고 할 것도 없이 먼저 지나갔다. 뒤에 사람들은 왜 말에 내리라는 거냐, 손님을 불러놓고 내려서 가라는 게 말이 되냐, 관백이 여기 있는 것도 아니고 장난하냐, 따져댔고, 따지다가 왜인들과 멱살잡이도 했다. 북새통이었다.

임취빈이 중얼거렸다. "굳이 열 걸음 걸어서 가라는 이들이나, 굳이 열 걸음 걷는 것 때문에 시비하는 자들이나 똑같아!"

내려가는 고갯길이 가팔랐다. 돌을 깔아 미끄럼을 방지했다고는 하지만 사람이고 말이고 조금만 발을 잘못 딛게 되면 엎어지기 쉬웠다. 비명이 난무했다.

산에 올라가기는 어려워도 내려오기는 쉽다더니, 여기는 하산이 열 곱절은 고되었다.

불꽃과 연기가 하늘을 덮고 촘촘한 대나무가 타서 터지는 소리가 천둥 같았다. 타오르는 세력이 급박했다. 불과 백여 보 떨어진 데였다. 불을 아는 이들은 겁이 바짝 났다. 바람을 타면 백 보는 순간의 거리였다. 언제 바람이 바뀔지 몰랐다.

"빨리! 빨리!"

"말 탄 자는 내려라. 말이 느리다."

"뒤쪽에 알려라, 행보를 신속히!"

불 모르는 이는 천천히 불구경하면서 가도 되지 않으냐고 불퉁거렸다. 일행이 다 건너온 뒤에 불 기세가 과연 큰길에 미쳤다. 불 모르는 이들은 목덜미가 서늘했다.

날이 저물어서야 소전원(小田原, 오다와라) 관소에 닿았다.

수역 최학령이 보고했다. "먼저 보낸 보라매가 정월 초여드렛날 비로소 강호에 도착했으나 반 이상이 죽었다고 합니다. 그것을 저들이 이미 인수하였는데 비록 예단의 숫자에는 부족하나 전부터 이런 것을 탈 잡는 일은 없었다고 합니다. 이마 장세문이 인솔한 예단마와 재마(才馬)는 2월 초이튿날 무사히 강호에 들어갔다고 합니다."

등택(藤澤, 후지사와) ― 2월 14일

바다를 따라서 황폐한 땅이 잇달았다. 왜국의 수도라는 강호에 가까이 갈수록 산세는 웅장한데, 땅의 성질은 척박했다. 그렇게 보아서 그런지 모르겠지만 마을 형색이 대단히 군색했다.

머리는 빡빡 밀고 벌거벗은 등짝·팔다리는 칼로 피부를 도려내고 먹물을 들여 글자와 그림을 자자(刺字)한 이가 무수했다. 열에 아홉이 그런 단발문신(斷髮文身)이었다. 하도 봐서 이제 놀랍지도 않은 이가 있는가 하면, 이제야 자세히 보고 놀라는 이, 볼 때마다 새삼스레 놀라는 이도 있었다.

등에 뜸질 흔적이 가득한 자도 열에 아홉 명꼴이었다. 그렇다면 저게 뜸질한 것이 아니고 어떤 방술(方術) 같은 것일까? 왜녀들이 이에 검은 칠한 것과 같은 저들만의 전통 몸치장일까?

조선인은 궁금했지만 속 시원히 알려주는 왜인이 없었다. 대마인은 당연히 몰랐고, 본토인도 아주 옛날부터 다 그러했다고만 할 뿐 풍습의 연원을 알지 못했다. 하기는 조선의 풍습도 외국인이 보기엔 기이한 것이 많을 텐데, 조선인도 그 풍습의 근원을 알지 못할 때가 흔하기는 했다.

사문사의 으뜸 벗은 나바 로도였다. 나바에게는 한 벗이 있었는데 도미노 요시타네(富野義胤)였다. 도미노도 대판 때부터 동행했다. 도미노는 성대중과 비슷해서 언어나 행동에 흐트러짐이 없었다. 나바는 원중거와 비슷해서 언어와 행동이 흐트러질 때가 간간이 있었고 말이 질펀할 때가 잦았다. 나바의 말이 흐트러지면, 도미노가 경고 담은 미소를 짓는 것이었다. 하면 나바는 정신을 차리고 문득 사죄했다. 〈제가 또 경거망동했습니다.〉

도미노는 의술인답게 사문사보다 양의 이좌국과 수어지교 했다. 둘은 밤낮으로 의술을 논하였다. 이좌국은 악필이었다. 처음 보는 이가 알아보기 힘든 글자를 되우 썼다. 조선인이 병이 속출하여 이좌국이 종일 처방전을 지을 때, 유력한 가문의 왜인이 보약을 지어 달라고 올 때, 이좌국이 말하고 도미노가 적어주게 되었다. 이좌국이 공적으로 약재를 청구하는 글을 지을 때 이좌국이 초고를 쓰고 도미노가 정서하기를 일삼았다. 도미노의 글씨는 사문사와 비교해도 손색이 없었다.

이좌국의 청렴은 유명했다. 수없이 들어오는 예폐를 일절 받지 않았다. 기어이 주려고 하면 처방전을 회수하려고 했다. 병자들이 스스로 올 수 없으면 도미노가 그들을 찾아가서 진맥을 하고 왔다. 이좌국과 병세를 논했다. 대개 이좌국의 처방대로 약을 지어 보내거나 도미노가 가서 시술을 했다. 여러 번 효과를 보았다.

원래도 왜국 최고 의원의 반열에 있던 도미노는 한층 유명해져서 가는 고장마다 유력자들의 강제 초청을 받았다. 화려한 가마를 보내어 납치하듯 데려갔다.

나바가 흥감했다. 〈도미노가 이좌국께 의술을 배워 화려한 남여를 타고 대갓집에 들어가 이름이 이르는 곳마다 진동을 합니다. 양의의 이름이 날로 가득차고, 도미노 또한 이름을 날리게 되었습니다. 이좌국께서 귀국하신 뒤에 일본에 또한 마땅히 한 사람의 이좌국이 남게 될 것입니다.〉

도미노가 더했다. 〈우리나라에는 위장을 편하게 하고 땀이 나게 하는 약을 일반적으로 쓸 뿐 사람의 체형이나 체질을 고려하여 딱 맞게 처방하는 것이 부족합니다. 이번에 양의께 그 방법을 배우니, 저의 복일뿐만 아니라, 우리나라의 복입니다.〉

누가 돈도 많이 벌게 되었다고 하자 도미노는 정색했다. 〈집에 큰 채마밭이 있어 의식을 얻고도 남음이 있습니다. 제가 바라는 바는 의술에 밝아 나라 사람들이 병고에 일찍 죽는 것을 널리 구제하고자 하는 것뿐입니다.〉

품천(品川, 시나가와)—2월 15일

바다와 들판이 서로 잇대어 수륙의 이익이 클 것이었다. 마을이 빽빽이 늘어섰다. 번화함이 피부로 와닿았다. 강호가 멀지 않았다. 육향강(六鄕江). 강 너비는 불과 백여 보지만 바다 입구가 되는 강이다. 무수한 배 중에 으뜸인 배는 쇼군의 대령선(待令船)이라는데, 강가에 머물러서 급변을 대비한다고.

채선을 타고 금절하에서와 같이 건넜다. 도로와 시가지가 끊임없이 연속되었다. 집들이 웅장하고 사치스러웠다. 구경꾼의 복색이 화려했다. 대판을 능가하는 분위기였다. 신궁(神宮)과 사찰이 곳곳에서 으리으리했다.

석단(石壇) 위에 나앉은 한 동불(銅佛)이 있었다. 높이는 서너 길(약 8미터)쯤 되고 둘레는 두세 아름쯤 되며, 손에 동철장(銅鐵杖)을 쥐고 머리에는 동사립(銅簑笠)을 썼다.

가랑비가 자욱이 내렸다. 삼백여 조선인이 일제히 우산을 펼쳐 드니, 구경하는 일본인에게 또 하나의 장관이었다.

저물어서야 품천에 닿았다. 배에서 내리자 곧 동해사(東海寺)였다. 건물채가 조기 말려놓은 듯 무수했다. 사문사는 여러 날 동안 창수하겠다고 찾아오는 시 유생을 만나지 못했다. 고장이 가난해서 그런가? 가난하다고 어찌 문사 한두 명이 없단 말인가? 우리가 창수를 제대로 못한다고 소문이라도 났는가? 몸은 편했지만 마음은 괴이쩍었다.

마침내 그 까닭을 알게 되었다. 강호 인근의 유학 및 문학 세계를 장악하고 있는 하야시 호코쿠(林信言) 가문이 있었다. 하야시 가문이 자신들보다 먼저 창수하지 못하도록 엄명을 내렸다는 것이다.

"별 해괴한 작자들이 다 있구나." 사문사가 모처럼 한목소리를 냈다.

강호(江戶, 에도, 현재의 도쿄) —2월 16일~3월 10일

2월 16일

삼사는 홍단령을, 군관은 융복을, 사문사는 도포를, 나머지는 시복을 갖추었다. 비를 무릅쓰고 출발했다. 관문마다 표범무늬 복색의 금도가 철장(鐵杖)을 쥔 채 졸병 수십 명을 거느리고 지켰다.

여염집은 거지반 층층 고각(高閣)이었다. 지붕 재료가 다양했다. 나뭇조각, 조개껍데기, 기와, 구리…… 집 안팎을 가리는 칸막이를 철거하고 대청·난간·계단·옥상에 구경꾼 남녀가 가득 벌여 앉았다. 채색 장막과 꽃방석이 현란했다.

골목마다 높이가 10여 장(1장·길은 약 3미터)쯤인 요망대(瞭望臺)가 있었다. 아주 멀리까지 화재를 살필 수 있을 테다. 물통이 설치된 옥상을 연결한 구름사다리도 무수했다. 곳곳에 바닷물을 끌어와 만든 수로가 흘렀다. 모두 불을 진압하는 설치라고.

남쪽으로 큰 바다가 있었다. 해안 돌 제방이 수십 리였다. 충해도 석축(石築)은 조족지혈이었다.

사변(事變)을 대비하는 수백 천의 전선이 웅대했다. 구경꾼을 실은 작은 배들이 틈 없이 잇대어서 물이 보이지 않을 정도였다.

외성(外城) 동문(東門)을 지났다. 성벽 군데군데 거북 무늬 형상으로 쌓은 옹성(甕城, 큰 성문을 지키기 위해 성문 밖에 쌓은 작은 성)이 있었다. 옹성 위는 화초밭이었다.

세 판교(板橋)를 건너서 한 대문(大門)을 지났다. 관음사(觀音寺)가 보였다. 강호에서 가장 오래된 사찰이란다. 마치 문지기 같은 토우(土偶)가 눈길을 끌었다.

73개의 관문을 통과하는 동안 만난 구경꾼이 백만이었다. 물고기가 알을 까놓은 듯했다. 썩은 고기에 벌레가 모여 있는 듯했다. 침묵을 지키고 꿈쩍도 하지 않았다.

사람 많음과 도시 규모가 대판과 서경을 능가했다. 중국 연경과 비교하면? 누가 묻지도 않았는데 한학상통사 오대령이 냉큼 알은체했다. "강호가 연경의 한 구역쯤은 되겠구먼."

선발대로 먼저 와 있던 이마 장세문과 소통사 박재회(朴再會)·박태만(朴泰萬)·김분웅(金分雄)·박두웅(朴斗應)·박상점·박원흥(朴元興)·김성득(金聖得)·박치상(朴致祥)과 격군 10인이 길가에 나와 맞이했다.

다 철철 울었다. 장세문이 대표로 엉엉댔다. "이제서 오십니까. 저희끼리 외로이……."

"무사하였구나!" 조엄은 교자에서 잠깐 내려 장세문의 등을 다정히 만져주었고, 먼저 와서 고생한 이들을 위안하는 눈빛으로 더듬었다.

제74관문을 지나자, 관소인 실상사(實相寺)였다. 전후 통신사들이 죄 묵었던 곳이다.

두 관반(館伴, 사신 영접을 관할하는 막부 관리)이 대청에서 맞이했다. 삼사는 재읍례(再揖禮)를 행했다.

각도(閣道, 복도)를 따라 예닐곱 차례나 돌고도 백여 보를 굽이굽이 걸어 비로소 처소에 들었다.

국서를 봉안했다.

일행이 수륙원로(水陸遠路)에 무사히 도달하게 된 것을 서로 축하하느라고 떠들썩했다. 한양에서 출발한 지 장장 192일 만에 목적지에 안착한 것이다. 한바탕 작별도 있었다. 그간 도타운 정이 쌓인 왜 교자꾼·가마꾼·말꾼이 모두 흩어져 돌아갔다.

실상사는 크고 넓었다. 대판·서경의 두 본원사(本願寺)에 뒤지지 않았다. 남쪽에는 작은 못이 있었다. 물은 맑지 않으나 고기는 더러 뛰었다. 못에는 짧은 다리를 가로세로로 설치하여 오가는 길을 통했다. 물 가운데 네 기둥을 세우고 판자를 깔고 사토(沙土)를 펴서 자그마한 뜰을 만들었다. 동편 언덕엔 아름다운 꽃나무가 그득했다. 매화는 이미 만발하였다.

세 서기와 화원은 한 처소였다. 화원 김유성이 제술관 남옥과 바꾸었다. 사문사는 합체했다. 사문사 처소에 군관 넷에게 배정된 커다란 대청 하나도 있었다. 병풍으로 칸막이를 하고 방 네 칸을 꾸몄다. 서유대와 유달원이 한 방씩 쓰고, 임흘과 오재희가 한방을 쓴다 하여 한 칸이 남았다.

소동 용택이 나머지 한 칸을 쓰게 했다. 원래 남옥의 종놈은 시남

(時男)이고, 용택은 부산에서 붙은 소동이었다. 남옥이 궂은일은 다 시남에게 시키고, 용택에게는 마른일만 시켰다.

다른 종들과 헛간 같은 데다 짐을 푼 시남은 불만이 컸다. "제기랄, 상전 둘을 모시는 꼴이잖아."

홍복이 토닥토닥했다. "나는 혼자 다 하잖아."

2월 17일

수역 최학령이 대마주의 말을 전했다.

〈세 사신께서 이미 국금(國禁) 때문에 술을 사절하시어…… 각 참(站)에 서계(書契)하여 술 접대를 일절 정지하였습니다. 접때 서계에 '쇼군의 연향 때 절차는 강호에 들어온 뒤에 다시 의논하겠다'는 내용이 있었습니다. 강호 모든 집정(執政, 에도막부의 장관급 관료)들의 의논이, '쇼군이 술을 주면 같이 술잔을 드는 것이 곧 연향의 예절이므로 폐지할 수 없다'고 합니다.〉

조엄이 확언했다. "우리나라의 주금(酒禁)은 지극히 엄하므로 조선의 신하로서 감히 입에 대지 못할 뿐만 아니라, 또한 감히 술잔을 들지도 못한다. 이는 의리에 관계된 것이니, 관백이 만약 술을 권하더라도 절대 받지 않겠다. 그렇게 되면 도주는 불화한 일을 면하기 어려울 것이니, 차라리 잘 주선하여 애당초 갈등이 없게 하는 것만 못하다."

수역 최학령은 조엄의 말을 그대로 써서 보냈다.

대마주가 〈마땅히 힘을 다하여 주선하겠다〉는 답을 보내왔다.

수역 최학령이 다시 와서, 강호에서 거행할 일에 대한 날짜를 배정한 발기를 보였다.

"이는 집정들이 정한 것입니다."

전명(傳命)은 스무이렛날, 마상재는 다음 달 초하룻날, 대마주 사연(私宴)은 초닷샛날, 활 쏘는 기예는 초엿샛날, 회답 서계는 초이렛날에, 회정(回程)은 열하룻날이라고 되어 있었다.

"이게 뭔가? 왕명을 받들고 국경에 나온 지 일곱 달째네. 조속히 돌아가서 복명해야 하거늘. 전후 사신 중에 별다른 일이 없으면서 이처럼 오래 머문 경우가 없었네. 전명이 열흘 뒤로 잡힌 이유가 뭔가?"

"관백이 기휘(忌諱, 꺼리거나 두려워 피함)하는 날이 여러 날 섞여 있어 건너뛰다 보니 그렇게 잡혔답니다."

"기휘라? 허어…… 하면 다음 달 초순은?"

"관백 모친의 기일이랍니다. 엿새 동안 법사(法事)·재계(齋戒) 일정이 잡혀 있고 그 때문에 모든 공사(公事)를 일체 폐지한다고……."

"사신으로서 날짜를 임의로 늘이거나 단축할 수는 없는 일이지. 허나 노력해보게. 배정된 날짜를 반드시 고쳐서 속히 회정할 수 있게 하라는 뜻을 대마주에게 통보해."

"집정들에게까지 전달될지 모르겠습니다."

"그러니까 그대가 노력하라는 거야. 이미 너무 오래 걸렸네."

"여부는 장담할 수 없으나 전달하겠습니다."

수역은 영 자신 없는 눈치였다.

수역이 다른 일을 고했다. "대판성에 있을 때, 먼저 보낸 공사(公私)의 복물은 봉함한 표지가 그대로인 채 한 물건도 유실됨이 없었습니다."

"다행이군. 왜인들은 비록 믿을 수 없으나 그런 일에는 기율이 엄한 것을 알 수 있네."

제술관 남옥의 예리한 눈초리가 뭔가에 꽂히었다. 북문을 지키는 왜 호위(護衛)가 품속에 패를 감추고 있었다. 다른 이들은 자랑스럽게 내보이는데 홀로 감추는 태가 났다. 좀 보자고 하니 곤란해했다. 위협했다.

호위가 마지못해 꺼내 보였다. 조선의 호패 같은 것이었는데 '朝鮮人來朝(조선인내조)'라는 글자가 있었다. '내조'란 하국 사신이 상국에 갔을 때 사용되는 말이다. 왜국이 조선을 아래 나라로 보고 있다는 것이다! 그렇다면 어마어마한 불경이 아닌가?

다른 왜인들도 조사해보았더니 그들은 다 제대로 적힌 패를 지녔다.

역관 이명화를 불러 문책게 했다. 독불장군처럼 엉뚱한 패를 찬 호위가 변명했다.

〈제가 지급받은 걸 잃어버렸습니다. 할 수 없이 급히 새겼습니다. 진실로 그것이 마땅히 써서는 안 되는 것인 줄은 압니다만 서점에서 잘못 새긴 것입니다. 그 서점 주인놈이 완전 무식쟁이입니다.〉

이해할 만한 일이었다. 아무데나 '어거할 어(御)' 자와 '궁궐 전(殿)' 자가 쓰였지 않은가. 심지어 어느 고장에서는 격군 숙소 뒷간에도 '전(殿)'이 쓰였다. 하기는 감히 왕도 아니고 황제도 아니고 천황이라고 하는 놈들이다. 천황이라니, 말이 되는 소리인가.

"어찌 저들이 스스로 높이는 수치스러움을 면할 수 있겠는가." 남옥은 통탄했다.

2월 18일

하마연(下馬宴)이 있었다. 쇼군이 조선 사신이 무사히 도착한 것을 치하하는 잔치다.

실상사에서 규모가 으뜸인 법당에 자리가 마련되었다.

삼사가 서쪽을 향하고 앉았다. 왜 대신 다섯이 잇따라 들어와 재배했다. 모두 풍절건(風折巾, 굽이 없는 나막신 모양의 두건)을 쓰고 흑문의(黑紋衣)를 입었다. 실상사 들어오는 날에도 보았던 두 관반이 눈에 익어서인지 오롯해 보였다. 스물 안팎의 두 미남자는 저 나이에 저런 자리를 맡고 있으니 일찍 출세한 것이 틀림없을 테다.

연향(宴享)은 대청 한복판의 겹집에 차려졌다. 겹집은 2층 정사각형이었고 사방으로 통하였다. 겹집이 대청의 5~6분의 1을 차지했다. 그래도 남는 공간이 50칸에 가까우니 법당이 얼마나 크고 넓은지 느껴졌다. 겹집은 오로지 사신을 맞이하기 위해 신축되었고, 사신이 떠나면 철거될 것이란다.

한 상당 음식 가짓수가 20그릇이 넘었다. 대판에서처럼 도금된 것 천지였다. '실로 젓가락을 댈 만한 것은 없었다'는 이가 태반이었다. 가장 낮은 자(종놈·격군)들도 한 사람당 다섯 가지 반찬이 담긴 상을 받았다. 윗사람들과 마찬가지로 젓가락도 못 댄 이도 있었지만, 없어서 더 못 먹은 이가 대다수였다. 아랫사람에게 먹는 재미 말고 달리 무슨 재미가 있겠는가. 탐심 같으면 윗사람들이 젓가락도 안 댄 것들을 죄 긁어다 더 먹고 싶었지만, 체면도 있고 신칙받은 바도 있고 곤장이 무서워 꾹 참았다.

집정이 쇼군의 말을 전했다. 〈세 사신은 먼 길을 오느라 얼마나 노고를 하셨소? 국왕은 기후(氣候, 몸과 마음의 형편) 안녕하오?〉

삼사는 자리에서 일어났고, 조엄이 대표로 외웠다. "우리나라 국왕 전하께서는 기후 만안하십니다. 올 때 해륙 각처에서 접대가 지나쳤고, 또 부기선이 파상되었을 때 바다 위에서 긴히 위로를 받았습니다. 그 밖에도 감사함을 이루 말할 수 없습니다. 이런 뜻으로 관백 대군께 전해주기를 바랍니다."

대마주는 맨발로 두 집정과 삼사 사이를 오갔다. 삼사는 수륙 5천 리를 더불어 고생한 사람이 그간의 위세를 잃고 하인처럼 행동하는 것이 안쓰러웠다. 당사자인 대마주는 환한 것이 신이 난 아이 같았다.

두 집정은 손에 홀(笏)을 쥐었다. 부드러운 나무에 두꺼운 종이로 제조한 부채 같은 것이었다. 웬만해서는 꺾이지도 상하지도 않을 듯 했다. 자주 펴 보고, 보고 나서는 도로 품 안에 꽂았다. 관백이 명하신 것과 자기들이 생각한 것과 자기들이 대답할 것이 적혀 있으리라.

대마주가 집정을 전송하고 돌아왔다.

조엄이 대마주에게 썼다. 〈내가 처음에는, 속히 회정해야겠다는 뜻으로 집정과 상대할 때 말하려고 했소. 그대의 봉행이 극구 말려서 참았소.〉

〈처음 집정을 만날 때는 예만을 행할 뿐이요, 떠나실 시기의 빠르고 늦음을 가지고 먼저 사사로이 말할 필요가 없으며, 저들이 마땅히 스스로 주선할 것입니다.〉

〈하여 참기는 참았는데…….〉

〈제 체면을 살려주셨습니다. 아무쪼록 속히 귀국할 수 있도록 주선하겠습니다. 저 또한 급히 제 땅으로 돌아가고 싶은 마음이 굴뚝같습니다.〉 대마주의 답에 진심이 묻어 있는 듯했다.

조엄은 문득 대마주가 어린 막내아우 같았다. 짠했다.

군관 민혜수가 모처럼 썼다.

왜국의 모든 관직이 세습인데, 집정 자리만큼은 세습이 아니란다. 각 주 태수 중 승격해 임용된단다. 조선으로 치면 육조 판서 푼수다. 집정은 각 주의 태수이기도 하니 자기의 세력이 확실했다. 관백이 어리거나 어리석어서 일을 제대로 처리하지 못한다면, 영의정에 해당하는 다이로(대로, 우두머리 집정)가 관백의 권력을 넘어서는 일이 발생한다. 관백이 아니라 다이로가 수천 리 지역과 수천만 사람을 다스리게 될 테다.

하고 보면 왜국 막부의 관백도 원래는 천황을 보좌하던 자리에 불과했다. 관백의 권력이 천황을 능가하여, 천황이 뒷방 지기가 되고 관백이 왕처럼 군림하게 된 것이다.

여기까지도 복잡한데, 우리 조선 사람 두통 촉발하는 상황이 또 있는 모양이다. 관백과 다이로 사이에 말 전달하는 집사니 측용인이니가 최강권력으로 군림하는 경우도 숱했단다. 아니, 이건 쉬운 건가? 중국의 최강관력을 누렸던 환관들과 비슷하다고 보면 되니까!

집정이 삼사에게 엉뚱한 제안을 한 가지 했었다.

〈우리나라는 바둑을 숭상합니다. 귀국도 그러하다고 들었습니다. 반상 우의를 나눠보는 것은 어떻겠습니까?〉

삼사는 전혀 예기치 못한 터라 웃고 말았다. 조엄이 가만 대중하니 수담으로써 상국의 위엄을 보이는 것도 나쁘지는 않을 듯했다. 통신사 일행 중 최고수 종서기 김인겸을 불렀다.

여전히 잡기 취급하는 이도 많았으나, 바둑 인구는 기하급수로 늘어났고, 고수를 가리는 대결이 전국 방방곡곡에서 재물과 명예를 걸고 성행했다. 한 고장에서 으뜸이면 향기(鄕碁), 도에서 으뜸이면 도기(道碁), 나라에서 으뜸이면 국기(國碁) 혹은 국수(國手) 소리를 들었다.

김인겸은 이번 통신사에 으뜸이라 하여 통기(通碁) 소리를 들었다. 김인겸은 서울에서 부산까지 내려가는 동안 각 고을의 향기를 격파했다. 부산에서 머무는 동안에는 영남의 향기와 도기를 제압했다. 강호까지 오는 동안에 여럿이 네댓 점씩 깔고 도전했지만 아무도 김인겸을 이기지 못했다.

"영감이라면, 왜국의 최고수라도 어렵지 않게 이기지 않겠는가. 한번 둬보겠소?"

"불가합니다." 김인겸이 대뜸 사양했다.

"의외로군. 영감이 되게 좋아할 줄 알았는데. 한심할 것 같아 둘 마음도 안 생기는가? 하기는 내가 둬도 이길지 모르지. 왜인이 바둑을 둬보아야 얼마나 두겠는가."

김인겸이 어이없어 피식 웃었다.

"지금 영감이 나를 비웃는가? 내가 영감한테 넉 점으로 비등하면 괜찮은 수준 아니오? 이래 봬도 내가 국수 김종귀(金鍾貴)랑도 두어 본 사람이오. 여섯 점으로 버텼소. 영감은 김종귀랑 대적해본 일이 있는가?"

선조 때는 덕원령(德源令), 숙종 때는 유찬홍(庾纘洪), 작금에는 김종귀가 시골마을 삼척동자도 입에 올리는 당대의 국수로 통했다.

"김종귀한테 두 점이 어려웠습니다. 한데 김종귀의 시대도 갔습니다."

"무슨 소리인가? 뛰는 자 위에 나는 자가 나타났단 말인가?"

"재작년 일이지요. 전라도 보성 천민 정운창(鄭運昌)이라는 젊은 놈이 나타났습니다. 그놈이 김종귀 있는 평양까지 올라가면서 닥치는 대로 향기·도기를 깼습니다. 소생도 공주에 있다가 그놈한테 거덜이 났지요. 정운창 그자가 기어이 김종귀를 꺾었답니다. 평안감사가 보는 앞에서 깨끗이 이겨버렸다는군요."

"아하, 그새 국수가 바뀌었고만."

"하온데 정운창이나 김종귀가 와도 왜국 바둑에는 안 될 것입니다."

"의외로다. 자존감 하나로 버티는 김진사가 그런 나약한 말을 하다니."

"왜국은 나라에서 바둑을 장려합니다. 전국바둑대회를 자주 열어 국수를 뽑고 막대한 상금을 주고 우리나라 대감급 벼슬도 준답니다. 풍신수길·덕천가강 때부터 그랬다죠."

"그런가? 그렇다 하더라도 그래 봤자 섬나라 바둑 아닌가."

"섬나라에서 제일 잘 두는 자가 명인이라고 하는데, 그 명인을 계속 배출하는 세습가문이 있다고 합니다."

"아무거나 다 세습이군."

"네 세습가 중에 최고가 본인방(本因坊, 혼인보)이랍니다. 본인방이 곧 명인으로 통하는 거죠. 이전의 사행록을 살펴보니, 우리나라 통신사가 왜국 본인방하고 두어 번 겨룬 적이 있더군요."

"당연히 이겼겠지?"

"무참히 졌습니다."

"그럴 리가!"

"그럴 수밖에 없었습니다."

"아하, 그럴 수도 있겠네. 우리는 국수가 간 게 아니잖은가. 우리는 통신사 중에 영감 같은 통기가 나선 것이고 그쪽은 나라에서 최고라는 자가 나왔으니."

"그도 그렇합니다만, 실은 규칙이 다르기 때문입니다."

"규칙이 달라?"

"오시면서 혹 왜국 바둑판을 보지 못하셨습니까?"

"보기야 했지만, 자세히는 안 들여다봤소. 장기판은 확실히 다른 것 같더군."

"장기만 다른 게 아닙니다. 바둑도 아주 다릅니다. 우리 조선바둑은 17줄짜리고 16개의 돌을 착수한 뒤에 둡니다."

"일본은 다르단 말인가?"

"왜국바둑은 19줄짜리고 처음부터 자유롭게 착수합니다."

"해괴한!"

"소생이 실은 강호에 오면 옛날 패배한 선배의 원수를 갚아볼까

하여 왜국바둑을 연구해봤습니다. 바둑 좀 둔다는 왜인들을 섭외하여 두어보기도 했고요. 우리 순장(順丈)바둑과 전혀 다릅니다. 우리 바둑은 처음부터 전투라면, 왜국바둑은 포석부터 합니다. 제가 왜인들을 어렵게 꺾기는 했으나, 그들은 향기도 못 되는 자들이었고, 조금만 실력 있는 자라면 이길 수가 없습니다. 하물며 본인방이니 명인이니한테는 명함도 내밀 수가 없죠. 물론 반대로 하면 소생이 백전백승할 것입니다."

"어떻게 말인가?"

"순장바둑으로 두면 제가 이기죠."

"그럼, 순장바둑으로 두자고 해볼까?"

"관두십시오. 그런 대결은 해봐야 의미가 없습니다. 패배하면 규칙이 달라서 졌다고 우기면 그만이니 승부의 의의가 없습니다."

"왜인은 무엇이든 다르게 하는군."

"왜국바둑이 변화무쌍하고 자유로운 건 사실인 듯합니다. 우리 순장바둑은 장기처럼 포진을 다 갖춰놓고 싸우는 것이라 답답한 바가 많고 묘수를 두는 것보다 실수를 하지 않는 것이 중요합니다. 왜국바둑은 묘수가 무궁무진하겠더군요."

"의외라, 영감이 왜국 걸 더 좋다 하다니."

"저 좋다는 말 아니했습니다. 다름을 말했지요. 재미로 따진다면야 순장바둑입니다. 왜국바둑은 대체 언제 싸우겠다는 건지 알 수 없고, 싸움도 없이 끝날 때가 허다하고, 보는 재미 두는 재미는 없습니다. 역시 수담은 싸움이지요, 싸움! 우리 쌈바둑이 최고입니다."

김인겸이 봤다는 사행록이 어떤 것인지 알 수 없다. 학계에 알려진 사행록에는 통신사가 왜인과 바둑 둔 얘기가 전하지 않는다. 일본 바둑사의 중추인 본인방 가문의 역사에, 본인방 산샤(算砂, 1559~1623)와 조선통신사 이약사(李約史)의 석 점 대국 기보와, 본인방 도사쿠(道策, 1645~1702)와 조선통신사 이약사의 석 점에서 넉 점까지 치수가 고쳐진 일화가 전할 뿐이다.

이약사는 성명이 아니라 이씨 성 가진 아무개다. 훗날 일본의 본인방, 명인 등을 완전히 묵사발 내는, 위대한 한국 기사 중에 둘(이창호, 이세돌)이 이약사였다. 만약 김인겸이 규칙의 차이에도 불구하고 왜국 본인방과 붙었다면, 어찌되었을까?

2월 19일

두 사람이 필담을 왔는데 하는 꼴이 가관이었다. 종이 한 장을 겹쳐가며 여섯 번이나 함부로 어지럽게 써 갈겼다.

원중거가 견디다 못해 책망했다. 〈당신들처럼 경우 없는 자들과 더 얘기하고 싶지 않다.〉

둘은 사문사가 아주 못마땅해하는 대마간사관의 연줄로 왔다.

남옥이 조롱했다. "간사관이 그 모양이니 그가 보내는 자들도 다 그 모양일세."

처소마다 아침저녁으로 물 긷는 우물이 있었다. 삼문사와 몇 군관이 묵는 처소의 우물 빛깔이 누르께했다. 그 우물 먹고 배탈 난 자가 숱했다. 막부 의원들이 몰려와 사죄하고 우물을 폐쇄했다. 다른 처소의 우물들도 죄 수질 검사하느라 수선을 피웠다. 다른 처소로

물 길으러 다니게 된 종놈들은 울화통이 터졌다.

일공으로 나오는 먹을거리가 대개 거칠고 박하다고 여기는 아랫사람이 한둘이 아니었다. 특히 부패한 쌀이 자지리 섞여 화를 돋우었다.

종놈 삽사리가 썼다.

치사하다! 주는 대로 처먹는 게 손님이라지만, 이거 너무하잖아. 그래도 주인님 쌀은 괜찮게 나와서 참는다.

추상우가 노발대발했다. "높은 것들한테는 좋은 쌀 주고, 우리 격군한테는 개나 먹을 쌀을 줘? 멍청이들아, 참지 말고 궐기하자."

늘 그렇듯이 다른 격군들은 귓등으로 들었다.

종도리가 대변했다. "어이구, 우리나라 환곡 쌀보다 좋구만. 불만도 참 다양하오."

추상우는 무려 격군 125명의 지장이 찍힌 연판장을 지녔다. 딴 것을 돌려주는 대신 받아낸 손도장이었다. 종도리의 신들린 노름 재주를 곧이곧대로 믿지 못하고 덤볐다가 재물을 다 잃고 신체 일부까지 저당잡힌 격군이 그렇게나 많았다. 무시무시하게 싸움 잘하는 추상우가 뒤에 딱 버티지만 않아도 어떻게든 발뺌을 해보았을 테다. 괜히 꼼수를 부리다가 추상우한테 처맞기나 했다.

잃은 것을 찾기 위해서 도리 없이 연판장에 이름을 올렸다. 편안하게들 마음먹었다. 나만 올렸나? 개나 소나 다 올렸다. 잘못돼도 나만 돼지는 거 아니다, 다 돼지는 거야. 당장 잃은 거 찾는 게 급하지. 그까짓 어설픈 사발통문(沙鉢通文) 가지고 제까짓 게 뭘 할 수 있겠어. 사달이 벌어지면 우기는 거야. 추상우 그 변산 수적놈이 죽이겠다고 위협해서 할 수 없이 찍었다고. 근데 그 삶아먹을 종달새 놈, 진짜 노름 귀신이네. 속임수 안 쓰는 타짜가 정말 있었어.

추상우는 연판장을 이번에 써먹을까 궁리하다가 아끼기로 했다. 딱 한 번 크게 써먹을 수 있는 패가 아닌가. 결정적일 때 써먹어야 한다. 격군의 절반이 대판에 있다. 연판장에 이름 올린 이의 절반도 대판에 있었다. 격군이 다 모이지 않는다면 어차피 실패할 확률이 높았다. 더욱이 종도리처럼 부패한 쌀에 감지덕지하는 놈들도 숱했다.

추상우가 한탄했다. "이게 다 평생을 비럭질로 살아서 그렇다. 이 나라와 이 사회의 구조적 모순에 대해서 곰파본 적이 없으니, 화낼 줄도 모르고, 분노할 줄도 모르고, 뭐라도 주기만 하면 감읍해서 어쩔 줄을 모른다. 이러니 평생 양반놈들한테 착취당하며 사는 것이다."

"이럴 때 보면, 성님이 변산 수적당의 정도전이었다는 게 참말로 믿어지오."

"대두목이나 마찬가지였다니까. 나 혼자서 이성계·정도전·이방원 다 해먹었다니까. 나 말고는 믿을 놈이 없었다."

"이럴 때 보면 돌아이 같고."

"아, 너 좀 안 보고 살았으면 좋겠다."

"이게 말로만 듣던 토사구팽인가 토사곽란인가보오. 하기 싫은

노름 죽으라고 시켜서 성님 얻고픈 것을 얻으니께 나 같은 건 이제
필요 없다, 이거지요?"

추상우와 종도리가 티격태격하는 걸 보고, 동무들이 한목소리로
타령했다. "대붕새·종달새 또 사랑싸움한다네."

윗사람들은 소상히 모르는 일이 있었다. 대마주 하급관료가 관례
라면서 통신사의 일공이 나오면 대마인 구휼미 명목으로 한 말당 한
됫박씩 덜어내었다.

삽사리가 썼다.

　　숭악한! 우리가 남은 것을 주는 것과, 늬네가 미리 챙겨가는
　　게 어찌 같냐. 관례를 만들어도 참 괴상하다.

왜승 슈준은 사자관의 처소를 찾다가 부사 이인배의 처소로 잘못
들어갔다. 슈준은 손짓 발짓해가며 물었는데, 그게 욕으로 들렸을
까? 종놈 넷이 주먹 한 방씩을 놓았다. 슈준은 달아나다가 양의 이좌
국을 발견하고 그의 방으로 숨었다. 슈준이 사문사를 찾아, 머리를 흔
들고 눈동자를 이리저리 굴리며 화내고 욕하며 주먹으로 때리는 시늉을 지었
다. 그렇게 맞았다고. 사문사의 반응은 포복절도였다.

대판에서부터 동행해온 왜승 삼인방은 강호에 와서는 밥까지 수
시로 얻어먹었다. 강호의 음식에 훈채(葷菜, 파·마늘 따위와 같이 특이한
냄새가 나는 채소)와 고기가 만연해 어디 가서 사먹기도 어렵고 구걸
해 먹기도 어려웠다. 훈채와 고기 사용이 명확하게 구분된 조선 음

식이 그들에겐 딱 맞았다. 훈채와 고기 안 들어간 음식 중에 사문사가 안 먹는 것은 왜승들이 다 처리했다.

삽사리가 썼다.

소문대로 왜인은 '네발 달린 짐승'고기를 안 먹었다. 멧돼지나 사슴 같은 산짐승은 더러 먹지만, 가축 고기는 정말이지 죽어도 안 먹는 모양이었다. 섬나라니까 가축이 귀해서 못 먹는 것이려니 했다.

한데 속사정이 있었다. 지금으로부터 80여 년 전 5대 쇼군은 처음엔 왕 노릇을 잘했단다. 세종대왕을 뱁새걸음으로 따라는 갔다. 그런데 자식이 문제였다. 하나 낳은 아들이 일찍 죽고 다시 아들을 얻지 못해 애가 닳았다. 우리나라도 역사에 등장하는 스님이 여럿 있는데, 일본에서도 이때 어떤 스님이 짠 나타나서 쇼군의 모친을 구워삶았다.

"장군께서 후사를 두지 못한 것은 전생에 살생을 많이 한 업보입니다. 살생을 삼가십시오. 특히 장군께서는 개띠해에 태어났으니 개를 아끼고 사랑하십시오."

효성인지 아들 낳을 욕심인지 쇼군은 어머니의 말씀을 받들어 툭하면 '살생금지령'을 내렸다. 툭하면 금주령을 내린 우리 임금과 비슷했다. 금주령과는 견주기도 어렵게 살벌한 것이, 목숨 붙은 동물을 죽여서는 안 되었다.

사냥과 양식이 전면 금지되었다. 심지어 먹는 물고기·새를 기르는 것조차 금지였다. 닭도 못 먹게 했다는 얘기다! 얼굴에 붙은 모기를 때려죽였다고 해서 벌 받은 소년도 있었단다.

유독 개가 극진히 보호받았다. 개를 죽이면 죽인 사람도 죽도록 고생해야 했다. 개를 놀리거나 놀라게 하거나 때리거나 해도 즉시 옥에 갇혔다. 개가 아니라 개님은 병이 나면 극진히 치료받았다. 사람 고치는 의원보다 개를 고치는 의원이 훨씬 번성했다. 누가 개를 편히 키울 수 있겠는가. 개를 버리는 이들이 속출했다. 천지사방에 들개가 득시글댔다. 쇼군과 막부는 호화로운 개집을 짓고 4만 마리를 수용했다. 그 개들에게 쌀과 정어리를 먹였다. 물론 인민의 세금으로. 쇼군은 63세로 죽을 때까지 살생금지령을 풀지 않았다. 그래서 '개 쇼군(이누쿠보,犬 公方)'이라 불렸다. 그토록 개를 사랑했지만 결국 자식을 얻지 못했다. 스님의 말 한마디 때문에 괜히 인민들만 '개고생'했다.

그 쇼군이 죽자마자 살생금지령은 폐지되었지만, 20년 간 가축을 기르거나 잡거나 요리하지 않아서, 왜인은 지금까지도 고기 먹을 줄을 모르게 됐고, 풀 음식만 즐기는 체질로 변했다는 것이다. 믿기 힘든 얘기겠지만 두 눈으로 직접 왜인들이 고기 안 밝히고 못 먹는 모습을 겪으니 믿어진다.

내 이름이 삽사리여서 그런지 모르겠지만 나는 개장국을 못 먹는다. 남들 개고기 먹을 때 개들을 긍휼히 여기며 남몰래 눈물지었다. 조선의 삽살개들아, 믿어지느냐? 일본에 개들의 무릉도원이 있었다는구나. 개를 너무 사랑한 임금이 있었다는구나. 너무 부러워하지 마라. 일본에서도 이미 옛날이야기다. 우리 조선에서는 꿈도 꾸지 마라. 그래도 우리 임금님의 금주령 때문에 너희가 덜 죽는 것이다. 술이 없으니 고기도 덜 먹지 않느냐. 근데 웃기는 건 내 말을 아무도 안 믿는 것이다. 어떻게 그런 개 같은 개쇼군이 있을 수가 있느냐고, 말도 안 되는 얘기만 골라 해대는 이야기꾼도 그딴 어처구니없는 얘기는 안 한다고, 벅벅 우겨댄다. 진짜 있었다니까, 이 멍텅구리들아.

한데 강호에서는 고기냄새가 진동을 했다. 강호에서만큼은 고기 안 먹고 못 먹는 풍습은 옛날이야기가 되었다는 것이다.

유별난 손님이 있었다. 여섯 살짜리 사내아이였다. 성은 앵정(櫻井), 이름은 구십구(九十九), 호는 위관(偉卅)이다. 6백 리 밖에 사는데, 사신 일행에게 자랑하기 위하여 작년 겨울에 미리 와서 기다렸단다. 그의 아비가 데리고 들어왔다. 아비가 종이 끝을 붙잡았고, 아이는 글씨를 썼다.

글씨를 얻겠다는 손님들만 보았지, 글씨를 자랑하겠다는 손님은 처음이었다. 게다가 어린아이라니. 얕잡았으나 글씨 본 이들이 감탄하고 소문이 나자 조선 원역들은 큰 구경거리를 만난 듯 몰려들었다. 아비는 좋아서 웃어댔고, 아이는 겁내는 듯하면서도 좍좍 썼다.

글씨 전문가 사자관 홍성원이 평했다. "이 나이에 이 정도라면 가히 신동입니다."

몇몇이 뒤대었다.

"나보다 잘 쓰는걸. 내 글씨가 사람 글씨인가."

"능숙하게 배치한 솜씨가 충해도의 신동과 서로 겨룰 만하군. 그

애보다 나이가 두 살 적다니, 더욱 일찍 숙달된 셈이야."

"재주를 확충(擴充)시키면 무엇을 하든 크게 성취하겠어."

"저 아비가 못난 자로세. 아들 재주 자랑을 마치 장사치처럼 하니, 이는 진실로 식견과 사려가 없는 것이야."

아이 아비가 희희낙락하고 조선인이 준 종이, 붓과 벼루를 취하는 꼬락서니가 꼴불견이기는 했다.

"이름이 구십구라니, 해괴하고만. 99살까지 살라는 건가. 한데 여섯 살짜리에 호가 다 뭔가. 참으로 경박한 일일세."

"저렇게 상스러운 아비에게서 저토록 잘난 아이가 나오기도 참 힘든 법이야."

저녁에, 대판에 머문 선장들의 고목(告目, 보고 편지)이 들어왔다.

조엄이 소동들을 불렀다. "김한중이 병이 점점 더해서 끝내 죽었다는구나. 몹시 참혹하고 가엾다. 바다를 건너온 이후로 이미 선장 유진복의 죽음을 보고 또 이 비보(悲報)를 들으니, 더욱 놀랍고 통탄하다."

소동들이 통곡했다.

임취빈이 청했다. "늦게나마 제의를 갖추고 싶습니다."

조엄은 소동들이 원하는 대로 다 갖추어주도록 예방에 하달했다. 소동들이 조촐한 제사상을 마련했다. 변박이 실물을 빼닮은 김한중의 초상화를 그려주었다. 소동들은 절하고 울고 또 절하고 울고 계속 울었다. 울음소리가 지켜보는 조선인의 심금을 울렸다. 거지반 눈시울을 훔쳤다. 조선인은 지위고하를 막론하고 한 사람도 빠짐없이 조문했다. 평화로운 시기에 사람의 죽음을 두고 네 나라 내 나라가 어디 있겠는가. 관소의 시중드는 무수한 왜인도 눈물을 원 없이 보탰다.

2월 20일

군관 셋, 역관 셋, 이마 장세문, 두 마상재, 시중꾼 들이 말을 이끌고 대마주 저택에 갔다.

"이게 집이란 말인가? 궁궐일세!"

"우리나라 99칸 기와집도 이에 비하면 마구간 수준이겠는걸."

"기분 나빠. 생긴 건 쥐방울만 한 놈들이 하는 짓거리는 어마어마해. 뭐든지 일단 커. 좆 빼고."

대저택의 일부만을 보고도 조선인은 기가 죽었다.

드넓은 마당이 집 가운데 있었다. 천여 명이 숨죽이고 있었다. 일반 인민은 못 들어오고, 대마주에게 초대받은 각 다이묘와 그 일가친척만 모인 것이랬다.

역관 이명화가 알렸다. "저 겹집 높은 대청에 있는 풍각건짜리들이 각 주 태수들입니다."

"수십 명도 넘겠는데? 태수들은 자기 영지에서 왕 노릇할 때보다, 수도 강호에서 볼모 노릇할 때가 더 많다더니, 정말로 그런가보군."

"태수가 1년은 강호에, 1년은 자기 영지에 머물도록 강제되어 있답니다. 태수는 강호와 제 영지를 오가는 것으로 평생을 산다는군요. 양쪽 저택을 유지하고 왕래하는 데 모든 재력을 탕진하는 거죠."

"저렇게 서로 몰려다니면서 잔치 열고 잔치 가주고 잔치만 한다지. 잔치 품앗이꾼들이군."

"근데 하필이면 대마주 집에서 하는가? 대마주가 태수 중에 끗발이 있나? 섬 태수가 무슨 힘이 있을라고."

"대마주가 통신사의 호행과 접대를 주관하니 대우해주는 것입니다. 더욱이 대마주가 초량왜관 책임자 아닙니까. 일본이 남의 나라 땅에 장사마을 둔 것은 우리 조선 초량왜관밖에 없죠. 대마주가 우리 눈에는 별거 아닌 것 같지만, 일본에서는 무역왕 장보고인 겁니다."

별무사 정도행과 박성적이 다이묘들을 향해 군례 했다.

두 인마가 구경꾼 앞을 슬슬, 빠르게, 엄청난 속도로 두어 바퀴 돌았다. 대개 인사하는 건 줄 알고 손짓하거나 부채를 흔들거나 고갯짓으로 답했다. 벌써 기예인 줄 알고 환호하는 이들도 있었다.

말 등을 좌우로 넘고, 말 위에 죽은 듯이 가로눕고, 말 다리 밑으로 몸을 감추고, 말 위에서 물구나무를 서고, 말 위에 세로로 눕고, 말 달리며 어깨에 멘 살을 쏘아 나무 과녁에 명중시키고, 삼혈총을 쏘아 허수아비 목을 떨어뜨렸다. 차례로 보였던 것을 한 바퀴 돌며 연달아 보여주었다.

1시진 동안 왜인 일천 명이 비명 지르고 환호하고 손뼉 쳤다. 왜인이 한 입으로 연호하는 소리가 있었다.

〈도브히또(飛人, 나는 사람)!〉

관사 남쪽 10리쯤에서 불길이 치솟았다. 불빛이 하늘에 닿았다. 도시가 워낙 컸다. 구역마다 민가가 밀집했다. 강력한 해풍이 자주

침범하니 불씨 한 점만 잘못 다뤄도 불붙기에 십상이었다. 화재가 흔한 만큼 화재방비도 철저했다.

금화군(禁火軍) 오백여 명이 혹시 불이 번져올 것을 대비하여 관사 앞에 포진했다. 조선인은 담벼락에 달라붙어 화재 진압 구경에 열을 올렸다.

삽사리가 썼다.

도사공 김치영 아저씨한테 들은 얘기다. 김국창 아저씨와 달리, 김치영 아저씨는 과묵하고 험상궂다. 한데 나한테는 친절하다. 나한테는 지난번 왜국 경험도 더러 들려주었다. 까먹고 있었는데, 불구경하다 보니 번쩍해서 바삐 적어둔다.

16년 전, 대판에서 머무를 때였다. 화포수(火砲手)가 화약을 찧어 말리고 있었다. 누가 담뱃대를 든 채 방으로 불쑥 들어왔다. "나가!" "왜 그러쇼, 장기나 한판 두자고 왔구만." "그거 버리고 와." "에이, 성님은 만날 담뱃대 물고 있더만." "도야지 새꺄, 화약 다룰 때는 안 핀다고." "저번에 보니까 피던데." "안 나가니?" "못 나가겠수." "담뱃대 이리 줘." "못 주겠소." 실랑이하다가 담뱃대가 화약에 떨어져 데구루루 굴렀다.

펑펑펑! 화포수와 담뱃대주인은 간신히 탈출했으나, 방은 삽시간에 불구덩이가 되었다. "불이다!"를 열 번 지르기도 전에, 왜 금화군 천여 명이 출동했다. 쇠투구를 쓰고 쇠붙이옷을 입었다. 긴 사다리를 벌여 세우고 평탄한 땅을 가듯이 불난 지붕 위로 올라갔다. 불이 옮겨붙을 만한 것을 도끼로 끊고 갈고리로 무너뜨렸다. 수십 갈래로 열을 지었다. 작은 통에 물을 담아서 던져 올리고 받아서 쏟았다. 대판윤이 쇠붙이옷을 입고 나타나 직접 지휘했다. 관소의 모든 왜인이 물 긷고 나르기를 도왔다. 4각이 되기 전에 불씨 한 점 남기지 않았다.

정말 불 잘 끈다고 칭찬할 만했다.

왜인의 집은 흙을 조금도 쓰지 않고, 다 널빤지를 써서 만든단다. 흙이 없나? 불도 잘 나고 불 끌 제구도 잘 갖추고 불도 잘 끌 수밖에 없겠다. 길 가던 사람이라도 불난 곳을 보면 앞뒤 가리지 않고 불 끄기에 나서야 하는 게 법이란다. 암튼 지난번 사행은 불하고 무슨 원수를 졌었나보다.

수역 최학령이 대마주가 바친 것이라며 색명주 다섯 필과 곶감 한 상자를 가져왔다.

조엄은 가탈을 부렸다. "곶감은 받겠다. 허나 색명주는 명목에 없는 것이라 받을 의의가 없으니 물리치겠다."

"하온데 저들의 버릇은 주는 것을 물리치면 도리어 노여움을 품습니다. 또 대마주가 삼사께서 성신(誠信)으로 대해준 것에 감격하여 규례 이외의 신물(贐物, 먼 길을 가는 사람에게 선사하는 물건)을 한번 올려서 정회(情懷)를 펴고자 한 것입니다. 가납하시지요."

"그럴 수 없네." 딱 부러지게 말은 했는데, 마음에 걸렸다. 다시 수역을 불렀다. "나를 잘 알지 않는가. 명목에 없는 것은 받을 수 없네. 한데 대마주가 보내온 사자(使者) 편에 되돌려보내면 감정을 사기 쉬울 듯하니, 번거롭더라도 자네가 또 다녀와야겠네. 가서 좋은 말로 이해시키게."

수역이 다녀와서 보고했다. "도주가 부득이 받으면서 자못 겸연쩍어하였습니다."

2월 21일

동틀 무렵이었다. 집채가 뒤흔들렸다. 몸뚱이가 부르르 떨렸다. 지진에 대해 사전 지식이 있는 이들은, 이 정도면 약한 지진이고 큰 문제는 없을 것이라 여겼기에 별로 놀라지 않았다. 지진이란 게 있다는 것을 대강은 들었으나 세세히 알려고 해본 적이 없는 이들은 제법 놀라 요란을 떨었다. 그 사람 하는 짓이 더 지진 같았다. 알고 보니, 간밤에 난 불도 지진의 여파였다. 먼 곳 해안가에서는 엊저녁부터 지진이 심했고, 땅이 꺼진 곳도 숱하다고.

도미노 요시타네가 한 사람을 데리고 삼문사를 찾았다.
〈이분은 막부 의관입니다.〉
막부 주치의가 인사했다. 〈소생은 야마다 세이친(山田正珍)이라고 합니다. 이제야 뵙게 되어 영광입니다.〉
원중거가 물었다. 〈왜국에서 제일가는 의원이겠습니다?〉
야마다가 겸양했다. 〈그럴 리가 있습니까. 막부의 그저 일개 의원입니다. 제 의술이 도미노보다 낮지 않습니다.〉
도미노가 놀라서 얼른 썼다. 〈왜 이러십니까, 선생님. 선생님의 의술은 에도에서 최고입니다.〉
무료하다가 야마다가 뜻밖의 청을 했다. 〈저를 위해 언문을 써주

실 수 있는지요?〉

원중거가 썼다. 〈귀국에 이미 우리나라 언문이 널리 알려진 것으로 압니다만.〉

〈이러저러한 책에 더러 기록되어 있으나 부정확합니다. 조선 제일의 문장가 선생님을 뵈었으니 정확히 알고 싶은 것입니다.〉

원중거가 썼다. 〈우리는 진서쟁이라오. 우리 문사 중에 언문을 무척 사랑하고 자랑스럽게 여기는 분이 있는데, 지금 아파서 누워 계시오. 그분이 쾌차하거든 부탁해보시오.〉

"글자 써주는 것이 무에 어려울까. 언문으로 가사를 지어달라는 것도 아닌데, 내가 해줄 수 있지." 뜻밖에도 남옥이 나섰다.

원중거가 눈을 휘둥그레 떴다. "자네가 언문을 안단 말인가?"

"자네는 정말 몰랐는가. 나처럼 알면서 모르는 체한 줄 알았지. 그토록 배우기 쉬운 글자를 어떻게 모를 수 있겠는가."

남옥은 자신만만히 야마다에게 썼다. 〈내가 언문을 가르쳐주겠소. 대신 그대는 귀국의 글자를 가르쳐주시오.〉

〈좋습니다, 좋습니다.〉

남옥은 언문에 대해 기본적인 설명을 한 뒤 써 보였다. 〈가갸거겨 고교구기…….〉

가나는 자연적으로 만들어진 글자다. 초서체 한자를 간략하게 표기하는 방법이 46개의 기본 글자로 정립되었다. 헤이안시대(平安時代, 8~12세기) 때 본격적으로 사용되었으니, 에도막부 때 이르러서는 완연히 한 나라의 문자로 대접받았다. 신라시대부터 널리 쓰였던 이두나 향찰이 발전했다면 조선에서도 가나 같은 글자가 만들어졌을

지도 모른다.

가나에는, 둥그스름하고 서민적인 히라가나와 모나고 의례적인 가타카나가 있었다. 조선인 눈에는 그게 그거로 보였지만. 야마다는 〈가갸거겨고교그기……〉에 해당하는 가타카나를 죽 써서 보였다.

야마다 세이친이 진짜로 보고 싶었던 사람은 양의 이좌국이었다. 이좌국은 도미노 요시타네가 모셔 온 세이친이 탐탁지 않았다. 인상이 마음에 들지 않았다. 정통한 의술 없이 정치로 높은 자리에 오른 것이라고 넘겨짚었다.

야마다가 문득 물었다. 〈실례되는 질문이겠습니다만 실로 궁금해서 묻습니다. 그대는 '양의(良醫)'이고, 같이 오신 두 분은 '의원'이라고 들었습니다. 어떤 차이가 있는지요?〉

〈양의는 일반적으로 의술이 뛰어난 의사를 가리키는 말입니다. 허나 저랑 같이 온 두 의원이 저보다 못한 바가 없습니다. 저보다 나을 것입니다. 그럼에도 불민한 제가 '양의'인 것은 과거 급제한 양반이기 때문일 것입니다.〉

일본도 신분제 사회이기는 했지만, 조선만큼 복잡하지는 않았다. 이좌국은 자신의 모호한 처지를 모호하게 말한 셈이어서, 야마다는 쉬이 이해할 수 없었다.

유의(儒醫) 혹은 의유(醫儒)라는 말이 있다. 국어사전은 '의사이면서 유교의 교리에 통달한 사람'이라 하고, 『한의학에 미친 조선의 지식인들—유의 열전』(김남일, 들녘, 2011)은 '일반적으로 유교적 사상을 바탕으로 의학의 이치를 연구한 사람들'이라고 한다. 통신사의 '양의'는 '유의(儒醫)'를 가리키는 말이었던 듯하다.

남두민과 성호는 중인 신분이었기 때문에 의학을 업으로 삼은 '의원'에 불과했고, 이좌국은 의학을 연구하는 학자였든 의술을 업으로 삼았든, 양반이었기에 '양의'가 된 것이다.

야마다가 썼다. 〈우리 일본의 의원들은 조선에 지극히 감사하고 있습니다. 귀국이 전해준 『의방유취醫方類聚』 『동의보감』은 여전히 우리 일본 의원에게 필수 교과서입니다. 40년 전(1723)에 출판된 『동의보감』은 그야말로 우리나라에 광명이었습니다. 서술이 상세하고 정치하며 꾸밈이 없는 책입니다. 처방이 명료합니다. 병을 잘 치료할 수 있을 뿐만 아니라 예방에도 탁월한 책이니, 『동의보감』 한 책으로 잡다한 의서를 수십 년간 배우는 헛수고를 그치게 되었습니다. 감사하고 감사합니다.〉

〈그건 우리 조선 의원들도 마찬가지입니다. 허준 선생님이 계셨으니 우리가 있는 것입니다.〉

〈통신사로 오셨던 의원들도 크게 가르침을 주고 가셨습니다. 우리나라 미욱한 의원들이 조선 의원께 필담으로 배운 바는 책으로 묶여 지금도 좋은 교재로 쓰이고 있습니다. 양의께서도 큰 가르침을 주시리라 믿습니다. 사실 저는 그다지 재주가 없는 사람입니다. 그러나 여기 도미노 요시타네는 촉망받는 의원입니다. 우리 일본 의술의 미래입니다. 크게 가르쳐주십시오.〉

도미노가 얼른 끼어들었다. 〈이미 크고 두터운 가르침을 베푸셨습니다. 이미 받은 가르침만으로도 도무지 갚을 수 없는 은덕입니다.〉

이좌국이 썼다. 〈왜들 그러시나요. 민망합니다. 선배들의 책과 필담이 귀국에 큰 도움이 되었다니 그저 기쁠 따름입니다. 소생은 미욱한 사람이나 그래도 혹시 도움될지 모르니 두루 의논하겠습니다.〉

이러저러한 얘기를 나누다가, 야마다가 네모난 상자에서 뭔가를 소중히 꺼냈다.

이좌국은 은근히 기대했다. 16년 전 통신사 양의였던 조숭수(趙崇壽)한테 들은 말이 있었다. 일본 막부 의관한테 '구슬단지'를 받았다. 아란타(네덜란드) 사람들이 매년 막부에 바치는 포도술이었다. 나한테도 그 '와인'이라는 것을 주려나?

야마다가 꺼낸 것은 인삼 다섯 뿌리였다. 당연히 수삼(水蔘, 아무런 가공 없이 씻기만 한 삼)은 아니었고, 백삼(白蔘, 껍질을 살짝 벗겨내어 햇볕에 말린 삼)이었다.

〈'조선인삼좌'(1674년, 현종 15년에 창설되었다)에서 사온 것입니다. 아시겠지만, 조선인삼좌는 대마인이 귀국에서 수입한 것을 매매하는 에도의 유일한 가게입니다. 한데 요사이 대마인의 사기 수법이 극악합니다. 조선 인삼이 아닌 것을 판다는 것이죠. 제 감식안으로 다르게 생긴 다섯 개를 가져와봤습니다. 혹시 조선 의원 눈으로는 진짜와 가짜를 알아보실 수 있는지요? 알아보는 방법을 좀 가르쳐 주십시오.〉

이좌국은 탐구를 즐기는 이였다. 따분했는데 눈에 생기가 돌았다.

이좌국이 다섯 뿌리를 일별했다. 〈사람 모양처럼 생겨서 인삼인데, 예로부터 말하는 인삼은 당연히 산삼뿐이었습니다.〉

〈우리 일본에서는 비슷한 것이 있기는 하나 감히 산삼이라 말할

수준이 못됩니다.〉

〈중국에도 조선의 인삼만큼 좋은 산삼이 없으니 고려 때부터 우리나라 산삼에 혈안이 됐겠죠.〉

〈아, 제가 쓸데없이 말을 잘랐습니다. 이제 듣기만 하겠습니다.〉

〈산삼 씨를 받아서 적당한 땅에 잘 뿌리면 산삼이 나기도 합니다. 그걸 장뇌라고 하지요. 그대의 판별로 장뇌는 진짜 산삼입니까? 가짜 산삼입니까?〉

〈참으로 어려운 질문입니다. 듣기로는 장뇌가 아무리 잘 자라도 산삼이 되지 못한다고 들었습니다.〉

〈바로 그렇습니다.〉 이좌국이 인삼뿌리 하나를 들었다. 〈이것이 장뇌입니다. 산삼의 10분지 1 가격에 팔립니다. 하지만 여기 있는 것 중에는 가장 비쌀 겁니다.〉

〈그 말씀은 여기에 산삼이 없다는 것이군요.〉

〈어쩌면 그 대마도인이 운영한다는 조선인삼좌 가게에 단 한 뿌리도 없을지 모르지요.〉

〈그럴 거라고 예상했습니다.〉

〈우리나라 조선에서도 귀해졌습니다. 자라는 데 수십 년이 걸리는데 그토록 캤으니 남아날 리가 없죠.〉

〈허나 인삼을 재배할 수 있으니 축복받은 땅입니다.〉

〈일본에서도 인삼 재배에 성공했다고 들었습니다.〉

〈차마 인삼이라고 말하기 힘든 수준입니다.〉

이좌국이 또 한 뿌리를 집어들었다. 〈아마도 이것이 귀국에서 재배한 인삼인 듯싶습니다.〉

〈아, 딱 보시면 아시는군요. 맞습니다. 요시노 인삼이라고 요시노 지방에서…….〉

이좌국이 또 하나를 들었다. 〈이것도 조잡하게 생긴 것이…… 조선의 재배삼은 아닌 듯합니다.〉

〈맞습니다. 그것은 중국 광동 재배삼입니다.〉

이좌국은 나머지 두 뿌리를 말없이 살펴보고 내려놓았다. 자신의 약상자에서 조선에서 가져온 인삼 하나를 꺼냈다. 〈보시지요.〉

야마다가 감탄했다. 〈아름답습니다. 우리나라 부자들이 분재하듯이 조작한 겁니까?〉

〈그럴 리가요. 자연 그대로입니다. 이게 조선 최고의 재배삼입니다.〉

〈조작하지 않았는데 어찌 이렇게 아름다운 모양일 수 있습니까?〉

〈인삼은 본래 아름다운 모양입니다.〉

〈믿을 수가 없습니다.〉

〈제 말은 재배법에 따라서 질이 달라진다는 겁니다. 그대가 가져온 나머지 두 뿌리를 봅시다. 이 둘도 조선에서 재배된 인삼이 틀림없습니다. 그런데 그대는 이 둘과 내가 꺼낸 인삼을 완전히 다르게 보고 있습니다. 이유는 간단합니다. 이 둘은 재배법이 부족한 탓입니다.〉

〈그렇군요. 그 재배법을 좀 가르쳐주십시오.〉

〈조선에서도 극히 비밀리에 전수되는 재배법을 내가 어찌 알겠습니까?〉

〈역시 가르쳐주시지 않는군요.〉

〈정말 알지 못합니다.〉

야마다는 조선재배삼을 양쪽에 놓고 썼다. 〈두 인삼의 크기는 같은데 무게가 판이합니다. 하나가 더 무겁습니다. 조선인삼좌 가게에는 무거운 인삼이 꽤 많았습니다. 제가 연구한 바로는 꿀에 담갔던 것인 듯싶습니다. 이는 반드시 제용(製用)하는(약을 지어 쓰는) 방법일 것입니다. 인삼재배법이 어려우시다면, 꿀 제용하는 방법이라도 가르쳐주십시오.〉

이좌국은 당황했다. 〈나는 조선에서 살지만 인삼에 꿀을 먹인 것을 본 적이 한 번도 없소이다. 무슨 소리를 하는지 모르겠소.〉 딱 잡아뗐다.

이좌국은 진실을 말하기가 어려웠다. 쌀에다 물을 먹여 무게를 늘리는 것과 마찬가지로, 인삼의 무게를 늘리기 위해서 장사꾼들이 사용하는 사기 수법이라고 어떻게 말하겠는가.

〈제가 인삼 가진 부자들에게 곧잘 불려 갔었습니다. 그들이 원하는 대로 인삼 들어가는 처방을 해주는데 신기하게도 꿀 먹인 것이 많았습니다. 비법을 가르쳐주십시오.〉

야마다의 말이 묘했다. 사기 수법인 걸 알면서도 모르는 체 알려달라는 것도 같았고, 실제로 꿀 먹인 것을 특별한 제용법으로 아는 것도 같았다.

〈정말 나는 알지 못하오…… 산삼, 장뇌, 재배삼을 구별하는 방법을 가르쳐주겠소.〉

〈그 정도는 저도 압니다만…….〉

이 작자가 지금까지 날 시험한 것인가? 이 염탐꾼 같은 놈. 이좌국은 야마다 세이친에게 정나미가 뚝 떨어졌다.

이좌국은 고국에서 가져온 인삼이 걱정되었다. 정사 조엄을 진맥하러 갔을 때, 야마다 세이친에게 질문받은 일을 고했다.

조엄은 믿을 수 없었다. "내가 인삼 밀매꾼을 한두 번 잡아본 게 아니야. 그런 인삼은 보지 못했네."

"송구하오나 저는 여러 번 보았습니다. 왜 의원에게 부끄러워서 거짓말을 했습니다만, 첫눈에 알아보았습니다. 꿀 먹인 것이 틀림없었습니다. 조선 부잣집에서 자주 봐서 제가 압니다. 약용에 있어서는 귀천을 막론하고 남을 속여 재물을 취하려는 자가 너무 많습니다. 조선에만 있는 줄 알았는데 일본에 건너간 것 중에도 있을 줄 몰랐습니다. 조선인삼좌에도 많다니 말입니다."

조엄이 부르댔다. "그런 자들에게 필시 재앙이 있을 것이야."

20년 전 일이다. 청나라 칙사(勅使)가 청심환(淸心丸) 두어 제(劑)를 요청했다. 호조낭청(戶曹郎廳)이 호조판서에게 여쭈었다. "산삼을 넣은 우황청심환(牛黃淸心丸)은 이미 귀한 것이요, 이른 시일에 제조하는 것 또한 어려운 일입니다. 오래 묵은 잡다한 환약(丸藥)을 모아서 금박(金箔)을 환약 가루에 타 표면에 입혀서 주면 됩니다." 호조판서가 좋은 계책이라고 허락했다.

이조판서 조상경(趙商絅)이 그 일을 알고 악담했다. "어찌 차마 의약을 가지고 먼 지방 사람을 속인단 말이냐? 마음가짐이 이와 같으니 그들에게는 반드시 재앙이 있을 것이다." 과연 그 호조판서는 자손들이 영락하고, 그 호조낭청은 금고(禁錮, 죄과 혹은 신분의 허물이 있는 사람을 벼슬에 쓰지 않던 일)되어 풍비박산했다.

　재앙을 예고했던 조상경이 바로 조엄의 아버지였다.

　인삼 위조 수법 중에 꿀 먹이는 것과는 비교도 안 되게 졸렬한 수법도 있었다. 인삼 속을 교묘히 파내 납을 집어넣는 것이다. 인삼 가격은 오로지 무게로 결정되기 때문이다. 호조관리들이 나라의 체면을 걸고 잡아냈기에 예단에 섞이지 않았을 것이라고 칭찬해줘야 할까. 아니, 어쩌면 납인삼도 섞여 있을지 몰랐다. 극히 소량을 정밀히 집어넣는다면 그것을 누가 잡아낼 것인가? 에도 조선인삼좌에서 판매되는 인삼 중에도 납으로 위조한 것이 섞여 있을 가능성이 높았다.

　재앙을 받았다면 인삼위조범이 늘어날 리가 없었을 테다. 옛날이나 지금이나 하늘의 재앙은 선악을 구별하지 못했다.

2월 22일

　사문사는 대청에 '필담을 하는 곳'이라는 표지를 붙여놓았다. 사문사는 마침내 소문의 하야시 부자를 만났다. 태학두(太學頭) 하야시 호코쿠(林信言)와 그의 아들 비서감(秘書監) 류탄(信愛)이 같이 왔다. 왜국의 문서와 교육과 문학을 책임진 자들이었다. 필담을 마치고, 그들이 돌아간 뒤에 사문사가 품평했다.

　"문필은 볼 만한 게 없습니다."

　"태학두라는 것은 글을 맡은 직위이건만 형편없구만."

　"과거나 실력으로 뽑힌 자가 아니니 당연합니다. 하야시 호코쿠의 고조(高祖)가 처음 태학두가 되었고 그 후로 죽 세습이랍니다. 후세가 선조에 크게 못 미치는 것이지요."

사문사가 이제까지 강호에서 창수하고 필담한 이들은 하야시네와 가깝거나 하야시네 문하생들이어서 그런지도 모르겠지만 시와 글씨는 모두 볼 만한 게 없었으나 행동거지는 자못 정중하고 공손해서 분잡스럽지 않았다. 특출한 이들은 새로이 만나지 못했다. 대판 마지막 날처럼 숨은 인재들이 뒤늦게 나타나리라는 기대감이 있기는 했다. 아직 여러 날이 남았다.

2월 23일

대마봉행이 수역 최학령에게 달려와서 생색냈다. 〈술잔 문제는 변통이 되었습니다. 쇼군은 빈 병으로 따를 것입니다. 사또는 빈 잔으로 받고 마시는 시늉만 하시면 됩니다. 쇼군 앞에서 정해진 예절을 변경하는 것이기 때문에 몹시 힘들었습니다.〉

최학령이 조엄에게 보고하고 덧붙였다. "저들로서는 극히 어려운 일이기에 공치사할 만합니다. 아무튼 대마주가 잘 주선하였기 때문에 술로 불화한 흔단(釁端, 사이가 벌어져서 틈이 생기게 되는 실마리)이 생기지 않게 되어 실로 다행입니다."

조엄이 농담했다. "아직 안심할 수 없지. 그 술잔을 받고 안 받고는 나의 손에 달려 있다. 내가 빈 잔마저 받지 않는다면 어떻게 되는 건가?"

"사또, 무슨 말씀을……."

"왕도 아닌 왜인에게 네 번 절하고 술잔까지 받아야 하다니, 내 심경이 참으로 우울하단 말일세. 어쩌다 사신이 되어 가문에 씻을 수 없는 수치를 입히게 되었는가."

조엄은 자탄했다. 이날만큼은 조선의 늙은 임금께 한없이 불경스러운 마음이었다.

2월 24일

통신사의 표면 목적은, 임금의 국서—별거 아니고, 관백 직위 이어받는 것을 축하한다는 몇 문장—를 새 관백에게 전하는 '전명(傳命)'이다.

옛날이나 지금이나 외교사절이 오가는 것은 겉으로는 간단명료해 보여도, 속은 시시콜콜 복잡하다. 뭐, 저런 사소한 문제 가지고 저토록 사생결단 우기고 버티고 티격태격한단 말인가. 단순한 목적 안에 오사리잡놈들의 이해관계가 얽혀있기 때문이다.

통신사의 세부구성에서부터 선물(예단)을 주고받는 절차까지 모든 것을 미리 정했다. 신행절목(信行節目)을 강정(講定)한 것이었다.

정하는 장소는 초량왜관의 객관(客館, 외국사신이 머무는 곳)이었다. 임진왜란 전에는 한양에 세 객관이 다 있었다. 중국사신단은 '태평관(太平館)', 여진사신단은 '북평관(北平館)', 일본사신단은 '동평관(東平館)'. 동평관은 전쟁 때 불타버렸다. 조일전쟁 후, 조선은 일본 사신을 왜관까지만 허했다. 왜관이 두모포(豆毛浦)에 있을 때 딱 한 번 한양까지 오게 한 예외가 있을 뿐이다. 왜관이 10만 평 대지의 초량(草梁)으로 이전한 것은 숙종 4년(1678)이다.

조선 조정에서 파견한 예조관료(판서·참판은 확실히 아니고, 참의·정랑 급이었던 듯)와 에도막부에서 파견한 차왜(특별사신)와 대마주를 대리하는 대마관료와 이정암승 혹은 그의 대리자 등이 정했다. 여럿이 떠들어대도, 결정의 주역은 핵심 실무자인, 예조관료를 수행한 조선의 당상역관과 대마주를 대리하는 대마관료 두 사람일 수밖에 없었다.

재작년(1762, 영조 38, 서명응이 정사로 차출되었을 때) 신행절목을 강정할 때, 집정·종실에 대한 예단 범위를 서로 우기고 결정짓지 못했다. 일단 공예단(公禮單)을 넉넉히 갖추어 왔다. 바다를 건넌 뒤에, 절차를 책임진 두 사람, 조선측은 수역 최학령, 일본측은 대마봉행이 수시로 의논했으나, 전명이 박두한 이때까지 아직 매듭짓지 못했다.

〈집정은 대대로 다섯이었고 이번에는 둘이 줄어 셋인 줄 알았는데 일곱을 정하라니 어이없잖은가?〉 최학령이 계속해온 주장이다.

대마봉행이 막판에 이르러 솔직한 말을 했다. 〈우리도 사리가 바르지 못함을 스스로 안다. 집정 두 사람이 죄지어 쫓겨나고 새로 뽑지 않았으니 두 몫은 마땅히 감해야 한다. 한데 이래저래 집정급이 네 명 늘었다.〉

〈집정급이지 집정은 아니잖은가? 우리는 집정급을 집정으로 대우할 수 없다.〉

〈쇼군의 아들을 보좌하는 대신들이다. 그들에게 주지 않는다면 다른 집정들도 예단을 받지 않을 것이다.〉

〈정히 그렇다면 사예단을 공예단'급'으로 꾸며보겠다. 내가 한발 물러서는 것이다.〉

〈그렇게라도 해주면 고마울 따름이다.〉

최학령은 자기는 할 만큼 했다고 판단했다. 매듭지었다.

조엄은 무진년(1748)에 예단을 나눠준 발기와 이번에 최학령이 결정한 발기를 비교해보았다. 대동소이했다.

"예물은 부족하지 않은가?"

"인삼 2근반, 표피(豹皮) 7~8장(張), 흑마포(黑麻布) 20여 필, 어피 (魚皮) 60여 장이 부족할 듯싶습니다. 부기선이 침몰할 때 잃은 것이 컸습니다."

"방책이 있는가?"

"노자용 인삼으로 저들의 것을 구입해서 부족한 것을 마련한 전 례가 있습니다."

예단으로 가져온 것은 조선의 특산물이었다. 그것을 에도에서 마련할 수 있다니?

초량왜관에서 거의 모든 것이 거래되고 있었다. 합법적인 것은 합법적으로, 불법적인 것은 불법적으로.

공·사무역만으로도 조선의 거의 모든 특산물이 외국에 흘러갔다. 밀무역도 창궐했으니, 일본 본토에 없는 조선 토산물이 없었다.

"노자용 인삼은 충분하단 말이지. 저들 것을 사서 선물해야 하니 군색함을 면치 못하겠구나…… 한데 왜 이리 잡다히 주고받는가. 정 말 귀하고 반길 만한 것 소량으로 충분하지 않은가? 받은 저들도 답 례하는 부담이 적을 것이고…… 실로 전후에 다녀온 분들이 문제다. 귀국하여서는 마치 관청 돼지 배앓이를 보듯 하였구나. 뒤에 올 사 람을 위하여 등록(謄錄)을 제대로 정비해놓을 수 있었거늘. 우리라 도 그렇게 하여야겠다. 절반 이하로 감축해버릴 것이야."

"하온데 인삼에 꿀 담은 것이 많은 듯싶습니다. 공·사예단, 노자 의 소용을 막론하고 호조에서 받은 인삼 중에 꿀에 담가 근량을 무겁게 한 것이 제법 섞였습니다. 거짓이면 제 목을 치셔도 좋습니다."

이좌국에게 들은 말이 엄연한 사실로 드러났다.

"내가 동래부에 있을 때 초량왜관서 잡혀온 밀매상의 인삼을 본 일이 많네. 밀매상의 인삼에도 꿀에 담근 것이 없었어. 한데 오륙 년 동안에 이 지경이 되었군. 호조에까지…… 교묘한 사기꾼들을 어이 할꼬? 재앙을 받을지어다."

"꿀 인삼을 그대로 사용해도 될는지요."

"우리마저 그렇게 할 수는 없네. 꿀에 담근 인삼을 일일이 추려내게. 꿀인삼을 가져가서 호조 모리배들을 엄히 꾸짖을 것이야."

한데, 오늘날 각광받는 꿀인삼이 인삼 무게를 늘이기 위한 장사꾼의 교묘한 술책이었던 이때의 꿀인삼일까?

최학령이 또 한 가지 난색을 표했다.

"이곳에서 변통이 불가능한 게 있습니다. 표피(豹皮)만은 없다고 합니다. 섬에 표범 자체가 없지요. 워낙 귀한 것이라 나중에라도 받기를 원할 듯싶습니다."

어딘가에 있기는 있을 것인데, 워낙 귀하고 고가라 표피만은 구할 자신이 없었다.

"경상감영에 글을 부치겠네. 표피를 구하여 대마도로 전하라고. 우리가 대마도에 이르기 전에 들어올지 여부는 알 수 없겠네만."

2월 25일

삼사가 태학두 하야시 부자를 만나기로 예정한 날이다.

조엄이 수역 최학령에게 다짐 두었다. "규례라 하니 만나겠네. 듣건대, 무진년 사행 때 하야시 부자가 어깨를 나란히 하고 발자취를 같이하여 동시에 예를 행하였다 하더군. 애비 자식의 순서도 없는 자들인가? 나는 그러한 문란한 예의를 보고 싶지 않네. 부자가 차례를 갖도록 규정하게."

수역이 대마간사관에게 전했다.

간사관이 답했다. 〈사신의 분부는 예에 있어 당연하오나, 이곳 풍속이 본래 그렇습니다. 태학두가 이 말을 들으면 크게 부끄러워할 것이니, 규정하기 곤란함이 있습니다.〉

풍습이라니, 일시의 과객으로서 바꾸기를 강요할 수는 없었다. 그대로 들어오게 하였다. 과연 부자가 어깨를 나란히 하고 들어왔다. 먼저 만나본 사문사의 얘기를 듣고 선입견을 품게 된 것일까, 아버지 하야시 호코쿠는 보잘것없게 보였고 아들 하야시 류탄은 그나마 좀 낫게 보였다. 인삼차를 나누고 잠깐 있다가, 하야시 부자는 물러가기를 청했다. 조엄은 하야시 부자가 급히 물러가는 것에 대해 졸렬함이 드러날까봐 염려한 때문이라고 가소로워했다.

대마주가 연초궤(煙草櫃, 담배상자) 1좌(坐)와 연갑(硯匣, 벼룻집) 1부(部)를 보내왔다.

〈작년 겨울에 주신 약을 먹고 병세가 곧 나았으므로 감격하여 반드시 사례하려 했던 것입니다.〉

약으로 사람에게 은혜를 베풀었다면 마땅히 보답을 받지 않아야 한다. 또 사례를 할 것이면 두루 사례해야지 나에게만 보내는가? 물리쳐야겠다. 조엄은 우두머리랍시고 저 혼자만 재물을 받아 챙기는 것이 싫었다.

한데 지난번 색명주을 되돌려 보낸 게 마음에 걸렸다. 이번에도 돌려보내면, 대마주가 더욱 겸연쩍어하지 않겠는가. 감격해서 사례하는 호의까지 의심하고 성글게 대해서 되겠는가? 내가 쓰지 말고, 후일에 다른 물품으로 답례하자. 대마주와 화호(和好)를 잃을 염려가 없을뿐더러, 사사로이 재물을 취했다는 혐의도 면할 것이다. 조엄은 즉석에서 연궤를 자제군관 이매에게 주었다. 연갑에는 내갑(內匣)과 외갑(外匣)이 있었는데, 내갑은 제술관 남옥에게 외갑은 서기 성대중에게 주었다.

마침 그 자리에 그 세 사람이 있어 그렇게 분배한 것이다. 주는 사람도 받는 사람도 꺼림칙한 바가 있었다. 약을 지으라고 명한 사람이 갖기 싫다면, 약을 지은 사람이 갖는 게 마땅하지 않은가.

조엄은 양의 이좌국을 불렀다. "그리되었네. 내 따로 상을 내릴 것이니 섭섭해하지 말게."

"사또께서 마음 써주신 것만으로도 감사하옵니다. 의원이 환자가 쾌차했다는 말만큼 기쁜 사례가 어디 있겠습니까?"

이좌국이 줘도 안 받을 사람이기는 했다.

2월 26일

대마주와 이정암 두 승려가 삼사를 뵈러 왔다. 이정암승이 둘이 된 것은 강호에 또 한 명의 이정암승이 있었기 때문이다. 그들은 내일 전명 때 모든 일을 의주(儀註, 전례典禮의 절차를 주해註解하여 기록한 책)처럼 해달라고 신신당부했다.

오후에 세 사신은 공복을 차려입었다. 수역 및 사자관이 국서를 받들어 내었다. 삼사와 제술관이 사대(査對, 표表와 자문咨文을 살펴 그 내용이 틀림없는가를 확인하던 일)하였다. 국서에 잘못된 글자가 있는지 숱하게 점검하였지만 마지막으로 또 한 번 꼼꼼히 검토한 것이었다. 용문보(龍紋褓)로 국서 궤의 안팎을 쌌다. 있던 장소에 도로 봉안(奉安)하였다.

중·하관 위주로 전명식 참예 연습을 수차례 행했다. 역관들은 쇼군과 집정 등에게 보낼 예단을 봉하고 쌌다. 세 사신이 감개해서 지켜보았다. 어쩌면 고작 이 예단을 전해주기 위해서 하 먼 길을 온 것이다.

2월 27일 전명(傳命)

밤새도록 부슬부슬 내린 비가 그치지 않았다. 조선인과 왜인이 합의하여 잡은 길일(吉日)로 마침내 전명하는 날이다. 왜인은 전명이라 하지 않고 '등성(登城)'이라고 했는데, 그 연원은 모호했다.

삼사는 금관(金冠) 조복(朝服) 차림이었다. 군관은 융복에 삿갓을 쓰고 활집을 찼다. 그 외 원역은 단령(團領, 깃을 둥글게 만든 관복), 중·하관은 시복이었다.

자제군관 이매가 급히 와서 고했다. "사또, 김인겸이 고집을 부리고 있습니다. 자기는 관복이 없으니 빠지는 것이 옳답니다. 누구는 가고 싶어서 가나! 그자의 망령이 도를 넘었습니다."

조엄이 어이없어하다가 종사관 김상익을 불렀다. "그대의 휘하니 가보시오."

"송구하옵니다, 강제로라도 끌어내겠습니다."

김인겸은 편안히 누워 있었다. 김상익이 불쑥 들어오자 얼른 일어나 앉았다.

"영감, 혼자 오랑캐에게 맞서는 대장수 같구려."

"소인은 어차피 관직도 없고 벼슬한 바도 없으니 참석하는 게 이상한 신분입니다."

"예까지 왔는데 구경하고 오는 것도 해롭지 않잖소? 갑시다!"

"국서 모신 사신들께서는 부끄럽고 통분하시겠으나 왕명을 전하는 일이니 어쩔 수 없겠습니다만, 글만 짓는 선비가 굳이 들어가서 개돼지 같은 왜놈에게 절할 필요까지는 없잖습니까. 한 번도 아니고 네 번이나 절을 하라니요, 아이구, 제가 갔다가 무슨 사고를 칠지 모릅니다. 아예 제가 안 가는 것이 사신들께서도 무탈하실 겝니다."

"훗날 역사가들이 그러겠군. 김인겸 혼자 오랑캐에게 절하지 않았다, 김인겸 홀로 지조와 절개가 있었다."

"아무래도 못 가겠습니다."

"몹쓸 영감이로세. 다들 도살장에 끌려가는 개돼지 같은 기분이야. 혼자 너무 좋아하지 말고 끙끙 앓고 있으시게. 다 죽게 생겨서 못 가는 거로 할 테니."

김인겸의 병이 중하다는 김상익의 거짓말을 듣고, 조엄이 의외로 이 넘어갔다.

"뜻이 굳세거든 놔두고 갑시다. 한 사람쯤 벋대는 자도 있어야 하지 않겠소."

하여 원역 중에 김인겸만 빠지게 되었다.

국서를 실은 용정자와 삼사가 탄 교자는 조선에서 가지고 온 것이었다. 교자꾼도 조선 격군을 썼다. 최소한으로 나라 체면을 세운 것이다. 세 수역과 양의와 제술관은 남여를 탔는데 강호의 것이었고 강호의 왜인이 멨다. 나머지 원역은 말을 탔다. 아랫것들은 걸어갔다.

의장군악대를 앞세우고 행렬했다. 허다한 문을 통과하고, 나무 호교(濠橋, 해자 위에 놓은 다리)를 여러 번 건넜다. 다리 아래로 작은 배들이 고기떼처럼 모였다. 관광객이 고슴도치 털 같았다.

민가가 집을 잇대고 지붕 대마루를 연달아서 끊어진 데가 없었다. 층루(層樓), 중궐(重闕), 옹성 들이 질리도록 나타났다.

중성에 들어섰다. 저택들이 웅장했다. 벽돌로 쌓고 회 바른 담장이 끝없었다. 집마다 참호와 해자와 호교가 있었다. 돌쩌귀를 단 호교는 펴면 다리가 되어 왕래할 수 있고 오므리면 밑에서 마름쇠가 솟아나와 감히 발을 댈 수 없게 되었단다. 저택 하나가 작은 성이라 할 만했다. 종실, 집정, 다이묘 들의 집이라고 했다.

쇼군의 궁성이 보였다. 말 탄 이들이 모두 내렸다. 줄다리가 있었는데 그곳에서 말을 내렸다면 편했을 테다. 하필이면 진흙탕에서 내리게 했다. 신이 젖고 미끄러워서 걷기가 힘드니 욕이 절로 나왔다.

군관은 칼집과 환도(環刀)를 풀어야만 했다. 종놈은 주인님의 담뱃대를 압수당했다.

궁성문에 들어섰다. 왜 장졸이 문마다 늘어서 갈도성(喝道聲, 인도하는 사람이 길을 비키도록 지르던 소리)을 질렀다.

제3문 밖에 이르러 또 호교를 건너 들어갔다. 여기부터 궁성의 내

성이란다.

제4문에 이르러 수역과 제술관과 양의가 탈것에서 내렸다.

제5문에 이르러서는 삼사가 교자에서 내렸다.

수역이 소반에 국서를 받쳐 들고 앞서서 걸었다. 삼사가 그 뒤를 따랐다.

두 관반과 대마주 등이 제6문(안에서는 제2문)에서 나와 맞이하였다. 외겹 돗자리가 경사진 길에 깔렸다. 호피로 감싼 총이 수백 정 세워졌다.

제7문(안에서는 제1문)을 지나자 비로소 행각(行脚, 줄지어진 건물)이 웅장했다. 말이 행각이지, 왜국의 제일 권력자 쇼군이 기거하고 집무하는 곳이니, 조선으로 치면 편전(便殿)이겠다. 겉보기에 매우 높고 넓어서 몇천 칸이나 되는지 알 수 없었다. 잇대어진 지붕들은 쇠기와이고 처마끝의 물받이는 푸른 구리였다. 층층이 연결된 각도가 현란했다.

판자 계단을 올라갔다. 재상급 왜 관료들이 맞이하였다. 내헐청(內歇廳)이라는 큰 대청에 이르렀다. 조선인은 서쪽에 줄지어 앉았다. 제1열은 삼사, 제2열은 제술관·삼수역·양의, 제3열은 군관, 제4열은 그 외 원역이었다. 왜인은 동쪽에 앉았다. 집정·다이묘가 앞줄이었고, 그 뒤로 정렬해 앉은 관료가 수백 인이 넘었다.

조엄이 돌아보니 정렬한 일행이 한눈에 들어왔다. 중관·소동은 대청 밖 툇마루에, 종놈·격군은 뜰에 있었다. 선물로 가져온 증물(贈物)과 예폐(禮幣)가 한쪽에 쌓여 있었고, 고국에서 끌고 온 동물(보라매와 말)이 옹기종기했다. 갑작스러운 분노와 수치심으로 벌게졌다.

정당청 문이 확 열렸다. 집정 두 사람이 예 행하기를 청하였다. 수
역으로 하여금 국서를 받들어 대마주에게 전하도록 하였다. 대마주
가 받들고 정당청으로 들어갔다. 왜 근시(近侍, 쇼군을 가까이서 보좌하
는 직책)가 받아서 쇼군의 앞에 두었다. 이 하찮게 뵌 근시가 바로 다
누마 오키쓰구(田沼意次)였다. 훗날 여기 모인 양국 사람 중에 가장
크게 권력을 누리게 되는 자다. 에도막부 제10대 쇼군 도쿠가와 이
에하루(德川家治, 26세)는 국서를 펴보았다.

조선국왕(朝鮮國王) 성(姓) 휘(諱)는 일본국(日本國) 대군(大君) 전하(殿
下)께 글을 올립니다.
일기(一紀, 12년) 남짓토록 통신(通信)이 없었습니다. 그윽이 듣건대, 전하
께서 공업(功業)을 이어받아 나라를 다스려 편안케 하신다 하매, 교호(交好)
하는 처지에서 어찌 몹시 반갑지 않으오리까? 이에 규례에 따라 바삐 사신
을 보내어 경축하고 친목(親睦)을 닦음이 이웃의 의리로는 당연한 일이거니
와, 토산물(土產物)이 변변치는 못하나 그런대로 멀러서의 정성을 표합니다.
선대(先代)의 훈공(勳功)을 힘써 넓히어 새 복을 듬뿍 받으소서. 할 말을 다
갖추지 못합니다.
계미년 8월. 조선국왕 성 휘.

삼사가 사배례(四拜禮)를 행했다. 네 번씩이나 절하는 것이 어느
때에 시작되었는지는 알 수 없지만, 조엄은 실로 한심하였다. 청나
라 황제도 아니고 왜국의 관백 따위에 한 번도 아니고 네 번씩이나
절을 하고 있다는 것이 분했고 수치스러웠다. 삼사가 내려오고, 삼

118

수역·제술관·양의·군관 등은 아래층에서 네 번씩 절을 했다. 나머지 중·하관은 툇마루와 뜰에서 사배했다. 조엄은 울분 속에서도 누구 하나 사고 치지 않은 것에 안도했다.

공예단을 바치는 번거롭고 지루한 시간이 흘러갔다. 집정 두 사람이 시연례(始宴禮)를 청했다. 쇼군과 삼사 앞에 과일 소반이 놓였다. 근시가 은빛 술병과 청자 술잔을 쇼군 앞에 놓았다. 대마주가 조엄에게 눈짓했다. 조엄은 가운데층으로 올라갔다. 조엄은 엉거주춤 서서 술잔을 전해 받았다. 근시가 빈 술병으로 왼쪽 1보 남짓 떨어진 거리에서 따르는 시늉을 했다.

조엄은 빈 잔을 들기는 하였으나 마시는 시늉은 하지 않았다. 대마주는 제발 마시는 시늉을 해주기 바랐지만 조엄은 기어이 해주지 않았다. 최소한의 줏대였다. 쇼군이 어리둥절히 바라보았다.

조엄이 자리로 내려와 앉고, 부사·종사관이 차례로 나아가서 똑같이 행하였다. 둘은 마시는 시늉을 했다. 줏대가 없어서가 아니라 자기들마저 마시는 시늉을 하지 않으면 무슨 일이 벌어질지 알 수 없다고 저어하였기 때문이었다.

집정 두 사람이 쇼군의 뜻을 전했다. 〈본디 잔치를 같이해야 마땅하나 사신이 괴로울까 염려되오. 종실이 잔치를 대신하여 사신의 마음을 편케 하겠소.〉

삼사 중심으로 이른바 '전명식'의 모습을 그려보고자 했는데, 한도 끝도 없이 재미없겠기에 이만 각설한다.

제술관 남옥과 부서기 원중거는 조엄보다 서너 곱절은 시시콜콜히 묘사했다.

신기한 것은 세 사람의 말을 종합할 때 확실해지는 것이 아니라 모호해지는 것이었다. 셋이 보고 겪은 것은 흡사한데, 견문을 기록하는 데 있어 상이한 바가 컸고, 그 결과 함께 놓고 보면 서로 다른 곳에서 다른 일을 겪은 게 아닐까 싶을 정도로 어지럽다.

하기는 이들 셋이 꼭 그날 일기를 썼다는 보장도 없다. 여러 날 뒤에 혹은 몇 달 뒤에 어쩌면 1년 뒤에 기억해서 썼을 수도 있다. 때로는 어제 일도 정확히 그리지 못하는 게 사람이고 보면 왜곡된 기억들의 기록일 수도 있다. 역대 통신사의 각종 연회·다례를 고증 차원으로 알고픈 독자에게는 『17~18세기 통신사에 대한 일본의 의식 다례』(박정희, 민속원, 2010)를 추천한다.

집정 네 사람이 대청에서 전송했다. 궁성을 나왔다.

조엄은 감격스러워했다. "우리들의 이번 걸음은 국서를 우러러 받드는 일이었소. 일곱 달을 받들고 보호하던 끝에 갑자기 명을 전하고 돌아가게 되었소. 사신으로서의 일은 비록 마쳤다 하지만, 마음이 서운하여 마치 무엇을 잃어버린 듯하오."

"참으로 그렇습니다." 부사·종사관이 시원섭섭한 낯빛으로 맞장구를 쳤다.

관소로 돌아온 조선인은 김인겸을 진심으로 부러워했다. 오랑캐에게 절도 안 하고, 오랑캐 앞에서 갖은 봉욕을 당하지도 않고, 오랑캐로 인하여 굴욕감도 느끼지 않고 한가롭게 누워 하루를 휴식했으니 말이다.

임취빈의 『복수뎐』

　서유대가 휘파람을 불었다. 366인의 결사대는 일제히 왜인들에게 달려들었다. 366인은 일당백의 고수였다. 오랑캐를 택견으로 제압하고 무기를 탈취했다. 저항하는 놈은 베어 죽이고 찔러 죽였다. 달아나는 놈은 던져 죽이고 쏘아 죽였다. 예단으로 위장한 비격진천뢰(飛擊震天雷)를 꺼내 사방에서 몰려오는 적에게 던졌다. 빼앗은 총과 활로 무장한 격군이 요소요소에 자리하고 적들을 살상했다. 쇼군과 다이묘를 모조리 무릎 꿇렸다.

　서유대가 호령했다. "우리는 통신사가 아니다. 너희를 정벌코자 온 정의의 군대다."

　쇼군이 떨었다. 〈무슨 짓이냐? 이러고도 너희가 살아 돌아갈 성싶으냐.〉

　"우리는 여기서 너희와 함께 죽을 것이다."

　〈우리가 죽는다고 일본이 사라지느냐? 우리 일본은 당장 조선으로 쳐들어갈 테다.〉

　"원하는 바다. 우리 조선 군대는 만반의 준비를 갖추고 있다. 급히 나오는 너희 침략선을 삼대해에서 수장시킬 것이다. 이순신 장군의 후예가 제주도에서 부산에서 대기 중이다. 그리고 본토를 유린할 것이다. 임진년의 원한을 갚을 것이다."

　〈조선 왕이 미쳤구나.〉

　"이건 임금이 지시한 일이 아니다. 우리 스스로가 결의한 바다."

〈이건 말도 안 되는 일이다.〉

"네가 살 길이 있다. 항복문서를 써라. 대마도땅을 조선에
바쳐라."

적이 쇼군을 구하겠다고 사방에서 개미떼처럼 몰려왔다.

쇼군과 다이묘들을 장대에 높이 매달았다.

허규와 변박과 흥복이 순식간에 화포 30문을 조립했다. 사
거리가 천 보도 넘었다. 무차별적으로 쏘아댔다. 에도성은 불
바다가 되었다.

결사대는 160년 묵은 한을 풀었다.

변박이 물었다. "정말 황당하구나. 아무리 소설이라지만 너무 허
풍이 심하다. 나도 우리 중에 누구 하나가, 임금의 명을 받고, 관백
을 암살한다, 뭐 이런 상상은 해보았다. 일본에 닌자라는 것이 있다
는데, 그 닌자들의 숲을 뚫고 들어가서 관백의 목을 따는 거지. 근데
너는 아예 전쟁을 하는구나."

임취빈이 우쭐대었다. "소설인데 뭐 어때요?"

"동래에서 너는 사실에 충실할 거라고 그랬어. 이런 황당한 얘기
는 소설이 아니라고 했잖아?"

"깨달았어요. 변탁 광광 작가님 말이 맞았어요. 사람들은 사실적
인 얘기는 좋아하지 않아요. 권모술수, 전쟁, 비밀, 추리, 살육, 삼각
사각 연애, 강간 등등으로 도배되어야 해요. 오랑캐 대왕 관백 보는
날 아무 일 없이 사배만 하고 나왔다, 이런 얘기를 누가 읽어요?"

"최소한의 개연성, 사실성은 있어야 한다. 이건 너무 없다."

"왜요? 우리가 마음만 먹으면 못할 것도 없잖아요?"

"한데 왜 조엄 사또가 대장이 아니고 서유대 군관이 대장이냐?"

"서유대 나리도 정3품이잖아요. 저는 그분이 따로 왕명을 받았을 것 같아요."

"왕명이 아니고 우리끼리 결의라며?"

"왕명도 있고 결의도 있는 거죠."

"인정해야겠다. 네가 광광 변탁 형님보다 더 허풍쟁이다. 이런 허풍이 무슨 의미가 있는지 모르겠다만."

"통쾌하지 않아요?"

"이런 얘기가 통쾌하냐?"

"저는 되게 통쾌했는데. 『임진록』 읽어보셨잖아요."

"『임진록』에 뭐?"

"사명대사 왜국 정벌한 대목 기억 안 나세요? 거기 허풍에 비하면 제 허풍은 허풍도 아니에요."

"그런 허무맹랑한 얘기가 민중의 한을 달래는 통쾌한 얘기다, 그것이냐?"

"그렇고 말고요."

변박이 임취빈이 쓴 『복수뎐』을 박박 찢었다.

"지금 뭐하시는 거예요?"

"이걸 나 말고 다른 사람이 봤으면, 넌 혹세무민자로 몰려 죽었다. 아무리 소설이라도 이런 소설은 너무 위험하다. 주자님 좀 비판했다고 사문난적으로 몰아 죽이는 나라야. 조선에서 썼다면 또 몰

라. 여기는 일본 한복판이라는 걸 잊지 마라."

"소설인데 뭔 상관예요?"

"철이 없는 것이냐, 멍청한 것이냐? 이걸 일본인이 읽었다고 해봐라. 우리가 진짜 관백이라도 죽이러 온 거로 오해할 거다."

임취빈이 헤헤 웃었다. "알았어요, 알았어요."

"아까워도 참아라."

"제 머릿속에 있는데요. 다시 쓰죠 뭐."

"암튼 상상력이 제법이다."

"아니라니까요, 『임진록』 뻥 베낀 것밖에 안 된다고요."

"겸손도 하셔라."

2월 28일

윗사람 아랫사람 가릴 것 없이 2백 명 가까이가 고뿔, 몸살, 토사, 곽란 등에 시달렸다. 세 의원은 곽향정기산(藿香正氣散)을 조제하느라고 손을 쉴 수가 없었다. 오랜 여행에 맞문한 몸이라 조금씩 앓던 터수였다. 전명이랍시고, 비를 맞아가며 편하지도 않은 자리에서 장시간을 시달렸으니 약을 먹지 않으면 안 될 지경이 된 이들이 속출한 것이리라.

2월 29일

삼사는 '왕명을 무사히 전했다. 사망한 통인소동을 앞서 보낸다'는 장계, 동래부로 보낼 관문, 함께 부칠 집안 편지 등을 대마봉행에게 맡겼다. 별도로 비선을 정하여 속히 부송(付送)할 것을 요구했다.

옛날 어느 사행 때는 중간에 저들이 열어볼 것을 염려하여, 사상의 장계는 물론 일행의 모든 편지를 언문으로 써서 보내도록 했었다고 한다. 허나 훔쳐보고자 하는 자들이 조선의 언문을 익혔다면 아무 소용없는 일이다. 언문은 저들의 눈을 가릴 방법이 못 되는 것이다.

언문이든 진서든 이전 사행 때는 여러 차례 편지를 주고받았다. 이렇게 집안 편지가 꽉 막힌 사행은 처음이자 마지막이 아닐까. 대개 답답해했다.

조엄은 쇼군의 회답서(回答書) 초본(草本)을 얻어 보았다. 국서가 조선 임금의 친필이 아니듯, 쇼군의 회답서도 쇼군의 친필이 아니었다. 태학두 하야시 호코쿠가 지은 것이란다. 마음에 안 드는 것을 넘어 놀랍고 한심했다. 사신의 도리로서 결코 이따위를 받아갈 수 없다! 조엄은 태학두에게 직통으로 따지고 싶었지만 꾹 참았다.

수역 최학령에게 대마간사관을 불러오게 했다. 조엄은 을렀다. 〈고치지 못하면 결코 받을 수 없다.〉

조엄의 낯빛이 어두웠다. "이러니 떠날 날이 더욱 지체되겠구려. 참으로 걱정스럽고 민망하오."

이인배가 격려했다. "잘하셨습니다. 가는 날이 지체되더라도 온당한 서계를 받아가야지요."

온당하지 못한 서계를 받아가서 삼사가 곤욕을 치른 전례가 있었다. 제8차 통신사(1711~12, 숙종 37~38, 신묘년)는 귀국하자마자, 쇼군의 회답서 글자 몇 개 때문에 나라를 욕되게 한 죄로 삭탈관직 되고 경상좌수영에 갇힌 바 있었다.

한 왜인 고관이 시화 두루마리를 가지고 왔다. 종서기 김인겸에
게 여백을 채워달라고 간청했다. 김인겸이 자세히 살펴보니, 이전
사행 때 제술관과 서기들의 시가 다 적혀 있었다.

반갑고 기쁜 마음으로 시를 감상하던 김인겸은 대실망했다. "저
마다 요초(料肖)하여 하나 볼 것 없고나야. 아무리 문장가라 할지라
도, 사신으로 나와 지은 글이 이렇게 좋지 아니하니 창피하도다."

3월 1일

쇼군이 마상재를 구경하자고 청하는 것은 규례이다. 두 마상재,
이마 장세문, 세 수역, 군관 셋, 소동 셋, 통사 셋, 나장 여섯, 기수 여
덟, 도합 29명이 갔다.

쇼군이 마장에 나와 앉아 있지는 않았다. 층루 높은 곳에 비단 발
이 내려지고 장졸들이 허리를 굽히고 종종걸음치는 게, 그 안에 있
을 듯했다.

다이묘들이 한 대청에 모조리 모였다. 조용했다. 대마주 집에서와
는 사뭇 다른 분위기였다.

별무사 정도행과 박성적은 또 한 번 '도브히또!'가 되었다. 상으로
받아온 은자를 관례대로 나눠 가졌다. 마상재 2인이 각 70매, 삼수
역이 각 5매, 상관 3인이 각 5매, 이마가 7매, 소동 3인이 각 1매, 통
사 3인이 각 1매 반, 나장 6명이 각 1매, 기수 8명이 각 1매씩 받았다.

3월 3일

한식이었다. 해외에서 맞은 명절처럼 망향이 간절할 때가 있을까. 대개 북서쪽을 바라보며 침울했다. 찬과(饌果)를 마련하고 매화전을 부쳤다. 풍악을 벌였다. 춤자랑이 크게 벌어졌다. 전문 춤꾼인 재인 악공과 소동과 두 마상재가 돋보이는 춤사위를 펼쳤다. 통인소동 옥진해는 붉은 철릭 복색이었다. 허리를 접고 소매를 걷고 칼을 맵시나게 휘둘렀다. 기생 검무 뺨쳤다. 학생소동 정인영은 우스꽝스러운 총이말 관을 쓰고는 덩실덩실했다. 왜국 또한 3월 3일을 큰 명일로 여겼다. 잔치와 오락을 설날과 다름없이 즐겼다. 에도 전체가 떠들썩했다.

밤에 태학두 하야시 호코쿠가 수역 최학령을 찾아왔다. 〈말씀하신 바대로 고쳐보았는데…….〉

소매 속에서 개본(改本)을 꺼내 보였다.

삼사가 최학령에게 받아보고 검토하니 여전히 미흡했다. 더 고칠 것을 촉구했다. 고쳐진다면 무진년(1748)의 회답서보다 못할 것이 없을 테다.

이인배: "거슬리는 대목이 수정되어 그나마 큰 다행입니다."

조엄: "허나 매우 슬픈 일이오. 우리 성군(聖君)의 정중(鄭重)한 글을 받들고 왔다는 자체가 이미 비분(悲憤)한 일이오. 비록 극히 존경하는 답서를 얻는다 해도 오히려 기쁠 것이 없거늘, 더구나 이처럼 고친 글 또한 평범한 어구에 불과한데 도리어 다행으로 여겨야 하니 어찌 애통한 일이 아니겠소?"

부사와 종사관이 입을 모았다. "그 말씀이 참으로 옳습니다."

대판(大坂, 오사카)—3월 3일

일행 전부가 오사카에 있던 때, 관상쟁이 니아먀 다이호가 찾아와서 여남은 명의 관상을 봐주고 간 일이 있었다. 니야마가 다시 조선인을 찾아왔다. 대판에 남은 사람 중에 한문 필담이 가능한 이는 손에 꼽았다.

이기선장 광광 변탁.

〈여기는 보잘것없는 하천배밖에 없는데 뭣 하러 오셨소? 설마 잡것들 관상을 보아주실 의향이 있으신가?〉

〈선장이면 꽤 높은 직이 아닌가요?〉

〈높기는 개코. 하바리요. 높으신 분들이 돌아오면 그때 다시 와보시오.〉

〈댁의 관상이라도 봐드리면 안 되겠습니까?〉

〈뭐, 그러시오. 심심하던 차인데.〉

〈우선 댁의 성함과 나이를 가르쳐줄 수 있으신지요?〉

그런 것도 딱 보고 제가 맞춰야지, 왜 가르쳐달라는 거야. 변탁은 재미난 장난거리가 파뜩했다.

〈좋소. 나는 변박이고, 스물셋이오.〉

일가 아우이며 삼기선 선장이고 강호에 가 있는 변박으로 속인 것이다.

〈……재주와 기예가 뛰어날 상입니다. 다만…… 조실부모했을 테고 자식운이 없고 불치병이 있겠습니다.〉

기가 막혔다. 이자가 지금 뭐라는 거냐, 악담을 해도 유분수지. 변박의 현재까지를 대강 맞추기는 했다. 불치병 빼고는. 되게 어이없는걸. 어찌 내 관상을 보고 내 동생의 인생을 맞히나?

〈후의를 베푸시니 감사하오. 내가 과연 오랜 병이 있소. 운명이었구려. 아버지는 살아계시나 어머니는 돌아가신 거 맞소. 네 살 된 동생이 하나 있고요. 한데 정말로 아들을 얻을 수 없겠소?〉

아무렇게나 물어보았다.

〈낳아도 키우기 어렵겠습니다.〉

아우 녀석이 들으면 기절초풍하겠군.

변탁은 어서 가라는 뜻으로 읍했다. 〈후일에 다시 뵈면 큰 행운이겠습니다.〉 어서 꺼져라. 재수없는 오랑캐야.

이복선장 김윤하.

〈관상을 봐주시겠다? 허어, 괴이한 말이다. 칠십 먹은 고려장 늙은이한테 무슨 관상이란 말인고.〉

〈무례하였군요. 허나 허락해주십시오.〉

귀찮은 오랑캐군. 〈뭐, 그러시오.〉

〈……오래 살고 늙어서의 운이 길할 것입니다.〉

이것도 관상이냐? 칠순 늙은이한테 반드시 오래 살 거라니? 별 그지 같은.

니야마가 덕담하듯 또 썼다. 〈……자손에게 영광이 많을 것입니다. 축하드립니다.〉

나 원 참. 망측한 놈이 아들 그렇게 하네. 나보다 먼저 하늘나라 간 아들…….

김윤하는 열불이 났지만 좋은 말 많이 해줘서 고맙다고 성의 없이 몇 자 썼다.

니야마가 쥘부채에 시를 써달라고 했다.

이 실성한 오랑캐가 누굴 약 올리나. 이 나이에 선장 하고 있으면 뱃놈이지 내가 무슨 서기냐? 허나 사람 보는 눈이 있기도 하네. 나라고 시를 못 쓸쏘냐.

〈내가 사람 보는 앞에서는 잘 못 써! 써가지고 나오겠소. 잠시 기다려주셔.〉

김윤하는 방에 들어가서 끙끙거렸는데 석 자 쓰고 하얀 머리를 감싸쥐었다.

마침 오연걸이라는 불상놈이 보였다. "부채 하나 주랴?"

"주쇼. 농이면 안 참소."

김윤하가 던져주자 오연걸은 좋다고 받았다.

김윤하는 니야마에게 돌아가 둘러댔다. 〈미안하오, 부채를 잃어버렸소. 내일 다시 오시오. 내가 새 부채에 써주리다.〉

3월 4일

예조의 서계·별폭(別幅, 예물의 종류와 수량을 적은 물품목록)·사예단을 집정·종실 이하 각처에 나누어 보냈다. 집정·종실의 집에는 반드시 세 수역을 함께 보냈다. 다녀온 자들이 하나같이 내둘렀다.

"제택(第宅)의 사치함과 수직(守直)하는 관원이 거의 관백의 궁과 다를 게 없었습니다."

김인겸은 바둑뿐만 아니라 장기에서도 으뜸이었다. 장기 좀 둔다고 우쭐대던 이들이 줄줄이 패한 이후, 김인겸은 범접할 수 없는 통기로 통했다. 김인겸은, 손금도라는 떠꺼머리 어린것이 승승장구하고 있으며 자신과 대적하기를 학수고대한다는 얘기를 듣고 우습게 여겼다.

군관 이해문이 와서 꾀었다. "영감, 손금도하고 오대령이 붙는다오. 구경 갑시다."

오대령은 역관 최고수로 통했다.

"어린애랑 노는 게 재밌나보우."

"놈이 정말 잘 두오. 내가 영감한테 박살나기는 했지만 그래도 좀 두는 장기 아니오. 그 애한테 꼼짝 못 하고 당했소. 어찌나 포를 현란하게 쓰던지."

"포를 잘 쓴다? 그러면 서천령수법인가."

"영감은 서천령수법을 아시오?"

"누가 알겠소. 책에 그냥 '서천령수법이라고 한다'라고만 적힌 것을."

김인겸은 도대체 그 '서천령수법'이 무엇일까, 고구했다. 문헌을 아무리 뒤져보고 장기꾼들에게 물어봐도 알지 못했다. 포를 잘 쓰거나 상대방 포를 무력하게 만드는 수법이거니 막연히 짐작할 따름이었다.

이해문이 향기는 되는 장기인데, 당했다니? 김인겸도 손금도라는 아이 실력에 구미가 당겼다.

김인겸과 이해문이 가보니, 상·중관 여남은이 둘러 있었다.

어른들은 꼬맹이가 아니라 오대령 늙은이한테 훈수를 퍼붓고 있었다. 김인겸이 판을 보니, 오대령이 일방적으로 몰리는 판국이었다.

오대령이 3각을 장고하다가 한 수를 두었다. 김인겸은 감탄했다. 30수 앞을 내다본 묘수 중의 묘수였다. 역전이야, 역전. 늙은이가 훈수 덕을 보는군. 훈수꾼들이 떠드는 소리를 듣고서 길을 찾은 거야. 어린것은 도리어 위기에 몰렸고, 벗어날 가망은 없다!

손금도가 1각을 궁리하다가 포를 움직였다. 포를? 김인겸은 포를 움직일 수 있다는 것을 미처 내다보지 못했다. 저 포가 어디로 가나? 어디로 갈 수가 있는가? 아, 저기! 묘수다, 묘수. 저런 수가 다 있었어! 이놈, 나보다 나을 수도 있다!

어른들은 오대령이 장고할 때는 돕는 훈수를 열심히 하더니, 손금도한테는 빨리 기권하라고 성화나 부렸다. 손금도가 대역전수를 두는 순간 훈수꾼의 담뱃대 하나가 손금도의 손등을 '탁' 쳤다. 손금도는 놀라는 바람에 두어야 할 점에 못 두고 그 옆 점에 두고 말았다.

손금도는 참고 참았던 화가 폭발했다. 이 몹쓸 훈수쟁이들. 너희처럼 경우 없는 것들이 어른이냐? 손금도는 장기판을 들어엎고서는 엉엉 울었다.

오대령이 냅다 꾸짖었다. "요놈, 장기를 잘 두면 뭐하느냐? 먼저 인간이 되어야지."

손금도는 "아가리를 찢어버릴 어른탱이들!" 하고는 뛰쳐나갔다.

3월 5일

강호의 유명 예능인이 대거 출연하는 성대한 잔치를 대마주가 주최하고, 통신사를 초대했다. 관례였다. 사문사만은 초대받지 못했는데 그 또한 전례라는 것이었다. 어디서 어디까지가 관례·규례·전례인지 알기 어려웠고, 그 연원을 알기는 더더욱 어려웠다. 놀이가 굉장하다는 말을 들어, 가고 싶었던 원중거가 알아보았다. 조선의 선비로서 오랑캐들의 치졸한 놀이를 구경할 수는 없다는 이유로 예전부터 제술관·서기는 가지 않았다. 초대하는 쪽에서도 문사들은 으레 부르지 않게 되어 전례로 굳어졌다는 것이다.

"우리가 전례를 깨어보면 안 되겠나?"

원중거가 슬며시 떠보았다.

"의리를 저버릴 셈인가?"

김인겸·남옥·성대중은 전후 통신사의 꽃이었던 문사들이 행했던 것과 똑같이 하는 것을 의리로 아는 듯했다. 혼자서 갈 수는 없는 노릇이라 원중거는 갈 뜻을 접었다. 군관 서유대도 병이 심해서 못 갔다. 군관 유달원은 개인적 원한 때문에 가지 않았다. 그의 할아버지가 기해년(1719) 사행의 일원으로 왔을 때 놀이판에 갔다가 창피를 당한 바가 있었다. 원숭이 한 마리가 무대를 이탈하여 막 달려왔는데, 할아비가 놀라서 기절했던 것이다. 유달원이 떠날 때 부친이 붙잡고 누누이 일렀다. 다른 일은 다 참여해도 놀이판에는 절대로 가면 안 된다. 할아버지의 원혼이 다시 깨어날지어다.

대마주 저택에 들어가 잡다한 예를 갖추었다. 대마주가 일족 넷을 소개했다. 그들 또한 태수 노릇을 하는 자들이라고 했다. 대마주 가문이 별 볼 일 없는 가문은 아닌가보았다.

편한 옷으로 갈아입고 놀이마당이 내려다뵈는 대청에 앉았다. 수십 가지 음식이 차려졌다. 빙당(氷糖, 얼음사탕) 같은 것이 있어, 몇 사람이 입에 넣었다. 소금이라 곧 토해버렸다. 한바탕 웃었다. 앞뜰에 무대가 시설되어 있었다.

삽사리가 썼다.

첫 번째는 무슨 광대극이었다. 왜놈들이 자랑으로 아는 노가쿠(能樂, 피리와 북소리에 맞추어 노래를 부르면서 춤을 추는 가면 악극)인지는 확실치 않다. 악공 두엇이 나오고 긴바지 입은 스무 사내가 떼로 나왔다. 풍악이 연주되었다. 피리소리는 끊어졌다 이어졌다 호드기 소리와 흡사했다. 복잡하게 입은 한 사람이 부채를 쥐고 빙글빙글 돌고 마구 부르짖고 떠들어대었다. 또 한 사람이 여자 얼굴로 여자 복장으로 꾸며 나오는데, 괴이하였다. 우리 소동들은 여자처럼 꾸미면 정말 여자 같은데, 쟤들은 꼭 처녀귀신 같다. 처녀귀신도 여자인가? 처녀귀신 같은 이들도 역시 빙글빙글 돌며 소리쳤다. 여장 사내가 퇴장하고, 떼로 머리를 흔들며 한껏 부르짖었다. 목 힘줄이 지렁이처럼 불끈 솟았다. 아이쿠, 시끄러워라!

두 번째는 원숭이놀이였다. 사냥꾼 같은 자가 원숭이 한 마리를 묶어서 끌고 나왔다. 사냥꾼과 원숭이가 꼴값을 떨었다. 다투고 껴안고 춤추고. 자세히 보니 진짜 원숭이가 아니라 어린아이에게 원숭이 가면을 씌우고 원숭이 가죽을 입혔다. 저 애가 원숭이 흉내를 저토록 잘 낼 만큼 훈련받았을 것을 겉어림하니, 욕이 절로 나온다. 그냥 원숭이 가져다 해라.

세 번째는 '관백놀이'랬다. 임취빈 같은 소년이 금관을 쓰고 비단옷을 입고 좋은 의자에 걸터앉았다. 정승과 장군 같은 이들이 꿇었다. 뭐라고들 떠들었다. 말도 못 알아듣는데 저따위를 무슨 재미로 보라는 건지.

네 번째는 흉악했지만 볼만은 했다. 기괴한 말처럼 꾸민 자와 푸른 가면을 쓰고 붉은 머리털을 뒤집어쓴 귀신 같은 자가 서로 싸우는 놀이였다. 우리나라로 치면 도깨비와 몽달귀의 한판 대결.

다섯 번째는 완전히 귀신 판이었다. 여자 귀신들이 나와서 팔씨름을 해댔다. 진짜 여자인지는 모르겠다.

여섯 번째는 임취빈 같은 소년이 또 귀신과 싸웠다.

그 후로도 덜 귀신들과 완전 귀신들이 이래저래 실랑이하고 싸우고 화해하고 노래하고 춤추는, 놀이인지 뭔지가 대여섯 마당 계속되었다. 어쩌면 귀신으로 분장한 게 아닐지 모르겠다. 우리나라 가면보다 훨씬 흉측해서 귀신, 귀신 했는데, 왜국에서는 평범한 가면일지도 모르겠다. 그렇다면 우리 조선의 판소리나 마당놀이나 탈춤 같은 것인가보다. 말도 못 알아듣겠고 낯설기만 하니, 귀 아프고 정신 사납기만 했다.

우리나라 꼭두각시놀음 같은 인형놀이도 했다. 인형이 낯설어서 그런지, 우리 '박첨지놀음'보다 한참 재미없었다.

무슨 씨름 같은 것도 했다. 다 벗은 뚱뚱한 것들이 배 박치기를 해댔다. 뚱뚱한 놈이 무조건 이기겠구먼. 작은 고추도 이길 수 있는 우리 씨름이 으뜸이야.

열몇 번째부터 좀 볼 만했다.

진짜 원숭이가 나왔다. 소년 10명이 각자 원숭이 한 마리씩 데리고 나와서 여러 가지를 부렸다. 원숭이들은 칼춤·부채춤을 췄고 불구덩이를 통과했고 설명하기 힘든 동작 십여 수를 펼쳤다. 아, 저렇게 숙달되는 동안, 원숭이 진짜 고생했겠다.

축국 놀이라는 것도 흥미로웠다. 우리나라 축국과는 달랐다. 여섯 사내가 무엇으로 만든 건지 모르겠는 둥근 공을 차대는 것이 한마디로 예술이었다. 공은 돼지오줌보로 만든 것 같지 않다. 화려한 것이 비단으로 만든 것 같다. 왜국은 비단으로 못 만드는 것이 없다니까.

우리 조선 광대들의 줄타기보다 윗길인 기예도 있었다. 공중에 줄을 잔뜩 매달고 여럿이 그네 타고 날아다녔다. 이런 말 하기 싫지만, 우리 줄타기보다 더 멋졌다.

마지막이 죽여줬다. 그때까지의 짜증을 한 방에 날려주었다. 불을 뿜고 칼을 삼켰다. 종이가 꽃으로, 꽃이 비둘기로 변했다. 사람 모가지를 잘랐는데 떨어지지 않았다. 사람이 사라지기도 했고, 다른 사람으로 바뀌어 있기도 했다. 2각 동안 입을 한껏 벌리고 손뼉을 쳐댔다.

삽사리가 막판에 본 것은 환술(幻術, 마술)이었다.

조엄은 '모두 가소로웠다. 다 기재할 만한 것이 못 되므로 아울러 약하고 기록하지 않는다'고 했다.

노·가면극·노가쿠·인형극·광대짓·스모 따위에는, 다들 조엄과 비슷한 감상이었다. 원숭이놀이·축국·공중곡예·환술에는 큰 재미를 맛보았다. 조선에서는 보기 힘든 놀이였다. 왜국에서 보고 온 것 중에 재미로만 따진다면 뭐가 으뜸이었냐? 대개, 이날 막판에 보았던 것을 꼽았다.

원중거는 다녀온 이들에게 놀이에 대한 것을 자세히 캐물었다. 똑같이 보았을 텐데, 눈 가리고 코끼리 만진 사람들처럼 하는 말들이 다 달랐다. 들은 바로는 각 놀이의 정황을 묘사할 수가 없었다. 역시 내 눈으로 보는 것이 제일이구나. 기이한 볼거리를 놓쳤으니 참으로 아쉽구나. 내내 안타까워했다.

원중거보다 거의 스무 살 어린 연암 박지원이 훗날 중국 청나라에 다녀와서 『열하일기熱河日記』라는 방대한 일기를 남겼다. 중국에서 본 거의 모든 것을 꼼꼼히 적어놓았다. 중국에서 본 환술 또한 묘사되어 있다.

뭘 보아도 '기기괴괴' 한마디로 퉁쳤던 문사들 가운데, 그 사물과 현상의 속살을 만지려는 감각이 있었던 원중거가 만약 이날 환술을 보았다면 『열하일기』의 환술보다 더 실감나고 흥미로운 서술을 남겼을지도 모른다.

후대인들은 박지원의 『열하일기』는 잘 알고 우러러보지만, 원중거의 『승사록』과 『화국지』는 잘 모르고 알아도 폄훼하는 경향이 있다. 학자의 눈에는 분명 수준 차이라는 게 확연하겠지만, 박지원의 책은 조선보다 앞선다는 선입견이 강했던 중국에 대한 기록이고, 원중거의 책은 오랑캐 금수의 나라로 여겼던 일본에 대한 기록이기 때문에 무시당한 바도 크지 않을까?

강호에 머무는 통신사는, 사사건건 무식하고 해괴한 오랑캐놈들이라 깔보려고 애썼다. 한데 어쩐지 오랑캐 놈들의 격물(格物, 사물에 대한 깊은 연구)과 문화가 더 발전되고 볼 만한 것일지도 모른다는, 막연한 느낌을 주체할 수가 없었다.

3월 6일

쇼군 앞에서 군관이 활 쏘는 것은 규례였다. 8인이 가야 했다. 나이 핑계로, 진짜로 아픈 건지 귀찮은 건지 못 쏠까봐 두려운지 병을 핑계로, 못 가겠다는 군관이 태반이었다. 가겠다는 군관이 다섯뿐이었다. 마상재 정도행과 박성적을 추가했다. 그래도 한 명이 모자랐다. 부사 이인배가 자기 돈으로 데려온 사람 김응석으로 수를 채웠다.

군관들이 처음 챙겨든 것은 대궁(大弓)이었다. 모시러 온 왜인들이 깜짝 놀랐다.

〈어찌 그처럼 장대한 활이 다 있습니까?〉

〈육량전(六兩箭, 무게가 여섯 냥쯤인 조선의 표준적 화살)을 시험하는 것 아니오?〉

〈아닙니다. 지난 사행 때 민가까지 날아간 화살이 있었다고 합니다. 과연 이 대궁으로 쏘면 참 멀리도 날아갈 듯싶습니다. 그만두게 한 것이 마땅했습니다.〉

〈혹시 모르니 가져가겠소.〉

〈아닙니다. 놓고 가시지요. 사람이 다칠까봐 두렵습니다.〉

왜금도 중에 자천타천 으뜸장사가 대궁 당겨보기를 청했다.

장사군관 조신이 대궁을 들어 가볍게 한번 당겨 보였다. 〈이렇게 당기는 것이오.〉

금도는 이를 악물고 팔뚝에 힘을 잔뜩 주고 당기었다. 끝내 활시위를 벌리지 못했다. 금도는 활을 놓고 부끄러운 듯 저 구석으로 달아났다. 멀리서 혀를 빼물고 낯을 붉히고 머리를 흔들고 손을 휘저어댔다. 대궁은 아무리 용력이 있더라도 쏘는 법을 알지 못하면 쉬이 당길 수 없었다.

사장(射場)은 거의 2백 보였다. 군영 같은 막사가 있었고 군병은 없었다. 다이묘와 그 일족이 마상재를 보던 때와 같이 둘러 있었다. 쇼군이 어디에서 관광하는지 알 수 없었다. 어딘가에 있기는 있는 듯했다.

후포(帿布, 베로 만든 과녁)는 조선의 보통 과녁보다 매우 작았다. 설자리로부터 160여 보니 그나마 사거리는 가까웠다.

임춘흥과 조신이 다섯 발을 전부 명중시켰다. 괜히 장사군관이 아님을 증명했다. 군관 중에 오로지 무예 실력으로 뽑힌 것이 '장사(壯士)'였다. 김상옥·임흘이 네 발을 적중시켜 명무군관의 체면을 살렸다. 명무군관 유달원과 마상재 박성적도 세 발을 꽂아 체면치레했다. 마상재 정도행과 반인 김응석은 한 발도 못 맞췄다. 명궁으로 입에 오르내리던 김응석은 얼굴이 샛노래졌다. 정도행은 너스레를 떨었다. "소생이 원래 서서 쏘는 것은 안 되오. 하나 말 타고 쏘는 것은 백발백중이오. 소생이 괜히 마상재겠소."

추인(芻人, 허수아비)의 폭은 조선 것의 곱절은 되었고 사거리는 조금 길 뿐이었다. 후포는 서서 쏘았지만, 추인은 말 달리며 쏘는 것이다. 역풍이 불고 마로(馬路)가 경사졌다. 몇몇은 과녁까지의 거리를 잘못 계산하여 첫 화살을 길에 떨어뜨렸다. 구덩이 메운 곳을 말이 비켜 뛰는 바람에 유달원은 등자를 벗고서야 낙마를 면했다.

김상옥은 추인에 화살을 쏜 뒤, 말이 획 도는 바람에 활로써 말을 채찍질하는 것 같은 모습을 취하게 되었다. 수말이 발정난 암말이라도 본 듯 막 달렸다. 다이묘 무리가 자기들한테 오는 줄 알고 놀라 피했다. 다이묘들이 자기들 앞을 막아달라고 요란을 떨어 조선 기사들이 옮겨 앉았다.

임춘흥·조신·김상옥·박성적이 다섯 발 다 명중시켰고, 임홀·정도행이 네 발, 유달원과 김응석이 세 발을 꽂았다.

조엄이 보고를 받고 농담했다. "추인을 다 맞힌 사람이 네 명이라니 생광(生光, 영광스러워 체면이 섬)된 일이라 할 만하다. 한데 다른 사람도 아니고 김응석이 후포를 한 번도 맞히지 못하였다니. 활 쏘는 일은 요량하기 어렵다!"

모두 따라 웃었다.

김응석은 여덟 번 쏘면 다섯 번 명중시키는 실력으로 과거급제하고 네 번 쏘면 세 번 명중시키는 실력으로 만호 자리를 얻은 이였다. 그가 장원할 것으로 예상한 이도 꽤 있었다. 침울하고 부끄러운 낯꼴이던 김응석이 돌비석 앞에 꿇어앉았다.

"사또, 이 부끄러운 몸 사라지겠나이다. 저같이 수치스러운 자가 살아서 뭣하겠나이까."

대가리를 돌비석에 짓찧어대는 것이 정말 자결하려고 발버둥치는 꼬락서니였다. 일곱 기사가 웃으면서 뜯어말렸다.

"명사수가 전장에서나 명중하면 될 일이지 자랑판에서야 좀 못하면 어떠한가. 그만 진정하거라." 조엄이 위로했다.

조엄은 성적과 상관없이 여덟 기사 모두에게 공평히 무명베 다섯 필을 상으로 주었다. 일행끼리도 누가 제일 명궁인가 의견이 분분했다. 이번에 뚜렷이 못 쏜 몇 빼고는 나머지가 백중세를 보였다. 그들끼리 제대로 겨루는 자리가 있어야 하지 않느냐고 입씨름이 그치지 않았다.

3월 7일

두 집정이 받들어 온 쇼군의 회답서를, 국서가 있던 자리에 봉안했다.

삼사와 두 집정이 마주 앉았다.

〈관소에 머무신 중 평안하오니 매우 위로되고 기쁩니다. 답서를 모름지기 국왕께 전해드리시오.〉

〈이처럼 위문을 받으니 감사함을 이루 말씀드릴 수 없습니다. 회답서는 삼가 마땅히 우리 임금께 전해드리겠습니다.〉

두 집정이 가져온 회예단자(回禮單子, 답례선물의 내용이 적힌 종이)가 여러 손을 거쳐 삼사에게 전해졌다. 삼사는 일어서서 받고 두 집정에게 답례의 몸짓을 했다.

삼수역과 제술관은 꿇어앉아서 받았다.

남옥이 받은 단자에는 '은자 30매, 남 학사'라고 적혔다.

병방군관 김상옥이 나머지 모든 상·중·하관의 단자를 대표로 받았다.

조엄이 사의를 표했다.

〈여러 번 위문을 받고, 또 거느린 각 사람까지 후한 은혜를 받게 되었으니, 어떻게 감사함을 말해야 할지 모르겠습니다. 이런 의사를 관백에게 아뢰어주시오.〉

〈마땅히 그리하겠습니다.〉

삼사·삼수역·사문사·사자관은 회답서를 꺼내 검토했다. 태학두를 닦달한 보람이랄까, 눈에 거슬리는 글자가 없었다.

　　일본국(日本國) 원가치(源家治)는 조선국왕(朝鮮國王) 전하(殿下)께 답서를 올립니다.

　　신사(信使)가 멀리 이르매 빙의(聘儀)가 참으로 넘치옵니다. 기거(起居)가 안녕하심을 듣자오니 몹시 경사스럽습니다. 바야흐로 선대의 공업(功業)을 이어받아 백성을 다스리니, 옛 법도에 말미암아 새 기쁨을 펴는 바이온데, 폐물(幣物)이 이미 후하고 예의(禮意) 또한 융숭하시니, 두 나라의 믿음을 도타이 하는 뜻을 알겠으며, 대대로 친목을 닦는 의리를 깨닫겠나이다. 이에 변변치 않은 물품을 돌아가는 사신편에 부치오며, 이웃의 화호(和好)를 길이 맺어 하늘의 훌륭한 도리를 함께 받들어가기를 바라나이다. 할 말을 다 갖추지 못합니다.

　　갑신년 3월. 일본국 원가치.

사사로운 예물은 대판의 쇼군 별장에서 각각 단자에 따라 지급해 준다고 했다. 공적인 예물이 속속 들어왔다. 공예물을 진열했다. 혹 불경스러운 것이 있을까 염려하여 일일이 점검했다.

김유성은 30여 개의 화첩을 살폈다. 아직 기생 전문가 신윤복(申潤福)이 등장하기 전이고, 상놈의 이모저모를 상세히 포착하는 김홍도가 명성을 떨치기 전이라, 남녀가 애정을 진하게 나누는 그림은 신선한 충격을 넘어 당혹감을 주었다.

조엄이 엄포를 놓았다. "더럽고 욕보이는 모습까지 있을까 걱정되네. 낱낱이 살피게. 음란한 것은 선물이라 할지라도 바다에 던져버려야 할 것이야."

다 살펴보고 김유성이 보고했다. "과연 음란하기는 하나 다행히 욕보이는 모습까지는 뵈지 않습니다. 비록 음란하다 하나, 세밀하고 정교한 화법은 연구해볼 만합니다. 도화서에서 후학들 가르치는 교재로 사용하고 싶습니다."

김유성은 변박을 찾아갔다. 빼돌린 욕보이는 지경의 화첩을 보게 했다.

"어떤가?"

"재미난 그림입니다."

"강세황의 제자 김홍도의 그림을 본 적이 있네. 왜인의 그림은 김홍도의 그림보다 더 낯설고 충격적이군. 한데 이거보다 더 심한 그림이 있다고들 하는데, 혹시 자네는 아는가?"

"각오가 되셨다면 보여드리겠습니다."

"각오하고 왔네. 보는 것만큼 큰 공부가 어디 있겠나."

변박이 화첩 세 개를 꺼냈다.

"순서대로 보셔야 덜 놀라십니다. 이것부터 보시지요."

벌거벗은 두 남녀가 각종 체위로 성애를 나눴다. 김유성은 아랫도리가 불뚝 섰다. 이런 부끄러운.

김유성은 아무렇지도 않다는 투로 평했다. "이것은 뭐 『소녀경素女經』 같군. 이 정도는 조선에도 그리는 자가 있다고 들었네. 나는 본 바가 없네만 음란한 이야기책에 이런 지저분한 그림들이 들어 있다지."

『황제내경黃帝內經』이라는 아주 오래된, 방대한 의학서가 있다. 무려 기원전 200년경에 형성된 책이다. '황제(黃帝)'랑 '소녀(素女)'가 음양교접의 철학·질병치료술 등을 얘기하는 부분이 독립되어 널리 읽히는 것이 『소녀경』이다. '소녀'는 '(몸 파는) 어린 여자'가 아니라 '생명을 주관하는 여신' 같은 존재다. 원래 남녀상열지사 그림이 들어 있었는지 후대인이 그려 넣었는지 알 수 없으나, 그림 있는 『소녀경』이 훨씬 잘 팔렸다. 소수는 전혀 음란할 수가 없는 심오한 책이라고 고평하지만, 다수는 읽어본 이나 말로만 들어본 이나 무슨 방중술 책으로 아는 바로 그 책이었다.

"맞습니다. 저도 이 정도는 우습게 그릴 수 있습니다. 아……."

"괜찮네. 자네가 도화서 화공도 아니고 무슨 그림은 못 그리겠나."

"이것을 보시지요. 남색모음집이라 간주하시면 됩니다."

변박이 두 번째 화첩을 내밀었다. 김유성은 괜히 긴장해서 쪽을 넘겼다. 지긋한 남자와 어린 남자가 성애를 하는 모습이 적나라했다. 김유성은 저도 모르게 "허어……" 비명 같은 한숨을 토했다. 왜국에 남색이 성하다더니 이런 화첩이 있을 정도였는가!

"이것은 도구모음집입니다."

중년남이 소년의 엉덩이를 채찍으로 때리는, 여자 혼자서 오이인지 가지인지를 제 거시기에 쑤셔박고 있는, 여자가 마주 앉아서 서로의 음문을 기다란 나무방망이로 연결한, 남자가 여자의 거시기에 빨대를 꽂고 음액을 빨아먹는…….

"해괴해괴한! 더 못 보겠네. 자네는 대체 이따위 변태 그림들을 어디서 구했단 말인가."

"서점에 있습니다."

"나도 서점에 가보았는데, 보지 못했어. 내가 서점에서 본 화첩은 다 점잖았네."

"뭐 눈에는 뭐만 보인다고, 제가 그런 놈이라 제 눈에만 보였던 게지요."

김유성은 악귀 굴에서 탈출하는 이처럼 황망히 가버렸다.

3월 8일

통신사가 돌아갈 날이 임박했다. 문장이든 글씨든 그림이든 얻으려는 왜인의 경쟁이 전쟁터를 방불케 했다. 겨우 언문이나 쓸 줄 아는 중·하관도 먹물깨나 묻혔다. 일본에서는 언문도 귀히 대우받았다.

3월 9일

상마연(上馬宴)이 치러졌다.

글과 글씨와 그림을 두고 연일 겪다 보니 정든 조선인과 왜인이
상당했다. 여기저기서 제법 이별잔치다운 애절한 풍광을 연출했다.
중·하관도 비슷한 직책과 신분의 왜인과 이래저래 쌓인 정이 있어
구석구석 눈물바람이 일었다.

도미노 요시타네는 이좌국에게 일방적으로 배우는 것처럼 겸손
을 떨었다. 다른 왜 지식인도 그렇게 보았다. 조선인은 의당 이좌국
이 조선의 선진 의술을 오랑캐 의원짜리에게 가르쳐준 것으로만 자
만했다. 실상은 이좌국도 크게 배웠다.

왜국은 일찍이 서양과 경제·문화·예술을 교류했다. 처음엔 포도
아(葡萄牙, 포루투갈)와 교역했고, 천주교를 박해한 다음엔 아란타(阿
難陀, 네덜란드)와 교역했다.

도미노의 딸이 중병을 앓았었다. 제 의술로도 안 되고 왜국 최고
의원들의 의술로도 안 되어, 도미노는 장기(長崎, 나가사키)로 갔다.
아란타 의원의 처방으로 기이한 효과를 보아 딸을 살렸다. 도미노를
비롯해 아란타 의술을 배운 이들이 많았다. 도미노는 〈아란타 의술
덕분에 바야흐로 나라 안에 일찍 죽는 사람이 줄었다〉고 말하고 다
녔다.

이좌국은 그 아란타 처방법을 도미노에게 배웠다.

어쩌면 이좌국은 의술보다 더 엄청난 것을 왜인에게 가르쳐주었
는지도 모른다.

동양 모든 나라에서 산삼 못지않게 인삼은 만병을 치료할 수 있
는 신약으로 여겨졌다. 왜인은 대마인을 통하여 조선의 인삼 종자와

심어 기르는 방법을 구하려고 하였다. 인삼국산화를 위해 할 수 있는 모든 시도를 해왔다.

이번 통신사도 툭하면 인삼 관련 질문을 받았다. 의원은 알겠지, 의원에게 가서 물어보셔. 의원들도 알지 못했다. 인삼을 약재로 취급한다고 해서 종자 얻는 법이나 재배법까지 아는 것은 아니다.

왜인은 의심했다. 〈그처럼 귀한 법을 사사로이 가르쳐줄 리 없다. 아마도 조선인들은 인삼에 대해서 아무것도 발설하지 말라 명받았을 것이다.〉

일행 중에 누구도 그런 명령을 받은 자는 없었다. 인삼재배법을 모르는 이만 차출했다기보다는, 극소수 집안에서 은밀히 전수되고 있으니 아는 이가 원래 드물었다.

일행의 의견은 엇갈렸다.

"인삼재배법은 조선의 일급비밀이다. 설령 안다고 해도 절대로 가르쳐주어서는 안 된다."

"왜인이 억만금을 주고도 조선인삼을 구하려고 한다. 때문에 조선 상인들은 인삼을 조선에 풀지 않는다. 조선인도 억만금이 없으면 인삼 구경도 못 해보고 죽을 수 있다. 차라리 왜인이 인삼을 생산할 수 있다면 그런 일이 없어질 것이다. 조선인을 살리기 위해서라도 왜인에게 인삼재배법을 가르쳐줘야 한다. 국가 차원으로 왜국에 인삼 종자를 보내고 키우는 법을 상세히 적은 문서도 보내야 한다."

이좌국과 도미노는 틈틈이 인삼을 연구했는데, 상당한 결실을 얻어냈다.

〈만약 성공한다면 양의께서는 왜국 만인의 은인이십니다.〉

〈나 또한 그대와 뜻이 맞소. 병으로 일찍 죽는 사람이 줄어들기를 바랄 뿐이오.〉

이좌국과 도미노 요시타네가 연구한 것이 정확히 무엇인지 알 수 없다. 인삼을 약용으로 쓰는 법이었을까? 무게를 늘이기 위해 꿀을 먹인 인삼에서 실마리를 얻어 홍삼(紅蔘, 쪄서 말린 붉은 빛깔의 인삼) 비슷한 것을 모색했을까?

통신사로 참여했던 조선인이 사행록은 제법 남겼지만, 왜국에서 일본인과 필담한 바를 단편적으로 언급하기는 했어도 문집이나 책으로 낸 경우가 없었다. 내고 싶어도 필담 종이를 왜인이 거지반 챙겼기 때문에 불가능했다.

일본에서는 1~12차 통신사로 왔던 조선인과 창수하고 필담한 바를 각종 책자로 출간했다. 현재 발굴된 것이 2백여 종에 이른다. 계미사행 때만 국한하자면 40여 종이다. 거의 전부를 번역하여 갈무리한 것이 『조선후기 통신사 필담창화집 번역총서 1~30』(보고사, 2013~14)다.

막부 의관 야마다 세이친도 한 저술을 남겼다. 남옥에게 언문 배우고 이좌국과 필담한 바를 정리한 『상한필어桑韓筆語』다. 그 책에 재미난 말을 남겨놓았다.

〈이좌국이 인삼제조법 한 가지를 전해주었다. 별도로 기록해 집에 몰래 감추어두었다.〉

야마다는 이좌국과 도미노 요시타네가 연구하는 것을 가만히 지켜보며 기록하고는 했다. 이좌국이 가르쳐주었다는 것이 인삼재배법이 아니라 '인삼제조법'임에 유의할 필요가 있다. 인삼재배법을 가르쳐준 것으로 오해하면 곤란하다는 얘기다.

마상재의 말은 실전마와 예비마가 아울러 세 필씩이었다. 강호에서의 시연이 끝나면, 말들을 대마주에게 선물하는 것이 관례였다. 마상재 정도행·박성적이 여섯 필 말과 작별하는데, 사람 사이의 이별보다 훨씬 애잔한 바가 있었다.
삽사리가 썼다.

말들도 사람 못지않게 슬퍼했다.

3월 10일

일행은 돌아갈 행장을 정돈했다. 기뻐하지 않는 이가 한 명도 없었다.

강호에 머무는 동안, 지공 받은 것의 남은 합계가 백미 71섬, 간장 97수두(手斗), 된장 571수두, 식초 153수두, 소금 404수두, 숯 310표, 땔나무 1,650단(丹)이었다. 모조리 두 관반에게 보냈다. 규례였다.

강호의 마지막 밤, 이언진은 류우 이칸(劉維翰, 46세)을 만났다.

소라이학파(고문파)의 중추 이칸이 먼저 감사를 표했다. 〈아름다운 글을 보내주셔서 감사합니다.〉

강호에서는 이언진도 사문사와 다른 바가 없었다. 어쩌면 더 많은 손님을 맞이했다. 언진은 젊어서 그런지도 모르겠지만 무척 빨리 썼다. 빠르기로 소문난 김인겸보다도 빨랐다. 간단명료하게 획획

갈겨대는데도 글씨가 가지런했다. 언진이 다른 조선인과는 '생각'이 다르다는 소문도 퍼졌다. 일부러 언진에게 문장을 부탁하는 이들이 늘어났다.

사문사가 일기야 쓰고 싶은 대로 썼지만 공식 창수 자리에서는 원하든 원하지 않든 순정문체(성리학적 문장)를 표방할 수밖에 없었다. 그런 사문사에게 별로 좋은 평가를 받지 못하고 있던 고문학파 무리는 이언진에게 열광했다. 조선에도 우리와 같은 사유를 가진 사람이 있었다니! 이칸은 이언진의 글을 받아보고 진정 손색없는 고문파임을 확인하고서야 만나러 온 것이다.

이언진이 겸손을 떨었다. 〈글씨를 마구 써서 부끄럽습니다……옛 문장을 법고창신하는 저를 칭찬하는 이는 적으며 비난하는 이는 많습니다.〉

강호를 떠나기 전날이라서 그런가, 자기랑 동감하는 아버지뻘 왜 지식인을 만났기 때문일까, 이언진은 어떤 열기에 도취했다.

〈선생은 저서가 많은 것으로 알고 있는데 제게도 좀 보여주시겠습니까?〉

〈간행된 제 책 몇 권과 제 문장 약간을 어제 사문사께 드렸으니 훗날 빌려보시면 제가 추구하는 것이 무엇인지를 대략 아시게 될 겁니다.〉

〈안목을 갖추지 못한 자는 필시 휴지로 쓸 테니 볼 리가 있겠습니까? 장님을 마주해서는 비단옷에 수놓은 아름다움에 대해 말하기 어려운 법이지요.〉

그래도 이언진을 처음 인정해준 것이 남옥·원중거·성대중이다.

훗날 이언진의 문장을 전기 집필자들에게 소개한 것도 세 사람이다. 언진이 자기를 너무나도 인정해주는 사람을 만나서 도취한 건 알겠는데, 좀 심하지 않나?

〈지당한 말씀입니다.〉

류우 이칸은 왜국에 고문파가 번성한 까닭을 자랑했다. 〈우리나라 사대부는 녹과 업을 세습하므로 과거제도가 없습니다. 과거 문장의 비루함을 배우지 않으므로 고문을 본받는 자들에게 난감한 일이 없습니다. 이 때문에 큰 학업을 성취할 수 있습니다.〉

〈부럽습니다.〉

〈그대처럼 재주와 식견이 탁월한 분은 보지 못했습니다. 하늘이 좋은 인연을 주지 않아 서로 만남이 늦었으니 한탄할 만합니다.〉

자기와 개똥철학이 같은 사람을 만나는 것이 얼마나 큰 기쁨인지 모르는 이가 많다. 그런 만남이 쉽지 않기 때문이다. 이언진과 류우 이칸은 큰 기쁨을 만끽했다.

이언진의 돌발. 〈제가 몹시 피곤해서 그러는데 누워서 얘기해도 되겠습니까?〉

이언진은 아버지뻘을 상대로 누워서 읽고 엎어져 썼다.

문장론의 범위를 넘어서는 유학 얘기가 나오자 이언진이 썼다. 〈국법에 주자학과 다르게 경전을 해석하는 걸 엄중하게 단속하는지라 감히 이런 일에 대해서는 말씀드릴 수가 없습니다. 문장에 한하여 논했으면 합니다.〉

오랜 대화가 끝나고 류우 이칸은 아버지 같은 당부의 말을 해주었다.

〈그대는 고문파를 숭상하거늘, 실로 귀국에 유일한 분일 테지요. 그래서 저는 이제 다른 사람을 기다리지 않아도 되니 잘됐습니다, 잘됐습니다…… 문장은 위대한 것이니 그대의 아름다운 이름이 반드시 해동에 떨칠 것입니다. 그러나 추구하는 바가 세상의 유행과 어긋나니 비난을 면하지 못할까봐 걱정됩니다. 잘 대비하셔서 끝까지 탈이 없도록 하시기 바랍니다.〉

이언진은 일생일대의 지음(知音)을 만났으나 하룻밤짜리 축복이었다.

류우 이칸은 조선인과의 필담을 정리한 『동사여담東槎餘談』을 남겨 이언진을 불멸의 존재로 자리매김하는데 결정적 역할을 했다. 또한 이칸은 조선인의 초상화를 남겼다. 이언진, 남옥, 성대중, 원중거, 김인겸, 조동관…… 이들의 초상화가 현재 일본국회도서관에 있는 까닭이다.

품천(品川, 시나가와)—3월 11일

교자꾼·가마꾼·말꾼이 각종 탈것과 말을 대동하고 몰려왔다. 올 때 동행했던 이들도 있었고, 새로 참여하는 이들도 있었다.

마침내 회정(回程) 길에 올랐다. 진시(辰時, 오전 8시경)에 관문을 나서니, 일행 상하가 춤추다시피 했다. 앓던 병이 다 떨어져나간 듯 심신이 쾌활해졌다.

쇼군의 회답서계는 역관이 배행하여 대마인 무리와 앞서갔다. 군

관 다수가 앓아 의장군악대 인솔 책임자가 부족했다. 별파진·마상
재가 임무를 대신했다. 당연한 바겠지만 올 때와 달리 관광꾼이 적
었다.

품천 동해사에 이르렀다. 가는 마음이 좋아서일까, 어제 잤던 곳
에 다시 온 것 같다고, 반가워했다.

그간 두터운 정을 나누었고 더는 따라갈 수가 없는 형편이라며
영영 작별을 알리는 왜인도 있었다. 조선인은 더불어 통곡하지는 못
하더라도 얼굴이 떨리고 눈시울이 촉촉해졌다. "이런 영영 이별을
날마다 해야 하는 건가? 한 번에 할 수 없나? 내 눈물샘이 남아나겠
느냐 말이야."

삼문사가 굳건히 지키는 바가 있었다. 부녀자를 위한 글을 짓지
도 않고 부녀자의 글에는 응대하지 않는다. 완벽히 지킨 것은 아니
지만 그런대로 지켰다. 글과 그림을 가져와 평이나 찬(撰, 가려 뽑음)
을 요청하면서 그것이 누이나 딸의 작품이라고 자랑스레 일컫는 자
들이 있었다. 밝히지 말았어야 혹시라도 받을 수 있었다. 삼문사가
남자·여자 글을 분간하지 못할 정도의 실력이 아니었으나, 어쩌다
가 성별을 넘어서는 웅대한 글이 있었고 여성 작품임을 전혀 모른
채 평을 남기기도 했다.

어젯밤에 한 왜인이 찾아와 애걸했다. 〈듣자니 관소의 여러 사람
과 마졸 무리도 여러 선생님의 필적을 얻었다고 하는데, 모두가 집
안 대대로 계승할 보물을 얻었는데, 오직 저만…… 제가 이제 비로

소 선생님들을 뵈옵는 것은 어머니의 병환 때문이었습니다. 빈손으로 돌아가면 무슨 말을 어머니께 아뢰겠습니까?〉

졸리다 못해, 원칙을 깨고 원중거가 시 한 편과 쾌차하라는 문안을 써주었다.

그 왜인이 품천 숙소까지 찾아왔다. 제 어머니가 간행하려 한다는 책의 소제목 26조목과 어머니의 몇 가지 질문을 바치면서 철철 울었다. 〈가시는 길을 따라가고 싶지만 어머니의 병 때문에 떠나갈 수가 없습니다.〉

원중거는 질문에 자세히 답을 달았다. 편지도 썼다. 〈좋은 책을 내시기 바랍니다. 허나, 내 시는 넣으면 안 됩니다. 시문에 능하지 못함을 나 스스로 잘 압니다. 글씨는 몹시도 졸렬하고 노둔합니다. 간행하여 보인다는 것은 몹시도 부당합니다. 절대로 추함을 다른 사람에게 내보여서는 안 됩니다.〉

〈선생님의 겸손하신 덕을 더욱 존경하고 사모합니다.〉

원중거는 뒷말했다. "가소롭구나. 무슨 할망구인지는 모르겠으나, 늙은 부인이 길쌈을 하지도 않고 그림과 글씨에 정신을 피로하게 쏟으니 병이 아니고 무엇이랴."

어쨌거나 숱한 왜인이 조선인들에게 발자취를 얻으려고 필사적이었다. 나바 로도는 〈나라 사람들이 여러 선생님의 시화를 얻으면 집안 대대로 내려가는 보물로 삼으며 나라에 이름을 날립니다〉라고 했는데 허언은 아닌 듯했다.

등택(藤澤, 후지사와) — 3월 12일

육경강(六卿江)을 다시 건넜다.

보리 이삭이 거의 패고 사람 허리를 넘게 자란 것이 조선의 4월 하순 같았다. 비는 그쳤으나 날씨가 음습하고 진흙길이 미끄러웠다. 가마꾼은 비틀비틀 엎어졌다. 말굽에 짚신을 신겼기에 힘이 없는지 말 또한 되우 넘어졌다.

왜 지식인의 참혹하고 기특한 이별이 곳곳에서 계속되었다.

소전원(小田原, 오다와라) — 3월 13일

한천수(韓天壽)는 울음을 삼키며 소리를 내지 않았다. 몇 번이나 오열했다. 사문사는 좀 이상했다. 한천수는 몇 번 만나지도 않았을 뿐이라 자별했던 사이도 아니다. 알고 보니 백제의 후예라고 했다. 조일전쟁 때 피랍자의 후예도 아니고 까마득한 백제의 후예라니.

원중거가 여럿 있는 자리에서 한 왜인과 이런 얘기를 나눈 적이 있었다. 〈귀국은 지분(脂粉)을 바르는 것이 크게 성하니 음란함을 가르치는 데로 가게 될까봐 저어됩니다.〉

왜인은 꾹 참는 표정으로 대꾸했다. 〈사행이 올 때 관광하는 남녀들이 성대하게 꾸민 것은 예의지, 음란함이 아닙니다.〉

〈듣자니 귀국의 남자들이 이른 죽음이 많다면서요. 연지(臙脂)·백

분(白粉)의 교묘함이 몹시 성하기 때문인지도 모릅니다.〉

왜인은 기가 막힌지 더는 말을 하지 않았다.

원중거는 그 일을 까맣게 잊고 있었다.

나바 로도와 한담하다가 원중거가 언뜻 언급했다. 〈연지와 분을
바른 여인이 올 때보다 몹시 적어졌습니다. 강호에서부터 이미 그러
합니다.〉

〈선생님이 일찍이 어떤 사람을 대하여 음란함을 가르친다고 꾸짖
으셨던 것을 잊어버리셨습니까?〉

원중거는 비로소 어렴풋했다. 〈그랬었군요. 허나 그가 집마다 전
하여 말하기라도 했다는 겁니까? 그대의 말은 기롱(譏弄)하여 웃는
듯합니다.〉

나바가 정색했다.

〈그렇지 않습니다. 우리나라 사람은 사행을 마치 하늘의 신선이
하강한 듯이 봅니다. 문사님들의 말씀 한마디 글자 한 자가 나라 안
에 흘러 전하는 것이 역말보다 빨리 갑니다. 저번 날 여러 유생이 선
생님의 필담을 얻고 서로 말하기를 '선생님의 이 말씀은 우리 온 나
라 사람을 오래 살게 할 수 있는 단약입니다'라고 하였습니다.〉

〈그럴 리가!〉

〈저 또한 말하기를 '참으로 나라를 치료할 수 있는 말입니다'라고
하였습니다. 길에서 저에게 물어보는 사람이 몹시 많았습니다. '조
선의 학사가 우리의 지분 풍습을 꾸짖었다고 하는데 정말입니까?'
제가 선생님께 들은 바를 대답해주었습니다.〉

〈허어, 듣기 참 면구한 얘기외다.〉

〈그 후로 부녀자들이 몹시 부끄럽고 창피하여 분과 연지 바른 얼굴을 내놓으려고 하지 않습니다. 여기서 대판까지 천여 리입니다. 살펴보십시오. 분과 연지를 낭자하게 바른 여인이 거의 없을 것입니다. 제가 감히 어찌 선생님을 희롱할 수 있겠습니까?〉

〈믿을 수가 없소…… 허나 말이 빨리 전해진다는 것만은 그럴듯하오. 허면 우리 무리가 말하는 사이에 나왔던 가볍고 쉬운 희롱말도 전해졌을 텐데, 몹시 부끄럽소.〉

〈아름다운 말씀이 아니면 비록 전하여 퍼트리려고 해도 되지 않습니다. 또 저는 선생님이 가볍고 쉬운 말씀을 하시는 것을 듣지 못하였습니다. 다른 이들도 모두 알고 있으니 염려하지 마십시오.〉

어디까지 믿어야 할지 모르는 일이겠으나, 연지와 분 바르는 것이 남자의 수명을 단축한다는 말에 놀라서 사용이 줄어들 수는 있겠다 싶었다. 아무튼 말이 천리마처럼 빠른 것은 틀림없었다.

원중거가 찬찬히 되짚어보니 왜인 앞에서 크게 말실수한 것은 없는 듯해 가슴을 쓸어내렸다. "동작과 언어에 더욱 신경을 써야겠어. 허어, 그게 말처럼 쉬운 일인가!"

삼도(三島, 미시마) —3월 14일~16일

부슬비가 내렸다. 진흙길을 전진했다. 재는 높고 길은 험하니 낙마하거나 굴러 넘어지는 자가 흔했다. 올 때 못 보았던 삼랑폭포(三郎瀑布)를 구경했다. 폭포는 3단이었고 전체 높이가 10길 남짓했다.

폭포의 너비가 흰 베 한 폭 푼수는 되었다. 물이 돌에 부딪혀 마치 눈을 뿜는 듯했다.

올 때 상·중관이 하마했던 곳에 이르렀다. 분했다. 16년 전에 안 내렸으니 이번 사행 때에도 역시 말에서 내리지 않았어야 했다. 왜 인이 잘못 알고 있어 겪은 치욕·능욕이었다. 수역을 미리 보내 저들 에게 제대로 알리고 신칙해서, 갈 때는 내리지 않게 되었다. 무슨 전 투에서 승리라도 한 듯 기분 좋게 말 타고 지났다. 올 때도 갈 때도 말에서 잠깐 내려야 했던 격군만 입이 댓 발 나왔다.

올 때 불났던 근처를 지났다. 온통 시커멓게 그을린 흙만 보였다. 아직도 재가 날아다녔다. 찻집과 떡집이 싹 사라졌다.

삼도에서 여장을 풀었다. 눈 밝은 이들은 무자위(물을 높은 데로 퍼 올리는 기계) 방아에 놀랐다. 사람의 힘없이 수력만으로 예닐곱의 공 이가 차례로 올라갔다 내려갔다 하며 예닐곱 절구의 곡식을 찧고, 연결된 맷돌이 찧어진 곡식을 가는 모습에 '그 제도가 매우 기교더라' 는 식으로 감탄했다.

세종대왕과 장영실을 배출한 나라 사람답지 않게, 역대 통신사 선비들은 수레·수차·방아 따위에 자주 놀랐다. 조선에서 보지 못했 던 것이라는 태도다. 선비들의 과학기술 수준이 얕아서 모르는 게 많았을 것을 고려하더라도, 조선의 것보다 발전된 기계가 상당했다 는 증거일 테다.

별파진 허규는 모형을 세밀히 그렸다. 여건만 주어진다면 똑같이 만들 자신이 있었다.

새벽에 망궐례를 행했다. 또 보름이 지난 것이다. 종사관은 손바닥에 물집이 심하게 잡혀 참례하지 못하였다.

대마주가 전갈을 보내왔다. 〈부사천의 주교가 빗물이 불어나 부서졌습니다. 바야흐로 고치고 있어 결코 떠나기가 어렵습니다.〉

역관 현태심이 울부짖었다.

"우리가 뭘 잘못했냐. 우리 역관은 사람이 아니냐. 우리가 일 다 했다. 니들은 한 게 하나도 없어. 왜 우리한테 만날 타박이야. 우리가 인삼을 몰래 팔아먹어? 몰라서 그래? 우리 인삼하고 왜국 은하고 바꾸는 거잖아. 유황도 수입하고. 유황 없으면 뭘로 화약 만들래? 이거 통신사, 은하고 유황 때문에 하는 거야. 이 멍청이들아."

양반짜리들에게 미친 소리, 허망한 말로 들렸다.

현태심이 발가벗더니 느닷없이 중국 얘기를 했다.

"대놓고 무역하냐? 청나라는 눈이 없어? 청나라 건륭제가 얼마나 무서운 늙은이인 줄 모르지? 건륭제 눈 밖에 나면 조선은 그냥 가는 거야. 옛날 병자호란 때 당한 것은 당한 것도 아닐걸. 그 노인네 완전 싸움꾼이야. 중가르, 위가르 들어봤어? 저기 북쪽 사는 애들인데, 노인네가 쳐들어가 다 결딴냈어. 우리 조선, 까불면 바로 또 당해."

청나라의 최대 전성기는 간명했다. 딱 세 명의 황제로 정리된다. 제4대 강희제가 61년(1661~1722), 제5대 옹정제가 13년(1722~1735), 제6대 건륭제가 60년(1735~1795)을 통치했다. 세 명의 황제가 통치한 세월이 무려 134년이다. 조선의 열한 번째 통신사가 왜국에 있다는 것을, 재위 29년째인 노련한 건륭제가 모를 리 없었다.

현태심은 울고 웃으며 계속 떠들었다.

"청나라 눈치보고 살기도 힘든데 왜국 놈들까지 날뛰면 어쩌니. 그래서 인삼도 주고 쌀도 주고 대마도 놈들 먹여 살리는 거야. 순망치한(脣亡齒寒) 몰라? 대마도 것들이 망하면 본토 것들이랑 바로 대결이라고. 그것도 모르면서 만날 대마도 것들 욕이나 하냐? 대마도 것들 때문에 우리 조선이 그나마 편하게 사는 거야…… 개들 먹고 살라고 쌀 좀 퍼주는 게 뭐 잘못된 거냐? 쌀 안 줘봐. 그것들 다시 옛날처럼 왜구 돼서 날뛴다고. 개들 다 굶어죽으면 왜놈들 또 쳐들어오고. 이길 수 있냐? 임진년 때는 이순신 장군이라도 있었지. 청나라가 도와줄 것 같아? 도와주기 싫어서 통신사 그냥 놔두는 거잖아. 사이좋게 지내라고. 좀 알고 우리 역관을 구박하라고. 우리 역관은 조선을 지키는 외교 첨병이다. 이 무식한 것들아. 아, 이 무식한 공자왈 맹자왈 나라에서 나는 더 못살겠다. 확 죽어버릴란다. 나도 왜놈들처럼 할복이란 걸 해볼란다. 배 가르고 뒈질란다."

현태심이 소매에서 단도를 꺼내서는 제 배에 쑤셔박았다. 다행인 것은 밤 한 톨 깎아본 적이 없는 사람이라 제대로 못 찔렀다는 것이다. 그래도 칼자국은 남았다. 현태심의 형 수역 현태익이 간신히 칼을 빼앗았다. 주먹으로 아우의 머리통을 마구 때렸다. 기절할 때까지. 현태심은 혼미하였다가 정신을 차렸다가 발광하였다가 종잡을 수 없었다.

관소에서 멀리 떨어진 초가집으로 격리했다. 세 의원이 머리를 맞대고 약물을 의논했다.

형 현태익이 한탄했다. "전에도 이런 광증을 세 번이나 했었소. 아무리 약을 써도 완치가 안 돼요. 다 나은 줄 알았는데 또 발병했으니…… 답이 없소, 답이."

"그런 묵은 병을 품고 환갑 나이에 만 리 걸음을 하다니, 무식하구만, 무식해."

"아우가 겉늙어서 그렇지 쉰 살이오. 이미 맡은 소임이 막중하여 빠지게 할 수가 없었소이다."

대개 민망하고 가엾게 여겼다.

의원들의 약이 들었는지 현태심은 진정되었다.

왜인 하나가 대나무로 만든 기이한 술병을 보내왔다. 안에 술은 없었다.

원중거가 대답했다. 〈조선은 술이 없어진 지 10년이라 가지고 갈 수 없습니다.〉

〈술 담는 데 쓰지 않더라도 쓸 데가 많을 테니 가져가시지요.〉

술병에 술 주(酒) 자가 선명했다. 술병 모양새가 괜찮고 쓰임새도 있을 듯해, 그 글자만 아니라면 가져가고 싶었다. 아쉬워하다가 돌려보냈다.

현태심을 돌보느라 종놈 삽사리 또한 거의 미친놈 같았다. 현태심의 첫번째·두번째 발작은 삽사리의 아비가 지켰고, 세 번째 발작은 삽사리가 지켰다. 부산을 떠나기 전에 현태심이 삽사리에게 한 말이 있었다. "내가 또 미치거든 나를 죽여버려라. 접때처럼 불구경하고 있으면 네놈 눈을 뽑아버리겠다."

"종놈 인생 끝낼 소리 하십니다."

"인정사정 두지 말고 패란 말이다. 광증에는 그게 특효약이다. 내두 번 미쳤을 때도 네 아비가 나를 패서 살렸다."

"말도 안 되는 소리를 하십니다."

현태심이 네 번째로 발작하는 순간 삽사리는 허둥지둥 어쩔 바를 몰랐다. 데굴데굴 구르는 주인나리와 함께 굴렀고, 발가벗고 날뛰는 걸 주저앉혀 옷가지 덮어주고 한 게 다였다.

현태익이 삽사리에게 일렀다. "네 주인이 또 발작하거든 패서 기절시켜야 한다. 최선의 방책이다."

가인 조창적이 문병을 왔다.

"좀 나아졌다고?"

"아이구, 가수 나리가 그래도 의리가 있으십니다. 다른 분들은 역관이라고 무시하는 건지 와보는 분이 없으시네요."

"크게 걱정들 하고 계시다."

조창적이 방에 들어가, 현태심의 얼굴을 처연히 바라보고 있는 현태익을 보고 나왔다.

삽사리가 끼적거리다가 얼른 지필묵을 감추었다. "벌써 나오십니까?"

"또 쓰느냐?"

"제가 쓰는 걸 아십니까?"

"나는 알고 있었다. 피곤할 텐데 눈 좀 붙이지 않고."

"우리 나리 아프신 얘기를 기록하려고요."

"내가 얘기 한 자락 해주랴?"

"정말요, 정말요? 저야 감사드리지요. 종놈 이야기는 정말 건질 게 없어요. 나리시라면 정말 훌륭한 얘기를 해주실 것 같아요."

조창적이 명창 석개의 이야기를 해주었다.

방문이 벌컥 열리고 현태심이 눈이 뒤집혀 소리질렀다.

"이놈들, 너희가 양반이면 다냐? 우리 역관은 사람이 아니더냐. 우리가 마소냐? 너희가 누구 때문에 사느냐? 우리가 없으면 너희는 무엇을 할 수 있을까. 할 줄 아는 게 음풍농월밖에 없는 먹통들아. 너희가 뭘 제대로 하느냐? 왕노인네 말 한마디에 오줌 질질 싸는 너희가 진짜 개다. 왈왈……."

삽사리는 주인 현태심의 몸뚱이에 뛰어들다시피 했다. 주인을 방 안으로 밀어넣었다. 걸레로 주인의 입을 틀어막았다. 주인이 숨을 컥컥대서 걸레를 뺐다. 현태심이 땅바닥을 꽝꽝 내리찧으며 통곡했다. "엉엉엉……" 일부러 '엉'자만 거듭해 울었다.

길원(吉原, 요시와라) ― 3월 17일~19일

조엄의 생일이었다.

조엄이 전날 도척들에게 엄명했다. "아무것도 특별히 하지 마라."

그런 말을 들으면 아랫사람이 제일 괴롭다. 하라는 건가 말라는 건가? 윗사람의 진심을 가늠할 수가 없다. 안 하면 하지 말랬다고 진짜로 안 했느냐, 하면 상전 말을 우습게 아느냐, 이현령비현령 식으로 까탈을 부리는 게, 윗사람으로 사는 맛이기는 할 테다.

죽은 자의 말은 차라리 편하다. 예나 이제나 '아무것도 하지 마라'라는 식의 유언을 남기고 가는 훌륭한 분들이 계시다. 추종자는 헷갈린다. 진짜 하지 말아야 하나, 불구하고 해야 하나. 하지만 하고 본다. 죽은 자가 까탈을 부릴 리도 없고, 어차피 산 사람들 마음 편해지자고 하는 짓이니까.

도척들은 특별하지 않으면서도 뭔가 달라 보이는 음식상을 차리느라 실력 발휘 좀 했다. 그간 도척들의 음식에 놀라본 적이 없는 원역들이 아침상을 같이하며 감탄을 남발했다.

다옥에서 잠깐 쉬었다. 매화나무가 꽃이 피어 맑은 향기가 멀리 풍겼다. 열매가 맺혀 갈증난 목을 축일 만하였다.

한 떨기의 기이한 화초가 있어 흰 꽃이 만발하였다. 꽃은 장미 같고 잎은 박하와 같았다. 꽃을 따서 보았더니 한 송이가 수십 갈래로 퍼지려고 했다. 쪼갰더니 수십 개의 꽃씨가 흩어졌다. '소천만리(小天萬里)'라고 했다.

관소 및 길가에서 본 화초와 새들 가운데, 일찍이 보지도 못하고 이름도 알지 못할 것들이 몇백 종이나 되는지 알 수 없었다. 기이한 초목의 이름을 낱낱이 안다고 자랑하던 이도 왜국에 와서는 '모른다!'만 연발했다.

왜국이 큰 바다에 떠 있는 섬이고 네 계절이 항상 봄날씨니 기이한 초목이 허다한 것이 당연하겠으나 인공도 숱했다. 조선에서는 극소수 사람들이 하는 분재가 왜국에서는 대유행한 지 오래였다.

쇼군이 각 번에 지공을 잘하라고 신칙하고 있다는데, 같은 고장에 머무는 날이 많아서 그런지 올 때보다 음식이며 잠자리며 대접이 시원치 않다고 여기는 조선인이 태반이었다. 특히 길원에서 그렇게 느꼈다.

길원은 유곽의 고장이었다. 사신을 맞이할 만한 여건이 안 되는 곳이었다. 유녀들은 꼭꼭 숨겨졌다. 조선인 때문에 영업을 못한다고 분개하기도 했고, 모처럼 쉰다고 고마워도 했다.

역관 현태심의 병세는 여전했다. 요란스럽지는 않았지만, 대개 혼미했다. 간혹 정신을 차리기도 하였지만 딴 세상에 머무는 듯했다. 누가 보더라도 빨리 완전한 사람이 되기는 어려울 듯싶었다.

또 하루 하릴없이 길원에 머물렀다. 유녀들은 또 하루 공쳤다. 부사산 중턱의 눈이 녹아서 흙빛이 띄엄띄엄 보였다. 맨 꼭대기에 두껍게 쌓인 것은 올 때와 같았다. 한여름에 가서야 다 녹는다고.

삼사·사문사·사자관이 한방에 모였다. 전명·회정·청견사(淸見寺) 세 소재를 각 여덟 장(張)씩 썼다. 시축(詩軸) 8본을 만든 것이다. 하나씩 가졌다.

조엄이 내다보았다. "훗날 펴보면 틀림없이 얼굴을 대하는 듯하리오."

원중거는 썼다. '참으로 멋진 일이었다.'

부사 이인배는 시 읊는 것도 싫어하고 짓는 것은 더욱 싫어하는 위인이었다. 이날만은 기념을 남기자는 조엄의 말을 사양하지 못하여 참석하고 짓기까지 했다.

유생 무리가 몰려와서 청하였다. 주악(奏樂, 음악을 연주함. 또는 그 음악)을 구경하고 싶다고. 제술관 남옥이 청하니 조엄이 허락해주었다. 악공이 풍악을 울리고 소동이 대무(對舞)를 추었다. 관소의 조선인·왜인은 물론이고 마을의 남녀가 다 마실와 서너 겹으로 에워쌌다. 화장 지우고 소탈하게 입은 유녀들도 부지기수였다.

대무는 둘씩 마주보고 추는 춤이다. 소동들이 둘씩 짝지었다.

미모로 으뜸 버금을 다투는 임취빈과 김용택이 한 짝을 이루었다. 찬탄 소리가 컸다. "환상 배필이야!" "선녀 하강일세." "경국지색이로다."

기생처럼 차려입고 분장에 힘쓴 옥진해와 백태륭도 큰 인기를 얻었다. 춤의 재미로는 두 여장소동이 훨씬 아기자기하다는 품평이었다.

음악에 귀기울인 왜인도 있었다.

파한 뒤에, 나바 로도가 물었다.

〈아까 연주한 것은 아악(雅樂)입니까?〉

〈그럴 리가 있소. 속악(俗樂)이오. 아악은 8음 12율로 경서에 준하는 것이랍디다.〉

〈그렇다면 귀국의 아악은 중국 하·은·주 때와 같습니까?〉

〈그걸 누가 어떻게 알겠소. 하지만 악기가 같다면 소리가 어찌 다르겠소?〉

나바는 탄식했다. 〈꿈속에서라도 귀국에 한번 가서 아악을 들어보고 싶습니다.〉

〈그대는 귀 앞의 속악도 가늠하지 못하였는데 아악을 들어보겠다는 탄식은 우활(迂闊, 사리에 어둡고 세상 물정을 잘 모름)한 것 아니오?〉

〈제술관께 아악의 한 가지로서 '여민락(與民樂)'이 있다고 말을 들은 바가 있었습니다. 아까 소리를 들으니, 즐거우면서도 음란하지 않고, 슬프기는 하지만 상심하지는 않으며, 뜻이 통하고 화합하면서도 함축된 속뜻이 많았습니다. 그와 같이 훌륭하니 저는 '여민락'일 거라 장담했습니다. 그런데 여민락이 아니라니요. 아, 그토록 훌륭한 소리가 아악에 끼지 않는 것은 어째서입니까?〉

〈소리는 있되 시가 없기 때문이오. 백성들에게 시는 필요없소, 소리만 있으면 충분하오. 소리는 합하고 흩어지고 완만하고 급함이 서로 어울립니다. 잔치판에서 사람들이 절로 쉽게 알 수 있소. 백성이 함께 즐기는 음률이 '여민락'이라면, 속악이야말로 진짜 여민락일 게요.〉

나바는 또 탄식했다. 〈저는 부러워하고 우러를 뿐입니다. 속악만으로도, 사람의 마음을 바람에 나부끼듯 감화시키기에 족하니, 노니는 물고기가 먹이를 먹다가 소리에 귀를 기울이는 것과 같습니다.〉

골자만 뽑아 얼버무렸지만, 실은 두 사람이 국악교과서 수준으로 오래 대화했음을 밝혀둔다.

강고(江尻, 에지리) ─3월 20일

"두 쬐그만 마을에서 닷새나 막혀 있었다니, 해도 너무해. 대마도 놈들이 본토 놈들한테 잔뜩 뜯어내려고 생으로 묵새긴 거라고."

한 곳에 머무는데 수천 금의 경비가 소요된다. 경비의 절반 이상을 고장에서 이래저래 충당한다. 호행 대마인은 쇼군으로부터 경비 전액을 받을 것이고 아울러 조선 사행에게도 사례를 받는다. 고장은 별 이득이 없고 손해뿐이다. 갈 길이 지체될수록 고장의 손해는 배가된다. 조선인도 사례금이 늘어나므로 지체돼서 좋을 게 없었다. 반면에 대마인은 머물수록 이익을 얻는다. 대마인 자체가 무역단이기도 했다. 가는 곳마다 그들은 중계 무역을 했다. 조선산·대마산·현지산이 무시로 바뀌었다.

이러니 조선인은 상하 일치로 대마인을 의심했다. 돈을 한 푼이라도 더 벌려는 수작이다! 진실을 밝힐 수도 없고 진실을 안다고 해서 묵새긴 날을 되돌릴 수도 없었다. 의심해봐야 제 속만 답답한 노릇이었다.

군관 민혜수가 썼다.

이 사행이라는 것은, 전명이고 나발이고, 순전히 대마도 놈들의 거국적 장사다.

아울러 조선 역관도 원성을 샀다. 역관은 대마인과 한통속이란 의심을 피할 길이 없었다.

바닷가 다옥에서 쉬었다. 백 리쯤 산에 에워싸인 내양(內洋)은 거울 면처럼 평평하였다. 다옥의 간판은 '임해정(臨海亭)'이었다.

조엄이 흠잡았다. "필법이 졸렬하고 내용이 무의미하잖은가. 우리가 간판을 바꿔줘도 좋으냐고 물어보게."

주인이 좋아서 날뛰었다. 서유대가 '경호정(鏡湖亭)'이라고 세 글자를 큼직하게 써주었다.

청견사에 들어갔다. 전에 만났던 중들이 반가이 맞아주었다. 전일 약속했던 대로 화원 김유성은 낙산사를 그려주기로 했다. 주지가 여섯 폭짜리 병풍을 내왔다. 한 장만 그리면 될 줄 알았던 김유성은 기가 찼다. 왜인이 빙 둘러쌌다. 조선인도 이름난 김유성의 솜씨를 보려고 고개를 뽑았다. 김유성이 원래 지켜보는 이가 있으면 실력이 상승하는 기질이었다. 대수롭지 않게 붓질을 시작했는데, 점차 예술혼에 사로잡혔다. 말 타고 달리는 듯한 붓놀림이었다. 구경꾼은 즉흥묘기라도 보는 듯 찬탄을 금치 못했다. 1시진 만에 조선의 낙산사가 여섯 폭 병풍에 옮겨온 듯했다. 김유성 자신도 흡족했다. 일본에서 그린 것 중에서 가장 훌륭한 것 같군.

통신사로 갔던 화원들의 이름을 순서대로 적어보자. 1차(1607) 이홍규, 2차(1617) 유성업, 3차(1624) 이언홍, 4차(1636) 김명국·하담, 5차(1643) 김명국·이기룡, 6차(1655) 한시각, 7차(1682) 함제건, 8

차(1711) 박동보, 9차(1719) 함세휘, 10차(1748) 이성린·최북, 11차
(1763) 김유성.

유일하게 두 번 참여한 김명국의 이름이 오롯하다. 김명국 못지
않게 기행으로 이름을 떨친 최북의 이름도 눈에 띈다.

김유성은 김명국과 최북처럼 이름을 떨치기엔 치명적인 약점이
있었다. 행동거지도 점잖고 그림도 점잖았다는. 점잖이가 이름 날리
기는 쉽지 않은 법이다. 하지만 '낙산사도 병풍'을 비롯해 김유성의
역작이 일본에 제법 현전한다.

등지(藤枝, 후지에다)—3월 21일~24일

아부천을 건넜다. 포시(晡時, 오후 3시~5시 해가 질 무렵)에 등지 관
소에 이르렀다.

22일, 대정천 물이 깊어서 건널 수 없다니 하릴없이 머물렀다.
"가는 곳마다 말뚝 되네. 언제 돌아가냐? 아득하다, 아득해!" 원망하
는 소리가 드높았다.

23일에도 머물렀다. 기찰 다녀온 장사군관 조신의 눈에 대정천을
건널 만했지만, 대마인은 꼼짝하지 않았다.

24일에도 머물렀다. 저녁에 나바 로도 무리가 다시금 음악을 청했
다. 사문사가 악공을 불러 '여민락'을 부탁했다. 전악 김태성이 자신
했다. "궁중 악기가 없어서…… 허나 그 악기가 그 악기죠. 비슷하게
는 될 겁니다." 소동이 춤추었고, 사방에서 왜인이 몰려와 구경했다.

대판(大坂, 오사카) ─3월 23일

이광하가 김국창을 또 찾아왔다.

"이번엔 다 얘기하겠어. 이제 준비가 된 것 같아."

"그래, 얘기는 준비되었을 때 해야지."

이광하가 전에 못한 이야기를 했다.

전기수 업복이가 이러저러해서 연옥이란 처녀를 겁탈했는데, 연옥은 미쳤고 가출하여 행방이 묘연해졌다는 것이었다.

이야기의 끝은 이러했다. "업복이는 전기수 노릇을 못 해먹게 되었다. 스스로 그만둔 것이 아니다. 읽는 것이 재미없어졌다. 목소리에 힘도 없고 고움도 없고 명람함도 없고 애잔함도 없고 그저 스산하기만 했다. 소문이 널리 퍼졌고 아무 집에서도 업복이를 부르지 않았다. 서리부부를 친어버이처럼 모시면서, 연옥을 기다렸지만 연옥은 좀처럼 돌아오지 않았다. 그날의 죄가 너무나 컸다. 연옥을 그리워하며 날마다 괴로워했다. 절절히 반성하면서도 내가 뭘 그렇게 잘못했단 말인가, 뻔뻔해하기도 했다. 죄인이 맞다. 나로 인해 한 사람의 인생이 망가졌다. 그 죄는 무엇으로도 변명이 될 수 없잖은가."

김국창이 물었다. "다 얘기했나?"

"그런 것 같아. 후련해."

"뒷얘기가 있을 것 같은데?"

"연옥을 찾아다닌 얘기? 그 얘기는 할 필요 없지."

"연옥 아씨를 찾아서 왜국까지 온 건가?"

"더는 가볼 수 있는 곳이 없어."

"이봐, 자네 잘못이 아니야."

"내 얘기가 아냐."

"자네 얘기가 아니면?"

"업복이 개자식 얘기지."

"잊게."

"잊을 수가 없어."

"잊지 않으면 결국 미치게 된다고."

"이미 미쳤어. 끝날 날만 기다리고 있어. 업복이 개자식이 죽든지 내가 죽든지."

김국창은 이광하가 마치 저세상 사람처럼 느껴졌다.

대정천(大井川, 오이가와) ─3월 25일

대정천의 물은 겨우 무릎 정도였다. 갈 때의 반도 안 되었다. 이런데도 대정천의 물깊음을 핑계로 나흘이나 머물러 있었다니, 대개의 조선인은 대마인에게 왠지 당한 것만 같아서 몹시 화가 났고 부끄러웠다.

어찌된 일인지 고장 왜졸과 대마인이 경쟁을 했다. 고장 왜졸이 먼저 목책을 댔는데, 대마인이 뺏어가기도 했다. 한 가마에 얼마, 한 명당 얼마, 한 짐에 얼마 하는 식으로 품삯이 걸려 있다고.

조선인은 개들이 다투는 고깃덩이가 된 기분이었다. 아랫사람들은 그 꼴을 견디느니 자신의 힘으로 건너가기도 했다.

빈송(濱松, 하마마쓰)―3월 26일

확실히 조선과는 절기가 다른 모양이었다. 보리가 모두 이삭이 나와서 다문다문 누른빛이 생겼다. 충분히 죽을 쑬 만하였다. 또 나무 사이에서 매미 소리가 요란하게 들렸다. 3월에 보리가 익는 것은 그렇다 쳐도, 매미가 봄철에 나타난 것은 조선인에게 해괴하고도 남음이 있었다.

빈송 숙소 집주인이 16년 전 사행 때 정사였던 홍계희의 시축을 가지고 와서 시를 구하였다.

시축을 보니 이런 내용이었다. '홍계희가 점심참에 새 두 마리를 얻었다. 집주인에게 주고 기르게 하였다. 강호에서 돌아올 때 물어보니 주인이 대답하기를 이미 자라서 날개를 치므로 놓아주었다.'

별 얘기 아니었지만, 사문사는 시 한 구썩을 베풀었다.

길전(吉田, 요시다)―3월 27일

강호의 가마꾼·말꾼·말이 돌아갔다. 작별이 요란했다.

금절하(金絶河)를 올 때처럼 건넜다.

원중거가 거룻배에 함께 탄 나바 로도에게 물었다. 〈바닷바람이 매우 높게 불지만, 조수의 세력이 완만하니, 만약 제방을 5리 정도만 쌓아 조수를 막는다면 논을 넓게 개간할 수 있지 않을까요?〉

〈백성들이 원하는 것이 바로 그것이죠. 허나 백성들의 힘은 미치지 못하고, 관은 번다한 비용을 내려고 하지 않죠. 의논은 있으나 합의는 어려운 일입니다.〉

어딜 가나 관이 문제였다.

하륙하니, 가마꾼과 말꾼들과 말이 기다리고 있었다. 새로 만나느라고 시끌벅적했다. 길전 성문을 들어가려 할 즈음이었다. 대마인들이 길을 막고는 선두에 배열한 군관들에게 하마를 요구했다.

〈갈 때 보행으로 성문을 갔으니 올 때도 보행으로 들어가시오.〉

〈갈 때로 말하면 가마꾼·말꾼·말이 점심을 먹느라고 먼저 갔기 때문에 우리도 부득이 보행으로 성문을 나갔었다. 지금으로 말하면 기마(騎馬)가 아울러 이미 언덕 위에 대령하고 상관 이하가 벌써 말을 타고 있잖은가?〉

〈그래도 내리시오.〉

〈못 내리겠다!〉

조선 역관들의 발에서 불이 났다. "하마시켰다가는 우리 목이 날아가겠다."

일행이 역관과 대마인에게 화가 날 대로 난 상황이었다

수역 최학령은 길 막은 주범 대마통사 길랑병오에게 통고했다. 〈

우리도 더는 못 참는다. 우리가 무슨 새우도 아니고 환장하겠다. 앞으로 너희들 말은 듣지 않겠다. 교섭이고 뭐고 없다. 무조건 우리 세 사또가 해달라는 대로 해. 특히 너 길랑병오, 한 번만 더 우리 일행을 화나게 하면 각오해.〉

길랑병오는 화내고 욕하며 버텼다. 수역이 휘하 역관을 대마봉행에게 여러 번 보내고야, 길랑병오가 물러가고 하마를 외치던 대마인이 물러났다. 말을 타고 들어갔다.

강기(岡崎, 오카자키)—3월 28일

올 때와 비교하면 구경꾼이 현저히 줄어들었다. 조선인의 필적을 구하려는 이들은 곱절로 늘었다. 조선인이 거부하는 법이 없고 대가를 바라지 않고 선선히 베풀어준다는 소문이 퍼진 까닭이리라.

대판(大坂, 오사카)—3월 28일

이기선장 변탁은 오사카 거리에 나갔다가 낯익은 왜인과 딱 마주쳤다. 스무날 전에 찾아왔던 관상쟁이 아닌가.

니야마 다이호가 지필묵을 꺼내더니 썼다. 〈이렇게 갑자기 우연히 만나니 큰 행운입니다. 오늘 공의 상을 보니…… 병환과 재액이 모두 떨어져나갔습니다. 축하합니다.〉

〈……우리나라로 돌아갈 때까지 별 탈이 없을까요?〉

〈……더는 걱정하지 마십시오.〉

〈여기서 선생님의 집이 가깝습니까?〉

〈10리쯤 떨어졌습니다.〉

〈제가 그림을 잘 그리지는 못합니다. 허나 그림을 그려 선생께 드리고 싶습니다. 나중에 전하겠으니 웃으며 받아주시겠소?〉

〈길이 집안의 보물로 삼겠습니다.〉

변탁도 그림을 좀 그리기는 했지만, 아우 변박에게 비할 바가 아니었다. 녀석이 곧 돌아오겠지. 그림 한 장 그려달라고 해서 전해주어야겠군. 좋은 관상에는 꼭 복채를 줘야 재수가 좋다니까.

명고옥(名古屋, 나고야) ─ 3월 29일

곳곳의 논과 밭에서 농사일이 한창이었다. 남자는 가래로 여자는 괭이로 갈고 팠다. 여기도 써레를 끄는 소가 있긴 하구나, 종서기 김인겸이 자세히 보니 소가 아니라 말이었다. 무는 조선무보다 세 곱절은 커 보이고 잎사귀가 무성했다. 순무라는데, 그 씨를 받아내어 기름을 짠다고 했다. 일공에 나왔던 생강은 토란만 했다. 밤은 거의 작은 그릇만 했다. 한 손에 세 알을 쥐기 힘들었다. 감도 조선 감보다 세 배는 컸다.

김인겸이 탄식하듯 중얼거렸다. "여긴 큰 것이 많구나."

처음 보는 과일도 많았다. 비파(枇杷)라는 과일은 누런 '오얏(자

두)' 모양이었는데 배 맛이 났다. 껍질이 두껍고 살은 적어서 먹는 맛이 나지 않았다.

허나 닭소리·개소리·새소리·우마소리·아이들의 웃음소리는 조선과 같았다.

대원(大垣, 오가키) ─ 3월 30일

아침마다 '더 좋은, 더 편한 남여' 쟁탈전이 벌어졌다. 올 때는 사람마다 정해진 남여가 있고 그것을 엄중히 지키게 해서 문제가 없었다. 갈 때도 누구 것이라고 정한 바가 있기는 했으나 유명무실했다. 의원 성호가 종서기 김인겸이 이미 탄 남여를 가로막았다.

"내 남여야, 내가 계속 이것만 타고 왔다고. 내 종놈이 잠깐 뒷간 간 사이에 뺏어 타면 어찌해. 문사 영감 내리쇼."

배파격군 동안이 펄펄 뛰었다.

"먼저 타는 게 임자지, 왜 이제 와서 난리래요."

성호가 동안의 뺨을 후려쳤다. "어디서 종놈 나부랭이가."

"난 종놈 아니외다. 격군이라고요!"

"종놈보다 못한 격군 주제에 어디서 눈을 부라리냐, 이 대침으로 멱 따버릴 놈아! 영감 나오쇼."

군관 임흘이 나타나 성호에게 윽박질렀다. "어디서 의원짜리가 감히 문사에게 큰소리를 쳐. 너 죽어볼 테냐?"

성질 비루하기로 소문난 임흘이다. 성호는 화들짝 놀라 달아나버렸다.

임흘이 남여 안을 들여다보고 공치사했다. "영감, 나한테 신세 한 번 졌소. 알지요? 고국에 가면……."

김인겸이 헛웃음을 지었다. "참 고맙소."

김인겸은 종사관 김상익에게 이 일을 고하였다. 김상익은 성호를 불러 꾸짖었다. 과외(科外, 자격 없는 자)로 남여 탄 자들이 있어 벌어진 사달인 듯했다. 의심스러운 중관짜리들을 불러놓고 윽박질렀다.

"너희 중에 분명 남여 탄 자들이 있을 것이다. 한 번만 더 그런 일이 있으면 말도 못 타게 할 테다."

이날 저녁에 머문 오가키에서도, 조선통신사 행렬을 테마로 삼은 지역축제를 매년 개최하고 있다.

우리나라의 무수한 지역축제들을 생각하니, 한편 기쁘고, 한편 의문이다. 일본이라고 뭐 다르겠는가.

언근(彦根, 히코네) ―4월 1일

새벽에 망궐례를 행하였다. 대궐을 하직한 지 아홉 달째, 서신이 막힌 지 반년이 넘었다.

남여가 마당 가운데 늘어섰다. 대마인이 이름을 불러 탈 사람을 나오게 하였다. 어제 남여쟁탈전이 보고되었고 종사관의 엄명이 있어 제대로 하자는 것인 듯했다. 수십 사람이 차례로 타고 나갔다. 사문사의 이름은 끝내 불리지 않았다. 말이 남여지 협소하여 몸뚱이를 들이기 힘든 갸자(음식물을 실어 나르는 데에 사용하던 들것) 네 개만 남았다. 비로소 대마인이 사문사의 이름을 불렀다.

성대중이 따졌다. 〈이것은 남여가 아니잖은가?〉

대마인이 꽥꽥댔다. 〈과외! 과외!〉

역관이 대마인에게 어찌 전했는지는 모르겠지만, 사문사는 과외로 분류되어 남여 대신 갸자에 배정된 듯했다.

원중거가 씩씩댔다. "역관놈들이 끝까지 사람을 얕잡아보고 골탕 먹이는군."

원중거가 갸자 안에 들어가기는 했는데 옴짝할 수도 없고 뭘 잡고 버틸 수도 없을 듯했다. 도로 나왔다.

"홍복아, 말 타고 가겠다."

"벌써 다 가버렸는뎁쇼."

"아무거나 하나 붙잡아오란 말이다."

말을 잘 못 타는 김인겸은 할 수 없이 갸자 타고 가고, 삼문사는 종놈들이 말 가져올 때까지 기다렸다. 우산 등은 왜인들이 가져가버렸다. 갑자기 비가 오니 삼문사는 도리 없이 흠뻑 젖었다. 점심 먹고 나니 또 말이 없었다. 타고 왔던 말은 누가 가져갔다는 것이다. 홍복이가 뛰어다니다가 그냥 왔다.

"나리, 혹시 이렇게 하면 안 될깝쇼. 나리께서 제 말을 타시고, 제가 저 같잖은 가마를 타는 겁니다."

주인은 종놈 말을 타고 가고, 종놈은 주인 갸자를 타고 갔다.

삼사가 망호루에 올랐다. 비파호가 가까이 닿아 있어 백여 리의 호수가 눈에 들어왔다. 호수는 맑디맑았다. 빛나는 모래톱과 자욱한 숲이 수십 리를 뻗었다. 호수 가운데 '죽생(竹生)'이란 작은 섬이 있었다. 누각의 왼편 언덕 밑으로 까마득한 밭이 펼쳐졌다.

올 때 태반이 오르지 못했던 누각이다. 청견사와 으뜸 명승지를 다툰다는 곳답게 일행의 발길을 떨어지지 않게 했다. 삼사는 오래 앉아서 감회를 펴느라고 서산에 해 저무는 줄을 몰랐다.

주인이 글씨를 얻겠다고 장정한 병풍을 내왔다. 삼사와 삼문사가 써주었다.

부사 이인배가 으스댔다. "요사이 나도 제법 문사 태가 나지 않나."

언근성 숙소에서, 원중거는 온몸이 뜨겁게 열이 나고 두통도 심했다. 물론 여기에서도 화답시를 구하는 왜인이 많았다. 원중거는 하나도 수응하지 않고 잠들어버렸다. 병 때문이 아니었고 우리가 길에서 곤란당한 것을 알게 하고자 함이었다.

팔번산(八幡山, 하치만야마)—4월 2일

팔번산에서 점심을 먹었다. 왜국 최고의 등심초(燈心草) 산지답게 지천이었다. 조선의 갈대 비슷했다. 다다미나 방석을 만든다. 약용으로도 쓰고 등불 심지로도 쓴다고. 전국에서 몰려온 등심초 도매상들이 와글와글했다.

대판(大坂, 오사카) ─ 4월 3일

격군 이광하는 원래도 병든 사람 같았다. 꼭 해야 할 일이 없으면 자리보전했다.

"뭐여, 소리 없이 누워 있던 놈이 웬 신음소리야? 어이구, 저 땀 좀 봐라, 저 녀석 뒈지게 아픈갑다."

이래저래 죽림사에 기거하는 남두민에게 약을 지어다 먹는 환자들이 있었다. 아픈 것이 비슷했다. 땀 흘리고 벌벌 떨고.

선장 박중삼이 그들이 먹는 약을 이광하에게 강제로 먹였다. "처먹어 인마. 이걸로 안 들으면 죽림사로 올라가보자. 증말 아프지들 좀 말어."

한잠 자고 난 이광하가 방을 나갔다.

"괜찮아진 거여?"

"괜찮기는, 넋 빠진 놈 같은데?"

"저 녀석 아프니까 더 무섭네."

마당에서 윷놀이하던 패거리들이 한마디씩 해댔다.

이광하는 제방을 따라 배가 정박해 있는 곳으로 허위허위 걸어갔다. 도선장 팽성조가 격군 여남은을 데리고 여섯 번째 치목을 만들고 있었다. 각 배에 하나씩 예비하는 것이다. 이광하는 주저앉아 멍하니 구경했다. 이때 이광하를 문병온 이가 있었다. 삼복선 격군 전오을미(田五乙未)였다.

오연걸이 째려봤다. "뭐여? 이광하랑 잘 안다고? 그간 왜 한 번도 코빼기를 안 비쳤어?"

"이제라도 왔으면 됐잖소."

오연걸이 전오을미를 데리고 이광하에게 다가갔다.

"너 아는 놈이 다 있었냐? 너 뒈졌나 보러 왔단다."

이광하가 멍한 눈길로 전오을미를 바라보았다. 광하의 눈에서 빛이 났다. 광하는 솟구치듯 일어났다.

"나를 기억하는가보오, 업복이 성님. 연옥 아씨 인생 망쳐놓고 성님은 잘도 사시오."

이광하가 괴춤에서 은장도를 뽑아들었다. 연옥에게 주려고 했던 것이다. 연옥에게 주지 못하고 몸에 부적처럼 지니고 살아왔다.

이광하가 소리쳤다. "니놈이구나. 니놈이 연옥이를 빼돌렸어. 연옥이는 어디 있느냐? 연옥이를 내놔." 광하가 은장도를 휘둘렀다. 웃으며 서 있던 오연걸이 가슴팍을 찔렸다. 오연걸은 스르르 내려앉았다. "별, 그지같은……."

전오을미는 달아나고 이광하는 칼질을 해대며 쫓았다.

전오을미는 틈만 나면 외쳤다. "연옥 아씨는 니놈이 거시기했잖아. 니가 겁탈했잖아! 아씨가 널 그냥 놔둘 것 같아. 귀신이 돼서라도 널 죽이고 말걸."

"난 아냐. 니놈이 죽였어. 니놈이, 니놈이……."

"니가 업복이라고!"

"나는 업복이가 아냐. 니가 업복이다."

이광하가 전오을미의 등덜미를 움켜쥐었다. 오을미가 땅바닥에 곤두박질했다. 오을미가 무릎 꿇고 싹싹 빌었다. "업복이 성님, 왜 그런다요. 내가 이래서 알은체를 안 했다고. 형 보고 엄청 반가웠는데 무서워서 말을 못 걸었다고요. 연옥 아씨는 죽었소. 이제 좀 정신 좀 차리라고."

"연옥이는 죽지 않았어. 안 죽었다."

"장사 지낸 지가 언젠데."

"죽어라, 죽어, 이 금수보다 못한 놈. 너 업복이를 죽이려고 내가 여기까지 왔다."

"니가 업복이라고, 니가!"

이광하는 은장도를 아무렇게나 찍어대고, 전오을미는 결사적으로 피했다. 그래도 여러 방 찔린 오을미가 정신줄을 놓았다. 피를 흘뿌리며 뛰어온 오연걸이 광하의 등짝을 발길로 걷어찼다.

이광하는 "으아아아아……" 괴성을 지르고는 은장도로 제 모가지를 찔렀다. 피를 뚝뚝 흘리며 바다로 뛰어들었다. 살려달라는 건지 죽게 내버려두라는 건지, 허우적댔다.

선장 박중삼이 그물을 던졌다. 그물에 매달린 이광하를 여럿이 건져 올렸다.

도훈도 최천종과 선장들이 의논했다.

김국창이 와서 자기가 들었던 얘기를 전해주었다. "거, 불쌍한 놈이외다. 진짜로 죽일 작정이면 녹슨 은장도로 설쳤겠소. 상한 사람이 없으니 좀 봐주쇼."

"전오을미는?"

"생채기만 여러 군데 났수다. 광하 녀석 칼질이 하도 서툴러 가지고. 제 목도 제대로 못 찌르는 놈이외다."

"이광하 놈을 어떻게 해달라는 말은 없던가?"

"전오을미가 석가모니 불알입디다. 외려 선처를 부탁했소."

"왈짜 오연걸도 가만 안 있을 텐데?"

"웬걸. 정이 들었는지 덮어달랍디다. 자기가 책임지고 보호하겠으니 한 번만 눈감아달랬소."

이광하를 창고에 가둬놓고 오연걸이 지키도록 아퀴지었다.

서경(京都, 교토) ─ 4월 3일

"그냥 지나치시는군. 선소성(膳所城) 영조원(靈照院)이 숨은 명승지라던데 우리라도 보고 가세."

군관 유달원이 서유대를 끌고 영조원으로 향했다. 누각이 호수에 임해 있어 물이 대청 밑까지 들어와 있었다.

"산색 수려한 것이 망호루의 먼 조망보다 낫지 않은가!"

"멀리 보는 것보다 가까이 보는 게 나은 법이지."

서유대가 영조원 주지승에게 '臨湖亭(임호정)'이란 세 자를 써주었다. 주지승이 찬탄하며 기뻐했다.

서유대가 영조원 보고 온 일을 전했다.

조엄이 엉뚱한 소리를 해댔다. "비파호의 진면목이 실로 그곳에 있다고 할 수 있지마는, 다만 누각에 올라 구경하지 못했으니 망호루와 견주어 그 우열을 정하기 어렵다. 강산은 역시 사람에 의해서 그 이름을 얻기 마련이니, 영조원이 이름을 낼 시기는 아직 뒷사람을 기다려야 될 모양인가?"

서유대는 불쾌했다. 자기가 못 보았으니 영조원은 유명하지 않다는 건가? 영조원을 보고 현판 글씨까지 써주고 온 나는 사람이 아니라는 건가?

점심때 머무른 대진(大津)은 '진주촌(晋州村)'이란 별칭이 있었다. 조일전쟁 때 도요토미 히데요시가 진주 사람을 잡아다가 이 고장에 살도록 했기 때문이란다. 진주촌 사람들은 조선의 후예인 것이다. 160년 넘게 흘렀지만, 아직도 조상들의 나라 조선을 가슴에 품고 사는 이들이 여전한 듯했다.

어떤 여자는 격군 무리의 옷차림을 자세히 보더니 탄식했다. 〈아이구, 우리집 대대로 내려오는 조선옷이랑 똑같아요.〉

다른 고장에서는 보기 힘든 경상도식 숟가락이 이 고장에만 있는 까닭을 알 듯했다.

수역 최학령은 서경에 먼저 들어가서 서경윤을 만났다. 공사의 예단을 전하고 또 전례대로 회례를 받았다.

서경윤이 뜻밖의 말을 했다. 〈16년 전 사행 때, 당신네 수역 박상순(朴尙淳)이 은자 5백 냥으로 아란타의 화시(火矢, 총) 2병(柄)을 산 일을 아는가?〉

〈알지 못합니다.〉

〈또한 군관 이일제(李逸濟)가 철전(鐵箭) 화구(火具)를 산 일을 아는가?〉

〈알지 못합니다. 들은 바가 없습니다.〉

〈조선 조정에서 시킨 일은 아닐 것이다. 사신께서 시킨 일도 아닐 것이다. 수역이나 군관이 호기심이나 헛된 충성심으로 그와 같은 방자한 짓을 저질렀을 것이다. 대놓고 무기 거래는 안 될 말이다. 이번에는 그런 일이 없어야 한다. 그대가 책임지고 단속하라. 만약에 불미스러운 일이 발생하면 그대가 모두 책임져야 할 것이야.〉

최학령은 뜨끔했다. 세 사또의 은밀한 명을 받고 밀반입할 만한 무기를 알아보는 중이었다. 그 움직임을 알고 엄히 경고하는 것일까. 그렇다고 빈손으로 돌아갈 수도 없고. 어떻게 해서든 서역 무기 몇 종 몇 정은 몰래 가져가야 할 테다.

서경의 구경꾼도 퍽 줄었다. 왜 금도가 자주빛 보자기를 쓴 여자들이 나타나자 왜졸에게 손짓했다. 왜졸뿐만 아니라 중·하관 조선인까지 입을 모아 외쳤다.

"요카요카(좋다 좋다)!"

그녀들은 원앙구(鴛鴦口), 즉 창녀였다. 대개 원앙구는 머리를 수그리고 엎드리듯 지나쳐갔다. 몇몇 원앙구는 고개를 똑바로 쳐들고 손날로 머리를 참수하는 시늉을 지었다. 눈을 화내어 뜨고 입을 벌리고 외치기도 했다. "와루이와루이(좋지 않다)!"

희롱에 재미가 들린 중·하관이 다수여서 왜인이 동을 뜨지 않아도 저희들끼리 보자기 둘러쓴 왜녀만 보이면 "요카요카!"를 외쳐댔다.

행렬도를 들고 구경하는 왜인이 부지기수였다. 모사품도 많았지만, 대마인이 조신통신사 행렬을 목판에 새겨서 정식으로 간행한 것이 인기였다. 공복 차림의 조선인을 일일이 그려놓았고, 지위·벼슬·직함을 한자와 가나로 부기했다. 사소한 기구와 도구에까지 그림과 밝힘글이 있었다. 관광꾼은 행렬도에 의거, 조선인을 가리키며 저이는 누구다, 저 물건은 무엇이다, 하면서 즐거워하는 것이었다.

왜인이 가장 헷갈리는 것은 사문사가 의원과 역관의 뒤에 있을 때가 많다는 것이었다. 왜인 관점으로는 삼사 뒤에 바로 사문사가 있어야 하겠는데, 하극상처럼 여겨진 것이다. 그것은 사문사 스스로도 설명하기 어려운 바였다.

대마인이 엄하게 금지하여, 시를 구하러 온 왜인이 감히 들어오지 못했다. 밤이 깊어서야 대마간사관을 따라서 스무 명 남짓이 들어왔다.

남옥은 썼다. '분잡하게 오가다가 객이 다 돌아간 뒤에 서관을 거두어 보았더니『일관요고日觀要攷』라는 한 책이 홀연히 사라져버렸다. 잡스러운 오랑캐가 훔쳐간 것이다. 주굉(周宏, 슈코)이 나를 위해『사기평림史記評林』과『산해경山海經』을 사주었다.'

『일관요고』의 전반부는 통신사원액(通信使員額), 선문(先文), 수륙노정(水陸路程), 삼사신사예단(三使臣私禮單), 회수예단(回受禮單), 국서(國書), 국서식(國書式), 전명의(傳命儀), 수회답의(受回答儀), 치제의(致祭儀), 사례(事例), 연례송사(年例送使), 차왜(差倭) 및 접객한 인물,

도리(道理) 등을 수록하였다.

후반부는 신유한의 『해유록』에서 발췌한 일본 관련 기사가 재편집되어 있다.

누군가가 어떤 필요 때문에 이 책을 엮어 『일관요고』라 한 것이다. 한일관계를 연구하는 학자들은 '저자 미상으로 전하다가 제술관 신유한의 1719년 기록으로 확정한 것도 최근의 연구 성과'라고 발표했다. 이것은 후반부에만 해당하는 얘기다. 물론 편집자가 신유한일 수도 있지만, 이후에 신유한의 『해유록』을 본 사람일 수도 있다.

남옥이 잃어버린 책을 일본인 누군가가 훔쳐갔고 누군가가 필사했다. 필사하고 또 필사했다. 일본에 현재 남아있는 『일관요고』 필사 이본만 14종 가량이다. 오카 겐포의 필사본과 오카다 신세의 필사본이 원조 대접을 받고 있다. 『일관요고』는 일본에서 매우 중요했다. 메이지시대에 이르기까지 조선 연구의 핵심자료였다고. 암튼 '체제의 특성상 일반적인 사행록으로 다루어지기 어려우나, 일본 내로 유전된 거의 유일한 통신사행 관련 개인 기록물'이었다.

일본학자들은 '1764년 『일관요고』가 일본 쪽으로 흘러들어왔다'고 하는데, 남옥이 도둑맞은 책이 틀림없겠다.

코무덤―4월 4일

삽사리가 썼다.

임진왜란 때 진주대첩이 있었다. 통쾌한 승리였다.

한번 진 오랑캐가 열받아서 또 쳐들어왔다. 이번엔 막아내지 못하고 진주성을 빼앗겼다. 오랑캐 십탱구리들은 우리나라 사람들의 코를 베었다. 그 코를 지들 땅에 가져다가 무덤처럼 쌓았다. 그 코무덤이 이 근처에 있단다. 대불사(大佛寺)라는 절 옆에.

환장하고 팔짝 뛰겠는 것이, 우리 통신사가 올 때마다 거기로 데려갔단다. 애도하라는 게 아니었다. 잔치를 열어주었다. 신나는 곡을 연주하고 술을 먹었다. 그 술이 어떻게 목구멍에 넘어갈 수 있겠는가. 더 열받는 것이 그 말도 안 되는 잔치가 백 년간이나 계속되었다는 거다. 말이 안 됨을 넘어선다. 알면서도 처마신 거냐? 선배 통신사는 지하에서 반성하라. 코 베인 조선 백성의 원망소리가 들리지도 않느냐.

44년 전, 종사관 이명언(李明彦)이 "이 십탱구리들아, 우리는 거기서 술 처먹을 수 없다. 우리는 못 간다!"하고 안 갔다. 그때 통신사가 개겨 마침내 대불사의 잔치를 끝장나게 했다. 이명언 종사관이 아니었으면 어쩔 뻔했는가. 이번에도 그 슬픈 잔치를 강요당했을 것 아니냐. 아니다, 우리 통신사가 없애버렸을 것이다. 우리 조엄 사또는 그러고도 남을 분이다. 사또가 명하신다면 나는 지필묵 따위는 던져버릴 수 있다. 화약을 품에 안고 코무덤을 헤집고 들어가 자폭할 수도 있다.

코무덤은 황금을 주고 보라고 해도 보고 싶지 않다. 보지 않아도 이토록 분하고 서럽다!

왜 가마꾼·말꾼과 작별하였다. 조선인은 글씨, 차고 있던 칼, 부채 등을 선물했다. 칼과 부채는 어느 고장에서인가 왜인에게 선물받은 것이다. 돌고 도는 것이 선물이다.

금루선에 올랐다. 강물이 조금 불었고 물결 또한 순류였다. 수천 리 뭍길을 끝내고 배를 타니 상쾌하였다. 육지길을 마감하였으니 저마다 감회가 있었다. 감개무량하여 강가의 산천을 망연히 바라보았다. 올라갈 때와는 달라서 내려가는 길은 지체함이 적었다. 바람도 좋고 수량도 넉넉했다. 강가의 예졸도 숫자가 적었고 힘을 많이 쓸 필요가 없으니 구경나온 이들 같았다.

대판성(大坂城)—4월 5일~5월 6일

4월 5일

대판성으로 돌아와 본원사에 여장을 풀었다.

대마주·이정암승·강호봉행·서경봉행·대판봉행이 삼사를 문후하였다.

거룻배를 떼 지어 타고 선장·도훈도·사공·격군이 왔다. 윗사람에게 절할 때는 감정을 자제하더니만, 제 동배(同輩)들과는 죽었다가 살아 만난 듯 날뛰었다. 강호까지 갔던 격군의 절반은 본원사에 남고, 절반은 동료들과 선소로 이동했다.

강호에서 맡겼던 짐이 배로 먼저 와 있었다. 오래간만에 속옷을 갈아입었다.

4월 6일

관상쟁이 니야마 다이호가 찾아왔다. 저번에 봤던 이들이 또 보았고, 새로 본 이들도 있었다. 듣기 좋은 소리를 들은 이도 있었고, 귀 씻을 소리를 들은 이도 있었다. 공통으로 무병장수를 물었는데, 성대중이 으뜸 장수할 것이라는 말을 들었다. 과연 성대중은 76세까지 살았다. 계미사행단 중에 성대중보다 더 오랜 산 이도 있다. 명무군관 오재희. 사행 당시 36세 전후였던 오재희는 반세기 뒤인 1813년(순조 13) 85세로 졸했다.

니야마 관상단의 그림전문가 마토가 이날 새로이 김유성·김상옥·성대중을 그렸다. 마토는 먼발치에서 정사 조엄·부사 이인배·종사관 김상익도 그렸다. 삼사의 관상은 못 보았지만 책에 함께 넣었다. 초상화들이 보면 볼수록 현대의 '캐리커처'와 똑 닮았다. 한데 모든 인물이 저팔계랑 비슷한 분위기다.

관상 얘기와 그림이 궁금한 독자는 전에도 얘기한 바 있는 얇은 책 『한객인상필화』를 보시라.

이기선장 변탁이 공무로 관소에 왔다가 관상쟁이 니야마가 와 있다는 말을 들었다.

변탁은 변박에게 한 장 얼른 그리게 했다.

"뭘 그립니까?"

"아무거나 그려봐. 음, 자네 호랑이 봤나?"

"경주에서 호랑이 같이 잡았잖습니까?"

"그 호랑이나 그려봐. 아, 3월에 그린 거로 해주게. 내가 3월에 그려준다고 했었거든. 지금 당장 그린 티가 나면 안 좋잖아."

"제가 왜 그립니까?"

"다 너를 위해서야. 니야마가 관상 보러 왔었어. 내가 네 이름을 대고 봤어. 근데 너랑 딱 맞더라고. 니야마 말이, 너 아들 쌍둥이로 날 거래. 그런 좋은 말 듣고 복채를 안 내서야 쓰겠냐."

"무슨 소리를 하시는 건지……."

"그리라구, 그냥! 내 이야기책에 삽화 그릴 때처럼 그냥 그리라고. 너는 대충 그려도 훌륭해."

"삽화와 작품은 달라요. 내 이름을 걸고 그리라면 그려보겠지만……."

"당연하지, 네가 그렸으니 의당 네 이름으로 서명해야. 대 광광 작가가 치사하게 아우 이름까지 훔치려할까."

변탁은 그림이 마르자마자 니야마를 찾아갔다. 제가 그린 것처럼 으스댔다.

〈약속했던 그림이외다. 우리 조선 사람이 약속 하나는 칼같이 지키거든.〉

니야마가 감사히 받았다. 하여 변박의 그림 '소나무 아래 호랑이 (松下虎圖, 송하호도)'가 현재 오사카역사박물관에 소장된 것이다.

4월 7일

도훈도 최천종이 마당에서 조엄에게 보고했다. "기침하셨습니까?

밤새 별일 없었고 관소의 문을 막 열었습니다."

"수고했네. 좀 자게."

침소로 간 최천종은 귀찮기도 하고 왠지 꺼림칙해서 옷을 벗지 않고 누웠다. 새벽잠에 막 취했을 때다. 최천종은 가슴이 답답해서 깨었다. 가위 눌린 게 아니었다. 어떤 놈이 가슴에 걸터앉아 있는 게 아닌가. 천종과 그놈의 눈빛이 마주쳤다. 네놈은?

그놈이 칼로 내리쩍었다. 최천종은 목이 찔렸음을 알았다. "이놈!" 급히 소리를 지르면서 일어났다. 목에 박힌 단도를 뽑아내 내던졌다. 그놈이 재빨리 달아났다. 이웃방의 불빛에 그놈의 행색이 비쳤다. 천종은 쫓다가 기진하여 엎드려 쓰러졌다. "잡아라! 잡아라!" 외쳤다.

그놈은 부엌칸으로 달아났다가 떼로 잠든 격군의 발을 밟아댔다. 곯아떨어져서 대개 깨지 않았다. 강우문이 퍼뜩 눈을 뜨니 잡으라는 소리가 들리고 왜놈처럼 생긴 놈이 지나가는 게 보였다. 강우문도 소리질렀다. "여기다!"

막 깨어난 이들이 여럿이었지만 그놈을 힘써 쫓아가지 않은 것은 왕왕 있었던 잡도둑놈인 줄 알았던 까닭이다. 놈은 대마인의 처소로 들어갔다.

의원들은 응급처치하고, 군관들은 황망하여 어쩔 줄을 몰랐다.

최천종이 한탄했다. "나랏일로 죽는다면 한 될 것이 없겠다. 왜놈에게 찔려서 죽게 되다니 원통하다, 원통하다!"

장사군관 임춘흥이 조엄에게 보고했다. "최천종이 피가 흥건하고 숨이 거의 끊어질 듯합니다. 한데도 손으로 목을 만지면서 찔렸던 상황을 설명했습니다."

의원들은 할 수 있는 처방을 다 했다.

성호가 국법으로 금지된 것을 언급했다. "약에 술을 타서 마시면 혹 기(氣)가 돌 수 있어. 술을 구해보자구!"

가능성이 희박했지만 지푸라기라도 잡는 심정이었다.

사경을 헤매던 최천종이 별안간 성을 내었다. "술은 우리나라의 금물이니 비록 죽는다 해도 마실 수 없다!"

술을 마셔 반드시 목숨을 구할 수 있다면 환자가 뭐래든 강제로라도 마시게 하였을 테다.

양의 이좌국이 고개를 저었다. "돌이키기 힘든 상황이오. 소원대로 놔둡시다."

최천종은 기진맥진하다가 해가 뜬 뒤에 숨이 끊어졌다. 죽기 전에 "사또에게 한말씀 해주시오!"라는 말을 세 번이나 되풀이했다. 무슨 말씀을 해달라는 것이었을까. 허망한 유언이었다.

최천종의 방안에 강도의 흉기가 남아 있었다. 천종이 제 목에서 뽑아 내던진 채였다. 칼은 소나무 손잡이에 날 길이가 다섯 마디 남짓이었고 모가 셋이었다. 짧은 창 같았다. 칼날에 '魚永(어영)' 두 글자가 새겨져 있었다. 소나무칼집도 떨어져 있었다.

자제군관 이매가 추리했다. "새겨진 것이나 장식된 것이나 왜놈 것임에 틀림없네. 창포검(菖蒲劍, 좁은 양날검으로 창포 잎사귀와 닮았다)일 게야. 처음 사용된 검이네. 죽일 놈!"

격군 강우문을 비롯해서 괴한의 뒷모습을 본 자들이 하나같이 왜인이라고 증언했다.

조엄이 자학했다. "나는 보잘것없는 사람으로 외람되이 상사가 되어 밤낮으로 고심하였다. 허나 위엄이 왜를 복종시키기에 부족하고 신용이 남을 감동시키기에 부족한 탓으로, 통신사가 있어 온 이래 일찍이 없었던 변괴를 만나 부끄럽고도 분하여, 남을 허물할 겨를이 없구나!"

하지만 남을 허물했다. 수역 셋을 불러 호되게 야단쳤다. "대체 어찌 관리했기에 이런 망극한 일이 벌어진단 말이냐. 너희 것들이 왜인과 결탁하여 이익이나 나누지, 놈들의 출입에 소홀히 하니 이런 말도 안 되는 일이 벌어진 것이다."

조금 진정한 뒤에 신칙했다. "인명(人命)이 지중하니 즉시 원범(元犯)을 색출하여 법에 따라 상명(償命, 목숨을 목숨으로 변상하는 것)하게 하라!"

밤이 되어 대마봉행, 강호봉행, 대판봉행 등이 왔다. 조선 군관·수역 입회하에 최천종의 주검을 검시했다.

대마봉행: 〈조선에도 어찌 이 모양의 칼이 없겠나. 반드시 일본인이라는 증거가 될 수는 없소.〉

자제군관 이매가 당장이라도 대마봉행을 때려죽일 듯이 노려보았다. "개종자가 손바닥으로 하늘을 가리려고 하네."

강호봉행: 〈칼과 찌른 법이 결단코 일본인이오. 또 칼 지나간 모양이 자결한 것이 아니고 칼에 찔린 것이 틀림없소. 허나 살인범이 대마인지 본토인인지는 확실하지 않소. 꼭 진실을 밝혀 범인을 잡겠소. 재검할 것이니 기다리시오.〉

대마주는 직접 찾아오기는커녕, 사람을 보내 공식적으로 상황을 묻지도 않고 위안을 보내지도 않았다. 조선인의 반대마인 감정이 극에 달했다. 삼사는 일공을 바치지 말라고 했다. 사문사와 예능인도 붓과 벼루를 거두어들였다. 왜인을 접견하고 시를 수응하고 글씨와 그림 베푸는 일을 전면 폐기했다.

이매가 상구(喪具)를 준비했다. 역관 최수인·통인소동 백태륭·급창 취몽(翠夢)은 다 같이 대구(大丘) 사람이었다. 대구 사람들이 시신 보살피는 일을 맡았다. 백태륭과 최천종은 6촌 간이었다. 한방을 썼다. 새벽에 백태륭이 정사 숙소에 가서 나오지 않았으므로 최천종 홀로 잤다.

"내가 방을 나갈 때 등불을 끄지 않았다고요. 우리 외당숙이 칼 맞을 때 등불이 꺼져 있었으니, 그 쌍씨부랄 오랑캐놈이 끈 거라고요. 제 말은 우리 외당숙을 잘 아는 놈 짓이라고요. 꼭 그 살해범을 잡아서 뼈를 갈아주세요. 내가 그놈 살을 씹어먹으랍니다."

백태륭이 울부짖는 소리가 멈추질 않았다.

망자에게 소용되는 물품은 왜국 것을 한 가지도 쓰지 않기로 했다. 공용 노자와 원역의 부조로 변통했다. 향서기 김광호(金光虎)가 장례 치르는 모든 절차를 기록하여 본가에 전하기로 했다.

4월 8일

최천종의 주검은 일방 처소의 한 방에 있었다.

조엄이 자려고 눈을 막 붙였다. 갑자기 창밖에서 "소직 최천종입니다. 편안히 주무십시오!" 하는 소리가 났다. 영락없이 최천종의 목소리였다. 방문을 열고 나가보니 바람만 휑했다. 조엄은 비통한 눈물을 금할 수 없었다.

누군가 병풍을 넘어뜨리면 한방에 있던 이들이 최천종의 원혼이 온 줄 알고 모두 놀라 소란스러웠다. 평소에도 자주 놀라고 두근두근하는 증세가 있던 이들은, 미미하고 사소한 현상에도 기겁했고 두려워했다. 대범하고 간 크다고 뽐내던 이들도 공연히 모골이 송연했다. 혼자 뒷간에 못 가는 이가 태반이었다. 사방팔방에서 놀라는 소리가 끝없었다.

4월 9일

왜인은 이른바 '재검'이란 것을 이 핑계 저 핑계로 늦추기만 하였다.

조엄은 세 수역을 야단쳤다. "너희는 대체 무얼 하고 있는가? 너희가 어찌 말을 전했기에 저들이 저토록 오만방자히 구는가? 다 너희 잘못이다. 너희가 근면하지 못했다!"

조엄은 곤장을 치도록 했다.

최학령과 이명윤은 쉰셋·쉰둘이니 곤장을 맞을 만했는지 모르겠으나 예순둘의 현태익에게는 누가 봐도 가혹했다. 현태익은 병든 동생 현태심을 간호하느라 다른 일을 분간할 겨를도 없었다. 현태익 맞을 차례가 되자 조엄이 손짓했다. "현태익은 늙었다. 관둬라!"

두 수역이 곤장을 맞고 오자 나머지 역관들은 송구해서 어쩔 줄을 몰랐다. 자기들도 곤장을 때려달라고 엎드려서 빌었다.

최학령은 이를 악물었다. "너희에게 화풀이해서 어쩔 것이냐. 어서 일을 해결토록 하자."

모든 역관은 관계 왜인들을 찾아다니며 재검하라고 농성했다.

날이 저물어 대판봉행 등이 재검을 왔다. 조선 군관·의원과 더불어 최천종의 시신을 다시 살폈다.

최천종을 염습했다. 통분과 울부짖음이 들끓었다.

"대마인은 배은망덕하다. 천리(天理)가 있으니, 반드시 그들의 종묘사직을 뒤엎을 것이다."

"뱀처럼 악독한 족속을 하늘이 용납하니 이 또한 하늘의 이치란 말인가!"

"분함을 이기지 못하여 등창이 난다."

성대중이 당연한 소리를 훌륭한 말처럼 했다. "참고 견뎌야 합니다. 범인이 잡혀 법으로 처단될 때까지, 비록 달을 넘기고 해가 지나더라도 우리는 결코 배에 올라서는 안됩니다. 우리는 오래 버틸 마음의 준비를 해야 합니다."

조엄이 고대했던 말이었다. "실로 내 마음과 부합하며 오늘에 가장 필요한 태도다."

향서기 김광호를 도훈도에 올렸다.

통인소동 박태범(朴泰範)을 향서기에 올렸다. 박태범은 원래 소동으로 차출되었던 자가 아니다. 조엄이 동래부사 적에 부리던 사환으로 '극히 영리하고 문장에도 능하'다고 믿었다. 부산에서 소동 한 자리에 급박한 결원이 생기자 조엄이 친히 뽑아넣고 상투를 풀게 한 무늬만 소동이었다. 떠꺼머리를 하고 다녔지만 아무도 소동이라고 여기지도 않았고 막대하지도 않았다. 향서기가 되면서 다시 상투를 올렸다.

사문사는 유생들의 시에 화답하지 않았다. 왜인에 칼 맞은 죽은 동족의 시체를 두고, 차마 한가히 창수를 해줄 수는 없었다. 선물도 받지 않았다. 받았던 책도 돌려보냈다.

4월 10일

삼사가 일공을 받기로 했다. 대다수가 못마땅했다. 애초에 일공을 물리칠 필요는 없었다. 언제까지 머물러야 할지 기약할 수 없다. 비상식량으로는 수백 명의 끼니를 며칠도 지탱할 수 없을 테다. 대마도 놈들이 주는 것도 아니잖은가?

자제군관 이매가 조엄에게 보고했다. "강호에 관보(關報)했음이 의심 없을 듯합니다."

"놈들의 동태는 어떠한가?"

"강호봉행이 겉으로는 위로하고 민망함을 나타냈지만 속으론 미봉할 속셈을 품었었는데, 우리 수역들이 곤장을 맞고 또 대판봉행이 재검을 시행한 뒤부터는 놀라고 당황한 기색이 역력합니다. 대판성에서 관중(館中)의 각처에 염탐꾼을 많이 보낸 것으로 보아 범인을 찾는 기색인 듯합니다."

"믿을 수 있겠는가?"

"믿을 만합니다."

"영감은 어떤 자들의 소행이라고 보는가?"

"대마놈일 수밖에요."

"어째서?"

"대판인은 우리 사행과 본래 원감(怨憾)이 없지만, 대마놈들은 우리와 사소한 말썽이 많았습니다. 또 관소 수직(守直)은 대판인도 섞여 있기는 하지만 대마놈이 대다수입니다. 더욱이 대판인은 바깥 파수를 맡았을 뿐이며 대마놈들이 하처(下處)·방청(房廳) 사이를 무상 출입했습니다. 또 변괴 이후에 대판인은 낱낱이 조사하려 하나 대마놈들은 매사를 질질 끌고 놀라는 기색 또한 없습니다. 이 밖에도 들어 말할 수 있는 꼬투리는 많습니다. 분명 대마놈의 소행입니다."

"나도 그렇게 본다. 옥사의 실정이 설사 천만뜻밖에서 나오더라도 이 일만은 다른 가닥이 없다. 설사 대판인이라고 해도 책임을 물어야 한다. 대마인의 소행이라면 대마주가 논책당할 것이요, 대판인의 소행이라면 대판윤이 또한 죄를 입어야 한다."

"지당하십니다. 만약 대마놈의 소행이 확실히 밝혀지면 대마도를 갈아엎어버려야 합니다."

"나도 분하다. 허나 진정해라. 이 일로 두 나라 사이에 틈이 생긴다면 곤란하다."

"두남둘 필요가 전혀 없는 놈들입니다."

"우선은 범인을 잡는 것이 중요하다. 대마인을 잘 타일러서 범인을 스스로 적발하도록, 대판인이 제대로 조사하도록 독려해야 한다."

"저희가 직접 잡아야 하는데, 놈들 하는 짓거리를 지켜만 봐야 하니 속이 터질 듯합니다."

"내가 부끄럽고 한심하다. 만약 옛사람이 이런 일을 처리했다면, 반드시 헤아릴 수 없는 지혜를 냈을 것이다. 나처럼 한갓 심려만 허비하지는 않았겠지."

"아닙니다, 저희가 다 못난 탓입니다. 저희가 똑바로 기강을 세웠다면 왜놈 따위에 우리 사람이 죽는 일이 없었을 것입니다. 저희를 벌하여주소서."

"그만두자, 그만둬. 더 말해봐야 가슴만 더 아프다."

관을 만들 조선 판재(板材)가 없었다. 어떤 이는 유둔지(油芚紙, 기름 먹인 종이)로 싸자고 했다. 유둔지로 싼다면, 험한 뱃길 3천 리에 상할 우려도 있고 또 오로지 저들에게 맡겨서 운송해 가야 하니, 어떤 일이 생길지 헤아릴 수 없지 않은가. 부득이 왜 소나무를 쓰기로 했다. 귀국한 뒤에 관을 바꾸기로 했다.

이복선장 김윤하가 관소에 들렀다가 사문사를 뵈러 왔다. 남옥이 기운이 처지고 마음이 괴로운 판이니 재미난 이야기나 해달라고 붙잡았다.

"이 시국에 재미난 이야기는 그렇고 상쾌한 얘기 한 자락 해보겠습니다."

김윤하가 한 이야기를 정리하면 이랬다.

60년 전 일이다. 이저(李㸅)가 부산첨사가 되었다. 나이는 겨우 30세쯤. 이때 동래부사는 그 이름은 잊어버렸는데 나이가 많았다. 동래 소통사 김은봉(金銀奉)이 초량왜관 왜인에게 개인적으로 인삼을 팔았다. 받지 못하고 남은 돈이 있었다. 매번 독촉했으나 받아내지 못했다.

어느 날 김은봉이 왜관을 찾아 또 빚을 갚으라고 요구했다. 왜인이 은봉에게 술을 먹였다. 은봉이 술에 잔뜩 취해서 곯아떨어지자 왜인이 칼로 찔러서 죽였다. 왜인은 은봉의 상투를 잘라 가지밭 가운데에 묻었다. 은봉의 사지를 잘라 빈 섬에 담아서 해자 도랑물에 가라앉혔다. 돌로 덮어놓았다.

네댓새가 지나서 김은봉의 아비가 자식이 오랫동안 들어오지 않는 것을 괴이하게 여겨 왜관 수문 장교에게 물어보았다. 장교가 대답했다. "들어가는 것은 보았는데 나가는 것은 보지 못했소."

은봉의 아비가 동래부에 하소연하여 왜관으로 들어갈 수 있는 공문을 얻었다. 장정 10여 명과 함께 왜관으로 들어가 두루 찾아보았으나 찾지 못했다. 그런데 저쪽 들판에 까마귀떼가 빙빙 돌면서 떠나지 않더니 깍깍 울어대며 내려와 앉는 것이었다. 아비가 마음에 짚이는 게 있어 까마귀들이 모여 있는 곳으로 갔다. 가지밭을 파서 상투를 찾아냈다. 또 까마귀떼가 다리 위를 빙빙 도니 짐작되는 바가 있었다. 해자를 수색했다. 돌을 들어내어 시체를 찾아냈다.

상투와 주검을 들고 가니 왜인들은 사색이 되었다. 그때 날씨가 대단히 더웠다. 의심 가는(인삼 잔금을 갚지 않은) 왜인을 지목하여 물을 달라고 하자 덜덜 떨며 물을 내왔다. 당장 그놈을 땅에 자빠뜨리고 묶었다. 끌고 나가려는데, 다른 왜인이 큰 소리로 떠들었다. "왜관 안에 가두어놓고 양국이 모여 결정하기를 기다리시오. 사사로이 나갈 수는 없소."

그의 아비가 어쩔 수 없어 왜인은 그냥 두고, 주검만 가지고 나와 동래부에 고했다. 훈별(訓別)역관이 왜인으로부터 뇌물을 받아 처먹었는지 온화한 낯빛으로 조용조용 이야기했다. 연로하고 물러 터진 동래부사는 역관의 속임에 현혹되었는지 어리둥절한 처결을 내렸다. 용의자 왜인을 대마도로 압송할 것을 허락하고 봉계(封啓)를 출발시켰다.

다음날 관문이 부산진에 닿았다. 부산첨사 이저는 관문을 보고는 지체하지 않고 명령했다. 훈별역관 무리를 잡아오라고. 깃발과 북을 크게 벌인 후 대포를 세 번 쏘았다. 훈별역관 무리를 뜰 앞에 앉혔다. "너희 죄는 효수형에 처해야 마땅하다. 오늘 너희 목을 깃발 위에 매달겠다."

훈별역관이 벌벌 떨며 목숨을 구걸했다. "어이구, 살려주십시오! 제발, 제발 살려주십시오!"

부산첨사는 관문을 돌려보내며 동래부사에게 전하게 했다. "왜인이 우리나라 백성을 죽였는데 원한을 풀어주기는커녕 대마도 안으로 돌려보냈으니, 그놈을 죽일지 상을 줄지 어떻게 알겠습니까?" 또 좌수영과 도성 비변사에 낱낱이 고하는 장계를 올렸다.

동래부사는 기겁해서 부산첨사에게 말을 달려갔다.

"내가 늙고 정신이 혼미하여 실수했소. 함께 의논하여 잘 처리했으면 좋겠소."

"공께서 이미 발송한 서계를 되찾아 오실 수 있겠습니까?"

그때 말 잘 타기로 유명한 종놈 하나가 자신 있게 나섰다. "30냥 주시면 제가 금방 다녀오겠나이다."

동래부사가 30냥을 주었고, 과연 종놈은 문경새재에서 파발마를 따라잡아 서계를 되찾아 가지고 왔다. 부산첨사가 불러주는 대로

'바다를 건너가 죄를 범한 왜인을 체포하겠다'는 내용으로 봉계를 고쳤다.

부산첨사는 좌수영으로 가서 튼튼한 병선을 내어달라고 청했다.

"젊은 그대는 잘 판단한 것인가? 일이 잘못되면 크게 문책받을 것이다."

"판단 운운할 일이 아닙지요! 죄인을 붙잡아와야지요!"

좌수사가 병선을 내주었다. 역풍이 크게 불어 배가 움직일 수가 없었다. 부산첨사가 수염을 휘날리면서 호령했다. 50여 명의 격군이 놀라운 힘을 발휘하여 역풍을 돌파했다. 좌수포 근처에 정박하여 대마주에게 서계를 전했다.

〈죄인을 순순히 내놓지 않으면 대마도 부중에 상륙해서 직접 찾아내겠다.〉

날이 밝자 북을 울렸다. 배를 곧장 대마도 부중으로 몰았다. 대마 배들이 마중나와서 은봉을 죽였던 왜인을 넘겨주었다. 왜인을 조선 배에 옮겨 싣고 돌아왔다.

왜인을 초량왜관 수문 밖 깃대 위에 매달아놓았다.

김은봉의 아비가 창을 들고 왔다. "제 손으로 자식의 원수를 갚게 해주소서."

부산첨사가 말렸다. "그럴 수는 없다. 내가 영감을 위해 원수를 갚아주겠다."

부산첨사의 명으로, 창을 잘 쓰는 군사가 왜인의 사지를 난도질했다. 조선인은 왜인의 처절한 비명을 들으며 기뻐했고 통쾌히 여겼다. 죄받는 왜인 옆에 앉힌 훈별역관은 사지에 뼈가 없는 이처럼 부들부들 떨었다. 마지막으로 부산첨사가 창을 들어 왜인의 가슴을 꿰뚫어버렸다. 만세를 부르는 이가 숱했다.

부산첨사 이저는 호령을 내고 명령을 하면 상하가 바람이 말달리고 번개가 달리듯 행동을 하였으니, 할 수 없는 일도 하게 함이 있는 사람이었다. 정신은 곱고 빛났으며 오랜 뒤에도 생각나는 사람이었다. 후에 수군절도사가 되었는데 위엄이 한 진에 가득하니 원근에서 복종했다.

늙은 선장 김윤하가 마무리했다. "제가 어렸을 때 그 부산첨사 이저 공께서 앉아 있는 모습을 본 적이 있습죠. 지금까지도 그 위엄 넘치는 풍채가 또렷합니다요. 그런 분이 지금이라고 왜 없겠습니까. 그런 분들을 변방에 배치한다면 왜놈들이 우리를 속이고 능멸하지는 못할 겝니다. 감히 역관짜리들이 우리를 속이고 농락할 수 있겠습니까? 못 하죠, 못 해…… 이저 공이 지금 여기에 있다면 어떻게 대처했을까요? 대마주의 관사로 쳐들어가서 직접 살인자를 붙잡으려고 하지 않았을까요?"

"어허, 영감 그 입 조심하게. 여기는 부산이 아니라 일본 한복판이란 말일세."

4월 11일

조엄은 두 수역 최학령·이명윤을 불렀다. 아우의 일로 제정신이 아닌 수역 현태익은 부르지 않았다.

"나는 자네 두 사람이 비록 옛 명역관처럼 사려가 깊고 왜어를 잘하지는 못하지만 사람됨이 단단한 것으로 아네."

"송구합니다." 둘이 입을 모았다.

조엄이 동래부사로 있을 적에 최학령은 초량왜관을 관리하는 조선역관의 우두머리였다. 인삼 밀매상 일당을 일망타진했을 때, 연루된 최학령은 책임을 크게 져야 했다. 조엄이 비변사에 장계를 잘 올려 삭탈관직에 귀양 1년으로 끝날 수 있었다. 조엄의 성격으로 볼 때 많이 봐준 것이었다.

조엄이 통신사로 정해졌을 때 임금이 한 명도 바꾸지 말라고 했지만 그것은 될 말이 아니었다. 이미 정해진 자들이 각종 피치 못할 핑계로 갈 수 없는 형편이었다. 새로 가게 된 자들이 자기 마음에 맞는 이들로 교체했다. 수역 두 자리도 먼저 사람들이 고사하여 결원이었다.

조엄은 그 두 자리에 최학령과 이명윤을 임용했다. 딴은 최학령의 허물을 모두 씻어준 것이었다. 스스로 조엄에 은혜를 입었다고 여기는 이명윤을 택한 것이었다. 이명윤은 조엄의 발탁과 추천으로 출세한 것이 사실이었다.

"여기까지 오는 동안 너희가 나한테 섭섭한 것이 많을 줄 안다. 괜히 따라와서 헛되이 고생한다 불만이 많았을 것이야."

"그럴 리가 있겠습니까. 송구하옵니다."

"이번에 살인자를 조사하여 잡지 못한다면 너희 수역의 죄가 어떤 지경에 이르겠느냐? 너희 또한 나라의 은혜를 받은 것이 많은데 이때 갚기를 도모하지 않으면 어느 때이겠느냐?"

최학령: "국가에서 역관을 두는 것은 바로 이럴 때 쓰기 위함인데, 죄인이 만약 상명되지 않는다면 소인 등은 나라의 법을 달게 받

겠습니다."

이명윤: "소인 등은 다 사또의 알아주심을 받고 있으며 사또께서 소인 등을 부려 쓰신 것 또한 이럴 때를 위하신 것인데 어찌 소홀하겠습니까? 마땅히 충심으로 힘써 도모하겠습니다."

수역들을 수시로 보내 대마주의 회답 서계를 재촉했다. 조사가 어떻게 진행되는지 알려달라는 것이었다. 보내겠다는 말만 할 뿐 서계는 오지 않았다.

"똥감태기들, 얼마나 잘 짓고 꾸미려고 그러는지 알 수 없군."

"답서할 적당한 말이 없으니 뭉개는 것이지."

"우리가 직접 잡아야 합니다. 일단 대마도 것들부터 싸그리 잡아서……."

군관들의 비분강개를 듣다가, 조엄이 탁상을 내리쳤다. "그만들 둬라. 나도 답답함을 호소하고 싶다. 허나 냉정해야 한다. 타국에서의 사정이 있고 피아(彼我)의 형세가 다르다. 요컨대 오래도록 버티고 동요하지 않는 것이 중요하다."

"가만히 지켜보고만 있자는 겝니까?"

"무식한 중·하관 무리는 한갓 분통해할 줄만 알아서 대마주 사람을 욕하는 자가 많았지만, 일 처리에 무익할뿐더러, 트집거리가 생길 우려마저 있어 내가 일체 엄금하였다. 한데 상관이라는 자네들까지 이토록 동요해서야 되겠는가? 자중하라."

군관들은 대마도 처소로 당장 쳐들어가고 싶었다. 그 마음을 억누르기가 참 힘겨웠다.

도선장 팽성조가 철철 울며 관을 만들었다. 비로소 입관했다. 관을 묶은 뒤에 곡소리가 낭자했다. 소리도 내지 못하고 피 같은 눈물만 흘리는 이도 숱하였다. 그의 죽음이 슬플 뿐만 아니라, 그가 죽을 곳이 아닌 곳에서 비명횡사한 것이 분하고, 그 죄인을 잡지도 못한 것이 원통했다.

빈소를 차렸다. 조엄이 직접 제문을 지었다.

선소 근처 죽림사에 소동 김한중의 관이 있었다. 강호에서 쓴 장계를 탑재한 비선도 선소에 머물렀다. 발송에 늑장 부리는 왜인에게 분노하였는데, 최천종의 일을 당하고 보니 차라리 잘된 일이다 싶었다. 잇달아 비보를 전하면 조정이 얼마나 놀라겠는가. 한꺼번에 놀라는 것이 낫다! 살인범이 색출되면 한꺼번에 발송하기로 했다.

의장군악대 장졸과 격군이 상여꾼이 되어 죽림사까지 운구하기로 했다. 백여 인이 메고 따르고 곡하면서 정문으로 향했다. 문지기 왜 금도들이 가로막고 허락하지 않았다. 격군 수십이 뛰어나갔다. 금도 수십이 결사적으로 막았다. 격투가 벌어졌다. 상여를 정문 밖까지 떠메고 나갔으나, 잠깐 만에 협문으로 밀려들어왔다. 총을 든 왜졸 3백 인이 몰려와 정문을 틀어막았다. 격군 수십이 급한 대로 무기가 될 만한 것을 찾아들고 소리를 질러댔다. 살육전이 벌어질 분위기인데, 저쪽은 장수들이 나타나 추스르고, 이쪽은 군관들이 다독여 일행을 물렸다.

조엄은 상여를 인솔한 역관·도훈도를 꾸짖었다. "분한 것은 알겠다. 허나 더 큰일이 벌어지면 어쩔 테냐? 사리분별을 못 하는가?"

앞을 다투어 뛰어나간 격군 중에 두목처럼 나댄 자가 추상우였다.

"또 네놈이냐?"

"세상에 상여를 막는 개불상놈들이 어디 있습니까?"

"네 동무들이 또 죽었으면 네가 책임질 것이냐?"

잘못한 게 없다고 벋대는 추상우에게 곤장을 때리게 하고 창고에 가두었다.

조엄은 단순하게 정문으로 나갔다고 그러는 줄 알고 협문으로 나가도록 명했다. 왜인은 총구를 들이대며 협문도 막았다. 대판윤의 명령 없이는 안 된다는 것이었다. 조엄은 민망했고, 일행 상하는 분해서 펄펄 뛰었다.

4월 13일

아침에 최천종의 영구가 나갔다. 백여 인이 메고 따르며 통곡했다. 왜인 중엔 그것이 무슨 소리인지 알지 못하고 웃는 자도 있었다. 추상우가 그자를 향해 돌진하는 것을 동무들이 간신히 붙잡아 억눌렀다. "자네, 정녕 죽고 싶은가?"

"저 측은지심이 없는 말짜들을 그냥 놔두라는 건가?"

"참게, 참아!"

대개의 왜인은 탄식하며 눈물을 흘렸다.

소통사 박상점이 들으니, 어떤 왜인은 "하늘과 땅 사이에 무슨 일인가, 무슨 일인가!" 했고, 어떤 왜인은 "살인자를 잡아 살을 저미

자!"했다고.

소동 김한중의 관을 맡겨놓은 죽림사에 최천종의 관도 나란히 놓였다. 그곳에 또 하나의 빈소를 차렸다.

4월 14일

대판봉행이 문안을 보내왔다.

조엄은 〈범인을 색출하여 법에 의해 상명함으로써 우호를 보존하라〉라는 뜻으로 답하였다.

대판봉행이 임시 수사청으로 삼은 건물채에서 크게 조사하는 자리를 열었다. 조엄의 관소에서 멀지 않았다. 조엄은 장사군관 임춘흥과 역관 이명화를 보냈다. 왜인이 제지했다.

임춘흥이 호통쳤다. "이놈들아, 너희들을 믿지 못하겠다. 우리가 당연히 지켜보아야 할 것 아니냐?"

대판봉행이 참관을 허락했다. 대청 위아래를 대판인이 꽉 채웠다. 한쪽 헛간에 대마관료 수십 명이 잡혀 있었다. 대판봉행이 하나씩 끌어내어 문초했다.

지켜보다가 이명화가 절레절레 흔들었다. "죄 있는 자는 실토하는 것이, 형장에 맞아 죽는 것보다는 낫겠습니다."

임춘흥이 웃었다. "자네가 국문장에 못 가봐서 하는 소리일세. 우리도 만만치 않아."

들어보니 전어관(傳語官, 통역 담당 관리) 스즈키 덴조(鈴木傳藏)라는 자의 짓이 틀림없었다. 덴조가 스스로 '조선인을 찔러 죽였기 때문에 도망한다'는 글을 투서하고 도망쳤으며, 인근 절에서 자고 간 흔적이 발견되었다는 것이다.

"살인하고 도망하는 놈이 자취를 감추기에도 바쁠 텐데, 어떻게 저 스스로 투서를 하고 갈 수 있는가?"

"그것은 제가 왜놈들을 십수 년 상대해봐서 압니다. 놈들에게 특이한 습성이 있는데, 제 범행을 자랑하는 것입니다."

"별 이상한 놈들일세. 허나 원범이 따로 있을 수 있지 않나."

"물론입니다. 저놈들이 저를 아껴주는 이의 명이라면 목숨을 아무렇지도 않게 버리는 것이 또 버릇입니다."

문초의 살벌함으로 미루어보건대, 원범을 기필코 잡고자 하는 의지가 확고해 보였다.

뜻밖에도 정서기 성대중이 이언진을 문병했다.

"송구합니다, 일어나지 못하겠습니다."

"자네 아프다는 건 다 아네. 하혈이 심하다면서? 치질인가?"

"비슷한 것 같습니다."

"자네 상관 오대령도 치질로 고생이 심하지. 연경 다녀올 때 고생들을 많이 해서 그런가? 거기 갈 때 고생에 비하면 여기는 고생도 아니겠지. 속병이 단단히 들었던 게야. 밥은 먹었는가?"

"종놈이 하도 간절해서 몇 숟가락 떴습니다. 늙은 종이 젊은 주인을 걱정함이 참 가련합니다."

"내가 자네를 위해 위문시를 지어봤네. 들어보려나?"

"감사합니다."

성대중이 '마음을 편히 하고 처세에 능하여 부귀를 누리자'는 내용의 시를 읊었다.

이언진이 가만히 있다가 직설했다. "그 같은 시를 지어 벼슬이 일품에 오르고 80세까지 살며 만금을 모으면 좋기도 하겠습니다." 문병 온 이를 어서 내쫓기라도 하겠다는 투였다.

성대중은 그런 반응을 보일 줄 알았다는 듯 태연했다. "자네가 나를 얼마나 한심하게 여기는지 알고 있네."

"처지와 사고가 다르지요."

"손님을 박대했다며?"

류우 이칸의 소개로 고문파 유생 하나가 어렵게 만나러 왔었다. 이언진은 자기는 아무것도 모르는 자라며 문전박대했다. 최천종의 죽음으로 내외가 어수선한 때에 무슨 말 하기가 불편해서 그런 것만은 아니었다.

"얘기해봐야 무엇합니까. 다 부질없는 짓입니다."

성대중이 1각을 가만히 있다가 말하였다. "벌써 넉 달 전 일인가! 자네가 보여준 「해람」을 보고 내가 얼마나 충격을 받은 줄 아는가?"

"화를 내셨잖습니까?"

"내가 열등감이 심해서 그러네. 나보다 뛰어난 자를 만나면 도무지 주체할 수가 없어."

"왜 이러시는 겁니까? 아픈 사람 더 아프게요."

"자네가 강호에서 창수할 때 나는 기가 질렸네. 어찌 그토록 빨리 짓고 빨리 쓸 수 있단 말인가. 태작이면 모르겠네. 글씨 하나가 목판으로 찍은 듯 깔끔하고 한 편 한 편이 훌륭한 시였네. 글씨도 느리고 태작이 대부분인 나는 자네 때문에 창수가 비참했네."

"정말 왜……."

"그날 기억하는가? 어떤 자가 부채 오백 개를 가져와서 오언율시를 써달랬지. 자네가 바로 먹을 갈아 반 시진만에 끝냈어. 그 자가 다시 와서 자네의 기억력을 시험했지. 오백 개의 부채를 다시 가져와 한 번씩 다시 써줄 수 있겠느냐고. 자네는 너무 쉽게 해냈어. 왜인만 혀를 내두른 게 아니네. 왜인이 자네를 '시의 신'이라 우러렀지. 우리도 경이로웠네. 나는 자네가 괴력난신 같았네."

"나무라시는 겁니까? 칭찬 같지는 않은 데요. 제가 한 짓을 사문사께서도 못 하실 리 없잖습니까. 아무렇게나 지어대는 낙서였는데……."

"아니, 내가 다 읽어봤어. 절대 낙서가 아니었네."

"그만하시고 제발 돌아가주세요. 귀가 너무 아픕니다."

"부끄러운 얘기지만 자네 글을 계속 훔쳐보았네. 자네는 눈치채지 못했겠지만, 자네 방에 몰래 와서 자네가 쓴 글을 보고는 했네. 「해람」을 거의 완성했더군. 경이로운 시야. 다른 시들도 보았고 일기도 보았네. 자네 글을 훔쳐보고 나는 한없이 고통받네. 자네는 모를 걸세. 타고난 자의 즐거움을. 나 같은 자는 오로지 노력으로만 성취하네. 한데 자네 같은 천재는 한순간의 흥취로 노력한 자의 성취를 우습게 돌파해버리지."

"진짜 왜 그러십니까?"

"한데 오래 살아야 하지 않겠나?"

"오래 살아서 무엇합니까?"

"빛나는 문장을 많이많이 남겨야지."

"소생의 샀되고 잗다란 문장이 남에게 알려지기를 원하지 않습니다. 세상에 전해지기를 원하지 않습니다. 나 혼자 즐길 뿐입니다. 이미 제가 보여드린 바가 있고, 제가 왜국 유생들에게도 써준 바가 있어, 제 문장이 다른 이들의 안목에 전파된 것을 되짚으니 얼굴이 붉어집니다. 다 허영이었습니다. 강호에서 제가 뭐라도 된 줄 알고 미쳐 날뛰었습니다. 예, 볼썽사납게 천방지축이었습니다. 허영심을 완전히 버리고자 합니다. 더는 남이 알아주기를 바라며 글을 쓰지 않을 겁니다."

"그런 걸 배부른 소리라고 하는 거네."

"이렇게라도 배부르면 안 됩니까?"

"나 같은 둔재에게 미안하지도 않은가? 축복받은 문장을 세상에 전하지 않겠다니? 타고난 바도 없이 순전히 공부와 노력으로 단 한 줄의 문장이라도 세상에 남기려는 나 같은 자들에게 너무 가혹한 배부름 아닌가?"

"허영심입니다."

"아네, 알아, 안다고!"

"그것 보세요. 저랑 있으면 화만 나십니다. 찾아와주셔서 고맙습니다. 그만 돌아가셔요."

"이보게, 내 진심은, 자네가 오래 사는 것이네. 자네가 건강하고 오래오래 살아 가끔이나마 빛나는 문장을 써주길 바라네. 그래야 자기 글에서 기쁨을 못 찾고, 남의 글에서 큰 기쁨을 찾는 나 같은 사람이 더불어 기쁘지 않겠나. 자네 같은 천재는 그러라고 하늘에서 내린 것일세."

"왜요, 왜 그래야 합니까…… 다 부질없다니까요."

"내 말은, 오래 살려고 노력하자는 말일세."

"언제까지 사는지는 모르겠습니다만, 가끔 쓸 겁니다. 글을 쓰지 않고는 못 배기니까요. 하지만 이제 누구에게도 보여주지 않을 겁니다."

"나같이 부족한 자가 무슨 충고를 할 수 있겠는가만, 자네가 조금만 자제하면서 글을 썼으면 하네."

"무슨 말씀입니까?"

"자네의 문장에는 괴력난신이 넘치네. 귀신이 노하여 용서하지 않을 수 있어. 오래 살고 싶으면 괴력난신을 줄이게."

"아하, 말씀하시는 괴력난신이 소생에게는 신명의 근원일 걸요."

"조금만 자제하란 말일세."

일제강점기 때 29세로 죽은 소설가 김유정이 죽기 얼마 전에 벗 안회남에게 쓴 편지가 있다. 자기가 글을 쓸 것이니 돈을 좀 구해달라고 부탁하는 편지인데 이런 문장이 들어 있다. '돈이 되면 우선 닭을 한 삼십 마리 고아 먹겠다. (…) 살무사 구렁이를 십여 뭇 먹어보겠다. 그래야 내가 다시 살 것이다.'

근년에 이언진의 친필 편지 다섯 편이 발견되었다. 다 일본 다녀와서 쓴 편지이며, 모두 성대중에게 쓴 편지였다. 죽기 얼마 전에 쓴 편지에는 이런 문장이 들어있다. '병든 입에 말린 고기 조각이 생각나는군요. 그걸 얻을 수 없겠습니까?'

젊은 천재들은 죽기 전에 어째서 고기가 먹고 싶은 걸까?

『우상잉복 천재시인 이언진의 글향기』(강순애·심경호·허경진·구지현, 아세아문화사, 2008)는 이언진의 친필편지와 일기와 붉은 비점이 찍힌 「해람편海覽篇」에 대한 연구서다.

『시인의 진짜 친구』(설흔, 단비, 2015)는 '이언진의 시와 삶 그리고 시를 통해 그와 교우를 나눈 성대중, 이덕무, 박지원의 이야기'라고 한다.

박지원은 이언진에게 돌이킬 수 없는 상처를 안긴 사람이다. 그게 미안해서인지 불멸의『우상전』이라는 소설을 남겼다. 둘이 만난 적은 없다.

이덕무는 이언진을 만난 적은 없지만 후세에 이언진을 알리는 데 결정적인 글을 여러 토막 남긴 이다. 이덕무의 글은 대개, 성대중이 전한 바를 그대로 적은 것이다. 이를테면 이덕무의『청장관전서靑莊館全書』「이목구심서耳目口心書」에 다음의 글이 있다.

병술년(1766, 영조 42) 3월, 성대중(成大中)이 찾아와 말했다.

"이우상(李虞裳)이 병세가 점차 위급해지자 그의 시문 원고를 불사르고 스스로 이르더군. '공이 일월과 빛을 다툴 수 없다면 같이 썩게 되는 것이 초목과 무엇이 다르랴.' (…) 이 일이 반드시 내 탓이 아니라고도 할 수 없어. 내가 그를 대놓고 그의 시문을 읊으면서 이렇게 말한 적이 있다네. '너무 시문이 영이(靈異)하면 귀신이 노하여 용서하지 않는다.' (…) 하늘이 인재를 낼 때는 많은 영기(英氣)를 모아서야 비로소 탄생시키는 것이니 아무 뜻 없이 내는 것이겠는가. 사람들이 하늘의 뜻을 모르고 기필코 시기하고 해치려 하니, 이는 하늘의 뜻을 거역함이 심한 것이지."

4월 15일

관소 안에 대마인 보기가 힘들었다.

종놈들은 주인나리의 명을 받잡고, 대판봉행이 형장을 차린 건물을 엿보았다.

홍복이 원중거에게 고했다. "하옥된 놈들은 다 대마도 놈들이 틀림없고요, 하옥된 뒤로 나오는 놈을 한 놈도 못 봤습니다. 잘코사니지요, 뭐."

대마인의 큰 고생이, 조선인에게는 큰 기쁨이 되었다.

4월 16일

상·중관은 하루에 몇 사람씩 정하여 배의 짐을 정리하러 다녔다. 거룻배를 탔다. 선소까지 15리쯤 되었는데, 열세 개의 다리 밑을 통과했다. 참 많은 것을 눈에 담았다. 주인과 종놈이 짐 정리하는 동안, 배파격군 주치우는 밥을 지었다. 주치우는 밥 지으면서 이토록 행복한 적이 없었다. 임취빈이 곁에 있어주었기 때문이다.

"노래 한 자락 해보아라."

"왜?"

"나를 위해서."

임취빈이 피식 웃더니 타령 한 자락을 했다. 삽시간에 격군이 몰려와 환호했다.

"취빈아, 오랜만에 본다. 너 못 보니 사는 게 사는 것 같지 않아!"

왁왁대는 아저씨들을 위해, 임취빈은 다섯 곡조나 더 뽑았다.

돌아올 때였다. 예사롭지 않은 사람 셋이 큰 다리를 건너려다가 제지당했다. 귀인이 다 지나갈 때까지 대기시키는 게 대판의 법이라고 했다.

"아란타 사람이라는뎁쇼."

"멀어서 관찰이 안 된다, 네가 취빈이랑 잽싸게 보고 오너라." 원중거가 재촉했다.

거룻배 한 척을 돌려 세 이역인을 가까이 보러 갔다.

어떻게 생겼다 말로만 들었지 생전 처음 보는 것이었지만 딱 보니 아란타 사람임이 틀림없었다. 검은 베로 다리를 감싸고 상의가 허리 아래에까지 내려왔다. 수염은 원래 없는 게 아니라 깎아서 없는 듯했다. 머리카락은 자르지 않는데 뒤로 묶어 늘어뜨리고 기름을 발랐는지 반드르르했다.

홍복이 지껄였다. "야, 눈동자가 불꽃 같구나. 개눈깔이랑 똑같네. 키 한 번 장대하다. 어라, 두 놈은 하얗고 한 놈은 꺼멓네. 뭐 저런 시커먼 놈이 다 있대?"

임취빈이 왜말로 물었다. 〈안녕! 우리는 조선인예요. 동방예의지국 조선 알아요?〉

〈조선? 몰라.〉

〈고려라고 하면 알라나? 고려 말예요, 고려!〉

〈코레아? 안다. 하멜이 다녀왔던 나라!〉

〈왜국에 뭣 하러 왔어요?〉

〈장사하러. 잘 안 된다. 코레아로 장사하러 가고 싶다.〉

〈대환영이죠. 혹시 이야기책은 안 파나요?〉

〈판다, 뭐든지 다 판다. 우리 재미난 이야기 많다.〉

〈어떻게 살 수 없나요?〉

〈코레아 여자는 다 너처럼 예쁜가?〉

홍복이 왜인을 재촉해 거룻배를 홱 돌려버렸다.

삽사리가 썼다.

　　대마도 썹탱구리들이 다 잡혀 들어간 이후 대판사람이 모든 일을 다 맡았다. 대판사람이 우리 조선인을 대하고 모시는 행동은 이렇게까지 안 해줘도 되는데 싶을 만큼 정성이다. 대판인의 충성스럽고 근면함에 기분이 좋았다. 한편으로 그간 싹수머리 없는 대마인들에게 안하무인당한 게 새삼스레 화난다.

대판봉행으로부터 조사를 참관하라는 전갈이 왔다.

조엄이 답했다. 〈문초하는 좌석에 우리가 동참해봐야 무슨 보탬이 되겠는가? 믿을 뿐이다. 명백히 사실을 가려 정법 상명하라!〉

대판봉행이 그래도 와서 봐달라고 다시금 전갈해왔다. 조엄은 군관 김상옥과 역관 이명화를 보냈다.

역관 이명화가 신음을 토했다. "잔혹합니다!"

김상옥이 웃었다. "인정하지 않을 수 없군. 우리보다 더하군, 더해."

도망자 덴조와 관련된 3인이 차례로 고문을 당했다. 그 밖에도 여러 용의자가 고문을 받았다.

김상옥이 물었다. "심문이 저 정도라면, 사형은 더 잔혹하겠군."

"심문이 어렵지 죽이는 거야 어느 나라나 간단하지요. 사형수를 처형하는 법에는 세 가지가 있는데, 첫째는 최고 악질범을 여러 창으로 난자해서 죽이는 것이요, 둘째는 어중간한 자를 효수(梟首)하는 것이요, 셋째는 자결하는 것이랍니다. 자결한 자는 죽기는 죽되 명예와 가문을 지킨 자입니다. 일기도에서 부기선 침수 책임을 지고 자결한 자처럼 말입니다."

"자결이 명예라?"

"왜인들은 자결을 큰 명예로 여깁니다."

"그거 하나는 우리와 다르군. 자결은 우리가 절대로 해서는 안 될 일이지."

"사대부들은 그러하겠지요."

"역관들은 다르단 말인가?"

"아무래도 저희야 명분보다는 실리에 구애되니까요, 자결로 지킬 수 있는 것이 있다면야……."

"어쨌거나 사형은 우리보다 약한 측면도 있군. 우리는 말로 사지를 찢어 죽이기도 하잖나."

"검으로 살을 한 점 한 점 뜨기도 하고요."

"덴조라는 놈은 능지처참해도 시원찮을 놈이야."

이정암승 한 명이 교체되었다. 새 이정암승이 문안 왔는데, 삼사는 어수선하다는 핑계로 접견하지 않았다. 죄인이 처형되기 전에는 접견할 수 없다는 뜻을 명백히 밝혔다.

교체된 이전의 이정암승은 사문사에게 한 글자도 알리지 않고 가버렸다. 사문사와는 바다와 육지 수천 리 길을 동행하며 수없이 창수하고 필담한 사이였다. 살인사건으로 어지러운 때라고는 하지만, 사문사는 섭섭했다.

4월 18일

저녁때 부산발 비선이 도착하였다. 3월 6일에 출발한 것이었고, 이번에도 각처의 공문만 있었다. 집안 편지는 한 조각도 없이, 부산첨사 이응혁의 관보에 '각 집안이 두루 평안하다'라고 적혔을 뿐이었다.

동래부사가 꿀을 보내오고, 경상좌수사는 간장을 보내왔다. 부산진에서는 소금, 청어, 미역, 젓 등의 반찬을 보내왔다. 동래의 공문에 부사는 '송(宋)', 좌수사는 '황(黃)'이라 적혔으니, 둘 다 교체된 모양이었다.

4월 19일

살인범 덴조가 잡혔다. 대판봉행이 덴조를 이송해와 심문했다. 임춘흥과 이명화가 참관했다. 형벌을 가하기 전에, 덴조가 자술했다

〈최천종이 거울 하나를 잃어버렸던 모양이다. 천종이 내가 훔쳐갔다고 의심하면서 말채찍으로 때렸다. "왜놈은 도둑이 많다!" 하면서. 다른 데도 아니고 뺨을 두 대나 맞았다. 말채찍으로 맞아봤나? 되게 기분 나쁘다.

나도 소리질렀다. "조선인도 도둑이 많다!"

최천종이 육모방망이로 내리쳤다. 어깻죽지를 사정없이 맞았다. 분을 참을 수가 없었다. 새벽에 그가 돌아오는 것을 기다려 죽이고

말았다.

　누구와 공모하지 않고 나 혼자서 저지른 짓이다. 도망쳐 나오다
가 잘못하여 조선인의 발을 밟았다. 사기그릇 파편에 발이 찔려서
멀리 달아나지 못했다.〉

　임춘흥이 씩씩댔다. "저, 거짓말쟁이! 우리도 나름대로 조사해보
았다. 최천종은 처음부터 잃어버릴 만한 거울이 없었어. 최천종의
외종질 백태륭이 증언한 바다. 또한 어떤 왜놈도 때린 일이 없었어.
말로 꾸짖은 적도 없어."

　이명화가 혼잣말을 했다. "사람 일은 모르는 겁니다."

　종놈 삽사리가 썼다.

　　홍복이 우리를 부엌으로 불러모았다. 진기한 먹을거리를 만
　들어주겠다, 딱 한 번만 만들 것이다, 안 오는 놈은 평생 땅을
　치고 후회할 것이란다. 스무 명이나 되는 종놈이 몰렸다. 먹는
　기대 때문은 아니었다. 홍복이랑 있으면 유쾌하기 때문에? 아
　니다. 취빈이도 함께 있다는 말 때문이었다. 취빈이가 없다면,
　아무도 가지 않았을 테다.
　　내가 취빈이를 먼저 만났고 먼저 우정을 가졌건만, 어찌하
　여 취빈이는 늦게 만난 홍복이를 더 편애하는가. 내가 그토록
　정성스레 굴어도 데데하게 구는 홍복이를 더 위하는가. 홍복에
　게 내게 없는 매력이라도 있단 말인가. 취빈아, 밉다.

홍복이 되새겼다. "지난겨울에 내가 사탕풀만 있으면 사탕을 만들 수 있다고 했는데 너희들이 웃었다."

"아직도 제정신이 아닌 게냐?"

"우리 나리 한 분이 돌아가셔서 다들 우울하고 힘든 때다만, 그럴수록 우리 종놈들이 힘을 내서 나리들을 잘 보필해야 한다. 너희 힘내라고 내가 사탕을 만들어주겠다는 것이야."

"만담을 해라."

"내가 미리 만들어서 줄 수도 있다만, 그러면 내가 만들었다는 것을 믿을 리가 없다. 하여 너희들과 함께 만들어보겠다. 취빈이가 도와줄 것이다."

취빈이가 더부룩더부룩한 풀을 한 그릇씩 나눠주었다. 종놈들은 큰 선물이라도 받는 듯 즐거워했다. 취빈이를 가까이 본 것만으로 본전 뺐다는 낯꼴이었다. 음흉한 것들.

홍복이 가르쳤다. "너희들이 받은 것이 사탕풀이다. 한자로는 사당초(砂糖草)다. 단맛 나는 풀이라는 얘기다."

"달어? 우리더러 이 풀을 염생이처럼 처먹으라는 겨?"

"단수수란 말여? 이게?"

"그릇 안에 무명천도 들어 있다. 무명천에 그 풀을 집어넣고 힘껏 짜라. 그럼 진액이 나올 것이다. 진액의 양만큼 사탕을 주겠다. 너희가 주인나리한테 안 혼나려면 사탕을 많이 가져가야겠지. 많이 짜라는 얘기다, 최대한 많이. 풀은 얼마든지 있다. 취빈이가 사탕풀 좀 구해달라고 했더니 왜놈들이 몇 지게씩 갖다주더라. 왜놈이나 조선놈이나 사람 보는 눈은 있어갖고."

"미안해, 내가 너무 예쁘지? 언니들, 내가 책임질게. 사탕이 안 나오면 내 눈물이라도 줄게." 취빈이 애교짓을 아낌없이 날렸다. 아, 취빈이랑 친한 홍복이가 너무 부럽다.

취빈이 눈물을 얻으려고, 우리는 죽으라고 짰다. 단수수에서 단물이 나오듯 칡에서 칡물이 나오듯, 그 더부룩 풀에서 물이 줄줄 나왔다.

장정 스물이 1시진을 짠 보람인가, 다섯 동이는 나왔다.

홍복이가 풀 진액을 솥에다 모두 쏟아부었다. 펄펄 끓였다. 풀 죽 같은 게 되었다. "이것이 첫 단계 오당(烏糖)이다."

홍복이가 두 번째로 달이니 푸른빛 나는 자갈 담아놓은 것 같았다. "이게 바로 사탕이다."

"얼른 줘!"

취빈이가 애교짓을 또 날렸다. "언니들, 좀만 더 기다려!"

홍복이가 세 번째로 달이니 모래 알갱이 같은 게 수북하였다.

취빈이가 준비해놓은 작은 그릇에 얼음물을 조금씩 부었다. 홍복이가 얼음물 위에 알갱이를 한 움큼씩 넣어주었다. "이것이 바로 빙당(氷糖)이다. 기대하셨던 바로 그 순간이 왔어요, 마시세요, 마셔! 그리고 이 위대한 숙수 홍복을 찬양하라."

다들 믿음이 안 가는 눈치였다.

취빈이 제 가슴을 짚었다. "나 믿고 마셔봐요."

우리는 한 그릇씩 마셨다. 아, 어떻게 그 기가 막힌 맛을 글로 쓸 수 있을까. 그래도 써보자면, 마치 시원한 꿀을 씹는 듯했다.

4월 20일

대마주가 조반 전에 전갈해왔다. 〈최천종 피살 사건에 대한 강호
의 회답이 도착하였으니, 식후에 전하겠습니다.〉

두 이정암승이 외청에 와서 청했다. 〈접때 우서(羽書, 급히 전하는
문서)를 강호에 급히 띄웠는데 그 회답이 왔으므로, 도주가 오기 전
에 먼저 뵙고자 합니다.〉

삼사가 의논했다.

"왜 먼저 만나자는 것인지 괴이하오."

"이정암승은 감찰과 비슷합니다. 원래 대마인이 이정암승을 싫
어하고 미워합니다. 이번에 이정암승이 앞장서 범인을 잡으려 했고,
대마인은 '승려가 참여하여 조사할 일이 아니다'고 무시하는 바람
에, 양쪽이 원수가 되었다고 합니다."

"이정암승들의 마음이 고맙고 가상하오. 허나 대마주를 버릴 수
는 없지 않소?"

"승려를 편드는 것은 뜻밖의 사나운 독을 끌어안는 것입니다."

"조용히 기다립시다. 저희끼리 시샘은 우리가 관여할 바 아니오."

삼사는 답을 보냈다. 〈도주와 한꺼번에 접견하겠소.〉

두 이정암승이 다시 청했다. 〈도주가 돌아간 뒤 따로 조용히 아뢰
겠습니다.〉

삼사는 끝내 물리쳤다. 삼사는 기어이 대마주와 두 이정암승을
한꺼번에 만났다.

조엄은 수역 최학령을 불러 대마주에게 따로 위로의 말을 전하게 했다. 〈죄 있는 자는 마땅히 속히 처형해야 하지만, 죄 없는 자는 비록 하속이더라도 의심을 두는 것이 부당하오. 피차 하속배를 엄하게 단속하여 다시는 엉뚱한 일이 생기지 않도록 해야겠소.〉

대마주가 즉시 답장을 보내왔다. 〈주신 지시는 삼가 따르겠습니다. 죄 있는 자는 정법되어 마땅하지만, 죄 없는 자가 함부로 걸려 체포된 자가 매우 많으니, 대판윤에게 말씀을 보내어 죄 없는 자를 풀어주어야 합니다.〉

조엄은 당황했다. "이게 뭔 소리인가? 수역, 내 말을 똑바로 전한 것인가?"

"여부가 있겠습니까."

"그런데 이 무슨 황당한 서계야? 그저 위로 차원으로 보낸 글에, 실로 동문서답이잖은가! 내가 무얼 지시했다는 거야? 도주가 제정신인가?"

최학령은 그저 늘 하는 말을 할 수밖에 없었다. "송구합니다."

"가서 매우 부당하다고 나무라고 오게."

종사관이 걱정했다. "대마주는 반드시 이를 빙자해서 말을 만들고 물의를 일으킬 것입니다."

저녁때 과연 유언(流言)이 전파된 것이 확인되었다. '조엄이 다만 한 사람만을 처형하라고 대마주에게 말했다'는 것이다. 군관과 사문사 들이 작당하고 몰려왔다. 기세가 마치 반정군 같았다.

이해문이 총대(總代)로 따졌다. "사또, 정녕 그런 말을 하셨습니까? 말도 안 됩니다. 관계된 놈은 몽땅 잡아서 모가지를 날려버려도 직성이 풀릴까 말까 한데, 한 놈만 죄주라고 하시다뇨? 사또께서 명백히 밝히지 않는다면 우리 무리는 모두 죽고자 합니다."

조엄은 터무니없었다. 버럭 소리질렀다. "중간에서 일으킨 떠도는 말이다! 내가 왜 그런 말을 한단 말이냐? 나는 관계된 놈이 모조리 효수되는 것을 보기 전에는 귀국할 의향이 추호도 없는 사람이다! 어디서 망언들을 듣고 와서 이 불경들인가? 너희 귀는 장식인가? 참말과 유언도 구별 못 하는 썩은 귀인가? 썩 물러가서 자중들 하라."

물러갔던 군관과 문사가 다시 왔다.

이번에 서유대가 총대였다. "사또께서 말하지 않은 일인데 이렇게 와전되었으니, 수역에게 죄가 없다고 할 수 없습니다."

조엄이 이정암 중들에게 상처받았을 대마주를 달래겠다고 수역 최학령에게 따로 말을 전하게 하지 않았으면 아예 일어나지 않았을 일이다. 듣기에 따라서, 왜 그런 쓸데없는 일을 해서 일을 어지럽게 하셨냐는 힐난일 수도 있었다.

조엄은 꾹 참느라 힘겨웠다.

자제군관 이매가 불쑥 딴소리했다. "그놈들이 내놓는 글은 그놈들 솜씨가 아닙니다. 대마주놈, 이정암인지 개정암인지 하는 중놈, 기번실(아사오카 이치가쿠)인지 저번실인지 하는 그 간사한 문서쟁이, 그놈들은 그런 대가리가 못 돼요. 문자와 말의 뜻이 결단코 우리나라 사람이 한 것입니다."

전혀 의논한 바가 없는 돌발 발언이었다. 물론 이매가 말한 '우리나라 사람'이란 역관일 것이라고 짐작은 되었지만, 왜인과 필담하는 게 일이었던 사문사가 듣기에는 섬쩍지근했다.

문사의 좌장 노릇을 톡톡히 해온 김인겸이 부르댔다. "지금 하신 말의 뜻이 몹시 험악하여 으스스 떨립니다. 이는, 창을 휘둘러 모함하여 곤경에 빠트리는 풍조에 다름 아니올시다."

"뭐라는 거야, 이 영감태기가?"

"당신만 억울하오? 우리도 모두 억울하오. 그렇다고 일행을 의심한단 말이오?"

조엄이 탁상을 내리찧고 왈가불가했다. "그만들 두지 못할까! 이는 필시 교활한 왜가 말 몇 마디 왕복한 것을 빙자하여 조사를 늦추려는 수작이다. 어찌 내가 말한 적이 없는 '한 사람만을 처형하라'는 따위의 말을 우리 사람이 지어냈겠는가? 지나치게 의심함이다."

이매가 좌중을 향해 부라렸다. "의심이 가는 걸 어쩝니까!"

조엄이 이매에게 엄한 눈짓을 보이고 이었다. "수역 최학령이 대마주가 사사로이 전하는 서계를 물리치고 받아오지 않았더라면, 아무리 교활한 왜라 해도 유언을 전파하지 못했을 테다. '즉시 물리치지 않았으니' 수역을 엄하게 타일러야 할 것이다. 허나 헛된 말을 쉬이 믿는 것도 모자라 서로 의심하는 그대들도 한심하기는 마찬가지다. 그대들은 진정하고 자중하라."

군관과 사문사가 떼로 몰려가 수역 최학령을 타일렀다. 모든 불만과 분노를 한 사람에게 풀려는 듯했다.

최학령은 속이 부글부글 끓었지만 "송구합니다. 똑바로 처신하겠습니다!" 굽실거렸다. 다른 역관도 울분을 억누르며 반성하는 체했다.

종사관 김상익이 종서기 김인겸을 달랬다. "김진사가 시골 사람이라 행세하는 법을 잘 몰라. 직설하고 과격하여 감언불휘(敢言不諱, 과감하게 말하여 숨기지 않음) 하는 것이 대가 풍속인 게지. 귀한 것일세. 허나 자기 몸 꾀하는데 너무 소홀해."

"노둔하고 일 모릅니다. 허나 이 늙은 몸에게도 위국할 일편단심은 흉중에 있습니다. 나라 밥 처먹으며 나라를 부끄럽게 하는 자는, 개돝(개와 돼지)으로 봅니다."

김인겸은 여러 가지로 강개하여 밥 한술 못 떴다. 등창도 나고 안질도 났다.

4월 21일
삽사리가 썼다.

이번에 따라온 대마도인이 2천 명이 넘는다. 정원이 몇 명인지는 모르겠다. 저번과 지지난번에 비하여 많은 수라고 한다. 요번 일로, 정원 외 오랑캐한테 양식이 공급이 안 된단다. 잘코사니! 임시 재판장에 들어간 놈들은 다 곤죽이 되었단다. 쌤통! 이게 다 너희 것들이 거리낌 없이 함부로 날뛴 결과 아닐쏘냐. 근데 우리 언제 가냐!

통인소동 손금도는 장기신동으로 이름을 떨쳤다. 손금도는 내기

장기를 5백여 회 두었다. 종놈 순산은 곰 데리고 다니는 중국 장사꾼처럼 백 냥 가까이 벌었다. 손금도는 딱 한 번 억울하게 졌을 뿐이다.

역관 이명윤과 종놈 순산이 선소에 짐 챙기러 갔을 때, 손금도도 따라갔다.

순산은 격군 숙소에 내기장기판을 차렸다. 오일장에서 떡 파는 놈처럼 소리쳐댔다.

"우리 곱상한 소동 손금도와 장기 둘 사람 나오시오. 한 번 두는 데 2전이요, 이기면 두 냥 받아가시오. 열 곱 장사! 아무나 덤비시오."

뱃사람들이 웅성대었다.

"뭐하는 천것여? 지가 안 두고 꼬맹이가 둔다고? 진짜 두 냥을 준다는 겨? 돈 좀 벌어볼까."

"아서라, 아서. 저 꼬맹이 장난 아니게 잘 둬."

"둬보았자 얼마나 둔다고."

"소문도 못 들었어? 에도 있을 때, 저 꼬맹이가 처음에는 우리 격군 것들을 싹 이겨버리더라고. 우습게보고 덤볐다가 판돈 올려가며 스무 번 다 져서 스무 냥 잃은 놈도 있어. 다음에는 장교·나졸짜리들을 묵사발 냈지. 고수라고 으스대던 놈들이 처마 밑 고드름처럼 우두둑 떨어졌다니까."

"저 꼬맹이한테는 훈수도 안 통해. 열 명 스무 명이 머리를 합쳐도 못 이긴다고. 무슨 애새끼가 표정 변화가 없어. 실수가 없다고. 완전 돌부처야."

"양반짜리들도 다 졌어. 군관나리들 중에 최고수 이해문 나리가 오 대 빵으로 작살났다니까."

"오대령 역관도 진 거야, 그거. 쟤는 사실상 무패라고."

"진짜 무서운 건 쟤가 비긴 적도 없다는 거야. 우리 장기는 빅장이 있어갖고 툭하면 비기잖아. 저거한테는 비기는 것도 불가해."

"부사또도 장기 좀 두시잖아. 친히 불러 두었는데, 왕창 지셨대."

"아무도 상대를 안 해주니까 이놈이 일본 장기를 배우더라고. 쇼기(將棋)라나 뭐라나. 신통방통한 놈이지. 관소에 드나드는 왜놈들한테도 백전백승했다고. 우리는 왜놈 장기판이 너무 달라서 어떻게 두는지도 모르겠던데, 하, 참……."

"통기 김인겸 나리도 이겼나?"

"통기가 이 핑계 저 핑계로 상대를 안 해줘."

"통기한테는 안 되지 않을까?"

"대결이 성사된다면, 나는 손금도한테 가진 거 다 걸 거야."

소문을 못 들어본, 소문은 들었지만 도저히 믿을 수 없었던 여럿이 두 냥 따먹겠다고 나섰다. 고수는 한 번만 둬보면 상대의 실력을 가늠한다. 반면에 하수는 자기 실력이 모자란 것을 쉬이 알지 못한다. 상대가 잘 둬서 진 게 아니라, 실수해서 졌다고 착각한다. 여남은 명이 차례로 "앗, 실수했다!"를 외치며 깨졌다. 머리도 쓸 줄 아는 왈짜라고 자부하던 오연걸은 혼자서 열 판이나 졌다.

선소에 남았던 뱃사람 중에 최고수로 통하는 이가 잡기 경력 60년인 이복선장 김윤하였다. 김윤하와 손금도의 대결이 벌어졌다. 무려 1시진 동안 수십 명의 훈수꾼에 둘러싸여 묘수를 속출했다. 김윤하는 어떻게든 비김이라도 내보려고 머리털을 곤두세웠으나 결국 항복하고 말았다.

김윤하가 절레절레했다. "네놈은 장기 신선의 현신인 게야."

4월 22일

조반 전에 두 이정암승이 와서 뵙기를 청했다. 비밀리에 알릴 일
이 있다며. 말 한번 잘못했다가 체면이 몹시 상한 조엄은 몸을 사렸
다. 신병이 있어 접견할 수 없다, 병이 조금 낫거든 도주와 함께 보
자고 물리쳤다.

이야기 수집가 삽사리에게 으뜸 성실하게 얘기한 종놈이 있었으
니, 종사관의 노자 광욱이었다. 광욱은 처음 삽사리를 만났을 때, 기
다리기라도 했다는 듯이, 최충헌(崔忠獻)의 노비 만적(萬積)을 영웅
호걸인 양 떠들었다. 이후에도 광욱은 역사에 이름을 남긴 노비들
이야기를 해주었다. 삽사리가 찾지 않으면 제가 먼저 찾아가서 무시
로 장광설을 펼쳤다.

고려 무신정권기 때 십여 년간 최고 권력자였던 김준(金俊), 조선
건국기 때 궁궐과 수도 건설에 핵심 역할을 하며 공조판서에까지 올
랐던 박자청(朴子靑), 세종대왕 때의 위대한 과학자 장영실(蔣英實),
서인 세력의 제갈량 노릇을 한 당파싸움의 주역 송익필(宋翼弼), 조
일전쟁 때 활약하여 입신했고 '이괄의 난'을 평정했던 대장군 정충
신(鄭忠信), 중종 때 형조판서 반석평(潘碩枰) 등등.

이번 일행 중에도 두드러진 인물이 있었다. 기생의 자식으로 태
어나 첨사까지 된 별파진 허규. 고작 작은 수군진의 우두머리인 '첨

사'가 된 걸 가지고! 가소로워하실 분도 있겠으나, 노비 주제에 첨사도 불가능한 출세라고 우러르는 이가 숱했다. 그러니 광욱이 언급한 노비들은 그야말로 입지전적으로 출세한 인물들이겠다.

『조선노비열전-가혹한 신분제도의 올가미에서 몸부림친 사람들의 기록』(이상각, 유리창, 2014)은 바로 그 입지전적인 노비들에 대한 평전이다. 『조선 노비들, 천하지만 특별한』(김종성, 역사의아침, 2013)은 흥미로운 노비연구서다.

"형님 말이 다 참말입니까. 믿어지지 않습니다. 그토록 훌륭한 종놈들이 많았다니요!"

"아직 다 얘기하려면 멀었다. 훌륭한 종놈이 참말로 많았다. 만적님의 말이 맞다. 왕후장상·영웅호걸의 씨가 따로 있는 게 아니다."

"형님은, 정말 빠삭하시네요? 이런 얘기를 다 어디서 주워들은 거예요?"

"양반들 책에 다 적혀 있다. 한두 줄로 대충 적혀 있지. 내가 연구하여 하나의 일대기로 재구성한 거야."

"진서에도 빠삭하시다는 거군요?"

"그까짓 진서 읽는 게 뭐 대수냐. 앞으로 계속 얘기해줄 것이지만 종놈 출신 문장가도 많다."

"저 같은 언문쟁이는 문장가가 될 수 없겠죠?"

"혹시 아느냐? 언문이 대접받는 새 세상이 올지. 하면 너도 문장가로 이름을 남길 수 있을 터. 네가 왜 이야기를 수집하는지 모르겠다만 열심히 해보아라. 내가 출세 노비 얘기는 앞으로도 계속해주마."

"예, 저는 그냥 재미로…… 열심히 할게요."

광욱이 이날은 숙종 때 노비 비밀결사였던 살주계(殺主契) 이야기를 해주었다. 삽사리는 가슴 뜨겁게 받아 적으면서도 세상에 알려지기엔 너무 위험한 이야기가 아닐까, 두려워했다.

"혹시나 해서 여쭙는 건데, 형님도 혹시 살주계 같은 걸……."

"왜 아니겠느냐? 너도 이미 우리의 동무다."

"제가요? 제가 왜요?"

"삽사리야, 우리랑 새 세상을 꿈꿔보자."

"저는 그냥……."

"이것만이라도 부탁하마. 우리의 투쟁을 우리의 언어로 기록해라. 그것은 해줄 수 있겠지?"

"설마…… 여기서 무슨 일을 일으키겠다는 거 아니지요?"

"이 여행은 우리 종놈들이 뜻을 모으는 여행이다. 우리의 일은 우리나라에서 성사될 테다."

삽사리는 모골이 송연했다.

광욱은 얼핏 걱정이 되었다. "이야기꾼은 입이 무거워야 한다. 후세에 전하는 것을 사명으로 삼아야 한다."

"입조심할게요. 저도 오래 살고 싶어요."

"그래, 그래, 귀여운 삽사리야."

광욱이 삽사리의 머리통을 강아지 쓰다듬듯 했다.

4월 24일

대마봉행이 찾아와 애걸했다.

〈강호로부터 두 이암정승에게 분부한 바가 있었다고 합니다. 사행께서 끝내 단독 접견을 허락하지 않는다면, 도주가 강호에 의심받는 것이 풀릴 길이 없으니, 간절히 바라옵건대……〉

부사 이인배가 헤아렸다. "도주가 꽤나 핍박받는 모양입니다."

조엄은 서계를 전했다. 핍박받는 것은 알겠는데, 두 중을 따로 만나고 싶지 않다는 뜻을 분명히 밝히는 내용이었다.

소문을 듣고, 격군 추상우가 욕했다. "굼벵이 먹고 번데기 될 놈들, 답답해 죽겠네. 그냥 만나면 안 돼? 관백이 무슨 비밀이라도 보낸 모양이잖아. 그냥 들어보면 될 걸. 책상물림 하는 짓거리, 정말 짜증나네."

군관 민혜수가 썼다.

범인 스즈키 덴조는 우리 관소를 무시로 드나들던 자였다. 나이가 어리고 외모가 곱상해서 유순한 자로 보았었다. 그렇게 생긴 자가 혼자 그런 끔찍한 살인을 저지르다니, 이해할 수 없다.

4월 26일

조엄의 대응에 대다수 군관이 분개했다. 대마주를 너무 봐준다는 거였다. 조엄은 군관을 다 모아놓고 설명했다.

"나의 본뜻은, 죄 있는 자는 엄히 조사하여 다스려야겠지만, 대마주에 대하여는 의심하거나 감정을 품지 않도록 하는 데 있었다. 까닭은, 그가 우리 사행의 호행이라는 이유만은 아니다. 교린의 모든 일이 다 대마주를 통한다. 대마주와 원망을 맺고 한을 품는 것은 변방을 위한 원대한 계책이 아니기 때문이다.

대판윤이 엄밀히 조사코자 대마인을 많이 잡아들였으니, 대마주는 이미 무료하게 되었다. 우리가 다른 데 손을 써서 옥사를 엄하게 만든다고 의심했을 수도 있다. 두 이정암승이 자꾸 따로 만나자고 하니, 대마주의 의심은 더욱 불어났을 것이다.

내 최선의 수는 두 중을 안 만나는 것이었다. 엉뚱한 일이 생길 가능성 자체를 차단하려는 뜻이었다. 그렇다고 두 중의 뜻 또한 전혀 모른 체할 수는 없으니 편지나마 주고받았다. 이럴 경우에 이리저리 둘러 마음 쓰기란 여간 괴로운 일이 아니었다…… 그대들이 널리 이해해주기 바란다."

이렇게까지 속속들이 밝혔는데도, 계속 경우 없이 나대는 자가 있다면 사람으로 보지 않을 것이야. 조엄의 살벌한 속생각이었다.

이매가 젊은 군관들을 휘둘러보았다. "이봐, 우리가 뭘 알아. 사또께서 어련히 잘 처리하실 게야. 우리는 가만있는 게 사또를 도와드리는 거야. 자, 좀 쉬시게 물러가자고."

4월 28일

장사군관 임춘흥이 오후에 보고했다. "강호재판이 대판봉행 및 두 이정암승과 함께 죄인 20여 인을 심문했습니다. 죄인의 신음이 면 바깥에까지 퍼져나갔습니다. 죄인들이 너덜너덜해졌습니다. 심문은 밤이 되어서야 파했습니다…… 조사를 행한 이래 '최소 세 놈 이상 처형된다는 것이 중론'이었는데 오늘부터 갑자기 한 사람만 처형된다는 논의가 나왔답니다. 행여 강호재판이 옥사를 느슨하게 할

236

뜻이나 없는지 모르겠습니다."

부사 이인배가 걱정했다. "우리 사행이 지금껏 지체되어 필시 본국에서 기다릴 것입니다."

종사관 김상익도 우려했다. "만약 우리가 먼저 도착하기 전에, 이번의 변괴가 초량왜관에 먼저 유포된다면 큰일 아닙니까. 제대로 알려진다면 모를까 와전이라도 되면 인심이 동요할 것입니다."

부사가 덧붙였다. "성상의 심려가 심하실 것입니다. 선래(先來)를 급히 파송하면 상하의 걱정을 풀 수 있을 듯합니다."

수역 최학령을 보내 대마봉행에게 주문했다. 옥사가 끝나자마자 급히 띄울 수 있도록 비선을 준비하라고. 선래군관으로는 이해문과 유진항을 뽑았다. 수행 역관에는 차상통사 최수인을 차출했다.

4월 29일

대판봉행이 찾아와서 전언했다. 〈전어관 덴조를 오늘 처형하니, 삼수역과 군관은 마땅히 참관해야 합니다.〉

대마주도 전갈해왔다. 〈덴조를 오늘 처형하므로 이에 우러러 보고합니다.〉

조엄은 세 병방군관과 삼수역을 처형장으로 보냈다.

보냈던 이들이 금방 돌아왔다. 처형이 취소되었다는 것이다. 삼사는 황당했다.

두 이정암승이 와서 전했다. 〈우리나라의 법은 처형하는 광경을 국민에게 보이는 것도 있고, 또 보여서는 안 될 것이 있는데, 이번의 덴조는 보일 수 없는 법입니다. 만약 굳이 청하신다면, 마땅히 위에 아뢰기는 하겠지만, 그러다가 허락을 얻지 못하면 공연히 날짜만 허비할 뿐입니다.〉

이제까지 말전주꾼으로나 알았던 두 이정암승이 처형을 취소시킨 주체인 모양이었다.

"이 자들이 또 무슨 해괴한 소리를 지껄이는가? 우리가 보지 않는다면 어찌 믿는단 말인가?"

조엄이 써서 내보냈다.

〈우리나라에서는 반드시 초량왜관 앞에서 처형한다. 두 나라 사람에게 밀무역 죄의 대가를 명백히 보이려는 뜻이다. 귀국의 형법에 사람들에게 보여야 할 것이 있고 보여서는 안 될 것이 있다고 하지만 덴조는 두 나라에 대한 죄인이다. 두 나라 사람이 그 처형을 보는 것이 사리에 지극히 합당하다. 이번 죄인 처형을 보지 않는다면 장차 우리나라에 돌아가서 무슨 말로 보고하겠나? 우리들의 참관을 속히 허락하게 하라. 명백한 법 집행을 보이도록 하라.〉

두 이정암승은 〈극히 어렵다〉고 고집하다가 끝내는 〈대판윤과 상의해보겠다〉 하였다.

수역을 연달아 보내어 독촉했다.

두 이정암승은 재판관과 상의했다며 저녁에 찾아와 전했다. 〈재판관이 임의로 참관을 허락하면 강호로부터 벌을 받게 될 것입니다. 사행께서 '보기를 청한다'는 글을 써서 먼저 재판관에게 보내셔야 합니다. 재판관이 그것을 강호에 보내고 허락을 받은 연후에 조선인 참관을 허락받을 수 있습니다.〉

조엄이 기가 막혀 탄식했다. "이것들이 무슨 수작인가!"

조엄은 초강경 답을 보냈다. 〈당장 참관을 허락하지 않으면 내가 직접 대판윤을 찾아가겠다. 대판윤을 만나서 안 되면 강호로 찾아가겠다.〉

또 전갈이 왔다. 〈비록 참관을 허락받는다 하더라도 오늘은 이미 밤이 되었고. 내일은 마침 일본의 국기(國忌)이므로 형을 집행할 수 없습니다.〉

"이정암 두 땡중이 한바탕 마귀 같은 장난을 치는구나."

부사가 짐작했다. "전일의 단독 접견을 허락하지 않은 것 때문에 이러는 모양입니다."

종사관이 뒤대었다. "대마주하고 뭔가 밀약을 했을 수도…… 조금 전까지 원수지간이다가도 금방 또 붙어먹는 게 왜놈입니다."

4월 30일

일복선 격군 이광하는 광증이 가라앉았다 하여, 곤장 스무 대를 맞은 뒤에 자유의 몸이 되어 있었다.

저녁때였다. 이광하가 소리쳤다. "나를 묶어라. 목에 씌우는 칼, 그걸 갖고 와. 내 사지를 쇠사슬로 묶어. 빨리. 제발, 빨리. 나, 다시 미치려고 해. 난 알아. 미칠 거라고!"

오연걸이 칼을 씌우고 발목에 쇠사슬을 채웠다.

이광하는 괴상히 울부짖으며 무당처럼 날뛰었다. 칼과 쇠사슬에 찢기고 긁혀서 온몸에 상처가 생기고 피투성이가 되었다.

남두민이 달려와 급히 약을 지었다.

오연걸이 물었다. "발광에 쓰는 약이 있기는 있수?"

"달리 있겠는가. 마음의 병인 것을."

"그 약은 뭐요?"

"고통이라도 줄여줄까 해서……."

"증말 왜 이리 회까닥한 놈들이 많아. 역관 하나도 돌았다메요."

넷이 꽉 붙잡고 오연걸이 약을 들이부었다.

지랄이 멈췄다. 의식을 잃었는지, 광증이 가라앉았는지 다들 안심했다.

이광하가 감았던 눈을 떴다. 허공을 향해 인사했다. "연옥이, 나 이제 가네!"

모든 고통이 사라진 편안한 얼굴로 눈을 감았다. 오연걸이 이광하의 콧구멍에 손가락을 대었다. 숨이 없었다. 이전 세 사람 때와는 달리 조용했다. 배를 구하려다 죽은 선장도 아니오, 윗사람들과 가까웠던 소동도 아니오, 왜인에게 살해당한 도훈도 아니오, 홀로 미쳐 죽은 격군이니, 달리 무엇을 바라랴.

격군끼리 조촐히 제사지냈다. 내키지 않아하는 동무들을 오연걸이 윽박질렀다. "그래도 동고동락한 사이 아니냐. 밥 한 끼라도 올려놓고 절은 해주자. 니들 뒈졌을 때, 누가 절 한번 안 해주면 좋겠어?"

김국창이 직접 쓴 제문을 읽었다.

"아, 너는 위대한 전기수였다. 사람의 마음을 갖고 노는 재주를 지니고도 너의 일생은 참으로 가련하였구나. 사랑 때문이다. 사랑이 너를 악으로 몰았고, 그 죄로 너는 지옥을 살았다. 허나 그것도 사랑이었으리. 참회하는 네 사랑의 방황이 이역만리 대판에까지 이르렀구나. 마침내 네가 모든 것을 털어버리고서 훨훨 가는구나. 가서 연옥 아씨께 용서받고 다시 사랑하여라."

오연걸이 피식 웃었다. "거참, 너무 이쁘게 써줬네. 죽어서 용 됐어. 나중에 내 제문도 꼭 써주쇼!"

이광하한테 칼 맞았던 전오을미가 비꼬았다. "연옥 아씨가 싫어할 것 같은데. 죽어서까지 귀찮게 한다고."

이광하의 관은 죽림사에 소동 김한중, 도훈도 최천종의 관과 나란히 놓였다.

일본 마쓰시마(松島) 공원 내 지쿠린사(죽림사) 본당 뒤편에, 70센티미터짜리 묘비가 있다. 세 사람 중 소동 김한중의 묘비다. 세 사람의 육신은 고국으로 돌아갔으며, 통신사는 묘를 만든 적이 없다. 누가 왜 세운 묘비인지 알 수 없다.

또한 지쿠린사에는 김한중과 최천종의 위패가 모셔져 있다. 오사카 재일교포들이 해마다 위령제를 지내주고 있다고. 하여 지쿠린사는 통신사 관광에 나선 한국인이 필수적으로 찾는 곳이 되었다.

통신사 행렬도를 자세히 보면, 머리를 땋은 아이들을 볼 수 있다. 그들이 소동이다. 평상시에는 통인·사환·소통사 노릇을 했다. 행렬 때와 일행이 무료할 때는 무희 노릇을 했다. 성인이지만 소동으로 간 경우는 상투를 풀고 머리를 땋아 위장했다.

천민을 제외하고, 15~20세 사이에 땋아 내렸던 머리를 올리고 복건, 초립, 사모, 탕건 등을 씌워주는 의식을 치렀다. 성인으로 인정받는 관례였다. 이번 사행에서 이미 관례를 치렀거나 치르게 될 소동이 최소 6인이었다. 학자들이 소동의 나이를 열네 살 이하로 국한하는 것은 매우 엉뚱하다.

김한중은 무려 스물두세 살이었다. 춤추는 초·중학생 정도로 보았던 소동의 연령대에 벼락같은 예외다. 게다가 두 아이의 아버지였다니. 기존의 소동 연구를 혼란스럽게 만드는 존재다.

최천종이 일본에 남긴 휘황한 흔적은 나중에 얘기하자.

이광하는 일본에 아무 흔적도 남기지 않았다. 고국에는 흔적을 남겼다. 『청구야담青丘野談』이란 한문야담집에 '업복과 연옥의 상열지사'가 기록된 것이다.

두 이정암승이 와서 전했다. 〈'전장을 처형할 때 조선인 참관'을 대판윤이 허락하였습니다. 허나 내일은 초하루입니다. 일본인은 초하루에 형의 집행을 꺼립니다.〉

5월 1일

먼저 귀국하는 선래를 전별하기 위한 자리가 마련되었다.
삽사리가 썼다.

요새 제일 고생하는 놈은 흥복이다. 흥복이는 나만 보면 울려고 했다. "내가 왜 그날 사탕을 만들어가지고, 이 개고생이냐!"

나는 고소해서 웃어주었다. "잘난 체한 보람이지."

종놈이 가져온 얼음사탕을 먹고 주인나리들도 뿅 갔다. 왜인이 바치는 빙당보다 훨씬 맛있다고 난리였다. 이제야 빙당 맛을 알겠노라는 분위기였다. 나리들은 홍복이만 보면 빙당을 가져오라고 야단했다.

홍복이가 무시할 수 없어 높은 분에게는 만들어드리고, 무시해도 될 것 같은 분들에게는, 저는 제 주인 말만 따릅니다, 뻗댔다. 그러자 어중간한 이들은 홍복이 주인 원중거 나리에게 부탁했다.

홍복이는 날이면 날마다 얼음사탕만 만들었다. 주인나리가 심부름이라도 많이 시켰으면 좋겠는데, 원서기 나리도 얼음사탕 먹는 맛에 들려 "이왕 만들 거면 듬뿍 만들어서 나도 좀 주거라"는 소리만 되풀이했다.

"그럼 풀을 비틀어 짤 종놈이라도 보내주든가."

홍복이는 사탕풀을 큰 나무그릇에 욱여넣고 발로 마구 밟아댔다. 침도 팍팍 뱉었다. 누가 안 볼 때 오줌까지 눴을지도 모른다. 홍복이가 아무리 성의 없이 만들어도, 왜인이 만든 것보다 맛있다는 평판이었다. 고린내와 침이 들어가서 그런가?

그래도 홍복이 곁에는 취빈이가 있잖은가.

취빈이 홍복을 위로하고는 했다. "언니, 조선에 가서 빙당 장사 하면 부자될 거야."

"조선에는 이 웬수 같은 풀이 없잖아."

"언니라면 단수수 가지고도 만들 수 있을 거야."

"나랑 동업하자."

"원서기 나리님이 그러시던데, 조선에 언니가 사랑하는 연이가 있다며? 난 삼각관계는 싫어."

"나리님 진짜로 입 싸시네. 연이는 여자야…… 너랑은 사랑하고 연이랑은 살면 되지."

"열심히 사탕 만드세요."

홍복이는 오늘 빙당 이백 그릇을 만들고 초주검이 되었다. 선래 작별잔치에서, 너도나도 빙당을 찾았기 때문이다. 선래군관으로 뽑힌 이해문 나리는, 다시는 맛볼 수 없는 맛이라며 혼자 서른 그릇이나 먹었다. 불쌍하다, 홍복이!

5월 2일

날이 밝을 무렵, 세 수역이 대판봉행의 임시 수사청으로 갔다. 죄인 덴조가 끌려 나왔다.

강호에서 온 재판관이 읽었다. 〈살인하고 도주했으니 극형을 시행한다.〉

결안(結案)이라는데, 몹시 간단해서 세 수역은 어리둥절했다. 처형장에 갈 때는 세 수역 말고도, 군관 김상옥·서유대·임춘흥, 도훈도 문두흥, 영기수 한 쌍, 나장 한 쌍, 소동 임취빈 등이 따라갔다. 처형장은 강변 언덕 위였다. 급하게 마련한 태가 역력했다. 좌우로 대울타리를 둘러놓았다. 목책 안에 구덩이가 파였다. 덴조가 구덩이로 들어가 꿇어앉았다.

스물두 살인 덴조는 한마디 말이 없었다. 놀라거나 두려워하는 기색도 없었다. 새벽에 술을 듬뿍 먹이고 새 옷으로 갈아입혔다는데, 아직도 취해 있는 것일까. 한 회자수(劊子手)가 큰 칼을 휘둘렀다. 조선 회자수처럼 노는 과정은 없었고, 단 칼에 베었다. 모가지가 턱에 간신히 붙어 덜렁덜렁했다. 다른 회자수가 아직 붙은 살가죽을 잘라 덴조의 모가지를 완전히 떼어냈다. 머리를 물에 씻어 나무꼬챙이에 꽂았다. 나무 길이가 짧아 마치 모래에 꽂아놓듯 했다. 회자수가 보라고 손짓했다. 조선인을 비롯한 강호·대판인이 배를 타고 처형을 보았다. 베어진 모가지와 불과 10보 사이였다. 구덩이에 남은 덴조의 몸뚱이가 흙에 덮였다.

5월 3일

덴조 처형 후, 조엄과 두 이정암승 사이에 서계가 숨가쁘게 오갔다.

〈원범 말고는 죄인이 없단 말인가?〉

〈누누이 말씀드리지만 공범은 없습니다.〉

〈조선인 1명이 찔려 죽었으니 다만 일본인 1명의 목숨으로 갚는다는 건가? 죽여야 할 공범은 사행이 출국할 것을 기다려 방면하겠다는 것인가?〉

〈지레짐작입니다.〉

〈나머지 연루자들을 조사하여 즉시 처단하란 말이다.〉

〈덴조가 '독당으로 살인을 하였지 아예 공모한 자는 없다'고 자술했으며, 모든 죄수를 여러 번 고문하였는데도 끝내 '공모하였다'고 승복하는 자가 없으니 중한 형률로써 다스릴 수는 없습니다. 극형 받을 자는 이미 죽은 덴조 하나뿐입니다. 나머지는 죄가 있더라도 가볍습니다.〉

〈일본의 법도가 지극히 엄정하다고 들었다. 한데 극형은 한 사람, 나머지는 찬축(竄逐, 멀리 귀양 보냄)만으로 매듭된단 말인가?〉

〈별도로 조사할 단서가 있으나 사행이 배를 출발한 뒤에 그 죄를 상정하여, 중한 자는 참하고 가벼운 자는 찬(竄)할 것입니다.〉

〈대판윤은 엄하게 조사하려고 했고, 강호재판은 자못 느슨했다고 한다. 그대들이 관련된 것 아닌가?〉

〈오해입니다.〉

5월 4일

멀리서 양식을 싸 가지고 와서 글과 글씨와 그림을 기다리던 본토 왜인이 무수했다. 사문사와 예인이 의리상 물리쳐왔다. 본토 왜인의 원성은 대마인에게 돌려졌다.

장사군관 임춘흥이 보고했다.

"대마봉행·대마재판·대마간사관이 대판성에 구류되었답니다. 셋을 구류한 취지가 어디에 있는지 알 수 없으나, 간사관의 경우에는 도중에서 저지른 음흉한 일들이 다 탄로되었기 때문이라고도 합니다."

"그의 음흉함이야 우리도 아는 일이지."

"연로(沿路)의 여러 곳에서 함부로 거둬들인 탐욕한 재물이 산더미랍니다."

"그놈은 피아를 막론하고 죽일 놈이라고 했었다. 봉행은 날래고 간사하며, 재판은 어리석고 무식하다. 그런 것들이 호행을 했으니……."

"간사관이 엊그제 제술관 남옥을 찾아와 그랬답니다. 일이 다 해결되었으니 올 때처럼 함께 바다를 건널 수 있게 되었다고."

"코앞의 일도 전혀 예측을 못하는 자였군."

"대마주는 이번 변괴를 당한 뒤에 어쩔 바를 모르고 날마다 폭음한답니다."

"불량한 자는 아니다. 나이 젊고 경력이 적은 어리석은 자이다. 지식이 없어 매사에 스스로 주장하지 못하고 일단 아래 관속에게 들어보는 사람이다. 혼자서 뭘 알아서 할 수 있는 자가 아니다."

"대마주는 우선 죄를 지은 채로 공무를 행하지만 사행이 돌아간 뒤에는 엄중한 책벌을 받을 것이란 말이 있습니다."

"그 말을 어찌 믿을 수 있겠는가!"

"대마인이 쑥밭이 되기는 했습니다. 고문을 당한 자가 백여 인이 넘습니다. 구속된 자 또한 20여 인이나 되고요. 낭비 또한 적지 않아서 연도(沿道)에서 거둬들인 재물로도 충당할 수 없을 것이랍니다."

"불쌍한가?"

"당해도 쌉니다. 한데 대마도 태수 혼자 무사하다면 그 하속들이 억울하지 않겠습니까?"

조엄과 자제군관 이매와도 한담했다.

"대판윤은 괜찮은 사람 같아."

"만만한 인물은 아니지요."

"대판에 윤(尹)을 둔 것은 수륙이 만나는 곳인 때문에 따로 유수

(留守) 1인을 둔 것이겠지. 흡사 우리나라가 평양에 윤을 두는 것과 같지. 벼슬이 높고 책임이 무거우므로 세습이 아니고 매번 가려서 둔다고 하는데, 이번에 대판윤 앞뒤 처사를 보니, 비록 사람은 보지 못했으나 그가 그 직에 합당함을 알겠네. 자청하여 만나지는 못하겠고…….”

“대판봉행에게 사의를 표하여 전하게 하시죠.”

“그래야겠네.”

“대마놈들이 참 기이합니다. 덴조놈을 처형할 때, 우리 조선인이 상쾌히 목도한 것은 당연한 인정이라 할 것입니다. 한데 대마놈들도 태연히 보면서 태연자약하게 웃고 떠드는 것입니다.”

“덴조 하나로 인하여 곤액을 당한 자가 많기 때문이겠지. 왜인의 버릇이 비록 절친(切親)의 상(喪)에도 아무렇지도 않다고 하거늘 하물며 괴롭게 한 동류라면야…….”

“일본의 법은 각 주에서 죽을죄를 범한 자는 각기 그 주 태수에게 처형을 맡깁답니다. 덴조는 그렇지 못하고 다른 관할지에서 효수하여 여러 날 동안 달아두고 시체를 거두지 못하게 했을 뿐 아니라, 그 형을 시행한 장소와 절차가 모두 극히 천하고 추악하였습니다. 대마주 것들한테 수모를 주기 위해서라고 하는데, 정작 그것들은 아무렇지 않은 듯하더이다.”

“그들이 흉독한 종자라는 것을 증명하는 바이지.”

5월 5일

조엄은 제문을 또 하나 지었다. 떡과 과일을 대강 갖추어 놓고, 도훈도 김광호가 최천종의 영구 앞에서 제문을 대독했다.

최천종·김한중·이광하 세 영구를 비선에 실었다. 영남 감영에 보낼 이문(移文)과 비변사에 보낼 논보(論報)를 탑재했다. 부산에서부터 고인의 고향까지 운구할 마소를 제급할 것과, 후하게 장례 치러줄 것을 청하는 내용이었다. 왜인에게 쌀섬을 지급하고 부산진까지 잘 호송하도록 위무했다. 운구선이 멀어져갔다.

단오절이었다. 고국을 그리워하는 마음이 갑절이나 절실했다. 왜국도 단오절이 큰 명절이었다. 집마다 긴 장대를 세우고 깃발을 달았다. 깃발 그림은 조선인 눈에 다 기괴해 보였다. 가족 수대로 등불을 다는데 백중날에는 묘에, 단오에는 집에 단다고 했다. 과연 밤이 되니 휘황한 불빛으로 장관이었다.

새 대마봉행·대마재판·대마간사관이 찾아왔다. 〈사행이 대판성을 나가면서 도주의 집을 들르는 것이 전례이오니 내일 왕림하시기를 비옵니다.〉

〈의리상 한가롭게 나들이할 수 없소.〉

〈사행께서, 지나는 길에 들르는 전례를 폐지하신다면 강호·대판 관료들은 반드시 사행과 도주 사이에 틈이 생겼다고 여길 것이며, 그렇게 되면 도주는 지위를 보전키 어려울 염려가 있습니다. 도주의 안위는 곧 사행의 행차 여부에 달려 있습니다.〉

갖가지로 애걸하였다. 대마주도 서계로 잇따라 애걸하였다. 삼사는 내키지 않았으나 허락하고 말았다.

변박과 임취빈이 이런 이야기를 나누었다.

"너는 150여 년 전(1607, 선조 40) 사신으로 왔던 경섬(慶暹)의 『해사록海槎錄』을 본 적이 있느냐?"

"송구스럽게도 못 보았어요."

"거기에, 믿지 못할 얘기가 기록되어 있다."

임취빈이 다 듣고 입을 쩍 벌렸다.

"도무지 믿을 수가 없습니다. 심정으로는 그러고도 남을 오랑캐지요. 전쟁 때 그놈들이 얼마나 살인귀였나요. 하지만 평화시기에 자기들끼리 이웃끼리 마구 죽이다니요. 경섬 그분이 아무리 높은 양반님이라지만 못 믿겠어요. 양반도 거짓말 많이 하잖아요!"

"내가 다른 사행록을 열심히 찾아보았다. 일본에 와서도 일본 책을 좀 많이 보았겠느냐. 하지만 그 어디에서도 일본 단오절의 집단 살인혈투 풍습 흔적을 찾아볼 수 없었다. 오로지 경섬의 『해사록』에만 쓰인 얘기라는 거야. 기괴한 그림 그린 종이 깃발을 매달거나, 고이노보리(鯉のぼり, 종이나 천으로 잉어 모양을 만들어 장대에 매달아둔 것)나, 연날리기 정도가 일본 단오의 풍습이라는 거야."

"삼국이 다 비슷할밖에요. 경섬 할아버지가 뻥 쓰신 모양예요."

"경섬은 직접 목격했다고 했다."

"직접 안 봤다고 하는 사람이 어디 있어요? 다 직접 본 것처럼 얘기하지."

"진짜로 그랬을 수도 있잖느냐?"

"나리는 믿는단 말예요?"

"물론 안 믿지. 내가 유추한 진실은 이렇다. 경섬 그 양반이 갔을 때는 덕천가강이 풍신수길 아들하고 대치하고 있을 때다. 내전 상태였다는 거지. 덕천가강이 제 영토를 전시상태로 통치하지 않았을까. 그러니까 경섬은 진짜로 보았고, 그것은 단오절 풍습이 아니라, 단오절을 빙자한 전쟁연습이었지 않을까. 전쟁연습을 살벌하게 하면 40명 정도는 죽을 수도 있다. 우리 조선 투석전 놀이 때도 죽는 사람 많다. 날카로운 돌멩이에 맞으면 죽는 게 당연하지."

"경섬 할아버지가 전쟁연습을 투석전 같은 민속놀이로 오해했다는 거지요?"

"나는 그렇게 본다."

"듣다 보니까, 우리 투석전 놀이도 꽤 잔인한 풍속이네요. 그다지 자랑스럽지가 않아요."

"후세에 말이다, 통신사들이 남긴 사행록을 낱낱이 살펴볼 것 아니냐."

"언문 사행록도 발굴되고 살펴봤으면 좋겠어요."

"경섬이 남긴 기록은 일본인의 잔혹성을 증명하는데 굉장한 '거리'가 될 게다."

"안 믿기니 말안줏거리 취급만 받아도 다행일 듯싶은데요."

"네 『복수뎐』과 비슷한 게지."

"어머나! 지금까지 저를 놀리려고 그딴 얘기를 한 거네요?"

"또 아느냐. 네 『복수뎐』을 실제 역사로 아는 자들이 있을는지."

"설마요. 세상 사람들이 아무리 멍청해진다 해도, 소설과 사실을 분간하지 못할까요."

"사실과 허풍이 뒤섞여 있으니 헛갈리는 거지. 어디까지 사실이고 어디까지 허풍이냔 말이다."

"하온데, 왜국 서점은 볼 때마다 놀라워요. 없는 책이 없어요. 장관이에요. 우리 동래 책방이 조선에서 열 손가락 안에 든다던데, 이건 뭐, 동래 세책점 열 개 합친 것 같은 게 서점 하나니……."

"역관 이언진의 말을 들으니, 일본 서점도 중국 유리창(流璃廠, 청나라 때 북경 외곽의 유리공장 일대가 점차 번성하여 고서적, 골동품, 탁본한 글자와 그림, 문방사우 등을 중개 판매하는 특색 있는 상점거리가 형성되었다)에 가면 구멍가게에 지나지 않는다지. 초량왜관이 10만 평이라지? 그것보다 더 큰 땅 전체가 다 가게로 빼곡하다는 거야. 서점은 대궐처럼 큰 것만 일곱 개가 있다는데 책이 수만 권씩 있다더구나."

"설마 그렇게까지 크려고요! 가보고 싶어요, 중국."

"내가 꼭 데려가주마."

"무슨 수로요?"

"중국에 가보기 위해서라도 출세할 것이다."

"나리만 믿고 기다리겠습니다."

변박이 임취빈의 손을 살그머니 잡았다. 취빈이 가만히 있자, 변박은 덥석 껴안았다.

변박의 심장이 쿵쿵 뛰었다. 취빈의 가슴이 벌렁댔다.

"뭐하는 거예요?"

"안고 있다."

"저는 남자예요."

"남자면 어떠냐."

"더는 안 돼요."

"이것만으로도 행복하다."

두 사람은 오래도록 껴안고 있었다.

『조선통신사와 일본근세문학』(박찬기, 보고사, 2001)은 '최천종 피살 사건' 후일담이다. 지은이도 모르고 지은 때도 모르는 정체불명의 일본 민간 기록을 종합하면 '……최천종과 스즈키 덴조가 공모했다. 풍랑을 만나 배에 실린 인삼을 바다에 버렸다고 속이고 그 인삼을 횡령했다. 인삼의 판매는 당연히 덴조가 맡았다. 판매대금을 오사카에서 분배하기로 약속했다. 오사카에서 최천종은 금전 지급을 독촉했다. 판매도 부진하고 인삼도 바닷물에 젖어 제값을 받지 못한 덴조는 거듭 지급을 미루었다. 화가 난 최천종이 구타했다. 한을 품은 덴조가 최천종을 살해하고 도망쳤다'는 것이다.

인터넷 덕분에, 일본 민간전설판 최천종 살인 사건이 '200여 년 동안 공연과 문학의 모티브로 일본에서 풍미한 것'처럼 알려졌다. 엄청나게 봐주려고 해도 너무 지나친 얘기다. 뭐라도 하나 발견하면 외계인이라도 찾아낸 듯이 무서운 속도로 부풀려 전파되는 게 인터넷의 매력이기는 하다.

조선통신사를 다룬 한국소설이 얼마나 있을까. 엄청 있다면 엄청 있고 거의 없다면 거의 없다. 통신사가 핵심이 아니고 조일전쟁이 핵심인 소설들에는 하나같이 통신사가 잠깐 나온다. 그 유명한 '김성일' 말이다.

흔히 말하는 '조선통신사', 즉 조일전쟁 이후 열두 차례의 통신사로 국한하면 10여 종이 있다. 통신사에 참여했던 사람 한둘을 지나치게 영웅화하는 전기소설이거나 소위 말하는 '팩션'이다. 소위 '정통역사소설'이라고 부를 만한 소설은 없는 것 같다. 본 소설과 마찬가지로, 계미년 사행을 다룬 소설은 둘을 발견했다.

『소년, 아란타로 가다』(설혼, 생각과느낌, 2008)는 '최천종 살인 사건을 바탕으로 실존 인물인 이언진, 성대중, 조엄 등이 소설의 주요 인물로 등장하지만 소년이던 최청유가 어른이 되어가는 모습을 그린 성장소설'이다. 2백여 쪽이다.

『덴조의 칼』(문호성, 호밀밭, 2013)은 '무너진 가문을 일으키기 위해 아버지가 유품으로 남긴 단 한 자루 칼에 자신의 운명을 건 대마도 통사 스즈키 덴조, 그리고 변변찮은 가문에서 태어나 좌절과 방랑을 일삼다 조선통신사로 일본에 건너가 덴조를 만나게 되는 무관 최천종의 절박하고도 슬픈 인연이 다양한 소설적 장치들과 만나 이야기의 축을 끌고 나간다'는 '팩션'이다.

최천종은 진짜로 왜 살해당했을까? 일본 민간기록에서처럼 인삼 밀매 문제였을까? 덴조가 인삼을 훔치러왔던 것일까.『덴조의 칼』에서 펼친 상상력이 정답일지도 모르겠다. 사행록에 기록된 것처럼 그저 사소한 말다툼 때문이었다고 믿으면 그만인데 그게 쉽지 않다.

아무튼 이상에서 확인할 수 있듯이, 최천종사건은 전 조선통신사를 통틀어 그나마 소설로 꾸며볼 만한 제일 극적인 사건이었다.

오사카 하구(河口) ― 5월 6일~7일

오후에 낭화강 구름다리를 건너 대마주의 집에 들렀다. 대마도와 강호의 저택에 비하면 극히 소박했다.

삽사리가 썼다.

　　　대궐 같은 집이 세 채씩이나 되다니. 부럽다!

대마주는 삼사가 들러주지 않으면 상당히 난처할 뻔했는지 〈들러주시어 매우 감사하다〉고 몇 번이나 강조했다.

〈돌아갈 때는 피차의 하속배를 엄하게 단속하여 말썽이 나지 않도록 합시다.〉

〈삼가 경계하신 대로 하겠습니다.〉

삼문사는 나루터로 직행했다. 길에 이별하려는 유생이 붐볐으나, 제대로 된 석별을 나눌 수가 없었다. 금도가 빨리 가길 재촉했고, 유생을 몰아냈다. 나바 로도가 우두커니 서서 기다렸다. 삼문사가 조금 이야기를 나누는데 금도가 큰 소리를 지르며 나바를 꾸짖었다.

나바는 금루선에 타지 못했다. 나바와 유생들은 오랫동안 백사장에 붙박여 눈동자도 돌리지 않고 금루선이 보이지 않을 때까지 서 있었다. 수천 리를 동행하면서 넉 달 동안 필담을 주고받았다. 깊은 정이 쌓였다. 영영 이별이었다.

금루선을 타고 물결을 따라 내려왔다. 마침내 지긋지긋한 대판 땅과 안녕이었다. 석양 무렵이었고 양쪽 물가에 구경하는 남녀가 꽉 찼다. 하구에서 조선배를 탔다. 고향 땅에 돌아온 것처럼 아늑했다.

조엄이 선래군관 이해문·유진항에게 장계 2통과 별단(別單) 1통을 동봉한 상자 및 삼사의 가서(家書)를 주었다.
"3천 리 뱃길을 조심하여 건너라!"
"오직 행차 무사하시기를 바랍니다."
먼저 가는 이들과 늦게 가는 이들이 쉬이 헤어지지 못했다.
가까스로 떠났던 선래선이 곧 돌아왔다. 무슨 일인지 모르겠지만 방금 이별하느라고 수선했던 일행이 환영하느라고 부산을 떨었다.
이해문이 멋쩍어했다. "이거, 정말 떠나기 어렵군!"

대마주가 전갈해왔다. 〈갑자기 떠날 때를 정한 까닭에 모든 것을 갖추지 못했습니다. 대판성에 구류된 하속배를 대신할 자들을 구하지 못해서, 선래선과 운구선의 선가(船價, 배값)를 아직 지급하지 못했습니다.〉
운구선도 아직 하구를 벗어나지 못하고 있었던 것이다.
얼마 후에는 대마봉행이 전해왔다. 〈두 척 뱃삯은 겨우 지급하였지만, 역풍이 부니 내일 아침에 떠나야 합니다.〉
역관들이 〈올 때와 돌아갈 때는 다르다. 돌아갈 때의 마음은 하루가 급하니 만약 바람이 제대로 불면 월참(越站, 쉬어야 할 참을 그냥 지나침)하자〉고 왜인들에게 신신당부했다는데, 거의 믿지 않았다.

종서기 김인겸이 이날 썼다. '행중의 한 비장이 천여 금 은전으로 왜물 무역을 하였다가 미처 찾지 못한지라. 도주에게 핑계하고 발행을 아니하니 일행의 마음들이 통분키 어떠하리.'

위 문장은 모든 사행록을 통틀어 가장 희귀하다고 할 만하다. 거의 모든 통신사가 공공연히 밀매했다고 의심받았다. 오백 명이다. 그중에 499명이 가슴에 손을 얹고 떳떳하여도, 한 사람이 밀매에 성공했다면, 전체 통신사가 다 욕을 먹는 것이다. 실제로 없었는지, 기록자들이 은폐했는지, 기록자들이 알지 못했는지, 사행록에는 숨긴 인삼을 발각당하고 벌 받는 기록은 찾을 수 있어도, 인삼밀매에 성공한 흔적을 찾기는 힘들다. 인삼밀매뿐만 아니라 그 어떤 밀매 성공 흔적도 찾을 수가 없다.

병자년(1636, 인조 14) 사행 때의 일이다. 떠나서 남도(아이노시마)에 머물고 있었다. 10월 28일, 6선(船)에서 불법 인삼을 적발했다. 누구의 것인지 알 수 없어 처벌도 없었다.

임술년(1682, 숙종 8) 사행 때의 일이다. 6월 20일, 부산을 떠나 좌수포에서 유숙했다. 종사관이 각 선박을 점검했다. 놀란 인삼 불법 소지자들이 바닷물에 막 던져댔다. 의원 이수번(李秀蕃)의 약상자에서 10여 근의 인삼이 발견되었다. 역관 오윤문(吳允文)·건량고직(乾糧庫直) 장후량(張厚亮)과 종 몇이 공모하여, 30근의 인삼을 사행(使行)의 옷장 속에 감추어두었다가 발각되었다. 삼사는 죄의 경중에 따라 곤장을 치고 볼기를 때렸다. 물건은 몰수하였다. 정사의 소동(15세)도 인삼을 한 근이 못 되게 가지고 있었는데 태형(笞刑)에 그쳤다. 바닷물에 던져버린 자들을 밝혀내지는 못했다. 한 달여가 지나서 대마도에 머물 때(7월 27일), 군관들이 6척의 배를 정밀 수색했다. 여러 근의 인삼과 40여 금(金)을 적발했다. 누구의 것인지 알 수 없었다. 적발된 물건들은 다 몰수하여 공용으로 쓰기로 했다. 인삼의 주인을 밝히지 못해 벌받은 자는 없었다.

기해년(1719, 숙종 45) 사행 때 10월 7일의 일이다. 강호에서 군관 하나가 종사관에게 고발했다. "역관들이 사사로이 인삼을 가지고 있습니다." 종사관이 역관들의 행장을 수색하였다. 권흥식(權興式)의 행장 속에서 인삼 12근과 은 2천 150냥과 황금 24냥을 발견했다. 또 오만창(吳萬昌)의 행장에서 인삼 한 근을 찾아내었다. 종사관은 두 사람을 결박하고 목에 칼을 씌웠다. 삼사가 대마도에 가서 처단하기로 의결하였다. 오만창은 목숨을 보전하겠지만 권흥식은 죽음이 예약되었다. 숙종 임금 또한 '인삼 밀무역 혹은 인삼 불법 소지의 경우 10냥쭝 이상이면 목을 베라'고 언명한 바 있었다. 바로 죽일 수도 있으나 왜인에게 소문이 날까 저어하여 꼭꼭 가둬두었다. 두 달 하고 스무날 뒤, 12월 28일 대마도에서 배 창고에 갇혀 있던 역관 권흥식이 독약을 마시고 자살하였다. 이미 조정에 장계를 올린 상태였고 참형하라는 명령만 기다렸다. 모두가 죄는 비록 용서하기 어려우나 매우 불쌍해했다. 열 달을 동고동락한 사람 아닌가. 종사관이 검시했다. 역관들이 초상을 치렀다. 나장들은 잘 감시하지 못한 죄로 볼기를 얻어터졌다.

이상 세 건이 『해행총재』를 이루는 28책의 사행록에서 찾을 수 있는 인삼 불법 소지 흔적의 거의 전부다. 밀매 흔적은 김인겸의 『일동장유가』 외에는 아예 찾을 수가 없다. 김인겸은 이튿날 언문가사 일기에도 생생한 정황 증거를 남겨놓았다. '행중의 역관들이 덴조의 살 옥일로 수 천금 무역한 것 미처 찾지 못하여서 곳곳에서 칭탈하고 발선을 아 니하니, 분완키 어떠하리?'

반드시 '밀매'였다고 단정지을 수는 없지만, 김인겸이 『일동장유 가』에 적어놓은 문장이 거의 유일한 성공 흔적인 것이다. 김인겸의 말을 어디까지 믿을 수 있을까? 김인겸이 거짓말을 한 것일까? 헛소 문을 믿고 오해한 것을 사실인 양 적어놓은 것일까? 늘 정당한 체하 는 조엄이, 할 말은 하는 남옥이, 지나친 말도 서슴지 않는 원중거가 철저히 숨겼다는 것일까, 철저히 몰랐다는 것일까?

병고(兵庫, 효고) ─ 5월 8일~13일

5월 8일

동틀 무렵에 운구선과 선래선이 바람을 타고 나아갔다. 또 한 번 이별했다.

"진짜로 가시오!"

"또 돌아오면 안 보리다!"

5월 9일

"모처럼 순풍입니다."

조선 사공은 행선하기를 청하였다.

선장 박중삼은 군령장까지 쓰겠다고 설쳤다. "만약 풍랑이 오면 우리 목을 치십시오!"

왜사공들은 발선이 아니라 대피를 주장했다. "풍랑이 크게 일 것입니다. 배가 갈 수 없을뿐더러, 배를 댄 이곳이 적당치 못하니, 사람은 육지로 옮겨야 합니다."

조엄은 상반되어 결정하기 어려웠다. 양쪽 의논이 같아지기를 기다렸다. 조반 때부터 바람이 사나워지면서 비를 뿌렸다. 왜사공들이 그것 보라고 했다. 점심때가 되자 바람이 약해지고 물결이 고요해졌다. 조선사공이 이것 보라고 했다. 왜 장삿배들은 아무렇지도 않게 운행했다.

"또 그거야, 대마도 것들이 고의로 머물렀어!" 조선인이 의기양양했다.

저녁때가 되자 차츰 풍랑이 일어나 배 안이 불안했다.

〈봤냐? 떠났으면 다 죽었어!〉 왜인이 기가 살았다.

"아둔패기들, 아침에 떠났으면 벌써 건너갔겠다!" 조선인이 더욱 화를 냈다.

싸우지 말고 힘을 합쳐 각 배를 단속하도록 하였다. 뱃사람만 남고 나머지는 육지 관소로 대피했다. 풍랑이 밤새 극심했다. 배를 묶은 밧줄이 무수히 끊어졌다. 서책과 옷과 이불이 흠뻑 젖었다. 배들이 부채처럼 나부꼈다. 뱃사람만의 힘만으론 모자랐다. 삼사와 늙은 이들 빼고, 일행이 다 나가 힘을 보탰다. 닻을 땅속에 깊이 박고 뱃머리를 잡아매고 눌렀다.

5월 10일

조반 전에 조선 선장·사공이 청했다. "선창이 오래 머물기에 불편하고 마침 순풍이 불어 배를 띄울 만합니다."

대마주는 〈일본의 뱃머리로는 크게 불가하니 결코 발선할 수 없습니다〉 하였다.

도리 없이 머물 수밖에 없었다.

일복선장 박중삼은 떠날 것을 청하려고 육지 관소를 여러 번 찾아갔다. 삼사는 만나주지 않았다.

이 일을 듣고 수역 최학령이 매우 성냈다. "어디서 선장 따위가! 그놈을 불러와라!"

차상통사 이명화가 박중삼을 데리러 왔다.

박중삼이 코웃음 쳤다. "어디서 역관짜리가 오라 가라야!"

"네 이놈!"

"혓바닥을 뽑아버릴까보다! 말전주질 못 해먹게."

사공과 격군이 박중삼 뒤에 죽 벌려서니 이명화는 겁이 나서 도망치듯 돌아갔다.

5월 11일

대마주가 전갈해왔다. 〈근래에는 하루에도 바람이 여러 차례 바뀝니다. 장맛비가 쏟아질 우려도 있으니, 쉬이 움직일 수 없습니다.〉

또 하루 머무르기로 했다. 조선인은 우울해서 환장하려고 했다. 대개 씩씩대며 욕지거리를 뱉어냈다.

일복선장 박중삼은 삼사를 찾아갔다. 삼사는 또 만나주지 않았다.

어젯밤 역관짜리가 오더란 말이 떠올랐다. 잘 되었다. 분이나 풀고 가자. 박중삼은 수역 최학령을 찾아갔다.

최학령이 꾸짖었다. "노 재촉, 식사 준비가 선장의 일이다. 떠나고 머무는 것은 대마인의 책임이다. 어찌하여 그대가 사사건건 간섭하는가?"

박중삼이 기다렸다는 듯이 대꾸했다. "나는 진실로 소임을 감당하지 못하오. 내 소임이 뭐요? 내 소임은 바람을 살피고 하늘을 바라보고 사또께 떠날 때를 아뢰는 것이 진실로 내 직분이외다."

"주제넘는 소리!"

"역관 영감들이 내가 사또께 말도 하지 못하도록 막는 것은 무슨 뜻이오? 바야흐로 대마인의 욕심을 채우고 난 뒤에야 우리의 배가 떠날 수 있으니……"

"무슨 엉뚱한 소리냐?"

"나도 장차 최천종 같은 죽음을 면치 못하겠구료. 그러나 나는 기력이 있으니, 쉽게 안 당하오. 대마인은 나를 한 번 찔러 즉사시켜야 할 것이오. 그렇지 않으면 도리어 내 손에 죽을 것이야."

"이놈이 참말 해괴한 소리만 지껄이는구나."

"참마다 대마인이 뇌물을 받는 관례가 있다면서요? 한 명당 소전 30냥, 금 두 조각, 은 두어 냥씩 받는다면서? 그러니 대마인이 역마을마다 투숙하지 않을 수 있겠냐고."

"어디서 그따위 개소리를 주워들었느냐? 금 두 조각씩 받아? 대마인이 몇 명인데 금 두 조각씩 주어? 역참 고장 하나가 결딴나겠구나."

"내 말이 그 말이외다."

"대마인이 그랬다고 치자, 그거하고 우린 무슨 상관이란 거냐?"

"내가 언제 댁네하고 상관있다 했나."

"그렇게 들렸다."

"그럼 아니오? 당신들, 대마도 놈들한테 뇌물 받아 처먹은 거 아니냐고. 뇌물 받았으니까 그놈들이 묵자면 묵고 가자면 가는 거 아니냐고. 얼마나 받아 처먹는지 모르겠지만 댁네들은 조선놈 아뇨?"

"이런 개불상놈을!"

최학령은 기막혀 더 말을 못 하고, 다른 역관들이 씩씩대며 다가섰다.

박중삼이 윗도리를 벗어던졌다. "그래, 해보자. 대마놈들한테 붙어먹는 너희들부터 손봐주겠다."

밖에서 기다리던 사공들이 뛰어들어왔다. "해보자는 거냐!"

최학령이 개 쫓는 시늉을 했다. "가라, 가. 너같이 무식한 놈하고 무슨 얘기를 더 하겠느냐?"

"오라 가라야, 내가 개도야지인가? 내가 더러워서 간다."

박중삼이 돌아와 무용담처럼 전하니, 격군들은 우리 선장님 최고라고 기꺼워했다. 속 시원하다고 입을 모았다.

수역 최학령이 새 대마간사관을 만나고 왔다. 최학령은 통인소동 최치대에게 시권(詩卷)을 들려 사문사에게 보냈다.

최치대가 전했다. "나리님들, 이정암승이 얼굴을 대하고 만나기를 청하니 관소로 내려오라십니다."

시권 속에 왜 유생의 시가 줄지어 적혀 있었다.

"시회라도 열자는 뜻인 것 같군. 그간 소원하였으니 한번 뜻을 들어주지."

이정암승 하나는 대판에 남고, 한 사람만 대마도까지 동행하게 되었다. 사문사가 갔더니 이정암승은 부재했다. 대마간사관이 〈스님께서는 만나자고 한 적이 없소이다. 멀리 출타 중이시오. 시권은 다른 승려가 이별의 뜻으로 전해달라고 한 것을 전해준 것뿐이오〉 했다.

"수역 그자가 왜말을 그리도 못 알아들으니, 이제껏 무슨 통역을 제대로 했다 할 수 있겠나."

"환장할 노릇이야."

"수역한테 따지러 가볼까?"

"관두자고, 관둬. 그자와 말 섞어봐야 피곤할 뿐."

"치대야, 가서 말을 이렇게 전하거라. 덕분에 헛걸음하였다. 만약 그대는 말을 잘 전하였는데 잘못 전해진 것이라면 통인의 잘못이겠다. 통인 녀석 하나 때문에 모두가 무안당하고 왔으니 부끄럽기 짝이 없다. 우리를 대신하여 통인 녀석에게 매질하라."

최치대는 제 귀가 잘못되었나 싶었다. "지금 저더러 저를 때리라는 말을 전하라는 겁니까?"

최치대가 그대로 전하니, 수역 최학령이 제 성질을 못 이겨 팔팔 뛰었다. "아, 역관은 사람도 아니란 말이야. 별의별 놈이 못 잡아 안달이로다. 대마놈도 마찬가지다. 내 분명 두 귀로 들었거늘. 이놈 대체 너는 말을 어떻게 전했느냐?"

"저는 분부하신 대로……."

"너 좀 맞아라!"

최학령은 손수 회초리를 들어 최치대의 종아리에 먹구렁이를 감아놓았다.

문안 온 임취빈에게 최치대가 앙앙댔다. "언니, 우리야말로 사람이 아니외다."

임취빈이 탄식했다. "어쩌겠느냐? 선비님들도 수역님도 사람인 것을."

"뭔 말이오?"

"미운 짓을 할 때도 있는 법이라는 뜻이다. 어린 우리가 참자."

"치이, 언니는 두루 사랑받으니 그런 한가한 소리가 나오는 거요. 우리는 참 많이 욕봤소."

임취빈은 최치대가 편안히 잠들 때까지 위로해주었다.

삼문사는 조엄을 끝없이 조롱하는 어리석은 소인배들이 있다고 믿었다. 누구일까? 대마주와 왜인은 제외하자. 대개 '왜놈 결정 따위는 중요하지 않다, 사또가 결정하면 왜놈이 따라오든지 말든지 우리끼리 가는 것'이라고 알았으니까. 어리석은 소인배 1위는 당연 '역관짜리'들이었다. 어리석은 소인배 2위는 자제군관 이매였다. 기실 조엄은 모든 일을 이매와 의논했고 이매의 말에 거의 따랐다.

조엄이 이매에게만은 소심한 소리도 쉬이 했다. "일행들의 기색을 보니, 환국할 소망은 물 같고 답답한 마음은 불같아! 떠날 걸 그랬어."

"사또, 소인배 말은 귀담아들을 필요가 없습니다. 소인배는 앞뒤

가늠 없이 저만 잘났다고 나대는 것들입니다. 제가 한사코 선장 박
중삼을 사사로이 만나지 말라고 한 것은, 그렇게 만나주시면 체면만
우스워지기 때문입니다. 그놈이 정말 넋이 없는 놈입니다…… 제가
한번 심하게 야단쳤는데, 계속 와서 염병입니다. 또 한 번만 와서 염
병하면 제가 그놈 모가지를 따버릴랍니다…… 사문사 그것들도 속
이 참 좁습니다. 아니, 그것들은 지들이 뭐라고 행사에 간여함이 마
치 왜국 땡중놈들이 매사에 참여하는 것과 같지 않습니까? 사문사
두목 노릇 하는 김인겸이 왜 눈병이 낫겠습니까? 주제넘게 행사에
마음 씀이 지나쳐서 그렇습니다. 그 마음 씀 때문에 필시 눈이 멀 것
입니다."

"말이 지나치지 않나?"

"답답해서 그럽니다. 다른 작자들은 몰라도 사문사는 사또의 마
음을 알아줘야 하지 않습니까? 사또의 편에 서서 대중의 마음을 달
래고 억눌러야 할 자들이, 대중과 한목소리로 집에 빨리 가자고 보
채기나 하고, 참 찌질하지 않습니까…… 저는 그것들이 참 마음에
안 들어요. 김인겸은 나잇값도 못 하고 남옥은 제가 무슨 신선인 양
까불고 원중거는 좌충우돌하는 포탄 같고 성대중은 살살 눈치쟁이
고, 그 책상물림들이나 저나 서얼이잖습니까? 서얼이 무슨 벼슬인가
요? 쪽팔린 걸 오히려 유세로 삼습니다. 그깟 글짓기 좀 한다고 까부
는 꼬락서니들이……."

"영감, 너무 심하지 않나. 그 사람들이 색다른 바가 있으나 그리
못난 사람들은 아냐. 답답해서 그러겠지. 소인배는 아니네."

"소인배 맞습니다."

"내 심중을 헤아려주지는 않는 것 같네."

"바로 그렇습니다. 이제 더는 한 명도 죽어서는 안 됩니다. 더 사고가 있어서도 안 되고요. 넷이나 죽었습니다. 다른 놈들은 그냥 죽었다고 해도 최천종은 왜놈에게 죽었습니다. 진실도 잘 모르고요. 지금까지 일어난 일만 가지고도, 간신배가 사또를 모함하기에 충분합니다…… 귀국길에 배 하나라도 부서져보세요. 사람 한두 명만 더 죽어보세요. 대마주 놈보다 먼저 갈 수도 없어요. 외교의례가 잘못되었다고 어기댈 겁니다. 사또께선 고생만 죽도록 하고 모든 책임을 떠안고 좌천당하실 겁니다…… 그래서 이놈의 통신사 주장 자리를 아무도 안 맡으려고 하는 겁니다. 잘해봐야 본전이고, 조금만 잘못되면 혼자 다 책임져야 하니까…… 부사 이인배가 왜 나리 말에 무조건 따른다고만 하겠어요? 책임을 지지 않겠다는 겁니다. 사또, 딴생각 마십시오. 첫째도 안전, 둘째도 안전, 셋째도 안전입니다. 만약을 대비해서 대마주 놈이 먼저 가지 않으면 절대로 가서는 안 됩니다. 소인배들은 집에 가기만 하면 되지만, 사또는 늦더라도 무사히 가야 합니다."

"내 출셋길 때문에 그리 걱정하는 것인가?"

"사또 심려뿐입니다."

"마음이 좋지 않아."

"단오가 지났습니다만 부채라도 하나씩 나눠주시지요."

"부채 따위로 마음들이 가라앉겠는가?"

"진정은 전해질 겝니다."

"새 부채를 얻을 길이 없네."

"묵은 부채면 어떻습니까. 진정이 중요하지요. 멍청이 놈들이 제 놈들의 안전만 고뇌하는 사또의 진정을 알아주면 오죽 좋겠습니까. 특히 그놈의 사문사 놈들…….”

조엄은 묵은 부채 한 자루씩을 격군에 이르기까지 골고루 나눠주었다. 마음의 불을 달래기에 부채가 안성맞춤이기는 했다.

사문사는 이매가 자기들을 헐뜯은 소리를 전해 듣고는 기절초풍했다.

5월 12일

새벽에 동풍이 불었다.

"지금 배를 출발시키면 날이 밝기 전에 백 리는 갈 수 있어.”

"사또께 아뢰어야 해.”

선장·사공은 사후선을 내려 타고 해안으로 갔다. 떼로 관소에 몰려와서 '지금 가면 백 리입니다' 외쳐댔다. 조엄이 대마주에게 떠나겠다는 통보를 했고, 대마주가 동의했다. 배를 띄웠다. 겨우 10리나 갔을까, 대마주가 배를 휙 돌렸다. 방금 나온 포구로 돌아갔다.

조엄은 어이없이 바라보다가 이매를 불렀다. "어찌해야 되는가? 저 배를 따라 돌리면 원성이 높을 것이야!”

"원성을 사는 게 낫다니까요. 사고가 나는 것보다.”

이매가 독촉하여 배를 돌리게 했다. 정사가 탄 배가 회항하니 다른 배도 돌릴 수밖에 없었다.

박중삼이 울부짖었다. "노를 저으면 충분히 갈 수 있습니다! 이께것에 물러나다니! 도대체 언제 가겠다는 거야!”

종사관 김상익이 두 수역 최학령과 현태익을 불렀다.

"바람은 뱃사람들이 더 잘 안다. 바람을 잘 아는 뱃사람이 이유도 없이 머물러 있으니 답답해서 윗사람에게 가자고 청할 수도 있는 일이다. 그대들이 뭐라고 그들을 사사로이 불러 야단친단 말인가? 선장 박중삼은 소임을 다하고 있는 것이며 그대들 휘하도 아니다…… 오늘 일도 이해할 수 없다. 대마주가 왜 배를 돌렸는가? 그대들은 대체 뭣을 하기에 그걸 그대로 두었는가? 그대들의 혀는 그럴 때는 왜 잠잠한 건가? 모두의 의심이 지당한가?"

왜인과 무역 건 때문에 사사건건 늑장이고 대마인과 동류냐는 것이었다. 진실이야 어쨌든 두 수역이 신분상 밀리는 위치였고, 종사관 뒤에는 집에 가기를 열망하는 일행 수백 명의 응원이 있었다. 두 수역은 구구히 용서를 빌었다.

5월 13일

또 하루 머물렀다. 이날은 진짜로 역풍이 심하여 누가 봐도 행선할 수 없었다. 며칠 만에 모두가 '조용하게' 머물렀다. 왜사공 하나가 고기맛 좀 보겠냐는 시늉을 했다.

"누구 약 올려? 없어서 못 먹잖아." 격군 오연걸이 부라렸다.

왜사공이 상앗대에 실을 묶고 바늘을 매달았다. 바늘에 이 한 마리를 꿰었다. 놋구멍으로 낚시를 드리웠다. 상앗대 끝이 휘어졌다. 왜사공이 얼른 실을 잡아당겼다. 큰 멸치 같은 잔고기가 올라왔다. 왜사공이 산 채로 꿀꺽 삼키고는 '아이, 맛있어!' 표정을 지었다. 왜

통사가 알려주었다. 〈매갈(昧喝)인데, 맛이 끝내줍니다.〉

다투어 낚시를 던졌다. 이·파리·벼룩이 미끼가 되었다. 여섯 척 배에서 놋구멍으로 잡은 매갈이 수천 마리는 되었다. 격군들은 된장에 찍어 대가리부터 꼬랑지까지 남김없이 먹었다.

도훈도 문두흥이 부라렸다. "이놈들아, 너희들만 입이냐."

배파들이 총동원되어 회를 쳤다. 괜히 배파가 아니었다. 그 작은 물고기에서 대가리를 떼어내고 잔뼈를 발라내고 살점만 남기는 칼질이 기예였다.

삼사와 군관이 한데 모여 매갈회를 먹었다. 사문사는 불렀으나 가지 않았다. 이매가 있는 자리에는 사문사가 없었고, 사문사가 있는 자리에는 이매가 없었다. 이매가 조엄과 늘 붙어 있었으니, 조엄과 사문사는 단체로 아침 문안할 때나 잠깐 보는 사이가 되었다.

부사 이인배가 가르치듯 했다. "사또가 번민하는 게 무언지 알고 있습니다. 허나 이래서는 걱정스럽습니다. 사고 없이 가는 것도 중요하지만 상하 일행이 반목하지 않는 것도 중요합니다."

"부사도 나를 야단칠 셈이시오?"

"이렇게 하시면 어떻겠습니까? 원래 정해진 대로 돌아가시는 겁니다."

원칙대로 하자는 것이다. 원칙이란 모든 결정을 일기선에서 내리고, 일기선이 결정사항을 포와 북으로 알리면, 다른 배들 역시 포와 북으로 응답하는 것이었다. 언제부턴가 이 원칙이 깨져 서로 갈 수 있는지 없는지 통사와 통인소동을 보내 묻고 듣고 하느라고 결정은 늦어지고 시간은 허비되는 것 아니냐는 말이겠다.

조엄의 응답이 없자, 이인배가 또 주저리주저리했다. "사또, 저는 사또와 모든 책임을 함께 질 것입니다. 사또는 제가 별로 의견도 내지 않고 가만히 구경만 한다고 섭섭해하실 수도 있겠습니다. 허나 그것은 수수방관하는 것이 아니라 사또에게 충성하고자 하는 것입니다. 제가 말이 없는 것은 사또의 결정을 지지하고 그에 따를 준비가 되어 있기 때문입니다. 혹시 무슨 사고가 나더라도 저는 사또와 함께 책임을 질 것입니다. 아니, 제가 보필하지 못함이니 더 큰 죄를 청할 것입니다. 부디 지나치게 외로워하지 마세요."

"말씀이 고맙소."

"괜찮으시다면 제가 대마주에게 직접 가보겠습니다. 앞으로 원칙에 따르라고."

"그래 주겠소?"

이인배가 수역 등을 대동하고 대마주를 찾아갔다. 원칙을 강조하는데 대마주가 무슨 할말이 있겠는가. 그리하겠다고 순순히 대답했다.

실진(室津, 무로쓰) —5월 14일

밤부터 순풍 조짐이었다. 비 기미도 있었지만 여름의 순풍이란 비를 끼지 않고는 얻기 힘든 법이었다. 하루 더 묵었다가는 다 광증이 날 것 같은 살벌한 형세이기도 했다.

조엄이 출항을 명했다. 일기선에서 포를 쏘고 북을 울렸다. 다른 조선배에서 응대하는 포소리와 북소리가 들렸다. 대마주 배에서도 북을 쳤다. 닻을 올리고 돛을 걸었다. 지긋지긋한 병고를 떴다. 바람도 조수도 모두 순하였다. 하늘이 밝아오기 전에 명석(明石)의 험한 나루를 무사히 지났다.

선장 박중삼 덕분이라고 한목소리였다. "박 선장이 나대고 배를 바다 한가운데 정박시키면서 버텼으니까 후딱 갈 수 있었지, 안 그랬어봐, 오늘도 못 떠났을 거라고!"

점심때 실진에 들어가 정박했다. 빗발은 때로 세찼지만 바람은 조금 줄었다.

조선 선장들이 주장했다. "우창까지 충분히 전진할 수 있습니다. 더 가시지요."

대마주가 전갈해왔다. 〈기계와 격줄이 다 젖었습니다. 비가 멈추지 않으면 어렵습니다.〉

조선 선장·사공이 또 몰려왔다. 이매가 만나지 말라고 했으나 조엄은 만났다.

"이것은 선래군관이 남긴 편지다. 9일과 10일에 바다가 위험했다는 얘기다. 우리가 지체한 것이 당연했다. 왜인의 말을 무조건 의심하지 말라. 그들의 바다가 아닌가. 까닭이 있을 테다."

박중삼이 또 총대로 나서겠지 했는데 "편히 쉬십쇼!" 하고는 제일 먼저 물러가버렸다.

도포(鞆浦, 토모노우라)―5월 16일

날이 밝을 무렵에 발선했다. 50여 리를 가니 급한 여울이 나왔다. 격군이 죽을힘을 쏟았으나 두어 식경에 겨우 수십 보를 전진했다. 오후에도 바람이 없어 노만 저어 나아갔다. 격군이 제대로 고생했다.

그간 격군의 노고를 기리는 문장을 한 번도 쓴 적이 없던 원중거가 썼다. '노군들의 기력을 고달프게 지탱함이 왕성하였으니. 이날 200리를 간 것은 전적으로 노의 힘에 의지한 것이었다.'

죽원(竹原, 다케하라)―5월 17일

급한 여울을 만났다. 남과 북의 조수가 두 마리의 뱀처럼 싸우는 듯 애무하는 듯 빙빙 돌았다. 수레바퀴 같았다. 큰 배의 치목과 노가 따라서 한 바퀴씩 돌았다. 왜 예선 몇 척이 여울을 피하지 못하고 뒤집혔다. 왜 4인이 배 밑창의 삼나무 널빤지를 붙잡고 버텼다. 오리 네 마리가 물속에 잠겼다 떴다 하듯 하였다. 구조된 네 왜인이 옷의 물을 털고 머리를 말리는 것이 영락없이 물오리였다. 그들이 살아났으니 한바탕 좋은 구경거리가 되었다.

일기선이 포를 쏘고 북을 울렸으나, 대마주 배는 호응이 없었다. 조선배는 무시하고 출발했다.

부기선의 예선들이 움직이지 않았다. 왜사공이 고집했다. 〈우리 태수님을 따를 수밖에 없습니다.〉

부사 이인배가 수역 이명윤에게 신경질을 부렸다. "아니, 저것들 교육을 어떻게 했나? 저놈들을 쫓아내! 어서!"

격군들은 신나서 왜사공을 예선으로 던지다시피 했다. 예선이 쫓아왔고 사공은 애걸복걸했다.

이인배는 3각을 지켜보다가 선심 썼다. "태워줘라!"

날이 채 저물지 않았는데, 마지못해 앞서가던 대마주 배가 죽원 (竹原) 앞바다에 닻을 내렸다.

〈조수가 거슬린다, 순해지기를 기다리면 날이 저물 테고 날이 저물면 앞 여울의 험한 곳을 통과하기 어렵다, 부득이 여기서 밤을 지나야겠다〉는 것이었다.

일기선이 따르니 다른 배들도 할 수 없이 정박했다.

3월 6일 부산발 비선이 왔다. 좌수사가 간장 1병·말린 고기 1첩을, 동래부사가 간장 1병·포 1첩·곤쟁이젓 1항아리를 보내왔다. 이번에도 집안 편지는 없었다. 부산첨사 보장(報狀) 끝에 한 구절뿐이었다. '각 댁은 한결같이 편안합니다.'

이제 부산첨사를 원망하는 이는 없었다. 비변사 아니면 임금님이 집안 편지 왕래를 엄금하라 했을 테다. 변방 정세를 중히 여기는 뜻에서 나온 처사이려니 하게 된 것이다. 게다가 돌아가는 길이니 편지를 기다리는 마음보다 빨리 집에 갈 마음이 컸다.

사문사가 시 창수는 안 하기로 했지만 유생과 만남을 접은 것은 아니었다. 시 창수만 아니라면 응해줄 수 있는 것은 응해주었다. 배에서 바라보면 멀리 유생 같은 이들이 제법 보였다. 창수해줄 걱정한 게 무안하게도 찾아오는 이가 별로 없었다.

전에는 대마간사관이 있어 문물교류를 매개했는데, 지금은 그를 대신할 사람이 없었다. 몇몇 유생만이 고장 왜인·대마도인·조선인에게 번다한 말품과 발품을 팔고서야 사문사와 접촉할 수 있었다. 접촉도 못 해보고 가져온 시나 선물만 전달하고 가기도 했다. 전달만 잘 되어도 다행으로 여기는 듯했다.

겸예(鎌刈, 가마가리) ― 5월 18일

비가 오리라 예상되었지만 바람 기세가 매우 좋아, 꼭두새벽부터 배를 몰았다. 배가 화살처럼 빨랐으나, 차츰 비바람이 심해졌다. 대마주가 도피하듯 겸예 포구로 들어가 정박했다. 일기선이 따라 들어가서 정박하니, 다른 배들도 따랐다. 격군을 독려하여 밧줄 8~9장을 맸다.

대다수 조선인은 정박해서 움직이지 않아도, 늦게 출발해도, 출항했다가 배를 돌려도, 다 '대마도놈들 장삿속'이라고 성토했다. 최종 결정권자가 조엄이라는 사실을 모르는 척하는 것일까, 진짜로 모르는 것일까.

선래선은 사흘 전에 이곳을 떠났다고 했다. 겨우 사흘 앞서가네?

의아해하는 이가 많았다.

상관(上關, 가미노세키) —5월 19일

상관에 30리 못 미쳐서 동북풍을 얻었다. 급류는 좁고 항구의 여울도 사나웠다. 예선이 사력을 다하여 끌고, 격군이 죽을힘으로 저었다. 인력으로 급류를 극복했다.

남옥이 썼다. '노 젓는 격졸들이 온종일 쉬지 못했다. 그래서 도해미(渡海米)에서 남은 쌀로 따로 밥을 지어 먹고 "평소에 하는 행동으로 부지런한지 게으른지를 평가하겠다"고 했다.'

일복선장 박중삼이 불쑥 뱉었다. "선비님이 선장 같습니다."

"내가 자네를 기분 나쁘게 한 것인가? 내가 가끔 주제넘은 짓을 하네. 이해해줘."

"소인은 감사하다는 말씀을 아뢴 것입니다. 윗사람이 아랫것들 생각해주기 힘든 법입네다."

두 사람은 격의 없이 한담을 나누었다.

정박하고 입국할 때 내려두었던 선박의 기계와 잡물을 도로 주워 실었다.

사람은 누구의 그 어떤 명령도 달갑지 않기 마련이다. 한데 모두가 열렬히 바라는 명이 있었다. 마침내 종사관이 그 명을 내렸다.

"돛을 잡아라!"

떠날 때, 각 배에 똥돼지 새끼 두 마리씩을 태웠다. 뒷간이 돼지우리였다. 음식쓰레기와 바닷속으로 떨어지지 않은 똥을 핥아먹고 자랐다. 강아지만 하던 돼지들이 먹음직스럽게 자랐다.

칼 좀 쓴다는 자들이 돼지 멱을 땄다. 배파격군들이 신기의 솜씨로 부위별로 분해했다. 날로 먹고 삶아먹고 구워먹고 끓여먹고, 떠들썩한 고기잔치가 벌어졌다. 그동안 고기를 못 먹은 것은 아니었다. 사슴고기, 이상한 새고기, 생선…… 하지만 소고기, 돼지고기, 개고기는 꿈에서나 먹었다. 고기는 고사하고 국물도 구경하지 못했다. 다섯 달 만에 먹어보는, 고국의 향기가 물씬 나는 똥돼지. 당장 죽어도 여한이 없다는 얼굴로 허발했다.

적간관(赤間關, 아카마가세키)—5월 21일~23일

5월 21일

뱃사람들이 한목소리를 냈다. "이런 순풍은 이번 왕래하는 동안 제일로 뜻에 맞구만!"

바람의 형세가 매우 좋아 그대로 갈 수도 있었으나, 적간관에 들러야만 했다. 입국할 때 부산으로부터 보내온 치목 등을 거두어 실었다.

조선 뱃사람들은 발선하자고 했다. "즉시 나아간다면 남도까지 한달음입니다."

왜 뱃사공은 지켜보자고 했다. 〈조수를 타지 않고서는 행선할 수

없는 곳입니다. 조수를 좀 더 살피셔야 합니다.〉

그러다가 조수의 방향이 거슬러 전진이 어렵게 되었다. 일행이 다 애석히 여겼다.

조엄이 은근히 나무랐다. "잇따라 8일을 행선하여 1천 3백여 리를 왔다. 병고(兵庫)에서 여러 날 지체한 것은 벌써 잊었는가. 어찌한 나절의 지체를 가지고 애석하다고 하는가?"

삼문사는 모처럼 하선했다. 올 때 교류했던 유생을 찾아보았으나, 딱 한 사람만 만났다. 아사오카 이치가쿠를 대신하는 왜 간사관의 방해가 심했던 모양이다. 간사관을 직접 찾아가 여러 말을 한 뒤에야 유생과 편안히 볼 수 있었다.

왜인이 대판에서 생산된 모기장 111건을 지공했다. 쇼군의 하사품이어서 집까지 가져갈 수 있었다. 바탕천은 녹색베, 가장자리는 붉은 비단이었다. 네 개의 가죽지도리와 네 개의 주석갈고리가 있었다.

상관 이하는 두 명당 하나씩, 중관은 다섯 명당 하나씩, 하관은 여섯 명당 하나씩 할당되었다. 여기저기서 살벌한 쟁탈전이 벌어졌다. 심한 다툼질을 견디지 못하고 찢어진 모기장도 수십은 되었다.

삽사리가 썼다.

애매히 줄 거면 차라리 주지를 마라. 왜 우리를 고깃덩이 한 점 놓고 싸우는 진흙탕 개로 만드는가?

일찍이 노자로 마련하였던 큰 차일(遮日)은 쓸 곳이 없었다. 차일을 분해하여 홑바지와 적삼을 만들도록 했다. 격군 중에 여름옷이 없는 자 20여 인을 가려내어 지급했다. 올 때 겨울옷을 얻어 입었던 10여 인은 또 포함되었다.

괜히 배 아픈 자들이 많았다.

"십년 묵은 똥이 나오려고 하나. 왜 이리 아퍼."

"나도 이럴 줄 알았으면 불알 두 쪽만 갖고 탈걸 그랬지."

"누군 주고 누군 안 주고 똑같이가 없어."

"똑같이가 있는 곳이 있소. 하나님의 나라요."

"여아이주도 똑같소."

"지랄병들이 아직 살아 있었구나? 어디서 뭘하고 있었던 게야?"

"하나님, 여아이주 한 번 할 때마다 열 대씩 맞아봐. 아무리 믿음이 깊어도 자주 못 하지. 고국 땅이 가까우니 다시 미쳤나봐."

"어데, 안 보이는 데서는 위세 쩐다카이! 저것들이 그새 도당이 생겨갖고 신도라나 뭐라나 몇 명씩 거느리고 교주 노릇을 착실히 해 먹더라니까."

5월 22일

배에서 머물렀다.

대마주가 아침에는 조류가, 오후에는 바람이 거슬린다고 핑계하면서 못 떠나겠다고 했다.

"왜 그렇겠어? 여기 적간관이 왜놈들한테는 작은 강호야. 뱃길 가운데서 제일 번화한 고장이라고. 즉 장사가 다 안 끝난 거지. 모사꾼들, 장사대금 회수하고 물건 받아 싣느라고 정신없는 거라고!"

일행이 종일 대마인을 헐뜯었다.

오후에 유생 하나가 원중거를 찾아왔다. 집안의 보배로 삼을 것이라며 직인을 찍어달라고 간청했다. 원중거가 살펴보니, 창수하고 필담했던 종이를 책으로 단장한 것이었다.

원중거는 자기 글씨를 보고 탄식했다. "가소롭다, 가소롭다!"

일본의 책 간행속도가 그토록 빨랐다.

일행 중에 책을 사랑한 이들이 많았다. 그들은 차마 입 밖으로 내지는 못했으나, 일본이 책의 나라처럼 여겨졌다.

삽사리가 썼다.

인정할 것은 인정하자. 왜국이 훨씬 책이 많다. 조선은 책이 들어올 데가 중국밖에 없다. 근데 왜국은 전 세계에서 들어온다.

……만드는 책도 왜국이 훨씬, 훨씬 많다. 일단 종이 걱정이 없어 뵌다. 질로 따지면 조선종이가 훨씬 좋을지도 모르겠다. 허나 종류와 양으로 따진다면 왜국에 델 수가 없다. 별의별 종이가 다 있다.

……책 만드는 방법도 조선이 좋을 수 있다. 허나 빠르게 많이 만드는 것은, 베낀 것이든 활자로 찍은 것이든 왜국에 델 수가 없다. 날림이라고 무시하고 싶지만, 두 눈으로 직접 보면 무시하기 어려울 테다.

……조선은 쓰고 싶어도 쓸 수 없는 게 많다. 잘못 책을 쓰면 귀양 가고 모가지 당할 수 있다. 조선은 아무나 쓰지 못한다. 내가 언문으로 쓰니까 양반짜리들이 귀엽게 봐주는 것이지, 한자로 쓰면 난리가 날 테다. 근데 왜국은 아무 놈이나 아무거나 다 쓰는 듯하다.

……누가 뭘 써도 문제삼는 놈이 없다. 조선은 공자왈인지 맹자왈인지 주자왈인지 삼강오륜인지는 물론이고, 임금님 · 부모님 · 스승님 그림자에 그저 스쳐가는 바람 같은 소리를 써도 싸가지가 바가지라는 욕을 처먹고 생매장 당한다.

……왜인은 자기네 나라 언문 히라가나인지 가타카나인지를 다 알아먹는다. 다 아니 책을 읽는 사람이 많다. 읽어줄 사람이 많으니 책이 많이 나올 수 있다. 조선은? 언문을 아는 사람이 별로 없다. 그래서 전기수 같은 직업까지 있다. 아, 일본에 태어날 걸 그랬나? 여기는 종놈이 썼든 상놈이 썼든 누가 뭘 쓰면 읽어줄 사람이 쌨다. 조선은 내가 써보았자 읽어줄 사람이 몇이나 있겠나. 혹시 모르지, 왜국처럼 자기네 나라 언문을 모든 사람이 다 쓰고 읽을 줄 아는 세상이 올지도. 아, 나도 미쳐가는가보다! 홍복이처럼 말도 안 되는 상상이 부쩍 많아진 걸 보니.

……암튼, 짜증난다. 아무리 따져봐도 조선이 왜국보다 나은 게 뭔지 모르겠다. 양반님들 어려운 소리 빼고는 아무것도 없다! 허나 이런 말을 입 밖에 낼 수 없다. 특히 홍복이 같은 임진년 의병 같은 놈한테는. 왜인을 조금이라도 치켜세우는 말을

비치면 "쪽바리 똥구멍 핥는 개불알놈!" 소리 들어야 한다.

남박(南泊, 미나미도마리) ─ 5월 24일~25일

대마주가 전갈해왔다. 〈이 바람의 힘을 타면 사오십 리는 나아갈 수 있지만, 틀림없이 변풍(變風)을 만날 것이며 정박할 곳마저 없으니, 결코 행선하기 어렵습니다.〉

조엄은 정박하고 머물 것을 명했다.

이튿날 축전사공들은 행선이 불가하다, 대마사공은 가능하다 입씨름을 했다. 축전주 다이묘는 작년에 예인선 대기를 잘못한 때문에 큰 곤욕을 치렀다. 이번에 만회하려고 단단히 준비를 해두었다. 큰 비용을 들여 예인선을 일신했고 숫자도 늘렸다. 한 달 전부터 조선 배를 기다렸다.

언제나 발선 쪽인 조선 사공들은 당연히 대마 편을 들었다. "이것들이 먼저 가자고 청한 것이 처음 아닌가? 우리야 무조건 고맙지."

노를 저어 전진했다. 겨우 10여 리를 가니 역풍이 심했다. 이걸 가야 된단 말인가, 돌아서야 한단 말인가? 조엄은 매우 번민했다. 축주 예선들이 배를 돌려야 한다는 신호를 무수히 보내왔다. 앞서가던 대마주가 견디지 못하고 배를 돌렸다. 조엄도 배를 돌릴 것을 명했다. 각 배는 다시 남박의 포구로 돌아왔다. 세 번째로 행선 도중에 배를 돌린 것이었다. 돛과 거적을 햇볕에 쬐어 말렸다.

남도(藍島, 아이노시마) — 5월 26일~27일

밤새 거친 역풍이 불고 또 폭우 기미가 있어 행선할 가망이 없었다. 사시(오전 9시경)에 축전주 사공들이 서둘러 우장을 벗기고 가기를 청했다.

"한 덩어리 구름이 동북쪽에서 일어납니다. 필시 저것을 믿고 배를 띄우자는 것입니다. 저 구름이 순풍을 가져올 거라고 믿는 겁니다."

조선사공들이 축전사공 편을 들었다. 조엄이 출항을 명했다. 순풍을 타고 평온하게 행선하였다. 남도의 포구에 닿자 해가 저물고 바람이 뚝 그쳤다. 어제 오늘 축전주 사공들이 바람을 정확히 예측한 것이다.

27일엔 하늘과 바람이 묘했다. 틀림없이 비가 올 듯도 하고 오지 않을 듯도 하였으며, 풍향이 동쪽이 되었다가 서쪽이 되었다가 하였다. 바람 도사로 불리게 된 축전주 사공들이 행선 불가라고 단언했다.

올 때 부기선이 침수하였던 곳이 남도다. 배가 수리되어 있기는커녕, 부기선 자체가 없어졌다. 고칠 수 없을 것이라고 짐작하기는 했다. 삼사는 빌려 받은 왜선을 가져가는 대신, 부서진 부기선을 남도에 줄 예정이었다.

"어디로 갔는가?"

알아보니, 대마인들이 분해하여 대마도로 싣고 갔다는 것이다. 대마인이 가로챈 셈이다.

조선인은 한목소리가 되었다. "죽일 대마놈들!"

일기도 풍본포(壹岐島 風本浦, 이키노시마 가자모토우라) —5월 28일~6월 12일

5월 29일

종사관이 조엄에게 의논조로 꺼냈다.

"남는 쌀이 있습니다. 관례에 따라 대마도인 구휼미로 책정되었던 여분의 쌀입니다."

기해사행(1719) 때의 일이다. 대마인이 쌀 꾸어주기를 애걸했다. 쌀 백 섬을 꾸어주었다. 돌아오는 길에 탕감해주었다. 결과적으로 조선 쌀 백 섬을 공짜로 대마인에게 준 셈이다.

무진사행(1748) 때, 대마인이 또 쌀 꾸어주기를 청했다. 역시 빌려주고 탕감해주었다.

두 번의 일을 전례로 만들어버렸는지, 작년 대마도에 머물 때 쌀을 빌려달라고 했었다. 조엄은 대답을 하지 않았다. 강호에 닿아서야 쌀이 충분히 남을 것으로 판단하고 빌려주겠다는 뜻을 비쳤다. 대마인은 강호에 알려지면 좋지 않다면서 다른 참(站)에서 받기를 원하였다. 대판에서 주려고 했다. 빌려주고 탕감해주고 그런 구차한 형식을 갖추지 않고 그냥 지급할 작정이었다. 와중에 최천종이 죽었

284

다. 줄 마음이 싹 사라졌다.

"이미 지난 일이고, 지금이라도 주는 게 어떻겠소?"

"분부대로 하겠습니다."

종사관이 쌀 주겠다는 전갈을 했더니, 대마주가 사양했다. 〈이번엔 의리상 받기 어렵습니다.〉

진심인지 알 수 없었다.

"대마주는 염치가 있으니 쉬이 받겠다고 못할 것입니다. 하온데 살펴본즉슨 대마 하속배들은 자못 군색한 눈치입니다. 그들에게 베푸는 형식으로 처리하시는 게 어떻겠습니까. 도로 가져가봐야 의심만 사고 저희에게도 이롭지 못합니다."

쌀 100석을 대마인에게 나누어주었다.

6월 3일

비바람이 밤낮으로 한껏 사나웠다.

오랫동안 배 안에 갇혔다.

거북한 배 냄새에 못 견딘 원역들이 비바람을 뚫고 뭍 관소로 들어갔다. 원역은 제 몸뚱이만 챙겨서 딱 한 번 움직였지만, 종놈은 등짐을 지고 최소 서너 번은 왕복해야 했다.

삽사리가 썼다.

종놈 팔자가 물걸레보다 나을 게 뭐냐!

6월 5일

올 때도 일기도에서 오래 지체했는데, 귀로에서도 일기도에서 여러 날을 지체했다.

"이 가난한 고을의 형편을 헤아리니 필시 지공 등이 군색할 것이다." 조엄은 갖추지 못한 것의 탕감을 허락했다. 영접관이 감사를 표하러 달려왔는데, 지옥불에서 벗어난 표정이었다.

6월 7일

왜인이 호들갑을 떨었다. 관소 뒤 흙언덕이 삼상치 않다는 것이었다. 삼사는 대피했다. 과연 언덕의 금이 간 곳이 무너져내려 관소의 한 모퉁이를 덮쳤다. 뜻밖의 산사태로 인하여 관소에마저 있을 수 없게 되었다. 원역들은 할 수 없이 배로 돌아갔는데, 배냄새는 더욱 심해졌다. 스산한 장맛비에 열흘 동안 시달렸으니 피할 수 없는 악취였다.

6월 8일

변박은 수륙의 각 참을 지날 때 별의별 것을 다 그렸다. 조엄이 변박을 불러 그림을 보고자 했다.

"초본이 아직 완성되지 못한 것이 수도 없습니다."

"잘 되었네. 내 앞에서 수정하게. 자네 그림 솜씨를 구경해야겠네. 나로서는 심심함을 메우는 한 방법일세."

변박은 심심한 사람을 위하여 애썼다.

우레와 번개가 미친듯이 쳐대고 밤새도록 비가 죽죽 쏟아졌다.

뱃사람들은 좋아했다. "큰비 뒤에 번개가 치는 것은 날이 쾌청할 징조거든!" 민망하게도 날은 쉬이 개지 않았다.

6월 10일

동틀 무렵, 대마주가 전해왔다. 〈바람의 기세가 행선할 만합니다.〉

조선 선장·사공은 견해가 달랐다. "언덕에 올라 보니 바람이 순하지 않습니다. 파도마저 험합니다. 결코 행선할 수 없습니다."

"너희가 행선할 수 없다고 하는 날도 다 있구나?"

"저희도 바다가 집인 놈들입니다. 아무 갈피 없이 지껄이는 게 아닙니다요."

"그대들 말을 들어야지, 누구 말을 듣겠나."

조엄은 대마주에게 자중하여 지켜보자는 답을 보냈다.

먼저 나간 대마도 배 2척이 표류한다는 소식에, 조선 뱃사람은 기고만장했다. "바람도 모르는 것들이 까불더니 잘코사니다!"

대마도 부중(對馬島 府中, 쓰시마 후추, 현재의 이즈하라) —6월 13일~18일

6월 13일

자욱한 안개가 바다를 덮었다. 10보 밖을 분별하기 어려웠다. 하늘빛이 검게 되며 비린내가 났다. 같은 배에 탄 사람들도 다른 사람

의 얼굴을 분간할 수 없는 지경이었다. 나침반의 자침이 격렬히 움직였다.

각 배들이 서로를 잃고 흩어졌다. 순풍이 불어 뱃길은 차차 빨라졌으나, 앞길이 오리무중이었다. 일기선에서 포를 쏘아 각 배의 향방을 탐지했다. 부기선은 전방 5리쯤에서 응하고 삼기선은 좌측 수십 보에서 응했다. 대마주선이 포성을 듣고 일기선 곁으로 다가왔다. 앞서거니 뒤서거니 했다.

선장 등이 의심했다. "저놈들 가는 길이 이상합니다."

조엄이 자신했다. "대마주는 자기 집을 틀림없이 잘 찾아갈 것이다. 대마주선을 따라 전진하면 다른 염려가 없을 것을 보증한다."

계속 포를 쏘았지만 응답하지 않는 배가 다수였다. 만약 여기서 길을 잃게 되면 엉뚱한 곳으로 갈 수 있었다. 거제와 고성 등지로 흘러가는 것은 차라리 괜찮겠지만, 제주도와 유구국(琉球國, 현재의 오키나와) 쪽으로 가게 되면 낭패다. 일기선은 자기 집 찾아가는 대마주선과 동행하고 있었지만 다른 배들은 방향을 제대로 못 잡을까 봐, 은근히 걱정되었다. 한 줄기 검은 그림자가 배 왼편에 드리웠다. 무엇인지 의아해서 결정하지 못하고 반응을 보기 위해 포를 쏘았더니 포성이 메아리쳤다.

"산이다, 산! 돌아라, 돌아!"

가까스로 모면했다.

이기선은 초경 무렵에 어떤 항구에 들어섰다. 수천 개의 횃불이 언덕 위에 있었다. 모두가 올 때 묵었던 대마도 부중의 관소 서산사 아니냐며 몹시 기뻐했다. 대마도 왜인이 자기네 고향 해변임을 확신했다. 그 말을 신뢰한 조선인들이 닻을 내리려고 했다.

일기도 금도가 손을 휘저으며 막았다. 〈수상하다, 내가 확인해보겠다.〉 그가 비선에 타서 물가를 두루 돌아다보고는 여기는 부중이 아니라고 강변했다. 그가 예선을 지휘하여 위험한 자리에 위치했던 부기선이 빠져나오도록 했다. 과연 대마도 부중과 40리나 떨어진 낯선 포구였다.

"대마도 놈들이 떼로 돌았나? 지들 집도 못 찾아가!" 욕하면서 한참을 더 가니 여기저기서 포소리와 나팔소리가 들렸다. 어두운 곳에서 예선들이 나타나 밧줄을 던졌다.

부사 이인배는 약과를 들어보이며 예선의 왜인들에게 전하라고 했다. "정박한 뒤에 배가 터지도록 조선의 약과를 주겠다. 힘을 내라!"

〈조선 약과를 먹어보자!〉 유쾌히 지휘하여 속도가 높아졌다. 조선 뱃사람들마저 일기도 금도의 활약에 경의를 표했다.

삼기선이 오지 않았다. 잇따라 불화살을 쏘았지만 바다에서는 아무런 응답이 없었다. 역관·군관을 태운 비선 네 척과 예선 수십 척을 포구 밖으로 띄웠다. 삼기선을 기다리는 한편 찾았다.

삼기선은 표류 중이었다. 안개에 휩싸여 아무데나 휘저었다. 신호·탐지용으로 워낙 쏘아대서 포탄도 동이 났다. 뱃사람들은 아무렇지도 않았지만, 서울 사람과 떠꺼머리는 두려워 울부짖었다. 길을 찾으려고 애쓰던 도사공 김명색(金命色)이 신경질을 냈다. "시끄러워서 집중이 안 됩니다!"

선장 변박은 밤낮없이 지도를 그리느라 쌓인 피로에도 불구하고 이리 뛰고 저리 뛰다가 별안간 머릿속이 아득해졌다. 기절한 변박을 대신하여 종사관이 손수 선장 노릇을 맡았다. 종사관이 타루에서 뱃전을 내려다보며 외쳤다. "소동 한 사람의 머리를 베어 뱃전에 달아 보인 뒤에야 배의 안위를 기대할 수 있겠다!" 다들 놀라서 입이 딱 붙어버렸다.

추상우가 격군 주제에 감히 타루까지 뛰어올라왔다.

"물소리가 높사오니 가까이에 필연 섬이 있소이다. 급히 돛과 닻을 내리쇼."

도사공 김명색이 잡아먹을 듯이 뇌까렸다. "시건방지게!"

"아니면, 나를 죽이시오. 아니, 내가 바다에 뛰어들겠소. 뱃놈들아, 어서, 멈춰!"

사공들이 추상우를 패려는데, 갑판에 격군이 떼로 모여 소리질렀다. "멈춰! 멈춰!"

멈추지 않았다가는 선상 반란이라도 일으킬 기세였다.

종사관이 칼을 빼들고 외쳤다. "내 이놈, 허튼소리면 네 목을 치겠다…… 배를 멈춰라!"

사공들이 물레를 돌려 돛을 내리고 닻을 던졌다. 배가 다 멈췄을 때였다. 시커먼 돌산이 눈앞에 딱 나타났다. 모두 가슴을 쓸어내리며 살았다고 춤을 추었다. 사공들은 부끄러워 쥐구멍이라도 찾고 싶었다.

종사관이 명했다. "추상우, 네놈은 타루에서 도사공을 도와라."

바람을 살피고 바닷길을 짐작하는 일을 맡기겠다는 것이다.

밤새 배가 극도로 흔들려 위태로웠다.

추상우가 청했다. "삼사또, 여기는 제가 있을 곳이 아닌 듯합니다. 내려가서 제 동무들과 있어도 될깝쇼."

"내 말이 말 같지 아니하냐?"

"배가 움직이지 않고 있으니······."

"날이 밝으면 와라."

추상우는 갑판으로 가더니 활개 쳤다. "이봐, 왜들 얼굴이 그래. 힘을 내, 웃어, 노래하고 춤을 춰. 이까짓 풍랑 우리가 한두 번 겪었나. 안개는 그냥 나쁜 꿈하고 똑같아. 자, 꿈에서 깨어나라고. 내가 먼저 노래할게, 따라해!······ 우리는 조선의 뱃사람이다, 우리는 조선의 통신사다, 우리는 죽지 않는다, 우리는 하나같이 용감하다, 우리는 부모형제 기다리는 조국으로 간다, 너도나도 잘 사는 세상, 우리가 만든다, 가자가자 고국산천······."

김인겸이 기막혀서 껄껄댔다. "저 물건이 제대로 실성한 물건입니다그려."

종사관도 웃었다. "하는 짓이 귀엽소."

도사공 김명색이 씩씩댔다. "노래여 방귀여, 저 주둥이를······."

갑판 분위기는 달랐다. 추상우 혼자 광대질 하던 판이 격군·소통사·소동·종놈이 어우러진 놀이판이 되었다. 놀이판의 흥겨움으로 안개와 풍파가 주는 공포를 잊었다.

분위기 살리느라 분주했던 추상우가 잠시 쉴 때, 단짝 종도리가 물었다. "성님, 어찌 알았소? 귀신이오?"

"귀신 같은 소리 한다. 내가 서해 최고의 수적 아니냐. 바닷길이라면 나도 훤하다. 수적 티 안 내려고 사공들 하는 일에 나서지 않았었다만, 앉아서 죽을 수는 없어서 나섰다."

"뻥이 아니었구려. 나는 이제 성님이 수적 대가리였다는 걸 믿소."

동이 터오자, 종사관은 비선을 추상우에게 내어주었다.

추상우는 격군 둘과 소통사 하나를 태우고 갔다가 2각 만에 왜선을 발견했다. 왜선에 근방 지리에 밝은 대마인이 타고 있었다.

삼기선은 왜선의 인도로 길을 찾았다.

6월 14일

여러 배들이 삼기선의 형체를 보지 못하고 돌아왔다. 탐문해온 결과도 왼편으로 갔다느니 오른편으로 갔다느니 두서없었다. 일행은 올 때 묵었던 서산사에 여장을 풀었다. 조엄은 밤새 고생한 이들은 쉬게 하고, 좀 쉰 군관·역관에게 양식을 잔뜩 싣게 했다.

"좌우로 나누어 가서 온 바다를 돌아서라도 기어이 찾으라!"

진시(오전 8시경)쯤이었다.

"서쪽에서 배가 떠내려옵니다!"

멀리 보았다. 쌍돛대 형상이 틀림없이 삼기선이었다. 정박하기를 기다려 모두 달려갔다. 죽다 살아난 벗을 만난 듯 눈물을 글썽이고 기뻐했다.

"어두운 안개가 아니었던들 이런 걱정은 없었소. 안개 속에서 육칠십 리 가까이 돌다니."

"대마인이 안개를 두려워하면서도 양식이 바닥났기 때문에 강행했던 모양입니다. 그들은 다 무사합니까?"

"다 무사하오. 손님만 고생했소."

격군을 배불리 먹였다. 일기도의 예선이 너무 정성껏 수고하였으므로, 돌아갈 양식을 넉넉히 지급하였다.

서산사에 조선의 표류민이 머물러 있었다. 부부 세 쌍, 사내아이 넷, 여자아이 하나, 모두 11명이었다. 그들의 좌장 하인택(河仁宅)이 사연을 엮었다.

"저희는 제주 사람들입니다. 세 가족이 전복을 채취하려고 지도(地島)에 가 있었습니다. 3월 보름 뒤에 바람이 불어 치목이 부러지고 노마저 잃어버렸습니다. 침몰이 두려워 잡물을 바다에 몽땅 던졌습니다. 바람에 맡긴 채 10여 일 떠돌아다니는 동안 양식도 물도 떨어졌습니다. 빗물에 옷을 적셨다가 그것을 짜서 마셨습니다. 굶은 지 5일이 되니 거의 사경에 이르렀습니다. 하루만 더 떠돌았어도 저희끼리 잡아먹었을 겝니다. 다행히 이 근처에 정박하였습니다. 여기 사람들에게 구원받고 간신히 살아났습니다."

열엿새나 바다를 둥둥 떠다녔다는 것이다.

"죽을 고비를 수없이 넘기고 사또를 뵈니, 부모를 뵌 듯합니다."

눈물을 철철 흘리며 기꺼워했다.

얼른 밥을 짓고 찬을 차려, 약과와 함께 먹었다.

"고국 음식이라 그런지 맛이 아주 좋습니다." 한없이 좋아하며 먹었다.

하인택이 걱정스레 밝혔다. "하온데 사또, 저희가 강진에 사는 백성이라 속였습니다."

"어째서 말이냐?"

"여기가 유구국 아닙니까? 제주인과 유구국은 일찍이 원망을 맺은 일이 있기 때문에 보복을 당할까 염려했습니다."

"여기는 유구국이 아니다. 대마도다."

"정말입니까, 진짜로 살았습니다. 저희는 이들한테 얻어먹으면서도 제주 사람인 게 발각되면 다 죽으리라 엄청 두려워했습니다."

제주인과 유구국이 원망을 맺은 것은 무려 150여 년 전이었다. 고증에 따르면, 제주 탐관오리들이 유구국의 왕자를 포함하여 수백 명의 해외 표류민을 도륙한 일이 있었다. 조선은 뻔뻔했다. 살해자들의 뇌물을 받고 겨우 귀양 보내는 데 그쳤다. 국제적인 반성 조치를 전혀 행하지 않았다. 탐관오리의 표본 이기빈(李箕賓)은 인조반정 후 함경북도절도사까지 오른다. 후안무치한 조선 조정 대신, 제주 사람이 150여 년 동안 공포에 떨었다. 표류하여 유구국에 가면 무조건 죽는다!

조선 표류민이 대마도에 정박하게 되면 연례입송사(年例入送使) 편에 보내주었다. 또 일본의 어떤 주(州)에 표류하게 되면 대마도까지 인도해주었으니 소위 '표차왜별송사(漂差倭別送使)'였다.

"1년에 표차왜가 많으면 대여섯 차례에 이른다니 적다고 할 수 없구나."

"먹고살아야 하니 무리하게 배 띄우는 일이 많습니다. 지금 제주도는 기근이 들어 굶주림이 극심합니다. 저희처럼 배 한 척에 의지하여 먹을거리를 구하러 나간 가족이 숱합니다."

"가여운 일이다."

여인 중에 해산을 앞둔 이가 있었다.

조엄이 친히 전달했다. "우리나라의 간장과 미역이다. 조선 백성을 낳은 뒤 조선의 음식을 먹도록 하라."

조선의 아이들이 해변에서 물놀이 즐기는 것이 천진난만했다. 소동들이 같이 놀아주었다.

부산진과 좌수영에서 발송한 문서들이 들어왔다. 지난달 25일에 붙인 것이었다. 부산첨사가 조엄에게 쓴 공적 편지에 '각 집이 편안하다'는 한마디 문장이 있을 뿐 가서(家書)는 없었다. 대개 기대도 안 했던 눈치다.

6월 15일

배가 중류에 닻을 내리고 있는데, 관소와 배를 오가는 거룻배를 충분히 지급하지 않았다. 애로사항이 한둘이 아니었다. 지공도 엉망이었다. 땔감과 나물과 소금과 장이 지급되지 않았다. 다른 고장에서 받은 대접에 비교하자니, 대마인의 무례는 짐승 수준이었다. 그렇지 않아도 대마인을 성토하는 게 소일거리였던 이들은 혀를 재울 틈이 없었다. 떠날 날이 코앞이라 그나마 참는 거였다,

정오쯤에 대마주와 이정암승이 삼사를 만나러 왔다. 부중으로 돌아온 뒤의 관례였다.

〈놀랍게도 시체선이 아직도 대마도에 오지 않았다고 들었소. 어

찌된 일이오?〉

〈조난당했었습니다. 선구(船具)를 보수하여 엊그제 비로소 일기도에 도착했다고 합니다. 오래지 않아 이곳에 도착할 것입니다.〉

김한중·최천종·이광하의 주검은 물고기밥이 될 뻔했다.

통인소동 백태륭·김대진(金大振)·정중교(鄭重僑)·배상태(裵尙泰)가 소동행수 임취빈에게 의논했다.

"관례를 치르고 싶다."

"우리가 언제 또 여러 훌륭한 양반님들을 한꺼번에 보겠소. 이왕이면 이 기회에 어른이 되고 싶소. 축하를 오지게 받고 싶소."

"우린 다 컸단 말이우."

"언니도 함께할 거지?"

임취빈이 환하게 웃었다. "어른이 뭘 좋다고! 나는 빠질래."

넷은 조엄을 찾아가 꿇어앉았다.

"사또 청이 있습니다. 저희가 열일고여덟 살입니다. 떠꺼머리를 말아 올리고 싶나이다. 갓을 쓰게 하여주소서."

"아하, 1년 새에 너희들이 어른이 되었구나. 그리 하거라."

조엄은 도척들에게 일러 관례상을 차려주도록 했다. 관소에 조촐한 잔칫상이 차려지니 오래간만에 즐거운 기분으로 잔뜩 모였다. 지위·신분에 관계없이 모두가 소동을 아꼈다. 손자처럼 자식처럼 친아우처럼. 넷이 상투를 틀고 갓을 썼다.

"어른 되신 거 많이많이 축하드립니다."

임취빈과 그 외 소동들이 경축 무대를 펼쳤다. 선배 어른들은 뭐라도 하나씩 선물하며 좋은 말 해주느라고 때깔을 잡았다. 넷은 뱃사람 어른들에게도 인사하러 갔다.

이기선장 변탁은 일본글자 가타카나로 적힌 이야기책 한 권씩을 나눠주었다. 덕담이랍시고 지껄였다. "네놈들 최고 출세가 소통사 되고 급제하여 역관 되는 거 아니겠느냐. 이걸로 왜말 공부 열심히 하거라. 내가 대판 서점에서 친히 사온 것인데 아깝지만 베푸는 것이니라…… 참 좋기도 하겠다. 어른이 된다는 것은 오로지 처자식을 위해 목숨 건다는 것이다. 어린것들이 뭘 알겠냐. 이왕이면 부잣집 여인을 아내로 맞이해라. 거기에 너희 인생이 달렸느니라."

변탁은 인솔자로 따라온 임취빈과 따로 한담했다.

"네놈은 어째서 어른이 되지 않았느냐? 열다섯 만 되면 상투 트는 세상에 넌 벌써 열아홉 아니냐?"

"소동으로 사는 게 편합니다…… 자주 찾아뵈어도 되지요?"

"나를 보고 싶은 게 아니라 내가 사온 왜 이야기책을 보고 싶은 거겠지. 아니면 잘생긴 변박을 보고 싶거나."

"겸사겸사 보면 좋지요. 그 건강한 분이 기절을 하다니 깜짝 놀랐어요. 말짱해지셔서 정말 다행예요."

"피로엔 장사 없다. 질투 나니까 그 자식 얘기는 관두자꾸나. 나도 너를 좋아한단 말이다. 언제든 찾아오거라. 책만 보여줄까? 네 이야기책을 내가 천지사방에 팔아주마. 잘 쓰면 뭐하난 말이다. 팔려야지. 나처럼 잘 파는 사람 만나는 것도 복이다, 복."

"제 것을 짜깁기하시려고요?"

"네놈의 이야기는 허풍이든 진짜든 몹시 잘다래서, 나의 두루뭉

술 황당허풍 이야기에 맞지 않는다. 줘도 안 갖는다!"

"잗다랗다니요? 저는 진짜 사람살이를 쓴 겁니다."

"그게 무슨 의미가 있느냐? 사는 건 사는 거로 충분한데, 왜 책으로까지 읽겠느냐? 사는 세상에 불가능한 이야기라야 읽을 맛이 있는 것이다."

"몰라요, 저는 제가 쓰고 싶은 대로 쓸래요. 선장님은 선장님의 글을 쓰세요, 나는 임취빈의 글을 쓸 거예요."

"그래, 우리 문학사에 이름을 남겨보자."

"꽝꽝 작가님이나 많이 남기세요. 저는 이름이 남지 않을 거예요. 문학사는 훌륭한 양반님들네 책 속에나 있는 거니까. 고명한 품평 판관들께서 저따위 상것이 쓴 언문소설까지 들춰보겠어요?"

"주제 파악 하나는 확실하구나."

훗날 문학사에 임취빈이 안 남은 것은 당연하겠고, 변탁도 남지 않았다. 사행록이 간신히 남기는 했으나, 전대미문의 뗀 작가 '꽝꽝'은 발굴조차 되지 못했다.

6월 16일

쇼군이 삼사에게 하사한 회례(回禮)가 은자 13,112냥, 그 외 원역에게 증여한 은자가 9,804냥이었다. 이중 은자 8천 냥 가량을 대마주에게 보냈다. 호행으로 고생한 것에 대한 사례만은 아니었다. 대마주는 받은 것의 대부분을, 초량왜관 조차(租借)비 및 각종 세금 명목으로 동래부에 대납할 것이니까.

싹수머리 없는 오랑캐한테 왜 막 퍼주냐고 불평이 만발했다. 속

사정을 아는 이들은 통신사가 대마인에게 은과 예폐와 쌀을 퍼주는 까닭을 알았다. 상국 사신으로서 하국 오랑캐로부터 받은 것을 가지고 귀국할 수 없다는 체면도 있겠고, 어찌되었든 노고가 컸던 대마인에게 주는 수고비라고도 할 수 있겠고, 경제적으로 지원하여 왜구로 돌변하는 일이 없도록 원조하는 방책이라 할 수도 있겠다. 우는 아이에게 떡을 줄 때도 상반된 판단이 가능하다. 배불리 먹고 울음을 그칠 것이고 고마워하며 까불지 않을 것이다. 떡을 먹고 힘을 내서 배은망덕하게도 까불 것이다. 조선의 대마도에 대한 경제적인 지원은 항상 그런 상반된 시각을 불러일으켰다. 대마인을 먹고살게 하여 왜구로 변하는 일이 없도록 만들자. 대마인이 우리가 준 쌀로 배 만들고 무기를 사서 쳐들어오면 어떡하려고 막 퍼주는가?

조선이 150여 년 간 통신사를 열한 차례나 보낸 데에는 복합적인 까닭이 있었다. 선진 문물을 전해주기 위해서. 이건 정말 빛깔 좋은 땡감 같은 견해다. 이놈들이 또 쳐들어올 속셈인지 사찰하기 위해서. 인삼을 은으로 바꾸기 위해서. 대마도의 경제적인 안정을 위해서. 군사력 때문일 수도 있었다. 조선이 청나라의 감시와 견제를 뚫고 자주국방하려면 유황·무기가 필수적이었다. 에도막부는 청나라가 무서워 공식적으로 조선에 유황·무기를 수출할 수 없었다. 대마인이 본토의 유황·무기를 수집하여 비공식적으로 동래부에 반입했다. 통신사가 대마도에 주고 오는 모든 것은 유황·무기 밀수입에 소요되는 제반비용에 대한 선급 수수료라 할 수 있었다. 에도막부의 권력이 교체될 때마다 비공식적인 유황·무기 무역의 지속을 확인받아야만 했던 것은 아닐는지.

에도정부 또한 막대한 비용에도 불구하고 통신사를 받은 데에는 여러 가지 이유가 있었을 테다. 학자들이 흔히 말하는 '조선의 선진 문물을 수입하기 위해서'가 가장 설득력이 약하다. 조선의 선진문물 이라 할 것이 골수 성리학 빼고 무엇이 있단 말인가. 물론 『칠정산』 이나 '여민락' 같은 예외가 있기는 했지만…… 지방 다이묘의 재력 을 탕진시키기 위하여. 조선이 복수 차원으로 혹시 쳐들어올지 파악 하기 위하여. 조선의 자주국방을 돕는 것이 혹시 모를 청나라의 망 상적 침략을 예방하는 길이라 여겼기에.

어쩌면 다른 까닭은 다 빛 좋은 개살구고, 조선과 일본은 오로지 '초량왜관'을 유지하기 위한 보증수표로 통신사를 보내고 받았는지 도 모른다. 통신사가 오가던 시절에 일본은 막대한 은 생산국이었 다. 일본의 은이 교토에 모인다. 교토에서 대마도를 거쳐 초량왜관 으로 들어간다. 은은 조선 서울로 옮겨졌다가, 중국 가는 연행사 편 에 베이징으로 이동한다. 중국 베이징은 비단의 집결지였다. 조선 사신은 비단을 매입하여 귀국한다. 이 비단이 한양을 거쳐 초량왜관 으로 들어간다. 대마도를 거쳐 교토로 들어간다. 일본의 최대 산업 이 비단 방직이었다. 초량왜관은 중국·조선·일본을 잇는 비단길의 거점이기도 했고, 일본·조선·중국을 잇는 은길의 거점이기도 했다. 조선·일본 간 인삼길의 출발점이기도 했다.

통신사는, 초량왜관의 존립과 대마도의 초량왜관 관리와 비단 길·은길·인삼길을 확약하고 점검하고 보강하고 신의를 다지는, 조 일 양국의 국제무역적 목적이 가장 컸을지도 모른다.

계미년 통신사 때 일본은 비단 국산화에 성공한 지 오래였다. 중국 비단이 필요하지 않게 된 것이다. 은의 길이 마감되려 하고 있었다. 은의 길이 종료되었으니, 비단의 길도 자동 종료될 테다. 일본은 집요하게 인삼 국산화를 추진하고 있었다. 인삼의 길도 빛이 바래가고 있었다. 초량왜관의 존재가치가 사라져가는 만큼 통신사가 계속되어야 할 까닭도 사라져갔다. 그것이 계미년 사행이 본토까지 다녀온 마지막 통신사가 된 이유가 아닐는지.

아니, 더욱 근본적인 까닭은 일본 본토와 조선 양국이, 대마도에 쓸 정치적·경제적 여력이 사라져 버린 탓일 게다. 조선쪽만 얘기하자면, 19세기의 조선은 내 코가 석 자 상황으로 정치는 말할 것도 없고 경제적인 파탄이 심각했다. 자국의 인민이 배고픔에서 헤어나지 못하는 처지에 바다 건너 섬 사람의 배고픔까지 헤아리랴.

6월 17일

이덕리가 임취빈을 불렀다.

"요량해보았느냐?"

"무엇을 말입니까?"

"어허, 내가 만날 때마다 운을 띄웠거늘. 나를 도와 차를 산업화할 의향이 있느냐 말이다."

"농담이신 줄 알았죠."

"난 진지한 사람이다."

"차 얘기를 하시니 제가 꼭 여쭤보고 싶은 게 있습니다."

"뭐냐?"

"삼다, 인삼차 말입니다. 제가 보니까 왜 다승들이 꼭 인삼차를 내왔잖습니까? 저는 그 인삼이 우리나라에서 수입해 간 인삼인 줄로만 알았습니다. 조선의 인삼으로 조선인을 대접한 것인 줄 알았지요. 왜인 말을 들으니 그 인삼이 자기네가 자기네 땅에 재배한 인삼이라고 하는 겁니다. 한데 어떤 왜인들은, 조선 사람 아무나 붙잡고 인삼재배법을 캐묻는 거예요. 인삼을 재배할 줄 안다는 것인지 모른다는 것인지 헷갈립니다."

"중국인들이 인삼을 재배할 줄 몰라서 우리 조선 인삼에 죽자 살자 하는 것이겠느냐?"

"예?"

"재배법이 같을지라도 그 토양에 따라서, 자질구레하나 매우 중요한 재배 작업의 수준 차이에 따라서 질이 달라지는 것이다. 내가 왜 다승들과 두루 얘기해보고 나름대로 정보를 모은 결과, 왜인이 인삼재배에 성공한 것은 사실인 것 같다. 계속 실패하다가 15년쯤 일광(日光, 닛코)이라는 데에서 재배에 성공했고 거기 인삼이 전국으로 퍼지고 있다는구나. 그러나 재배법은 빨리 퍼지지 않을 것이다. 누가 그 비법을 쉬이 전하랴…… 또한 내가 인삼차 맛을 보니, 조선의 6년 재배삼 수준에 비하면 멀었다. 허나 질이 좀 떨어지더라도 인삼이라는 게 중요하다. 부자들은 계속해서 조선 인삼을 수입해 먹겠지만, 인민들은 하질이라도 감지덕지하며 싼값에 사먹지 않겠느냐? 아무튼 그 개발되었다는 재배법이 완전치 않으니 좀더 나은 재배법을 연구하고 알려는 자들이 많은 것 아니겠느냐?"

"뭔가 명확해지는 것 같습니다."

"너 사는 곳이 영천이라고 했지. 내가 차 연구 밭을 만들려는 곳이 그쪽이다. 너는 무조건 와서 돕도록 해라."

"왜 저 같은 놈에게……."

"너만큼 믿을 놈이 없다."

이덕리가 왜국 다승들과 필담하고 차를 연구하며 수집한 정보를 적은 종이뭉치를 보여주었다. 임취빈은 진정 놀랐다. "나리, 정말 훌륭하십니다. 다조(茶條)? 이것은 방안(方案)입니까?"

"그렇다. 일단 차를 관장하는 관청이 있어야 한다. 영호남에 저절로 상질의 차가 나는 고을을 찾는다. 가난한 자들을 차 따는 일꾼으로 쓴다. 차에 능통한 자들을 감독관으로 파견한다. 감독관이 가난한 일꾼들과 함께 차를 딴다. 찻잎을 찌고 덖는 법을 가르친다. 해마다 생산량을 늘려 1백만 근을 생산하면 중국과 일본에 팔아 50만 냥은 벌 것이다. 국가와 인민에게 얼마나 큰 이익이냐."

"하온데 청나라가 공물로 바치라고 하면 어떻게 하죠?"

"우리가 인삼을 빼앗겼느냐? 공물로 바치는 것도 있지만 바치는 대신 받아오는 것이 있으니 무역이다. 하고 그 조공무역으로 인해 인삼이 중국 전역에 홍보되어 중국인들이 사러오는 것이다. 차 또한 그렇다. 우리나라에 차가 나는 줄 알게 되면 중국 조정이 공물로 바치라 할 수 있다. 허나 그 덕분에 중국 천하가 우리나라 차를 알게 되고 상인들의 수레가 책문을 넘어 우리나라로 몰려올 것이다."

"그렇습니까? 말만 들어도 좋기는 합니다만."

"경제 규모가 일천한 우리나라가 차를 통해 갑작스레 수백만 냥을 벌게 된다면 무슨 일이든 할 수가 있다. 무엇보다도 국방력을 강화하여 외적의 침입을 방비할 수 있을 것이다."

"아무튼 다 잘되었으면 좋겠습니다. 고귀마도 재배에 성공해서 많은 백성들이 굶주림을 덜었으면 좋겠고요, 원중거·허규·변박 나리가 연구한 실용기계들도 조선 땅 기계들을 발전시키는 데 기여했으면 좋겠고, 나리의 차 사업도 잘 돼서 여러 백성이 돈을 벌고 나라는 부유해지고, 얼마나 좋아요? 하온데 저는 어째 꿈속의 상상처럼……."

"꿈을 현실로 만들어야 한다. 꿈을 현실로 바꾸려고 노력하는 이들을 통해 세상은 발전하는 것이다. 네놈이 이야기꾼이라는 걸 안다. 허나 이야기 따위가 세상에 무슨 도움이 된단 말이냐. 아무도 안 읽더라도 내가 앞으로 쓸 차에 관한 모든 것이 담긴 『동다기東茶記』나 뽕나무 사업으로 국가를 부강하게 할 방안을 담은 『상두지桑土志』가 세상에 기여할 것이다. 네놈이 좋아하는 이야기는 그저 한순간을 잊게 만드는 환술 같은 것일 뿐이다. 무익해!"

"하오나 이야기가 있기에 사람들이 꿈을 꿀 수 있는 것 아닙니까?"

"논쟁은 차차로 하자. 나랑 차의 나라를 만들어가면서 얼마든지 얘기해보자꾸나."

"나리, 제가 괜찮은 놈 하나 소개해드릴게요. 홍복이라는 종놈인데요, 종놈 주제에 상상력이 특이합니다. 옛날 장영실이 꼭 그랬을 거예요. 홍복이놈을 사서 부리시면……."

"너 아니면 안 되겠다."

알 수 없는 일이지만, 다른 사람을 빨아들이는 사람이 있다. 틀림없이 임취빈은 그런 어지자지였다. 어쩌면 임취빈에게 내재한 여성

성이 괴이한 흡인력의 근원인지도 몰랐다.

6월 18일

오후에 삼사가 위의를 차리고 대마주의 집을 찾았다. 잔치가 아니므로 번다한 예의는 생략했다. 다만 편히 앉아 차 한 잔씩 나누면서 이별의 정을 나누었다.

조엄은 〈중·하관 시체선을 속히 출송하라〉는 뜻을 다시 언급했다. 또 '兩國交隣貴在誠信(양국교린귀재성신, 양국의 교린에 있어 귀한 것은 성과 신의다)'란 여덟 글자를 대마주에게 작별선물로 주었다.

대마주가 답했다. 〈동고동락하며 받은 은혜와 가르침을 갚을 길이 없습니다. 강녕하소서.〉

이정암승이 잠깐 나갔을 때, 대마주가 작은 종이에 깨알같이 써서 내밀었다. 조엄은 쪽지를 보지 않고, 줄거리를 말해보라고 했다. 대마봉행이 수역 최학령에게 말하고, 최학령이 삼사에게 전했다.

대마도로 판매되는 인삼의 품질이 현저히 떨어지고 있다. 조선 인삼 수집상·매매상이 심각한 부정을 저지르고 있는 게 확실하다. 조정 차원에서 단속해주었으면 좋겠다. 뭐, 그런 이야기인 듯했다.

조엄이 답했다. 〈사신의 할 일 외에는 할 수 없거니와 하물며 이번 길에는 전에 없던 변을 만났소. 그러한 따위의 일을 조정에 아뢸 수 없소. 도주의 전언은 형편을 모르는 처사이오.〉

조엄은 쪽지를 돌려주었다.

삼사는 제주 표류민을 다시 불러 보고 백미 석 섬을 주었다. 표류민이 사행선을 따라가겠다고 매달렸다. 수역을 시켜 대마인에게 문의했다. 〈문서가 아직 작성되지 않았다. 며칠 뒤에야 조약을 준수하여 부산으로 보내겠다〉는 답이었다.

남옥이 표류민을 찾아가 다독거렸다. "양국 간에 정한 조약이 있다. 살아서 돌아갈 것을 염려하지 마라. 또 네 처가 출산이 임박했다는데 배 안에서 놀라 아이가 떨어질까 걱정된다. 해산하기를 기다려서 나가는 것이 좋겠다."

대마인에게는 〈그들을 잘 돌봐주고 아이 낳기를 기다려 무사히 보내달라〉고 당부했다.

부산진으로부터 고귀마 소식도 듣지 못했다. 조엄은 다시 고귀마 몇 말을 구하게 했다. 동래의 교리배(校吏輩)들에게 줄 예정이었다. 조엄의 강권으로 몇몇 원역도 고귀마 종자를 구해 지녔다.

방포(芳浦, 요시우라) ─ 6월 19일

대마관료들이 출항을 하루이틀 물려달라고 빌었다. 삼사는 허락하지 않았다. 밝을 무렵에 배를 탔다.

부산까지 배웅할 대마봉행 무리가 핑계하며 늑장 부렸다. 〈미처 행장을 차리지 않아서 즉시 와서 대기하지 못합니다.〉

"고국이 눈앞인데 뭐가 걱정이냐? 너희들이 가든지 말든지, 우리는 가겠다."

조엄이 행초령(行初令, 행군을 알리는 명령)을 내렸다. 대마인이 분주히 달려왔다.

제주 표류민이 통곡하며 작별했다. 떠나는 기쁨에 도취되었어도 표류민의 가련함이 애틋하였다. 각 배가 차례로 떠서 5~6리를 나왔다. 삼사와 대마주·이정암승이 각기 배에서 읍례를 행했다.

조엄은 대마주의 미래를 점치기라도 하듯 중얼거렸다. "짠한 사람이 오래 버티려나 모르겠군." 대마주는 결국 이듬해에 '잘린다.' 에도막부는 '최천종살인사건'의 책임을 묻지 않을 수 없었다.

바람이 줄었다. 노를 저어 행선했다.

격군이 씩씩댔다. "이 짓도 다 끝나간다!"

날이 저물어서야 겨우 방포(芳浦)에 이르렀다.

근처에 고공사(篙工祠)가 있었다.

삽사리가 썼다.

절이 아니라 상앗대를 쥔 뱃사공을 기리는 사당이다. 사당 아래는 양쪽 절벽 사이를 통과하는 좁은 바닷길이다. 까딱하면 배 한쪽이 부딪히겠다. 옛말에 풍신수길이 이곳을 지날 때 뱃사공이 항해가 불가능하다고 했다. 풍신수길이 뱃사공의 목을 베어 머리를 포구 남쪽에 걸어놓았다. 풍신수길은 참 죽인 사람도 많다. 좀 애매하면 다 풍신수길이 죽였다네. 암튼 그곳을 지날 때 배가 부서지는 일이 잦았다. 사람들이 뱃사공의 제사를 지내고 사당을 세워 넋을 달래주었다. 그래서 사고가 줄었다는 거야? 무슨 전설에 결과가 없냐. 내가 알기로 풍신수길은 대마도까지 온 적이 없다. 혹시 비밀리에 왔었나? 암튼 전설을 만들려면 좀 말이 되게 만들라고!

부기선이 고공사 아래 잠깐 머물러 있을 때였다. 작은 배에서 가족이 오징어를 잡고 있었다. 나무 손잡이가 달린 둥근 어망을 휘저어 오징어를 건져 올렸다. 남편과 아내가 한 자쯤 되는 베로 음부를 겨우 가렸을 뿐이다. 열두서넛 가량의 아이가 오징어 수십 마리를 꿰어 돛대에 걸었다. 배에 솥과 땔감과 나무그릇이 실려 있는 것을 보니 배에서 먹고 자는 모양이었다. 제주 표류민도 저러했으리라.

왜통사가 돈 한 냥을 주었다. 조선 격군 하나가 마른과일 한 봉지를 아이에게 던져주었다. 부부가 이마에 손을 대고 절하더니 오징어 예닐곱 마리를 주었다. 왜통사가 알려주었다. 〈대판에서 장삿배가 와서 저 오징어를 사갑니다.〉

"우리한테 주면 뭐가 남아!" 부기선 닻물레 돌리는 사공 이무응토리(李無應土里)가 쌀 몇 되를 오징어 값으로 주었다. 멀리서 이것을 본 다른 고기잡이배 수십 척이 빠른 속도로 달려왔다. 부기선이 출발하니, 고기잡이배들이 따라오기를 포기하고 억울해하는 게 느껴졌다.

천포(泉浦, 이즈미우라) ― 6월 21일

파도가 세게 일고 역류를 만났다. 앞서가던 대마봉행선이 배를 돌려 천포로 향했다. 조선 배들도 뒤따라가서 닻을 내리고 물결이 순해지기를 기다렸다.

사시(오전 10시경)부터 바다가 안정되었다. 대마봉행선이 물결이 거슬린다는 핑계로 배를 출발시키지 않았다.

"왜인의 짐이 저녁때 도착하는 모양입니다. 아마도 그 짐을 기다리는 눈치입니다."

"우리끼리 가자!" 소란스러웠다. 멀리 부산·동래·기장 등지가 보이고 고국의 산 모양이 눈앞에 완연했다. 모두가 단번에 껑충 뛰어 건널 수 있는 마음이니, 급함이 오죽할까.

대다수가 한 의견이었다. "바람이 높지도 낮지도 않고 기울지도 비끼지도 않으니 곧바로 부산으로 향해 갈 수 있으며 이와 같은 순풍은 1년에 한 번뿐으로 실로 다시 얻기 어렵습니다."

추상우만 딴소리를 했다. "바람이 곧 그칠 것입니다."

바람 분다는 쪽과 추상우가 티격태격했다.

순풍 쪽에서 신망받는 이는 부기선 도사공 김치영이었다. 김치영은 무진년 사행 때도 참여했고 역관을 따라 대마도를 수차례 들락거렸다. 성품이 순하고 선량하고 말이 적은 편이었다. 바람을 점치는 데 경험이 가장 많았지만 목소리가 작은 이여서 의견이 채택될 때가 드물었다. 지나고 보면 그의 말이 맞는 경우가 적잖아서 은근히 신망을 받았다.

추상우는 좋게 보는 이는 좋게 보았지만 나쁘게 보는 이는 아주 나쁘게 보았다. 삼기선에서는 종사관이 늘 불러 물어보고 종서기 김인겸이 늘 치켜세울 만큼 대접을 받았다. 그 외 배에서는 지나치게 촐싹댄다고 밉살스럽게 보는 경향이 있었다.

결국 정박하기로 결정되었다. 바람은 어중간하게 불어 순풍론 쪽과 추상우가 함께 맞춘 것도 같았고 함께 틀린 것도 같았다.

조엄이 정박을 결정한 것은 바람 때문이 아니었다.

이매가 결연히 만류했다.

"풍기만 지나가면 호행선이 없어도 행선할 수 있습니다. 하오나 풍기의 암석 사이는 호행선의 힘이 아니면 뚫고 지나가기 어렵습니다. 참고 머물러 계시지요. 사또, 안전이 최우선입니다. 최우선!"

암초 때문이었다.

부산(釜山)―6월 22일~24일

6월 22일

날이 밝을 무렵에 발선했다. 썰물을 타고 풍기의 암초밭을 넘었다.

일기선 선장과 사공이 청했다. "바람이 좋습니다. 좌수포에 들를 필요 없습니다. 곧장 고국으로 가시지요. 여기서부터 곧바로 출발하면 능히 부산진 영가대에 정박할 수 있습니다. 만약 그렇게 되지 않는다면 군율의 다스림을 받겠습니다."

일기선이 포를 쏘고 기를 나부끼며 부산으로 향했다. 각 배가 모두 포를 응사하며 뒤를 따랐다. 감격과 환호가 바다를 뒤흔들었다.

부기선의 왜 예인선은 좌수포 쪽으로 출발한 상태였다. 뱃머리는 부산 쪽이고 격군이 격렬히 저으니, 예선이 뒤뚱뒤뚱 위험했다. 부사가 명했다. "예선 밧줄을 끊어라!" 뱃사람들이 신나서 도끼질했다.

대마봉행선이 비선을 띄워 간청했다. 〈좌수포에 들렀다 가야 합니다. 사신들께서 뱃머리를 돌려주십시오.〉

조엄이 노하여 명했다. "즉시 와서 호행하라고 해라! 안 가겠다면 버리고 가겠다."

잇따라 독촉하니 마지못해 따라왔다.

배의 빠르기가 나는 듯했다. 6척의 배는 서로 바라보면서 행선하였다. 상쾌하고 즐거워서 싱글벙글했다. 여기저기서 기쁨의 노래가 터져나왔고 거대한 합창이 되었다.

"갔노라! 보았노라! 겪었노라! 돌아왔노라! 우리는 자랑스러운 조선의 통신사!"

부산의 예인선 50여 척이 오륙도 밖에 나와 있었다. 기다리던 이들과 돌아온 이들이 만세를 불러대며 날뛰었다. 부산진의 장교가 일기선에 올라 공장(公狀)을 바쳤다.

조엄은 첫마디로 물었다. "나라가 평안하느냐?"

"나라는 평안하지만 가뭄 때문에 흉년이 될 듯합니다."

예선 한 척에 늙은 선장 김윤하의 손자 청풍이 타고 있었다. 청풍이 할아버지와 해후의 정을 나누었다. "각 댁에서 온 이들이 부산진에 까마득합니다요!" 하고는 여러 사람의 댁 안부를 미리 전해주었다.

저물녘에 오륙도 앞바다로 들어갔다. 부산첨사 이응혁이 마중을
나왔다.

이응혁이 한꺼번에 대답했다. "성상께서는 옥체 강녕하십니다.
사또 댁의 가권(家眷) 및 형제·종친들이 모두 평안하십니다. 다만 사
또의 서숙부께서…… 사또, 아홉 달이나 서신이 막혔던 것이 어찌
일개 첨사 따위의 독단이었겠습니까. 하오나 용서하옵서."

"고귀마는 자랐는가?"

"실패하였습니다. 송구하옵니다."

부기선과 이복선·삼복선은 차례로 와서 닿았는데, 삼기선과 일복
선이 들어오지 않았다.

초탐장(哨探將)이 다녀와서 보고했다. "두 배가 조수에 밀려 좌수
영 앞바다로 전향하는 것을, 각 예선들이 힘을 합해 끌어당겨서 지
금 오륙도 부근에 있습니다."

부사가 전갈해왔다. "두 배의 무사함은 이제 확실하게 알았습니
다. 그 배가 들어와 닿기를 기다리자면 필시 날이 샐 것입니다. 또
등대하고 있는 각 읍의 지공과 뵙기를 구하는 수령들이 매우 많으니
먼저 하륙하는 것도 무방할 것입니다."

조엄이 동의했다.

영가대에 정박하고, 하륙했다.

조엄과 이인배가 손을 맞잡았다. "이제야 온갖 시름을 면하게 되
었소이다." "애쓰셨소이다, 애쓰셨소이다."

조엄은 조철의 모습을 보자 더는 가만히 있을 수가 없었다. 조철

을 불러놓고 뜸을 들였다.

조철은 가슴이 철렁했다. "아까 이응혁이가 댁이 두루 평안하다고 하는 말을 들었습니다. 표정이 왜 안 좋으신지요?"

"숙부님이 돌아가셨다는구나."

"제 아버지가요?……" 조철은 머리털을 풀어헤쳤다. 조철은 목놓아 통곡하다가 거의 기절했다. 모르는 이들은 그도 당연히 귀국이 기뻐서 그러는 줄 알았다. 귀국이 기뻐서 데굴데굴 구르며 통곡하는 이들이 4분의 1은 되었기 때문이다.

조철의 부친상을 알리기가 어려워 부산첨사 이응혁이 다른 편지까지 전하지 않았다고 오해하는 이들이 있었다. 그들은 죽을 때까지 이응혁에게 원한을 가졌다.

기다리던 가속·관속, 해안을 메운 구경꾼, 누구 하나 기뻐하지 않는 이가 없었다. 환영의 소리가 우레 같았다.

부산진지성 객사에 여장을 풀었다. 왜인들은 마지막 인사를 여쭙고 초량왜관으로 들어갔다. 조선배에 탔던 왜인에게 각기 쌀 한 섬씩을 주어 보냈다.

삼기선과 일복선이 뒤늦게 도착해서 정박했다. 기다리는 이들을 한층 애달프게 만들어놓은 탓에 앞차례보다 훨씬 격렬한 환영치레가 있었다.

6월 23일

정작 참담히 고생한 이들은 따로 있었다. 석 달 전부터 지공을 하기 위해 부산에 와 있던 영남 각 고을 하속배였다. 다 팔아먹고, 팔

것도 떨어진 뒤에는 마을로 다니면서 빌어먹었다고.

여인들은 대개 민머리였다. "머리 장식을 팔아서 밥을 사먹었죠. 끝내 머리카락까지 잘라 팔아먹었습니다. 어휴, 말도 마십쇼. 이제나 저제나 오겠지 기다린 게 백일이라고요. 통신사가 일주일만 더 늦게 돌아왔어도, 저희가 다 굶어죽었을 겁니다."

일행은 조철을 조문하였다.

군물(軍物)은 모두 만들어 바친 본영과 본진에 되돌리고, 빌려온 물건은 낱낱이 공문을 보내 환송하였다. 화약·화전(火箭) 남은 것은 요구의 정도에 따라서 각 영(營)·읍(邑)·진(鎭)에 분배했다. 배의 집 물은 좌우수영에 이관했다.

시체선이 아직도 도착하지 않았다. 산 사람들이 죽은 이들보다 먼저 돌아온 것이다.

망자의 가속이 어떻게 이럴 수가 있느냐며 울부짖었다.

조엄이 달랬다. "반드시 올 것이니, 우선 기다려보라."

'최천종의 아들을 긍휼히 여겨 등용하라'는 어명이 있어, 천종의 가족에게는 조금 위로가 되었을 테다. 김한중에겐 위로가 될 만한 얘기가 없었다. 이광하는 유족조차 없었다.

6월 24일

은자 14,916냥을 원역에서부터 격군에 이르기까지 차등을 두어 나누어 가졌다. 의당 제일 적게 받은 것은 격군이었다. 격군은 한 사람 몫으로 은 10여 냥이 정해졌다. 출발하기 전에 부산에서 환곡으로 미리 받은 것, 다녀오는 동안에 이러저러하게 가불해서 쓴 것 등을 제해야 했다. 은 10냥을 온전히 다 받는 이는 눈을 씻고 봐도 찾을 수가 없었다. 절반 정도가 은 다섯 냥을 받아들었고, 겨우 한두 냥 손에 쥔 이도 백여 명은 되었다. 단 1매도 못 받게 된 이도 스무 명은 되었다.

예물도 나누어 받았다. 삼사는 워낙 많이 받아서 적을 엄두를 낼 수가 없다. 종놈은 동대야 1좌, 문지 15편, 황련 4냥, 섭자(鑷子, 족집게) 1개, 연죽 2개를 받았다. 소동은 동대야 1좌, 문지 15편, 농주지 10첩, 연죽 2개를 받았다. 그 밖의 사람도 신분과 소임에 따라 대동소이하지만 차별되게 받았다. 다만 격군에게는 지급하지 않은 것인지, 받았지만 기록되지 않은 것인지 알 수 없다.

남은 공용 노자·잡물을 뱃사람들에게 베풀기로 했다. 뱃사람들은 몇 냥씩 더 수령했고 한두 가지 물건을 더 받았다. 그뿐만이 아니었다. 삼사 몫의 노자용 인삼이 15근이었다. 거기서도 7근이 남았다. 역시 아랫사람에게 나누어 주기로 하였다. 한양 사람에겐 인삼 냥쭝으로 주고, 시골 사람에겐 돈으로 주기로 했다. 시골 사람에게 인삼을 주면 밀매상에 흘러갈 가능성이 높다고 경계한 때문이었다. 중관은 7냥 5전, 격군은 은 5냥으로 몫이 정해졌다.

조엄은 일기선장 김용화·도사공 이항원에게 특별히 1백 금씩 주었다. "이번 길에 너희 두 사람은 나를 업고 다닌 것과 다름없다. 천금을 아끼지 않아야 마땅하겠지만, 많은 사람에게 나누어 주다 보니 상금이 공로에 미치지 못한다."

남옥은 일복선 격군들에게 거의 다 나누어주었다. 그에게 남은 것은 책뭉치와 시·문건 종이묶음 뿐이었다. 그게 너무 무거워서 종놈 시남이는 죽을 맛이었지만. 그래도 시남이는 불만이 없었다. 시남이는 외거노비로 부모님을 모시고 따로 살았다. 부모 먹일 방편을 마련하느라, 출발 전 노자를 전액 대출하여 전부 식량 사는 데 썼다. 즉 귀국 손에 쥔 게 가외로 받은 인삼 5냥쯤밖에 없었다. 남옥이 대출을 제하고 제 몫으로 남은 은자 다섯 냥을 시남에게 쥐여주었다. 시남은 저승에서 살아돌아온 것처럼 희희낙락이 되었다.

다른 원역들도 각별히 여기는 아랫사람들에게 재물을 베풀었다. 약소하나마 고마움을 표시하고 싶다고, 사사로이 부려먹은 게 미안하다고, 네놈 때린 게 마음에 걸린다고, 네놈 때문에 재미있는 시간이 많았다고.

아무래도 원역들의 유흥을 위해 힘쓰고 심부름깨나 한 소동과, 밥해대느라 애쓴 배파격군이 선물을 듬뿍 받았다. 이러저러하게 원역들과 상종하며 고운 정 미운 정 아로새긴 뱃사람 여럿도 한아름씩 받았다. 원역들과 악연만 쌓은 이들은 손에 쥐었던 금덩이를 바다에 빠뜨린 것처럼 괜히 억울해했다. 이럴 줄 알았다면 고분고분할걸!

왜국에서 잡다한 선물을 으뜸 두둑이 챙긴 화원 김유성과 글씨 명인 조동관이 돋보였다. 두 사람은 세 수레쯤 되는 잡물을 모조리 뱃사람들에게 나눠주었다. 두 사람은 뭘 그렇게 악착같이 챙기느냐고 욕깨나 먹었는데, 아랫사람들 집 아이 선물 챙겨주려고 그랬음을 증명한 것이었다.

각 관아와 병영의 장교·나졸로서 도훈도·나장·포수·기수·취수 직책으로 참여했던 중관짜리들도 자기는 집에 가져가봐야 필요 없는 물건이라면서, 뭐라도 가져가고 싶어하는 격군들에게 인심을 썼다.

바라지도 않았는데 더 갖게 되면, 즐거움이 증폭하는 법이다. 미리 환곡으로 타먹고 사행 도중 대출해 써서 거의 빈손이던 놈들은, 은 몇 냥에 난데없는 돈벼락이라도 맞은 것처럼 신명이 났다. 하늘에서 뚝뚝 떨어지는 것 같은 잡물에 어깨춤이 절로 나왔다. 꿈인가 생시인가! 우리도 집에 가져갈 것이 있다! 처자식 볼 낯이 생겼다! 이날의 광경을 삼사리가 한 문장으로 정리했다.

이런 기막힌 돈잔치·선물잔치는 다시 볼 수 없으리!

더 받을 것이 없음이 확실해지자 하나둘씩 돈·잡물이 든 보따리를 들고 관아 문을 나섰다. 가족들이 새하얗게 기다리고 있었다. 사흘 전 상륙 때 해변에서 이루어졌던 가족의 해후보다 열 배쯤 흥겨운 해후가 만발했다.

격군 추상우의 야심찬 계획은 수포로 돌아갔다. 하나, 대마도에 돌아올 때까지 격군을 선동하고 규합한다! 둘, 좌수포 근방에서 사행선을 턴다! 추상우는 격군 규합에 처절히 실패했다. 대마도에 잠입해서 기다리던 변산 졸개 말이, 전라도 수적 패거리도 경상도 수적 대두목 홍임장 패거리와 일전을 치르고 풍비박산 난 상태라고 했다. 안에서 호응할 무리도 만들지 못했고, 밖에서 공격할 무리도 와해한 것이었다. 모든 것이 틀어졌을 때, 부산에서 민란을 일으킬 계획까지 세워놓았다. 격군을 선동하여 궐기시켜놓고는 소요 틈에 통신사가 받아온 재물을 훔칠 속셈이었다. 격군이 호응하지 않을 것은 명약관화했다. 땡전 한푼 안 준다면 혹시 모르겠는데, 받을 만큼 받은 터수에 어떤 푼수데기가 기약 없는 민란에 참여하겠느냔 말이다. 추상우는 계략을 아예 접었다. 실패할 게 불 보듯 뻔해서가 아니라 동고동락한 뱃사람들에게 정이 들어서였다. 동무들을 혼란통에 빠뜨리고 싶지 않았다. 처자식과 밀린 정 나누라고 곱게 보내줄 작정이었다.

추상우가 동무들을 위해 한 일이 있었다. 관아 밖에는 빚쟁이도 수백 명 붐볐다. 떠나기 전에 빌려주었던, 가장이 떠나 있던 동안 가족에게 꿔주었던. 하여 재물보따리를 들고나오는 즉시 강제상환하려고 대기 중이었다. 추상우는 부산에 숨어 있던 졸개들을 모두 소집하여 빚쟁이들이 꼼짝 못하도록 단속해놓았다.

빚쟁이들이 추상우에게 하소연했다. "강제로 뺏겠다는 것도 아니고 빌려준 걸 받겠다는데 왜 이래 정말?"

추상우가 으박질렀다. "죽은 사람한테 떡 빼앗아 먹을 놈들아, 처자식이 재물 구경할 시간은 줘야 할 것 아냐?"

"도망가면 네가 책임질 거야?"

"도망가게 놔둬. 쫓아가면 우리 변산 도적패한테 죽는다. 우리 배들이 절영도에 웅거하고 있다는 걸 잊지 마라. 내 동무들이 하나라도 빚 추쇄를 당한다면 네놈들 집을 불태워버리겠다."

아랫사람 중 으뜸 부자는 종놈 순산이었다. 손금도를 장기판에 내세워 번 돈이 엽전 2백 냥이 넘었다.

순산은 절반을 뚝 잘라 손금도에게 주었다. "이 언니가 혼자 다 먹을 줄 알았지? 나 그런 놈 아니거든. 그리고 이건 내 특별 선물이다."

고래뼈 장기알과 소가죽 장기판이었다. "이걸로 꼭 천하제일 국수가 되어라!"

손금도는 짐작 못한 선물에 펑펑 울었다.

선장과 도선장들이 (남도에서 빌려 이복선으로 사용했던) 왜선을 낱낱이 연구하여, 일본 선박과 조선 선박의 장점만 결합한 두 개의 배 모형을 만들었다. 조엄은 널리 공장(工匠)과 의논하여 만들어서 명년에 역관이 바다를 건널 때 한 번 시험해보라는 뜻으로 통제영에 관문을 보냈다. 왜선은 왜사공들에게 맡겨 남도에 반환하도록 했다. 남도에 무사히 전해줄는지, 도중에 대마도인에게 강탈당할는지 쉬이 짐작할 수 없는 일이었다.

'통신사가 돌아올 때는 삼사가 길을 달리하라'는 조령(朝令)이 있었다. 정사는 가운데 길을 택하여 대구로 향하고, 부사는 오른쪽 길인 경주로 돌고, 종사관은 왼쪽 길인 김해로 향하기로 하였다. 작별로 시끌시끌했다.

동래(東萊), 울산(蔚山) ― 6월 25일

경상좌수사·부산첨사·각 진의 변장이 아울러 와서 하직하였다. 일방 일행이 이른 아침에 동구(洞口)를 나갔다. 영남 사는 아랫사람들이 갈림길에서 작별을 고했다.

조엄이 동래부 관소에 이르렀다. 신임 동래부사가 맞이하는 절차를 품하지 않았다. 조엄은 어리둥절했다. 외국에 갔던 사신을 두터운 예로써 존대해야 마땅하거늘. 동래예방을 야단치고 몇 번이나 보냈지만, 동래부사는 나타나지 않았다.

동래부사는 조엄보다 나이가 위였고 품계도 낮지 않았다. "무슨 권리로 사람을 오라 가라 하는 것이냐? 예의상 늦게라도 얼굴을 비출까 했거늘. 고까워서 못 봐주겠다."

조엄은 예방의 볼기짝에 곤장 열 대를 먹이도록 했다. 괜히 아전만 매를 맞은 셈이다.

동래관아에 정나미가 떨어진 조엄은 점심을 먹고는, 더위에도 불구하고 길을 떠났다.

평생 다시는 못 볼지도 모르는 통신사 행렬이니 구경삼아 나온 것일 수도 있겠으나, 배웅 나온 민중이 5천 명에 달했다. 고집 센 동래부사는 끝까지 나와보지 않았다.

조엄이 한양조정에 들어가 어찌했는지는 알 수 없으나, 한 달 뒤 동래부사가 다시 교체된다. 새로 오게 될 동래부사가 조엄에게는 죽어서도 고마운 사람 강필리(姜必履, 1713~1767)다.

강필리는 농민의 실생활과 구황작물에 관심이 지대한 관료였다.

강필리는 조선 최초로 고구마 재배에 성공했다. 그가 파종한 종자가 조엄이 들여온 것인지 스스로 구한 것인지는 불확실하다. 그는 재배법을 『감저보甘藷譜』에 기록했으며 농민에게 널리 지도했다. 고구마 종자 들여온 조엄은 목화씨 들여온 문익점의 반열에 올랐다. 진정 '고구마 명예'를 누려야 할 사람은 강필리가 아닐는지. 역사적 명예도 누릴 사람이 누리는 것일까.

산 사람들보다 죽은 이들이 늦게 귀국하고 있었다. 백여 명이 죽은 이들을 맞으러 나갔다.

임취빈이 추상우에게 청했다. "아저씨가 이것저것 제법 적어둔 것을 알고 있어요. 제게 주셔요!"

"내가 끼적댄 건 쓸데없는 헛소리뿐인걸."

"무엇이든지 소중한 기록이 될 수 있어요."

추상우는 아낌없이 '쓸데없는 헛소리' 적은 종이뭉치를 내주었다.

시체선이 영가대 포구에 닿았다. 도훈도 최천종, 소동 김한중의 주검이 가족에게 인도되었다. 가족은 슬퍼하는 것 같으면서도 주검이라도 받을 수 있게 되어 기뻐하는 것도 같았다. 소동 몇몇은 김한중의 운구를 따랐다. 대구 사람들은 최천종의 관을 추종했다. 격군 이광하의 주검은 맞아주는 가족이 한 명도 없었다. 격군 몇몇은 이광하의 상여를 멨다. 주먹대장 오연걸, 옛날에 알던 전오을미, 추상우와 종도리. 초량왜관 가기 전 영선고개 공동묘지에 묻기로 했다. 쓸쓸한 장례가 끝나고, 추상우가 종도리를 떠보았다.

"활빈당 해보겠느냐?"

"난 도적놈이 활빈당 하겠다는 말이 제일 우습더이다. 하지만 성님 불알이 안 가면 쓰나."

둘은 변산 수적들이 기다리는 주막으로 향했다.

오연걸이 두 사람 뒤에다 대고 소리쳤다. "대붕새·종달새, 그 우정 영원하게나."

원중거는 부사 일행을 뒤쫓아 동쪽으로 출발했다. 남옥과 성대중이 그리워서 가는 곳마다 진정할 수가 없었다. 열한 달 동안 단란하게 질탕하게 어울렸으면서도 부족했단 말인가. 아침 해가 지독하게 뜨거워 풀 냄새가 찌는 듯했다. 길에서 더위를 먹었다. 펄펄 끓인 물에 칡가루를 타서 한껏 마신 뒤에야 기운을 차렸다.

원중거는 울산 지경에서 장인이 사랑한 기생이 4월에 이곳으로 와서 바느질로 호구지책 삼고 있기에 흥복이를 시켜서 엽전 한 꿰미를 보내주었다.

흥복이 흉보았다. "양반 나리들 되게 웃기잖나? 마님들이 별로 안 좋아할 것 같은데 말이야."

임취빈이 흘겼다. "너나 잘하세요."

"서울에 언제 올 것이냐?"

"이야기를 다 쓰면."

"쓸 수 있겠어?"

"나, 임취빈이야."

남옥을 시중들던 방소동 용택이 따라오다가 작별을 고했다.

"네가 원하는 대로 꼭 통사가 되길 바란다. 서울에 올라오거든 꼭 찾아오너라."

"나리, 오래오래 건강하소서."

종놈 시남이 용택을 꼭 껴안았다. "고생 많았다."

"언니두요."

"살아서 보자."

영천(永川), 의흥(義興, 현재의 군위군) —6월 27일~28일

원중거가 영천관아 객사에 들어갔다. 방에 먼지와 쓰레기가 수북했다. 마루에는 다 헤진 홑겹의 돗자리를 깔아놓았다. 한 사람도 응접하는 사람이 없었다. 흥복이 구해온 냉수를 마셨다. 1시진 가량 기다렸는데 끝내 와보는 이가 없었다. 한참 만에 아전 하나가 나타나서 번드르르 변명을 늘어놓았다.

참으로 내가 힘이 없어서 저들이 당연히 멸시하는 것이다. "저놈을 꿇어 앉혀라."

흥복이 우격다짐으로 아전을 땅바닥에 꿇렸다.

부사가 심부름꾼을 보내 아랫사람을 치죄하지 말라고 하였다. 본래 한 대라도 매질할 뜻은 없었다고 화답했다. 아전이 "시발, 드러워서!"를 내뱉고 획 가버렸다.

원중거는 영천관아에 한순간도 더 있고 싶지 않았다. 언덕 위의 민가로 옮겼다. 흥복을 시켜 흰죽을 사오라고 했다. 빈천한 자는 평생 오직 흰죽을 먹어야 한다! 끝없이 자조하였다.

이튿날 원중거가 시냇가 낡은 정자에 우두커니 있는데, 군관 민혜수·양용이 위문을 왔다. 셋이 아전 것들을 성토했다.

소동 임취빈이 와서 넙죽 엎드렸다. "나리 제 고향이 여기 영천예요. 이만 가보겠어요."

"그래? 너도 가는구나. 저 울보도 데리고 가거라." 원중거가 눈물 흘리는 홍복이를 가리켰다.

"나리님께 배운 것들을 소중히 여기며 살겠어요."

"네가 있어 덜 외로웠다."

홍복이는 임취빈을 졸졸 따랐다.

"어디까지 따라올 건데?"

"집까지."

홍복과 임취빈은 오래도록 껴안고 있었다.

부사 일행은 저녁때 의흥 고을에 닿았다. 원중거가 왜 부채 하나씩 나눠주고, 먹을 자신 있다는 기생에게는 견절(鰹節, 가물치뼈) 한 덩이씩 주었다. 계애(桂愛)가 김인겸이 다른 길로 갔다는 소리를 듣고는 표나게 낙심천만했다. 학수고대했다고.

"무슨 일이라도 있었다는 게냐? 장형은 이번 사행에서 훼절한 바가 없다고 자랑이 만만치 않았거늘."

"아니옵니다. 갈 때 부산에서 저를 무척 사랑하셨습니다."

의흥 현감이 고자질했다. "비안에서 지참을 냈을 때도 또한 연정을 나눈 기생이 있었소이다. 훼절하지 않았다니? 허허허. 그 영감이 어찌하여 차모에 휜하겠소. 차모들이 어찌하여 그 늙은이에 목매달 겠소. 신통방통한 재주가 있을 것이외다."

원중거는 속 시원하게 내질렀다. "사정이 그러한데 도리어 우리를 속이고 나무랐으니 가증스럽고 가증스럽구나."

대구(大邱), 성주(星州)—6월 29일

경상관찰사 정존겸(鄭存謙)은 조엄과 골육지친이나 다름없는 사이였다. 극심한 가뭄 중이었는데 소나기가 시간을 두고 쏟아졌다. 정존겸이 기뻐했다. "통신사의 비로군. 천 리 타향에서 친구를 만났고 석 달의 오랜 가뭄에 단비를 얻었으니, 두 가지 기쁨을 얻었네."

정존겸은 벗을 위해 천금을 준비해두었다. 조엄은 즉시 최천종의 집에 3백 금을 보내어 장례비용으로 쓰게 했다. 나머지는 주치의 겸 대필문장가로 유별했던 유성필과 곤장을 때렸던 동래예방에게 나누어주었다. 서울까지 호행으로 나선 동래예방은 곤장 맞은 상처가 다 아물지 않았다. 갑작스러운 돈 꿰미에 섭섭함이 싹 녹아버렸다.

정존겸은 풍악도 주선해놓았다.

"이 사람아, 숙부의 상중이라 난 놀 수가 없는 몸이야."

"서숙부라면서?"

"각별한 분이셨네."

노는 게 업인 기생들이 무척 안타까워했다.

종사관 일행은 성주 고을로 들어섰다.

역관 이언진이 매양 김인겸에 청을 했다. "고운 차모 만나거든 제게 체자해주시오."

김인겸을 무슨 뚜쟁이로 아는지 그런 부탁하는 이가 한둘이 아니었다. 훗날 박지원과 맞먹는 당대의 천재로 우뚝할 이언진도 이왕이면 고운 차모를 원했던 모양이다.

김인겸이 점찍는 차모는 군관 임흘과 홍선보가 맡아놓았다는 듯이 다투어 낚아챘다. 김인겸이 성주에서는 작정을 하고, 열여섯 살 귀란(貴蘭)이를 이언진에게 보냈다. "인품이 기특하고 얼굴이 비상하니 아무 말 할지라도 잃지 말라!"는 전갈과 함께.

귀란이 일단은 이언진의 품에 들어 누웠다가 애걸했다. "아비 제 삿날이 오늘이에요. 잠깐 가보고 와서 모시고 자겠어요."

열없는 숫사나이 그 말을 곧이듣고 "잠깐 가보고 오라" 했다. 이언진은 귀란을 날 새도록 기다렸지만 그림자도 오지 않았다. 아침에 이언진은 잠 한 숨을 못 자 눈망울이 붉어진 채로 나타났다. 절통하는 거동을 다 놀렸다. 이언진을 성인급으로 추켜세우는 분들께는 당혹스러운 일화이겠다.

인동(仁同, 현재의 구미시) ─6월 30일

조엄은 길에서 두 장의 전교를 받았다.

〈최천종의 피살이 뜻밖의 일이기는 하지만, 후일을 단속하는 조

정의 방도로 보아 어찌 사신을 논죄하지 않을 수 있으랴? 삭탈관직
한다.〉

〈삭직에도 불구하고 접대는 전례대로 하라!〉

조엄은 두려움과 감사함이 극도로 엇갈렸다.

조엄은 역관 이명화를 불렀다. "조정의 처벌이 마땅히 바다를 건
너오기 전에 미쳐야 했다. 부산에 닿자마자 그 죄명이 공포되어 호
행한 왜인들로 하여금, 조선의 법이 엄숙함을 환하게 느끼도록 했어
야 한다. 벌이 늦어 다만 사행만 징계할 뿐, 왜인에게 시위하지 못했
잖은가. 진실로 개탄스럽다. 네가 초량왜관으로 가야겠다. 가서 우리
사신이 벌을 받았다는 것을 왜인에게 알려라. 저들이 우리 조정에
법령이 있다는 것을 알도록 하라."

이명화는 다시 내려가는 길을 밟았다.

조엄은 일행을 불러모았다.

"성상께서 접대는 원래대로 받으라는 명을 하셨다. 그러나 죄명
을 입은 몸으로 그럴 수는 없다. 객관에 들지 않겠다. 남은 길은 역
마를 타지 않겠다. 그대들이 무슨 죄랴. 그대들의 숙박비와 말값은
내가 다 지급하겠다."

일행은 민가에 머물렀다. 지공도 받고 싶지 않았지만, 한 입도 아
니고 염치없이 받아먹었다.

황간(黃澗, 현재의 영동군) ―7월 1일

차모 전담자인지 전문가인지 수상쩍은 김인겸이 섬월(蟾月)이를
이언진에게 허급(許給, 달라는 대로 허락하여 베풀어 줌)했다.

차모 섬월이도 이언진에게 애걸했다. "제 어미 제삿날입니다."

"이상하구나. 왜 나랑 자러 들어온 차모는 하나같이 누구 제삿날
이라는 것이냐?"

"진짜예요."

"내가 싫은 게냐?"

거짓말이라면 제 아랫도리를 틀어막아도 좋다는, 흉측한 말까지
해대며 애걸복걸하니 이언진은 그냥 보내주었다.

이언진이 차모에게 또 속았다는 얘기를 듣고, 다들 간질간질 재
미나게 여겼다.

"왜 차모들이 이언진이라면 다 도망가는 걸까? 정말 궁금하네. 그
역관 몸에서 악취라도 나나?"

"그게 아니고 복상사가 두려운 것일 게야. 이 역관 몸이 그게 사
람 몸인가. 일본 가서 내내 앓기만 했잖아. 병색이 완연한 게 죽을까
봐 할 수 있겠냐고……."

"어허, 일본에 문명을 떨치고 온 이가 차모 따위에게 업신여김당
할 줄이야."

청주(淸州)—7월 3일

종사관 일행은 청주 관아에 들어갔다. 김인겸은 서울로 가지 않고 공주 고을 자기 집으로 샐 계획이었다. 종사관이 힐난했다. "갈 때 입시하고 하직하였는데 복명을 아니하고 예서 떨어진다는 것은 불측한 생각이오. 영감은 딴 생각 말고 같이 올라가."

무극역(無極驛, 현재의 장호원읍)—7월 4일

오는 동안 각 고장의 접대가 엉망이었다. 지공조차 거르는 데가 많았다. 삭직은 하되 접대는 하라는 어명이, 각 고장 관리들에게 제대로 전달이 되지 않기도 했고, 이해가 안 되기도 하였던지 맞을 준비를 소홀히 한 것이었다.

선래선으로 먼저 갔던 이해문이 조엄 일행을 찾아왔다. "대판성에서 작별하옵고 이제야 보옵니다."

이해문이 임금 알현한 일을 두루 전해주었다.

이천(利川)—7월 5일

선래선으로 먼저 갔던 유진항과 역관 최수인이 조엄 일행을 찾아왔다. 그 반가움은 어제 이해문을 만났을 때와 꼭 같았다.

'더위에 인마가 상하기 쉬우니 천천히 올라오라!'는 하교가 있었다. 조엄은 '성상의 뜻을 받들어, 하루에 한 참(站)씩 전진하여 초 8일에 복명하자'는 전갈을 부사·종사관 일행에게 띄웠다.

소문

훗날 박지원은 이언진이 죽었을 때 그를 추모하여 『우상전虞裳傳』을 짓게 되는데, 이렇게 썼다.

일본 관백(關白)이 새로 들어서자, 널리 재정을 비축하고 이궁(離宮)과 별관을 수리하고 선박을 정비하고서, 속국의 각 섬들에서 남다른 재주를 갖춘 검객과 기이한 기예를 갖춘 사람과 서화나 문학에 재능이 있는 인사를 살살이 긁어내어, 도읍으로 불러모아놓고 수년 동안 훈련을 시킨 다음에, 마치 시험 문제 내기를 기다리기라도 하듯이 우리나라에 사신을 요청해왔다.

이에 조정에서는 삼품 이하의 문관을 엄선하여 삼사(三使)를 갖추어 보냈다. 사신을 보좌하는 이들도 모두 문장이 뛰어나고 식견이 많은 자들이었으며, 천문, 지리, 산수(算數), 복서(卜筮), 의술, 관상, 무예에 뛰어난 자들로부터, 피리나 거문고 등의 연주, 해학이나 만담, 음주 가무, 장기, 바둑, 말타기, 활쏘기 등에 이르기까지 한 가지 재주로써 나라 안에서 이름난 자들을 모두 딸려 보냈다. 그러나 그들은 시문(詩文)과 서화(書畵)를 가장 중하게 여겼으니, 조선 사람이 쓴 글을 한 자라도 얻는다면 양식을 지니지 않아도 천 리를 갈 수 있었다.

(…) 우리 역관들이 호랑이 가죽, 표범 가죽, 담비 가죽, 인삼 등 금지된 물건들을 가져다 보석과 보도(寶刀)와 몰래 바꾸는 바람에 그곳의 거간꾼들이 이익을 노려 재물에 목숨을 걸기를 마치 말이 치달리듯 하니, 그 이후로는 왜인들이 겉으로만 공경하는 척할 뿐 더 이상 문명인으로 존모하지 않았다. (신호열·김명호 번역, 고전번역원, 2004)

역관들이 다 그러했는데, 오로지 이언진만 안 그랬다는 말을 하기 위한 서두다. 원중거와 남옥과 성대중이 박지원에게 해준 이야기가 있을 테다. 박지원이 따로 주워들은 소문도 있을 테다. 박지원이 얼마나 고증하여 쓴 바인지는 알 수 없으나, 역관들이 재물에 목숨을 걸기를 마치 말이 치달리듯 한 게 사실이라면, 조엄·남옥·원중거·성대중·변탁·민혜수·오대령이 그런 것도 전혀 눈치채지 못한 청맹과니거나, 알면서 철저히 모른 체한 얍삽한 기록자들이겠다. 그저 소문에 불과하다면, 박지원의 명성에 금이 가겠고. 아니, 어쩌면 북학파의 선배들이 일기에 차마 못 적은 진실을 전해준 것일지도 모른다.

암튼 조선 인민은 소문을 믿었다. 소문이 훨씬 재미있으니까. 소문이야말로 마치 말이 치달리듯 퍼져나갔다. 역관뿐만 아니라 일개 격군까지 떼돈을 벌었다! 하여 아기 생일에 아이가 커서 꼭 통신사에 끼게 해달라고 비손하는 부모가 부지기수였다.

용인(龍仁) —7월 6일

삼방 일행 중에 제일 걱정스러운 이는 누가 뭐래도 압물통사 현태심이었다. 겉으로는 건강을 되찾은 듯했으나 언제 또 광증이 발병할지 몰라 따가운 눈총을 한 몸뚱이에 받았다.

현태심과 종놈 삽사리는 묵을 때도 제일 구석진 주막집을 찾아들었다.

"이놈아, 네가 쓴 거 다 가져와보거라."

"어이구, 제가 뭘 씁니까?"

"다 안다. 안 가져오면 나 또 미쳐버리겠노라."

삽사리가 한 뭉치 종이를 가져와 바쳤다.

"이놈아, 글씨가 이게 뭐냐? 하나도 모르겠구나."

"혹시 언문을 모르시는 거 아니신가요?"

"안다. 언문도 모르는 역관이 세상천지에 어디 있단 말이냐? 네 글씨가 고양이 발 개 발인 건 모르느냐? 눈도 침침하고. 네가 하나 골라서 읽어봐라. 제일 재미난 거로."

삽사리가 잽싸게 하나 골랐다. "역시 상것들이라 뭐 재미난 얘기를 아는 게 없더라고요. 종놈이고 격군이고 다 쓰일 데 없는 얘기만 늘어놓더라고요. 저도 받아 적으면서 이따위 얘기를 받아 적는 내가 실성한 놈, 아, 송구하옵니다…… 근데 딱 하나 있습니다. 이건 정말 괜찮은 얘기입니다. 실은 그 가수 있잖습니까, 조창적 나리가 해준 얘기입니다."

"재미없기만 해봐라. 읽어보거라."

삽사리가 명창 석개의 이야기를 읽었다.

다 듣고 현태심이 일러주었다. "그거 『어우야담於于野譚』에 있는 이야기다."

"여우가 담을 넘는다구요?"

"광해군 때 어우당(於于堂) 유몽인(柳夢寅, 1559~1623) 선생이 엮은 야담집에서 그 명창 석개 얘기를 읽은 적이 있다. 조창적이 가인 이야기라고 외우고 다니다가 하나 해줬구나."

"혹시 언문인가요?"

"당연히 한자지."

"그럼 상관없어요. 저는 한자 모르는 상것들을 위해 이야기를 모으는 거니까요. 제가 모은 이야기를 널리널리 나눠주고 싶은 것뿐이라고요."

경희궁(慶熙宮)―7월 8일

도성 인민 수천이 몰려나와 통신사의 무사귀환을 기뻐해주었다. 결코 강제 동원이 아니었다. 인민에게는 놓칠 수 없는 구경거리였다. 조금 쉰 뒤에 관복으로 갈아입고 입성했다. 대궐에 나아가 숙배했다. 임금이 삼사, 제술관, 서기, 군관, 역관의 순서로 인견했다. 이날 늙은 왕이 되풀이한 말이 있었다.

"잘생겼구나. 대저 일본에 갔다 온 이들은 모두 잘생겼구나!"

작가의 말

이 소설을 쓰면서, 이 소설을 왜 쓰고 있는가? 세상에 무슨 필요가 있는가? 무슨 의미가 있는가? 따위의 상념에 시달렸다. 변명 같기도 하고 출사표 같기도 하고 자신감 같기도 하고 합리화 같기도 하고 다짐 같기도 하고……

왕후장상과 영웅호걸이 나오지 않는 역사소설을 써야겠다. 왜? 새롭잖아! (안타깝게도 처음과 끝에 늙은 왕이 딱 두 번 등장한다. 등장시키지 않을 수 없었다.)

홍명희 선생님의 『임꺽정』 같은 소설을 쓰고 싶다. 왜? 내게는 『임꺽정』이 최고의 소설이다. 그 발뒤꿈치라도 따라가고 싶은 마음에서.

『삼국지』나 『수호지』를 어떻게 했다는, 그저 나무에 죄지은 것뿐인, 역사소설도 아니요 번역소설도 아닌 정체불명의 그것보다는 가치 있고 의미 있는 생산을 하고 있지 않나.

부산에 '조선통신사역사관'도 있으며, 여러 고장에서 조선통신사를 기리는 행사가 있으며, 여러 훌륭한 선배들의 조선통신사 연구성과가 있으며, 그 연구성과를 담은 좋은 책들이 백여 종에 이르며, 일본에서도 조선통신사를 기리는 행사와 연구와 책이 활발하다고 하지만, '조선통신사'의 전모를 실감나게 방대하게 다각도로 흥미롭게 담아낸 소설은 없지 않았나. 있을 필요가 있다! 왜? 왜냐고 자꾸 묻지 마세요. '조선통신사역사관'이 있는 이유와 똑같나이다.

탁월한 이순신 장군이나 혁명가 정도전이나 멋진 기생 황진이나 『열하일기』의 박지원이나 아주 여러 번 소설로 쓰인 분들에 비해서, 조선통신사로 갔던 왕후장상도 아니요 영웅호걸도 아닌 사내들이 격 떨어지는 것은 확실하겠으나, 그래도 그들의 흥미로운 떼거리 여행을 기리는 소설이 없다고는 할 수 없지만 매우 적지 않았나. 그들의 삶에 역사성을 부여해주고 싶다!

조엄의 『해사일기』는 관료(공무원) 문장의 진수를 보여준다. 구체적이고 명료하다. 조엄이 구술하고 유성필이라는 의원이 한자로 적은 것이니 조엄의 문장이 아니라 유성필의 문장일까? 그런데 이 책은 번역자가 다섯 분이나 되었다. 공력과 정성의 편차가 다양한 듯 느껴졌다. 아무튼 매력적인 문장들이 몹시 많았다…… 남옥의 『일관기』와 원중거의 『승사록』은 고전의 반열에 올라야 마땅하다. 달관 시인 남옥의 때때로 번뜩이는 문장. 원중거의 직설적이고 명쾌하고 사실적인 문장…… 김인겸의 『일동장유가』에 숨은 흥거운 문장…… 그래, 다른 이유 다 필요 없다. 이 소설은 조엄, 원중거, 남옥, 김인겸이 네 분의 매력적인 문장을 현대 독자에 널리 알리는 방편이다. (이와 같은 뜻에서 4천 매에 이르는 초고에서는 발췌문장이 상당했으나 결국 거의 빼었다. 그분들의 책을 읽어볼 마음을 자극하는 정도로만 남겨두었다.)

부질없는 일을 한 것이 아니었으면 좋겠다.

일의 시작은 4년 전이다. 내가 쓰고픈 진정한 역사소설이 있다면 왕후장상·영웅호걸이 나오지 않는 소설이고 그런 소설이 가능한 소재로 조선통신사를 찾았다. 한 달 정도 열심히 하다가 포기했다.

그리고 2년 후, 경기도 화성에 있는 '노작 홍사용 문학관'의 '작가의 방'을 배려받았다. 그곳에 출근한 첫날, 작가의 방에 있으니 뭐라도 쓰고 가야만 할 듯했다. 도저히 작가라고 부를 수 없는 피폐한 삶을 살던 나는, 갑자기 연재소설이라도 써야 할 것 같은 초조함에, '조선통신사' 자료파일을 찾아내 20매를 썼다.

그날 밤 아내가 그것을 읽고 계속 써보라고 했다. 다음날부터 설명할 수 없는 자신감과 의욕과 승부욕과 허영심과 욕망과 번민에 뒤범벅된 채로 하루 평균 50매를 써나갔다. 이 소설은 그렇게 노작 홍사용 선생님의 문학을 기리는 곳에서 씌었다. 홍사용 선생님과, 그곳의 지킴이였던 이덕규 시인, 김중일 시인, 이대로 후배에게 깊이 감사드린다.

날마다 결재하듯 읽어준 아내가 아니었으면 끝내지 못했을 것이다. 기실, 이 긴 소설은 딱 한 사람의 독자를 둔 연재소설이었다. 이 소설에 무슨 의미라도 있다면 다 아내의 공로다.

200매쯤 쓰고 보여주었을 때 다산북스 김현정 팀장은 '뭔가 김종광 씨의 진심과 저력이 느껴져요'라는 한 문장으로 무한한 격려를 실어주었다. 이승환 편집자의 세심한 노고를 오래도록 잊지 못할 것이다. 김시덕 문헌학자는 과하고도 감개한 의의를 얹어주셨다.

나는 찌질한 오백 사내를 열심히 사랑했다. 내게 가능한 사랑을 다 바치고 싶었다.

마무리 중에, '조선통신사 기록물' 유네스코 세계기록유산 등재가 결정됐다. 오래 전부터 여러 분들이 애쓰고 있다는 걸 알고 있었다. 마침내 그분들의 노력이 결실을 얻은 것이리라.

사실 '작가의 말'도 1년 전에 미리 써두었는데 무슨 말이라도 덧붙여야 할 것만 같다. 풍부한 기록물을 가진 조선통신사인데, 대놓고 쓴 조선통신사 소설이 그토록 드문 까닭은? 영웅화할 만한 인물이 없다. 여자가 없어 사랑타령이 어렵다. 당파싸움도 권모술수도 전쟁도 없다. 나는 바로 그 없음에 매료되어 조선통신사를 쓴 게 틀림없다. 유네스코는 염두에 둔 바가 아니다. 아무려나……

이 소설이 조선통신사를 재미있게 깊게 넓게 만나는 데 도움이 될 수 있기를!

2017년 11월
김종광

부록

에도막부(江戶幕府)와 통신사 이야기

계미통신사 일행 중에 일본을 가장 잘 알던 자가 누구였을까. 총책임자 정사 조엄은 일본 역사와 정치 상황에 대해서 얼마나 알고 있었을까.

조엄이 『해사일기』에 써놓은 일본역사 전부를 볼 수는 없고, 도쿠가와 이에야스(德川家康, 덕천가강, 1543~1616)로부터 비롯한 에도막부만 살펴보자.

당시 관동(關東)에 원가강(源家康)이란 자가 있었는데 바로 뇌조(賴朝)의 후예로서 사람됨이 침착하고 말이 적었으며, 용모가 잘생긴 데다가 날래고 사나워 싸움을 잘하였으므로 감히 그와 칼끝을 겨룰 자가 없었다.

수길이 이를 치다가 이기지 못하자, 드디어 그와 강화를 맺고 그 아들 수뢰(秀賴)를 가강의 딸에게 장가들였다. 수길이 죽으매 가강이 꾀를 써서 그의 딸을 빼내고 군병을 일으켜 수뢰를 쳐서 죽이고 따라서 평씨를 멸망시키고 다시 관백이 되었으니, 실은 원씨의 옛날 직책을 회복한 것이다.

이때부터 정이대장군을 세습(世襲)하되 혹은 종1위(從一位)가 되기도 하고, 혹은 정1위(正一位)가 되기도 하였다. 그 뒤로 승습(承襲)하여 아홉 사람에게 서로 전하였는데, 지금 관백 가치(家治)는 가강의 6대손이 되는 것이다. 간혹 국왕이라고도 일컫다가 길종(吉宗)에서부터는 일본대군(日本大君)으로 고쳐 일컬었으니, 이는 바로 임금도 신하도 아닌 명호(名號)가 바르지 못한 것이다. 우리나라가 이미 부득이해서 교린한다면 왜황(倭皇)과 동등한 교제를 해야 옳다. 임금도 신하도 아닌 관백과 그 예의(禮義)를 동등히 하는 것은 더욱 수치스럽고 분한 일이다.

들으니, 관백이 새로 즉위한 뒤에 반드시 우리나라의 통신사를 청하는 것은 대개 남의 힘을 빌려 군중의 마음을 진압하려 함이라 하니, 더욱 한심하다.

조엄의 인식은 당시 조선 지식인들의 보편적인 앎이었다. 이 정도 역사 인식은 거의 모든 사행록에 천편일률적으로 적혀 있다.

뇌조(賴朝)는 가마쿠라막부(鎌倉幕府)의 창설자 초대 쇼군 미나모토노 요리토모(源賴朝, 1147~1199)다. 천황은 유폐된 허수아비가 되고, 막부(장군의 진영)가 통치하는 묘한 시대를 개막한 사람이다. 신기하게도 딱 그 시기에 조선에도 그런 상황이 펼쳐졌고 뇌조 같은 인물이 있었다.

최충헌(崔忠獻, 1149~1219)은 교정도감(敎定都監)을 설치하여 17년간 집권하면서 네 명의 왕을 갈아치웠다. 60여 년간 이어지는 최씨시대의 개막자였다.

중국에서는 이런 일이 없었다. 갈 데까지 갔다. 장군은 황제가 될 때까지 멈추지 않았다. 최충헌과 뇌조는 비슷한 시기에 비슷한 방식으로 새로운 최고권력 유지 방법을 보여준 셈이다.

알다시피 이에야스의 성은 도쿠가와(德川, 덕천)다. 원래 성은 마쓰다이라(松平, 송평)이다. 한데 조선인은 그의 성을 원(源, 미나모토)으로 알았다. 조선인의 잘못이 아니다. 도쿠가와들이 자기들의 성을 해명하거나 바꾸려고 하지 않았다. 국서에 자기들의 성씨를 원(源)으로 적었다. 무가정치(武家政治)의 개막자 원뢰조(源賴朝, 미나모토노 요리모토)를 계승하겠다는 의지였을까? 암튼 그래서 조엄은 '원가강(源家康)'이란 자가 있었는데 바로 뇌조(賴朝)의 후예'라고 표현한 것이다.

일본 역사에서 사실상의 '관백'은 조선인의 영원한 원수 풍신수길(豊臣秀吉, 도요토미 히데요시)과 그의 어설픈 아들밖에 없었다. 덕천가강(도쿠가와 이에야스) 이후 그의 자손들이 관백이 아니라 '정이대장군을 세습'한다는 것을 알면서도, 조선인은 그 세습 통치자 장군들을 대개 '관백'이라고 일컬었다.

풍신수길이 끼친 영향이 깊었기 때문에? '장군'이란 별것 아닌 직책이 제일 통치자라는 것이 이해가 안 돼서? 고려조 무신시대가 연상돼서? 헷갈려서? 밝히기 어려운 일일 테다.

일본 역사에서는 에도막부(바쿠우) 시대를 막번(幕藩, 바쿠한) 체제라고 한다. 에도의 막부가 중앙 집권적인 통치력을 가지면서도, 번이라는 분권적인 존재가 허용되는 양상이었다. 막부의 수장 정이대장군은 '쇼군'이었고, 번주는 '다이묘(大名, 대명)'였다. 조선인에게 번주는 '세습되는 태수'로 인식되었다.

1대 쇼군 도쿠가와 이에야스는 일찌감치 아들에게 직위를 넘겨주지만 죽을 때까지 실권 통치를 했다. 조선의 3대왕 태종의 상왕 정치를 떠올리면 되겠다. 태종은 세종에게 왕위를 물려주었으나 사망할 때까지 통치권을 가졌다.

이에야스는 포르투갈을 중심으로 한 서양, 중국 남부, 동남아시아와 활발히 교역했다. 조선과도 관계 개선을 원해 먼저 와주십사 청했다. 조선도 전쟁 재발의 위험성을 놓아두고 가만히 있을 수 없었기에 호응했다. 조선은 두 왕릉을 도굴한 도적놈과 정식 국서를 요구했다. 이에야스가 둘 다 이행하여(이행하는 척하여) 통신사의 길이 열렸다.

먹고사는 생존이 걸린 대마인의 필사적인 노력이 배후에 있었다. 평화 교섭의 세부가 중개자였던 대마인의 권모술수로 점철되었다는 것이다.

1604년(선조 37), 사명대사(四溟大師) 유정(惟政)과 손문욱(孫文彧)이 '탐적사(探賊使)'라는 이름으로 에도의 도쿠가와 이에야스와 만나고 전쟁 피로인(被虜人) 1,390여 명을 데리고 귀국하였다. 피로인은 임진왜란과 정유재란 때 일본으로 끌려간 조선인을 가리키는 말이다. 어찌된 일인지, 이 탐적사는 통신사에 포함되지 않는다. 정식 사행이 아니라고 보는 것일 테다.

제1~3차 통신사는 사실 통신사가 아니었고, 공식 명칭은 '회답 겸 쇄환사(回答 兼 刷還使)'였다. 하지만 일반적으로 통신사로 취급된다.

제1차 통신사(1607, 선조 40)는 조일전쟁 후 처음 가는 정식사행이었다. '수호·회답·피로인 쇄환'이 임무였다. 이에야스가 아들한테 직위를 물려준 지 2년째였다. 교묘하게 2대 쇼군의 즉위도 축하하는 사절단이 돼버린

344

셈이다. 사행단은 다각도로 노력했으나 불과 1,418인을 쇄환했다. 암튼 국교는 회복되었다.

이때의 사행록이 부사 경섬(慶暹)의 『해사록海槎錄』이다.

이에야스는 1615년 4월, 30만의 대군을 이끌고 오사카성을 공격하여 점령했다. 도요토미 히데요시의 집안을 말살했다. 메이지유신(明治維新, 1867년경) 때까지 250년간 유지될 에도막부(막번 체제)의 틀을 구축했다. 이듬해(1616) 73세로 사망했다.

제2차 통신사(1617, 광해군 9)가 간 것은 그 유명한 오사카 전투 직후였다. 표면상 전쟁 승리 축하 사절단이었고, 역시 전쟁피로인을 데려오는 것을 주된 목적으로 내걸었다.

이때의 사행록이 정사 오윤겸(吳允謙)의 『동사상일록東槎上日錄』, 부사 박재(朴榟)의 『동사일기東槎日記』, 종사관 이경직(李景稷)의 『부상록扶桑錄』이다. 통신사의 세 우두머리가 전원 사행록을 남겼다.

이경직의 『부상록』에는 포로자의 생활과 쇄환에 얽힌 사연이 자세히 적혔다. 대마인의 방해가 심했다. 조선의 어려운 사정을 과장하여 귀환을 주저하게 했고, 돌아가면 죽이거나 아니면 노비로 삼는다고 흑색선전을 했다. 사실 죽이거나 노비로 삼지는 않더라도, 누구라도 고난을 예상할 수 있었다. 조선이 어떤 나라인가! 특히 여성은. 어려서 포로가 된 사람은 훗날의 재일동포가 그랬듯이 여러 가지로 돌아갈 수 없는 사정이 있었다. 그런 이들의 인적 사항과 사정도 자세히 적혔다. 통신사는 포로들의 명단을 가지고 직접 나서서 찾기도 하고 일본인 주인과 담판하는 등 그 수를 늘리기 위해 최선을 다했다. 하지만 불과 320여 명을 쇄환했다.

2대 쇼군은 도쿠가와 히데타다(德川秀忠, 덕천수충, 1579~1632, 재위 1605~1623)였다. 이에야스의 삼남이다. 누구처럼 형들을 죽인 것은 아니고 형들이 빨리 죽었다. 아버지가 죽을 때까지 강력한 통치력을 발휘하는 탓에 오랫동안 존재감이 없었다. 그래도 어릴 때부터 아버지와 함께 전장을 누볐으며, 도요토미 세력을 박멸한 두 차례 오사카 공격의 총대장이었다. 아버지가 죽고 나서 아버지가 그랬던 것처럼 쇼군을 아들에게 물려주고 상왕통치를 했다. 천주교를 탄압했다. 불교는 우대했다. 사람이 죽으면 화장 후 유골을 절에 모시는 일본의 전통이 그의 통치에서 기인한다고.

자신의 최측근 인사들을 로주(老中, 노중, 집정)에 임명하여 막부를 통치했다. 막내딸을 천황의 아내로 만들었다. 쇄국정책을 추구하였다. 그래도 외국 선박이 기항할 수 있는 항구를 두 곳—히라도(平戸)·나가사키(長崎)—은 남겨두었다. 신사·사원을 통제하였다.

천황 가문에 아들이 끊겨, 황후로 들이밀었던 딸의 딸이 천황이 되었다. 메이쇼천황(明正天皇)의 외할아버지가 된 것이다. 1632년 53세로 사망했다.

3대 쇼군은 도쿠가와 이에미츠(德川家光, 덕천가광, 1604~1651, 재위 1623~1651)다. 장남이었다. 병약하고 말을 더듬어 총애받는 차남에게 위협당했다. 할아버지 이에야스의 도움으로 후계자 자리를 지킬 수 있었다. 아버지가 죽고 나서야 통치력을 가졌다. 천주교도 농민 반란(시마바라의 난, 1638)에 놀라 더욱 천주교를 탄압했고 더욱 쇄국 했다. 이언진과 오대령이 본 천주교 탄압 방문은 이때 처음 붙은 것이다. 네 나라(조선, 중국 남경과 대만, 유구, 자꾸 전도하려는 포르투갈 대신 전도에는 관심 없고 장사만 하려는 네덜란드)

하고만 교역했다. 막부의 권력 강화에 매진하여 '무단정치(武斷政治)'의 종결자로 기록되었다. 농민 통제의 일환으로 전답 매매를 금지했다.

조선의 성종이 그랬듯, 성 밖 잠행하기를 즐겼다. 무예를 즐겨 전국적인 검도 대회를 개최하곤 했다. 검술과 전투이야기를 좋아했으나 병약하여 자주 앓았다. 가무극 노(能)를 좋아했다. 배우의 공연보다 다이묘나 가신의 연기를 좋아했다. 젊은 시절에는 남색을 즐겨 걱정하는 이들이 많았지만 만년에는 부지런히 자식을 생산했다. 48세로 죽었다.

제3차 통신사(1624, 인조 2)는 다혈질의 사나이 3대 쇼군 이에미츠의 취임을 축하하러 갔다. 하지만 역시 포로 쇄환에 최선을 다했다. 포로는 돌아갈 의지가 부족했고 일본인은 비협조적이었다. 쇄환인은 일본에서 21명, 대마도에서 15명에 그쳤다. 조총을 구입해왔다.

이때 사행록이 부사 강홍중(姜弘重)의 『동사록東槎錄』이다.

제4차 통신사(1636, 인조 14) 때부터 공식적으로 '통신사'라는 명칭을 사용했다. 이에미츠 재위 중반기에 파견되었다. 병자호란이 일어나던 바로 그해다. 일본이 지난번 사행 때 대마주가 제 마음대로 국서 위조한 것을 변명하고 사과하면서 마상재와 악공을 추가 초청했다.

조선 조정은 별거 아닌 사안에 기다렸다는 듯이 통신사를 파견했다. 포로 쇄환을 내세웠지만 조일전쟁이 지난 지 34년이었다. 귀환하겠다는 이가 있을 리 없었다.

진짜 목적은 유황(硫黃)이었다. 청나라의 노골적인 위협에 직면한 터라 조선은 화약 제조에 필수적인 유황이 필요했다. 막부는 유황 매매를 거부했다. 대마주는 "조선에 유황이 떨어질 걱정은 없게 하겠다"고 장담했다. 막부가 눈감아주는 밀무역을 장담한 것이다. 통신사가 귀국하니 조선은 이미 유린당한 상태였다.

이때의 사행록이 정사 임광(任絖)의 『병자일본일기丙子日本日記』, 부사 김세렴(金世濂)의 『동명해사록東溟海槎錄』, 종사관 황호의 『동사록』이다. 역시 통신사의 세 우두머리가 전원 사행록을 남겼다.

이때의 통신사는 에도에서도 한참 위인 닛코(日光)까지 가야 했다. 닛코에는 이에야스를 기리는 개축 대궐과 신사가 있었다. 유람해달라고 강권당했다. 사행단은 정말로 유람만 하고 신사참배는 하지 않았다.

이에미츠 재위 중에 또 한 번의 통신사가 파견된다.

제5차 통신사(1643, 인조 21)는 이에미츠가 아들 낳은 것을 축하하러 갔다. 조일전쟁 때 포로 쇄환(刷還) 임무를 여전히 내세웠다. 일본이 다시 전쟁을 일으킬 의도가 있는지 살피는 데 주력했다.

이때 사행록이 부사 조경(趙絅)의 『동사록』, 종사관 신유의 『해사록』, 작자미상의 『계미동사일기』다. 역시 닛코까지 갔다.

조선 16대왕 인조(仁祖, 1595~1649, 재위 1623~1649)는 쿠데타로 즉위하여 26년간 통치했다. 에도막부 3대 쇼군 이에미츠는 28년간 통치했다. 또한 세 번이나 사절단을 보내고 받은 두 사람의 즉위년(1623)이 우연히 같다. 한두 해 차이로 운명했다.

4대 쇼군은 도쿠가와 이에쓰나(德川家綱, 덕천가강, 1641~1680, 재위 1651~1680)다. 생후 4개월에 뇌막염을 앓았다. 장남이다. 11세라는 어린 나이에 쇼군이 되었다. 조선의 단종이 막 즉위했을 때랑 상황이 비슷했다. 혼란한 정국을 숙부가 수습했다. 이 숙부는 조선의 수양대군과 달리 쇼군 자리를 탐내지 않았다. 일본 정치가들은 맨 위에 서는 것보다 배후에서 조종하는 게 취향이었던 듯하다. 암튼 유력한 신하들이 절묘하게 세력 균형을 유지해 편안한 통치를 했다.

후반에 가면 다이로(大老, 대로, 노중의 최고 윗등급) 사카이 다다키요(酒井忠清)가 실질적으로 정국을 이끌었다. 이에쓰나는 "그리하여라(左樣せい)" 묻지도 않고 따지지도 않는 결재만 했다. '그리하여라님'이라는 별명으로 얻었다. 누가 죽으면 따라 죽는 일을 금지하는 순사금지령(殉死禁止令)을 엄격하게 시행했다. 39세에 급사했다.

제6차 통신사(1655, 효종 6)는 뇌를 의심받았던 4대 쇼군 도쿠가와 이에쓰나의 취임 축하사절단이었다. 더는 포로 쇄환 문제를 내세우지 않게 되었다. 완연히 '순수하게 축하해주러' 간 모양새가 된 것이다. 닛코까지 갔다.

이때의 사행록이 정사 조형(趙珩)의 『부상일기扶桑日記』·종사관 남용익(南龍翼)의 『부상록扶桑錄』이다. 남용익의 『부상록』은 일본 고유의 발음을 언문으로 기록했으며 이전의 사행기록을 종합해놓았다.

5대 쇼군은 도쿠가와 쓰나요시(德川綱吉, 덕천강길, 1646~1709, 재위 1680~1709)다. 그는 동복형이 자식 없이 죽는 바람에 즉위했다. 형님 대에 정치를 좌지우지했던 다이로를 자르고 자신의 즉위에 공이 지대한 가신을 새 다이로에 임명하였다. 당연한 일이겠다. 형님 때의 다이로 가문을 말살하고자 매우 노력했다.

'그리하여라님'이었던 형과는 달리 정치에 적극적이었다. 유학을 증진했다. 문화가 발달하고 산업이 번성했다. 조선 선비들이 가장 좋아할 만한 통치자였다. 쓰나요시는 어쩌면 일본의 세종대왕으로 칭송받을 수도 있었다. 역사에 길이 남을 만한 '살생금지령'만 제정하고 강력히 시행하지 않았다면 말이다. 개 때문에 고생한 이들에게는 끔찍한 통치자였겠으나, 채식주의자·동물애호가·애견가에게 극히 사랑받을 통치자였다.(개 쇼군에 대한 자세한 이야기는 2권 89~90쪽 삽사리의 기록에 있다.)

제7차 통신사(1682, 숙종 8)는 개 쇼군 도쿠가와 쓰나요시의 취임을 축하하러 갔었다. 포로 쇄환이 아니라, '표류인' 쇄환에 대해 논의했다. 왜관의 물물교역 문제점을 협의했다. 이때부터 닛코까지 가지 않는 대신, 제술관·양의·사자관이 새로 포함되었다. 완연히 문화사절단의 면모를 갖추게 되었다.

이때 사행록으로 역관 홍우재(洪禹載)의 『동사록』, 역관 김지남(金指南)의 『동사일록東槎日錄』이 있다. 역관 두 사람만 사행록을 남긴 전무후무한 경우다. 두 역관의 개성 대결을 볼 수 있고, 양반짜리들이 쓴 것과는 확실히 다른 글향기를 느낄 수 있다.

이때만 빼면, 세 사신(정사·부사·종사관) 전부 혹은 한둘이 사행록을 쓰는 게 공적임무였다고 할 수 있다. 아직 발견되지 않은 것인지 기록할 수 없는 사정이 있었는지 의문이다.

제6대 쇼군은 도쿠가와 이에노부(德川家宣, 덕천가선, 1662~1712, 재위 1709~1712)다. 쇼군이 되리라고는 상상도 못했다가, 48세에 얼떨결에 즉위했다. 단명해서 무슨 일을 하고 말고 할 것도 없었다. 조선의 경종과 흡사했다. 아, 딱 한 가지 일을 했다. 취임하자마자 선대의 악명 높은 살생금지령을 폐지했다.

제8차 통신사(1711, 숙종 37, 신묘년)는 이에누보의 즉위를 축하하러 갔었다. 사절단을 맞이하고 6개월 뒤 이에누보가 죽었다.

이때 사행록이 정사 조태억의 『좌간필어坐間筆語』, 부사 임수간(任守幹)의 『동사일기東槎日記』, 역관 김현문(金顯門)의 『동사록東槎錄』이다. 특이하게 세 책 모두 『해행총재』로 묶여 있지 않다. 후대에 공부하라고 전해주기에는 내용이 부실했던 모양이다.

제7대 쇼군은 도쿠가와 이에쓰구(德川家継, 덕천가계, 1709~1716, 재위 1713~1716)다. 네 살짜리 병약한 아이였다. 이렇게 어린아이를 즉위시킨 것은 직계 혈통 찾기가 힘들었기 때문이다.

조선 조정이 다녀온 지 얼마나 됐다고 또 가야 하는가, 고민하던 중 일곱 살 된 쇼군이 죽었다는 소식이 왔다.

제8대 쇼군은 도쿠가와 요시무네(德川吉宗, 덕천길종, 1684~1751, 재위 1716~1745)다. 직계 혈통이 끊겨, 창업자 도쿠가와 이에야스의 아들 때부터 샅샅이 찾아보았다. 찾고 찾은 끝에 이에야스의 열 번째 아들 집안에서 요시무네를 찾았다. 요시무네는 에도막부의 첫 방계혈통 계승자가 되었다. 평생 방계라는 열등감에 시달렸던 조선 선조와 흡사했다.

요시무네는 선조와 달리 패기만만했다. 관할지인 기슈번을 크게 발전시킨 자신감으로 충만했다. 단명 쇼군 때에 누가 정치를 했겠는가. 유력한 노중들이 했다. 32세로 즉위한 요시무네는 속전속결로 유력한 노중들을 몰아내고 직접통치에 들어갔다. 강력한 개혁 정치로 일관했다. 문화정치를 제고하고 무단정치로 방향을 틀었다.

조선의 영조와 흡사했다. 영조는 방계혈통보다 더 끔찍할 수도 있는 천한 어머니 소생이었으나 거침없이 내달렸다. 허나 정치라는 게 쉽지가 않다. 영조가 끝없이 노론 신하들에게 얽매였듯이, 요시무네 또한 다이묘들을 끝내 억누를 수 없었다. 다이묘 대신 농민계급에 부담을 가중했다. 대가로 갖은 농민 반란에 시달렸다.

요시무네의 장남은 심각한 언어장애에다가 병약했다. 차남은 총명하고 건강했다. 당연히 차남을 후계자로 세우자는 주장이 있었을 테다. 요시무네는 장남의 똑똑한 아들, 그러니까 손자를 믿고 장남에게 후계를 물려주었다. 손자를 위해 아들을 죽인 영조와는 다른 선택이었다. 요시무네는 상왕정치를 하다가 68세로 죽었다.

제9차 통신사(1719, 숙종 45, 기해년)는 요시무네의 취임을 축하하러 갔었다. 조선은 불과 8년 만에 또 통신사를 보내야 했던 것이다.

이때 사행록이 홍치중(洪致中)의 『해사일기海槎日記』, 제술관 신유한의 『해유록海遊錄』, 자제군관 정후교(鄭後僑)의 『부상기행扶桑紀行』, 군관 김흡(金瀹)의 『부상록扶桑錄』이다.

조선 19대왕 숙종(1661~1720, 재위 1674~1720)은 46년간 재위했다. 통신사도 세 번이나 보냈다. 당파싸움을 적절히 이용한 환국의 달인이었다. 양반 정치가들에게는 공포의 통치자였다. 대동법(大同法)을 전국적으로 확대하여 제도적으로 완성했다. 상평통보(常平通寶)를 주조하고 통용케 했다. 양정(良丁) 1인의 군포 부담을 2필로 균일했다. 5군영체제를 확립했다. 백두산 정계비(定界碑)를 세웠다. 왜관무역(倭館貿易)에 있어서 왜은(倭銀, 六星銀) 사용의 조례(條例)를 확정지었다. 에도막부로부터 왜인의 울릉도 출입 금지를 보장받아 울릉도의 귀속 문제를 확실히 하였다. 취임 축하만 하러 다녔던 게 아니다!

어떤 이들은 장희빈이 갖고 놀던 왕으로나 기억하지만 나름대로 통치력이 막강했다. 서원은 마음대로 짓게 해주면서도 조변석개하듯 양반을 죽여댔다. 양반들한테는 진절머리 나는 임금이었을지라도, 인민을 위해서 애썼던 왕이다. 장길산 같은 대도적이 등장하고 검계니 살주계니 하는 민중 반항조직도 창궐하던 때였지만.

하고 보니 8대 쇼군 요시무네는 숙종과도 비슷했다. 숙종은 무진년 통신사가 귀국하고 반년 후 환갑 나이로 별세했다.

제9대 쇼군은 도쿠가와 이에시게(德川家重, 재위 1745~1760)다. 뇌성마비를 앓았고 언어장애가 있었고 연극 보는 것만 좋아했다. 이미 말했듯이 똑똑한 아들을 두어서 일찌감치 쇼군에 올랐지만 아무것도 한 게 없었다. 상왕통치하던 아버지가 작고한 이후에는 유력한 노중들이 통치했다. 51세로 죽었다.

제10차 통신사(1748, 영조 24, 무진년)는 '무늬만 쇼군'의 취임을 축하하러 갔었다. 사실상 상왕정치를 하던 요시무네를 또 만나지는 못했다.

이때의 사행록이 종사관 조명채(曹命采)의 『봉사일본시문견록奉使日本時聞見錄』, 자제군관 홍경해의 『수사일록』, 작자미상의 『일본일기日本日記』다.

제10대 쇼군은 도쿠가와 이에하루(德川家治, 덕천가치, 1737~1786, 재위 1760~1786)다. 이 소설의 계미통신사가 축하하러 간 통치자다. 조선의 영조가 금지옥엽으로 키우는 세손처럼, 어릴 때부터 촉망받았던 이에하루는 26세의 팔팔한 젊은이였다. 허나 통치력은 없는 거나 마찬가지라는 평판이었다. 태생적으로 박력도 없고 의욕도 없는 것인지, 유력한 신하들 눈치를 보며 발톱을 오므리고 있는 것인지, 아무튼 옛날에 '그리하여라님'의 재림이라는 수군거림이었다.

언어장애자 9대 쇼군은 소바요닌(側用人) 제도를 부활시켰다. 행정부 대신이 로주(집정)이고 집정의 우두머리가 다이로(대로)다. 쇼군과 행정부수반이 말이 안 통하니 말 전달자를 두었다. 조선으로 치면 도승지 같은 직책이다. 그게 측용인(소바요닌)이다. 중국역사는 왕과 대신이 강력하지 않아 환관이 최고권력을 휘두르는 일이 잦았다. 일본역사에는 쇼군과 다이로(행정부수반)가 강력하지 않아, 쇼군과 다이로의 말을 전달하던 측용인이 권력을 틀어쥐는 경우가 왕왕 있었다. 에도막부 9대 쇼군 시대에도 오오카 타다미쓰(大岡忠光)가 측용인으로서 정치를 좌지우지했다. 쇼군의 말을 알아들을 수 있는 유일한 사람이 다 해먹은 것이다.

10대 쇼군에게도 측용인이 있었는데, 그 사람이 바로 일본역사에 '다누마 시대'를 남긴 부자 중, 아버지 다누마다.

이 소설의 주인공 제11차 통신사가 갔을 때는 아직 '다누마 시대'라고 할 수 없었다. 다누마 오키쓰구(田沼意次, 1719~1788)는 아직은 권력을 통째로 틀어쥔 노중이 아니고 그저 측용인에 불과했다. 쇼군과 집정들 사이에 미래의 최고권력자 다누마가 숨은 그림처럼 가려져 있었다. 당시 조선인 그 누구도 다누마의 존재를 감지하지 못했다. 하기는 쇼군과 집정들도 자기들 시대에 다누마가 최강 권력자가 되리라고는 아무도 몰랐을 테다.

1786년(정조 10), 에도막부 10대 쇼군 도쿠가와 이에하루가 사망했다. 본 소설의 주인공 제11차 통신사가 만났던 바로 그 사람이다. 이듬해 새 쇼군의 승계를 축하하기 위한 통신사가 파견될 예정이었으나, 일본 측의 요청에 따라 파견되지 않았다. 흉년으로 접대하기 벅차다는 것이었다.

우여곡절 끝에 떠났던 제12차 사행(1811, 순조 11)은 대마도까지만 갔다. 여러모로 조선통신사의 역사로 다루기에는 거시기한 바가 있어, 각설한다.

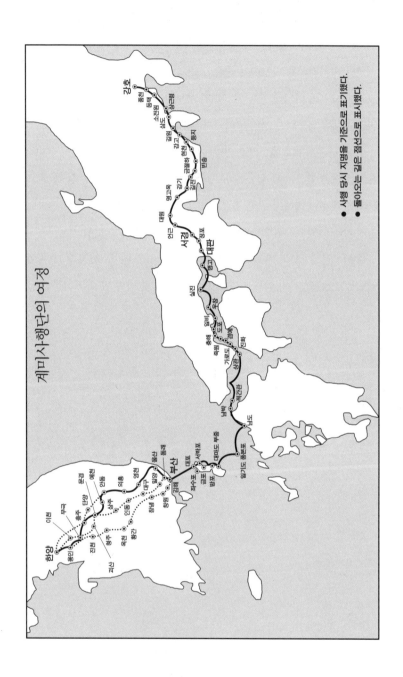

제미사행단의 여정

● 사행 당시 지명을 기준으로 표기했다.
● 돌아오는 길은 점선으로 표시했다.

특이사항 및 후일담

사행 2년 뒤(영조 42, 1766)

일본 쇼군이 아들을 낳은 것과, 새 대마주를 쌍으로 축하하기 위해, 조정은 축하편지를 대마도에 전하게 했다. 살아남은 자들이 이렇게 보고했다.

〈도해선(渡海船)이 대마도에 이르지 못해서 배가 뒤집혀 침몰했습니다. 그들 사오십 인이 돛조각을 타고 수일 동안 표류하다가 하나씩 바다에 떨어져 죽고 단지 9명만이 살아남았습니다.〉

이때 살아남은 아홉 명 중에 셋은 계미사행 때 소통사와 격군으로 참여했다. 그러니까 사망자 여럿이 이태 전에 동고동락했던 이들일 테다.

정사(正使) 조엄(趙曮): 1719(숙종 45)~1777(정조 1)

일본에 다녀온 뒤, 대사간, 한성부우윤, 예조·공조의 참판, 공조판서를 차례로 역임하였다.

1770년 이조판서로 있을 때 영의정 김치인(金致仁)의 천거로 특별히 평안도관찰사로 파견되어 감영의 오래된 공채(公債) 30여만 냥을 일시에 징

수행했으니 토호세력들의 반발로 탐학했다는 모함을 받는다. 다시 이조판서로 서용되었지만, 1776년 정조가 즉위하자 벽파(僻派)인 홍인한(洪麟漢)·정후겸(鄭厚謙) 등과 결탁했다는 홍국영(洪國榮)의 무고를 받아 파직되었다. 홍국영의 계속된 공격으로 평안도관찰사 재임시의 부정 혐의가 새삼 문제가 되어 탐재학민(貪財虐民)한 부패관리(贓吏)의 대표적 인물로 지목, 평안도 위원으로 유배되었다. 옮겨진 귀양지 김해에서 실의와 불만 끝에 이듬해 병사하였다. 사행 13년 뒤였고 향년 57세였다.

원주시 지정면에 2014년 개관한 '조엄기념관'이 있다. 38억 들인 조엄기념관은 '하루 1명'꼴로 찾아, '사실상 방치된 채 찬밥 신세로 전락'한 상황이란다.(강원일보 2015. 9. 7.) 원주시는 또한 『조엄연구총서』를 간행했다.

조엄의 가문은 19세기에 이른바 '풍양조씨 세도'를 이룬다. 무엇보다 조엄은 구황식물 고구마 도입자로 추앙받고 있다. 『고구마 꽃—백성들을 굶주림에서 구한, 조엄』(조경희, 아이앤북, 2012)이 있다.

부사(副使) 이인배(李仁培): 1716(숙종 42)~1774(영조 50)

1764년 승지에 올랐다. 1765년에 대사간이 되었으나 초패(招牌, 왕이 패를 내려 신하를 부르던 일)를 어기고 빈대(賓對, 매달 여섯 차례 입시하여 정사를 아뢰던 일)하지 않았다는 이유로 흡곡현령(恰谷縣令)으로 좌천되었다. 곧바로 소환되어 예조참의가 되고, 다시 승지에 특배되고, 1768년 대사간에 올랐다. '학식이 높고 직언을 잘 하였으며, 민생구제에도 노력하였다'는 평판을 얻었다.

사행 10년 뒤 57세로 졸했다.

종사관(從事官) 김상익(金相翊): 1721(경종 1)~1777(정조 1)

왕실과 혼인했다. 일본에 다녀와서 곧 당상관에 올라 대사성·부제학·도승지 등을 역임하였다.

1771년에 지평 어석령(魚錫齡)으로부터 이조참의·전라도관찰사 재임시의 부정과 탐학상(탐욕이 많고 포악함)을 탄핵받았으나 영조의 옹호로 겨우 면할 수 있었다. 비변사당상으로 병을 핑계로 차대(次對, 정기적으로 왕에게 정무를 아뢰는 일)에 나가지 않아 영조의 노여움을 사서 청주로 귀양을 가기도 했다. 곧 풀려나기는 하였으나 정조 즉위년에 홍인한(洪麟漢)·정후겸(鄭厚謙) 등의 역모에 가담하였다는 것으로 양사(兩司)의 집요한 탄핵을 받았다. 한때는 정조의 비호로 대사헌에 기용되기도 하였으나 결국 사행 13년 뒤인 1777년(정조 1) 지도(智島)에 유배되어 그곳에서 55세로 졸했다.

명무군관(名武軍官) 김상옥(金相玉) : 1727~미상

『조선왕조실록』을 통해 1769년 전라좌수사, 1777년 함경남도병마절도사, 1778년 우포도대장, 1778년 평안도병마절도사였음을 확인할 수 있다. 이외 족적은 알 수 없다.

김상옥의 아들 김영(金煐)은 아버지보다 크게 출세했으며 고전문학사에 시조 7수를 남겼다. 정조 때 무과에 등과하여 금장(禁將)·총리(摠使)·어장(御將)·형조판서(刑曹判書)를 역임하였다. 조선조의 유학적인 풍토에서도 비판적인 지성인의 태도를 고수하였다고 한다.

명무군관 서유대(徐有大) : 1732(영조 8)~1802(순조 2)

귀국 후 방어사·겸사복장(兼司僕將)을 거쳐 1768년 충청수사에 임명되었다. 다음 해에 전라병사가 되었으나, 부임 도중 전라감사 김상익(金相翊)의 속예(屬隸)의 불법을 다스리다가 김상익의 무고로 파직당하였다. 사행 당시 종사관이었던 김상익 맞다.

곧 승지를 거쳐 함경도병마절도사가 되었으며 이어서 수군통제사가 되었으나 전선(戰船)의 전복으로 일시 삼수부에 유배되었다. 1783년(정조 7) 총융사(摠戎使)로 재기용되었고, 훈련도감중군·좌포도대장·어영대장을 거쳐 금위대장이 되었다. 이때 금위영이 나례도감(儺禮都監)과 함께 주악(奏樂)을 연습하다가 화포를 잘못 쏘아 궁궐에 불이 나게 되자, 책임을 물어추고(推考, 징계함)당하고 파직되었다.

다시 우포도대장으로 기용된 후 금위대장·훈련대장·어영대장·주사대장(舟師大將) 등을 지냈다. 남항(南行, 조상의 덕으로 벼슬함) 출신의 무관 임명 문제에 대한 개혁안을 제시하기도 했으며, 직사(職事) 처리의 잘못으로 강화부 군졸로 충군(充軍) 또는 전리(田里)에 방축되기도 하였다.

사행 38년 뒤인 1802년(순조 2) 70세 때 훈련대장으로 졸했다.

명무군관 민혜수(閔惠洙): 1723~미상

『일성록』 정조 2년(1778) 윤 6월 23일 조에는 〈하교하기를, "지금 바다와 육지의 방어 시설과 무비(武備)가 쓸어버린 듯이 없어지고 말았지만, 전라 우수영의 전선(戰船) 문제로 말하면 더더욱 한심하다. 새로 만든 배가 만약 견고하고 튼튼하였다면 어떻게 그 지역에 나가서 부서질 리가 있겠는가. 더구나 해당 수사의 이 일은 이번에 처음 있는 일이 아닌데 더 말할 나위가 있겠는가. 만약 징계하지 않는다면 뒤 폐단을 근절시키고 다른 자들을 경계시키기 어려울 것이다. 전라 우수사 민혜수를 먼저 파면하고 이어 해부로 하여금 나문(拿問)하여 처단하도록 하라!"〉가 있다.

정조 2년(1778) 8월 8일조에는 〈시수(時囚) 민혜수(閔惠洙)를 감방(勘放)하였다. 의금부가 아뢰기를, "시수 민혜수는 조율(照律)하니 장팔십(杖八十)은 수속(收贖)하고 고신(告身) 3등을 추탈(推奪)하는 데에 해당하며, 사죄(私罪)입니다. 이와 같이 시행하소서"하여, 윤허하였다〉가 있다.

『사록槎錄』이라는 사행일기를 남겼지만 전모를 확인하기 어렵다.

명무군관 유달원(柳達源): 1731~미상

유달원도 김상옥과 마찬가지로 아들 덕분에 검색이 가능한 인물이다.

유상필은 아버지였던 방어사 유달원(柳達源) 덕에 음서(蔭敍)로 기용되어 여러 무관직을 역임하였다. 개천 군수로 부임되었을 때 1811년 홍경래(洪景來)의 난이 일어나자 난을 진압하는 데 공을 세웠다. 황해도병마사, 양

주목사, 우포도대장, 총융사 등을 거쳐 1850년(철종1)에 훈련대장이 되었다. 1856년 형조 판서가 되었고, 이듬해 배왕대장(陪往大將)이 되었다. 무예에 매우 뛰어나서 당시에 '가장비(假張飛)'라고 불렸다. 방어사가 최고관직이었던 아버지보다 아들이 훨씬 현달했다고 할 만하다. 유상필의『동사록東槎錄』은 1811년(순조 11) 마지막 대일 통신사행(제12차)의 사행록이다.

명무군관 유진항(柳鎭恒): 1720~미상

『일성록』에 정조 즉위년부터 정조 20년까지 유진항이 76번이나 나온다. 그는 자주 탄핵당했다. 〈전 경상 좌수사 유진항은 작년 군향미 129석을 내다팔아 입본(立本)한 후에 분급(分給)한 것으로 번질(反作)하였고, 대동미(大同米) 100석을 선박으로 운송하여 내다팔았습니다.〉〈통제사 유진항은 문효세자의 상중에 기생과 가무를 즐겼습니다.〉

정조가『일성록』에 기록한 대화가 흥미롭다. "유진항의 공초 문장이 매우 좋으니 필시 그가 지은 게 아닐 것이다.""평소에 글을 잘한다고 이름이 났습니다.""또 잘 다스린다는 명성도 있다. 내가 매우 싫어하는 자는 아무개고 용서하고자 하는 자는 유진항이다."

정조는 문체반정을 일으켰을 정도로 문장을 좋아한 군주였다. 유진항의 문장이 좋아서인지도 모르겠지만, 자주 탄핵당하는 유진항을 자주 용서하여, 영흥부사·경상좌병사·경상좌수사·회령부사·우포도대장·부호군·통제사·평안병사 등의 벼슬을 내렸다. 평안병사로 있던 1790년(정조 14) 70세 때 위중했다는 기록이 있지만 1796년까지는 생존한 듯하다.

명무군관 조학신(曹學臣): 1732(영조 8)~1800(정조 24)

〈조정에서 요직을 두루 거쳤으며, 밖으로는 큰 고을의 수령을 지냈고, 왕의 특명으로 수군병마사를 지냈다. 정조가 "능히 몸은 근심을 나눌 만하고 정성은 지극하니 가상하도다" 하였으며, 또한 고을 다스림을 성적으로 치면 으뜸인지라 친히 붓으로 말씀하시기를 "하찮은 은혜 무엇을 논하리?

더욱 성은(聖恩) 갚음을 도모하라" 하였다. 다시 그의 성적을 매기니 으뜸이라 특별히 길 잘들인 말과 비단으로 장식한 안장 등을 하사하였다. 사행 36년 뒤 69세로 졸했다.

경상북도 영천시 금호읍 오계리에 평소 거주하던 주택으로 중요민속자료 제175호로 지정된 영천 만취당이 남아 있다.〉(향토문화전자대전, 김종식 집필)

명무군관 임흘(任屹): 1732~미상

지방 고을의 부사 혹은 선전관을 전전하다가 1786년(정조 10)에 경상좌수사가 된 것이 최고 출세였다. 자주 탄핵당했고 자주 용서받았다.

사행 당시 31세 전후였고, 김인겸의 『일동장유가』에 의하면 '유명한 색골'이었다.

명무군관 오재희(吳載熙): 1727(영조 3)~1813(순조 13)

일본에 다녀와서 1764년 선전관으로부터 1783년 황해병사까지 무수한 내외직을 역임했다.

〈특히, 그가 북변지역의 부사나 병사로 있을 때는 맡은 바 역할을 지혜롭게 잘 처리해나갔다. 그는 용모가 훤칠하고 시율(詩律)의 품격이 높아 무관이라기보다는 문신다운 풍도가 많았다. 고을의 시우(詩友)들과 음영하는 모습을 보고 사람들은 '평지신선(平地神仙)'이라 불러 그가 옛날 병사였다는 것을 아는 사람이 없을 정도였다고 한다.〉(한국민족문화대백과사전, 박정자 집필)

사행 49년 뒤 85세로 졸하였으니 계미사행단 중 최고의 장수를 누렸다.

정사 자제군관(子弟軍官) 이매(李梅): 1703~미상

판서 이집(李鏶)의 서손자였다. 지방 말단직을 전전했다.

사행 당시 60세 전후였고, 사행 동안 정사 조엄의 책사 역할을 했다. 자제군관의 경우 삼사의 친인척이 되는 법인데, 조엄이 스무 살이나 연상이며 동래부사로 있을 적 휘하 이매를 데려간 것은 특이한 일이다.

정사 자제군관 조철(趙瞰): 1724~미상

사행 당시 39세 전후였고, 일방 소속. 정사 조엄의 사촌아우다. 부산에 귀국했을 때 아버지가 작년 12월 28일에 돌아가셨다는 부고를 받는다. 조정은, 정사의 서숙부가 죽었기 때문에 집안 편지를 막았던 것일까?

부사 자제군관 이덕리(李德履): 1728~미상

부사 이인배의 조카다. 경주기생이 호환을 무릅쓰고 찾아오게 만든 미남자였다. 사행 당시 35세였다.

『새로 쓰는 조선의 차 문화-다산·추사·초의가 빚은 아름다운 차의 시대』(정민, 김영사, 2011)는 우리나라 차의 역사를 집대성한 대작이다. 이 책 「마침내 찾은 우리 차 문화 고전—이덕리와 『동다기東茶記』」에 따르면,

〈이덕리는, 여러 문헌 자료를 통해 볼 때, (…) 1772년 정삼품 당상관인 절충장군에 가좌되었고, 1774년 9월에는 도성 경비의 책임을 맡은 종이품 창경위장(昌慶衛將)이 되었다. 49세 때인 1776년 3월 영조가 승하하고, 정조가 즉위하자마자 4월 초에 사도세자 복권 움직임과 관련해서 일어난 상소 사건에 연루되어 역모죄로 진도로 유배온 듯하다. 전후의 자세한 정황은 남은 기록만으로 알기 어렵다.

진도에 유배온 지 10년 정도 지난 1785년을 전후해서 『동다기』를 전술했고, 66세 때인 1793년에는 국방에 관한 중요한 제안을 담은 『상두지桑土志』라는 책을 잇달아 발표했다. 하지만 그는 역모죄에 연루된 유배 죄인의 신분이었기 때문에 자신의 이름을 감추고 익명으로 이들 저술을 세상에 공개했다.〉

제술관(製述官) 남옥(南玉): 1722(경종 2)~1770(영조 46)

일본에 다녀온 뒤, 1764년 수안군수(遂安郡守)에 임명되었다.

1770년(영조 46)에 최익남(崔益男)의 옥사 때 이봉환(李鳳煥)과 친하다고 하여 투옥되어 5일 만에 매를 맞아 48세로 죽었다.

남옥의 사행록『일관시초日觀詩草』『일관창수日觀唱酬』『일관기日觀記』등은 당시의 사회상과 생활상, 한일양국간의 문학적 통섭을 살피는 데 있어 매우 중요한 자료로 평가받고 있다. 외에『할반록割胖錄』1책을 남겼다.

정사 서기(書記) 성대중(成大中): 1732(영조 8)~1809(순조 9)

1765년 청직(淸職)에 임명되어 서얼통청운동(庶孽通淸運動)의 상징적 인물이 되었다. 1784년(정조 8)에 흥해군수(興海郡守)가 되었다. 정조의 총애에도 불구하고 신분적인 한계에 묶여 부사(府使)의 벼슬에 그쳤다. 교서관 서리로 규장각의 각종편찬 사업에 두루 참여했다. 정조의 문체반정(文體反正) 정책에 적극적으로 호응했다.

저서로는『청성집』10권 5책이 있다.『청성잡기靑城雜記』에서 처세와 관련된 내용을 10개 주제, 120항목으로 선별한 후 역자의 생각을 덧붙인 책이『성대중 처세어록-경박한 세상을 나무라는 매운 가르침』(정민, 푸르메, 2009)이다.『청성잡기靑城雜記』는 현 독서시장을 주름잡는 자기계발서의 원조라 할 수 있겠다.

성대중(成大中)의『일본록日本錄』은 적바림 수준의 부실한 사행록이다.

사행 45년 뒤에 77세로 졸했다.

부사 서기 원중거(元重擧): 1719(숙종 45)~1790(정조 14)

1776년(영조 52) 무렵에 장원서주부(掌苑署主簿)가 되어『해동읍지(海東邑誌)』의 편찬에 참여한다. 이덕무(李德懋), 성대중(成大中), 박제가(朴齊家), 유득공(柳得恭), 홍대용(洪大容), 황윤석(黃胤錫), 남공철(南公轍), 윤가기(尹可基) 등의 북학파 지식인들에게 현명한 선배로 대접받으며 교유했다. 사행록『화국지(和國志)』와『승사록(乘槎錄)』은 일본에 대한 당대의 가장 사실적인 기록으로 각광받았다. 사행 26년 뒤 71세로 졸했다.

종사관 서기 김인겸(金仁謙): 1707(숙종 33)~1772(영조 48)

일본에 다녀와서 지평현감(砥平縣監) 등의 벼슬을 지냈다. 사행록으로 언문가사『일동장유가日東壯遊歌』와 한문『동사록』을 지었다.

『일동장유가』는 고전문학 분야에서 언제나 시험문제가 나올 가능성이 있는 텍스트로 절대적인 영향력을 유지하고 있다. 사행 8년 뒤 64세로 졸했다.

당상역관(當上譯官) 최학령(崔鶴齡): 1710~미상

당상역관은 역관의 우두머리로서 흔히 수역(首譯)이라고 불렸다. 사행 당시 53세 전후였고, 조엄과 대마주 사이를 오가느라 매우 고생했다.

당상역관 이명윤(李命尹): 1711~1766

사행 당시 52세 전후였고, 사행 2년 뒤, 조정의 편지를 전하러 대마도에 가던 도중 좌수포에서 전복사고로 졸했다.

당상역관 현태익(玄泰翼): 1701~1766

사행 당시 62세 전후의 고령이었고, 아우인 현태심의 광증 발발로 함께 고생했다. 사행 2년 뒤, 조정의 편지를 전하러 대마도에 가던 도중 좌수포에서 전복사고로 졸했다.

상통사(上通事) 오대령(嗚大齡): 1701~미상

사행 당시 62세 전후의 고령이었고, 한학(漢學)통사였다. 이언진과 더불어 중국어 역관으로 참여했다. 중국 연경에 열 번이나 다녀왔다. 일본을 여행하는 동안 중국의 것과 비교 및 대조의 식견을 자랑했다. 사행일기『명사록』을 남겨 국문학사에 남았다. 여행 내내 치질과 외로움에 사무쳤다.

압물통사(押物通事) 현태심(玄泰心): 1713~미상

사행 당시 50세 전후였고, 수역 현태익의 아우였다. 이전에 세 번이나 광증이 있었다. 강호에서 돌아오던 중 네 번째로 광증을 일으켰다.

한학 압물통사 이언진(李彦瑱): 1740~1766

사행 2년 뒤 26세로 병사했다. 이언진은 1765년에『일본시집』을 편집하고 머리말까지 썼지만 출판하지 못했다. 병이 깊어 죽게 되자 원고를 모두 불태워버렸다. 이언진의 아내가 불길에 뛰어들어 일부를 건져냈다. 그의 원고는 '피를 토하는 글'이라는 뜻의 구혈초(嘔血草)라고 불렸으며, 그의 유고집은 '타다 남은 글'이라는 뜻의『송목관신여고松穆館燼餘稿』라는 이름으로 간행되었다.

박희병은 이언진의 시에 대한 해석서라고 할 수 있는『저항과 아만-〈호동거실〉 평설』(돌베개, 2009), 이언진의 짧은 생애에 대한 투철하고 예리한 평전인『나는 골목길 부처다-이언진 평전』(돌베개, 2010) 등으로 이언진을 박지원과 쌍벽이었던 천재로 자리매김했다.

이언진의 호가 우상이고, 그 우상과 이 우상은 다른 말이겠으나, 이언진의 우상화 작업이 흥미롭다. 아무튼 계미사행단 477명 중, 후대에 가장 주목받는 인물이, 고구마 조엄에서 천재시인 이언진으로 바뀌는 분위기다.

이언진은 기껏해야 시 3백여 편 남겼는데, 그 수백 배의 문장을 남긴 조엄·남옥·원중거·김인겸 등은 변변한 전기 하나 지어준 이가 없으니 기이한 일이다. 이 소설이 그 평가받지 못한 문장가들에게 조금이라도 위로가 되기를.

양의(良醫) 이좌국(李佐國): 1734~미상

사행 당시 29세 전후였다. 한량은 무과에 합격했으나 관직이 없었던 사람을 말하니, 무과 합격자로서 의원이 된 특이한 경력의 소유자였다. 일본 의원 요시타네에게 조선의 의술을 가르쳐주고 아란타의 처방전을 배워왔다.

의원(醫員) 남두민(南斗旻): 1725~미상

사행 당시 38세 전후였다. 1765년 의과(醫科) 증광시(增廣試)의 참시관(參試官)이 되었다. 훈도를 거쳐 전의정(典醫正)에 이르렀다.

의원(醫員) 성호(成灝): 1721~미상

사행 당시 42세 전후였고, 침술에 능했다.

화원(畫員) 김유성(金有聲): 1725(영조 1)~미상

도화서(圖畵署) 화원이었고, 사행 당시 38세 전후였다. 유작은 국내에 10여점, 일본에 9점 가량 전한다. 국립중앙박물관 소장의 〈사계산수도四季山水圖〉, 일본 개인소장의 〈산수도〉, 세이켄사(淸見寺)의 〈금강산도金剛山圖〉와 〈낙산사도洛山寺圖〉 등이 유명하다.

별파군(別破軍) 겸 군관 허규(許圭): 1726~미상

사행 당시 37세 전후였다. 별파군은 별파진이라도 했는데 군기사 소속 벼슬이다. 군사무기 전문가였던 듯하다. 사행 중 일본의 각종 기계 도면을 그렸다. 천출로 군관까지 출세했다.

이마(理馬) 장세문(張世文)

이마는 국마를 거느리는 직책이다. 장세문의 집안은 대대로 이마 직책을 승계했던 듯하다. 국마를 실은 배는 항상 한참 앞서갔다. 늘 외로웠다.

정사 반인(伴人) 조동관(趙東觀)

반인 혹은 반당은 사신이 자비로 데려가는 자다. 조동관은 벼슬하지 않은 유생이었다. 안동 사람이다. 『한객인상필화』에 따르면, 정사 조엄의 손위 조카로 사행 당시 54세였다.

부사 반인 김응석(金應錫)

활을 잘 쏘는 것으로 알려졌으나, 쇼군 앞에서 벌어진 무예 시범에서 최악의 성적을 기록했다. 부끄러움에 못 이겨 애교 넘치는 자살 소동을 벌였다. 『한객인상필화』에 따르면, 사행 당시 39세였고 아들이 넷 있었다.

도훈도(都訓導) 최천종(崔天宗)

대구 사람이다. 오사카에서 일본인에게 피살되었다.

청직(廳直) 유성필(劉聖弼)

안동 사람이다. 의인(醫人) 유한상(劉漢祥)의 아들이다. 청지기로 갔지만 사실상 의원 노릇을 했다. 특히 찜질 전문가였다. 유성필은 글씨와 문장에도 능했다. 조엄은 유성필에게 찜질만 받은 게 아니라 일기 기록을 시켰다. 그러니까 조엄의 『해사일기』는 조엄이 구술하고 유성필이 기록한 것이다.

소동(小童) 김한중(金漢中)

초량 사람이다. 삼방 수역의 통인 노릇을 했다. 대판성(大阪城)에서 풍토병으로 죽었다. 사행 당시 22살이며 두 아이의 아버지였다. 소동 연구에 크나큰 돌멩이를 던졌다.

소동·향서기(鄕書記) 박태범(朴泰範)

소동이었다가 오사카에서 향서기로 승급했다. 조엄이 '동래 부사를 할 적에 부리던 사환(使喚)으로 극히 영리하고 문장에도 능하므로, 비록 이역

(吏役)에 종사할망정 상투를 내려서 데리고 왔'다. 도훈도 최천종이 살해당한 후 향서기였던 김광호를 도훈도에 올리고 그 향서기 자리에 '박태범을 다시 상투를 올려서 광호의 자리를 대신하게 하였다.' 그러니까 박태범은 나이를 고증할 수는 없으나 분명히 관례를 올린 자였다. 소동은 '십대초반의 무동'과는 거리가 멀고, '관례를 올리지 않은 (춤 잘 추는) 소년'이었다.

소동 백태륭(白泰隆)

대구 사람이다. 사행록에 '귀국길 대마도에서 갓을 썼다'고 적혀있는데, 관례를 올렸다는 뜻일 테다. 피살된 최천종과 친척이다.

소동 옥진해(玉振海)

부산 사람이다. 일방 비장청(裨將廳) 통인 노릇을 했다. 소동 중에서도 춤이 가장 뛰어났던 것 같다. 일행이 즐길 때 언제나 옥진해가 춤을 췄다.

소통사 박치상(朴致祥)

초량 사람이다. 사행 2년 뒤, 도해선 침몰사고에서 천우신조로 살아남았다.

노자 장지묵(張志黙)

주인이 정사 조엄이니 종들의 왕이랄 수 있었다. 겸인(傔人)으로 행세했다.

노자 김재복(金載福)

주인 정사 조엄. 조엄의 5대조 때부터 이어져 내려온 집안 종. 조엄은 '오세 세노'라고 자랑스레 기록했다.

노자 흥복(興福)

주인이 부서기 원중거였던 덕분에 계미사행에서 가장 행적이 두드러진

종이 될 수 있었다.

노자 노미(老味)

노미라는 이름을 가진 노자가 둘 있었다. 늙을 로(老)자가 들어가 있으면 나이가 많다는 것이다. 특히 이언진의 노자 노미는 늙은 몸을 이끌고 약골 주인을 보필하느라 애로가 컸다.

격군 안후발(安厚發)

가덕포 사람이다. 계미사행 2년 뒤, 1766년 도해선 침몰사고 당시에 기적적으로 살아남았다.

격군 이광하(李光夏)

나주 사람이다. 대판에 도착했을 때 광증이 발발하여 앓다가 죽었다.

도사공 김치영(金致靈)

통영 사람이다. 무진사행(1748) 때도 가고 계미사행 때도 간 것을 기록으로 확인할 수 있는 자다. 수차례 대마도 도해선 경험이 있는 바람 전문가. 그러나 말수가 적고 순하여 말발이 안 설 때가 많았다.

격군 제원발(諸元發)

사량포 사람이다. 사행 뒤, 1766년 도해선 침몰사고 당시에 기적적으로 살아남았다.

선장 유진복(兪進復)

부산 사람이다. 조엄의 『해사일기』에는 유진원(兪進源)으로 표기되어 있다. 대마도로 가던 중 선상 사고로 앓다가 대마도에서 46세로 병사했다.

선장 김윤하(金潤河)

부산 사람이다. 원래 사행단의 일원이 아니었으며 문사와 군관이 묵는 집의 주인이었다. 무려 70세였다. 격군으로 사행단에 포함되었다가, 선장 하나가 바뀌는 혼란통에 일약 선장으로 승급했다.

격군 추상우(秋尙右)

남옥은 '바람을 잘 점침'이라고 적었다. 원중거는 허풍쟁이라고 맹비난했다.

격군 강우문(姜右文)

최천종을 죽인 일본인 살인자에게 발을 밟혔다.

격군 김국창(金國昌)

진도 사람이다. 무진사행(1748) 때도 가고 계미사행 때도 간 것을 기록으로 확인할 수 있는 자다. 15년 전 열 번째 통신사 때는 소동으로 갔었다.

격군 동안(東安)

격군이지만 종서기 김인겸의 배파(陪把) 노릇을 했다. 초량 사람으로 일본말에 익숙했다. 사문사의 통역으로 활약했다.

삼기선장 변박(卞璞) · 이기선장 변탁(卞琢)

변박은 사행 당시 23세 전후였다. 변탁은 사행 당시 35세로 추정된다.

변박은 사행 전 동래부의 장관청, 별군관청, 수첩청, 교련청 등 각 무청의 각종 무임(武任)을 역임하였다. 그림에도 능했다. 1760년에 (현재 보물 391, 392호로 지정된) '부산진순절도'와 '동래부순절도'를 고쳐 그렸다.

사행 도중 조엄은 변박에게 각종 지도를 모사하게 했고 다양한 풍경과 기계 제도를 상세히 그리게 시켰다. 화원 김유성이 있었지만, 조엄은 공적인 그림을 변박과 허규 두 사람에게 맡겼다.

　현재 일본에 전하는, 대나무를 그린 〈묵죽도墨竹圖〉와 호랑이를 그린 〈송하호도松下虎圖〉는 변박이 사행 때 그린 것이다. 세이겐지(淸見寺)에는 1764년 3월 변박이 지은 오언율시 1수가 소장되어 있다. 변박의 〈왜관도〉는 초량왜관의 구조, 건물의 위치 등을 잘 알 수 있는, 왜관도로서는 가장 널리 알려진 그림이다. 변박은 서예가이기도 했다. 1765년에 동래부 동헌의 외삼문(外三門)에 걸린 '東萊獨鎭大衙門(동래독진대아문)'이란 현판 글씨를 썼다. 동래성 남문 밖에 있던 네 곳의 나무다리를 돌다리로 바꾼 것을 기념하여 1781년에 세운 비석에 '四處石橋碑(사처석교비)' 비문도 썼다. 『유마도』(강남주, 산지니, 2017)는 '잘 알려지지 않은 변방의 화가 변박이라는 인물에 주목해 그가 조선통신사 사행선의 기선장이 되어 일본 대마도로 향하는 긴 여정을 담고 있'다고 한다.

　『계미수사록』을 쓴 변탁과, 출중한 화가 선장 변박을 두고 학자들 사이에서도 혼란스러웠던 모양이다. 일본 관상쟁이가 남긴 『한객인상필화』에 사행 당시 오사카에서 만났던 '변탁이 내 나이는 23세요, 편부 슬하에 4세된 아우가 있으며 아직 아들이 없고 평소 지병이 있다'고 했다는 것이다. 문제는 나머지 모든 상황을 고려할 때 변탁이 말한 신상명세는 그때 에도에 가 있었던 변박에게 더 합당하다는 것이다.

　변탁과 변박은 친척 간이었고 변탁이 나이가 훨씬 위였다. 변탁이 오사카에서 관상을 볼 때, 자기 신상명세를 대지 않고 에도에 있는 친척아우 변박의 신상명세를 대었던 것은 아닐까. 당연히 그럴 수 있지 않겠나?

　암튼 동래(부산)는 계미사행 때, 사료적 가치가 매우 높은 유일무이한 선장의 사행록 『계미수사록』을 쓴 변탁과, 무인이면서 화가로 명성을 떨친 변박 두 사람을 배출했다.

상고 문헌

저는 한문에 문외한이라, 오로지 번역본만 상고하여 썼습니다. 번역본의 명문을 발췌하여 유려하게 한 바가 많습니다. 번역하신 선생님들께 일일이 허락을 받지 못했습니다. 송구하고 깊이 감사드립니다. 원문을 빛나게 하신 선생님들의 적확한 문장을 전하고 싶었습니다. 가능한 한 본문에 출처를 드러내려고 했으나 혹여 밝히지 못한 것이 있을 수 있습니다.

『해사일기海槎日記』(김주희·이정섭·김도련·김동주·권영대·정연탁 옮김, 고전번역원)

민족문화추진회는 고전국역사업의 하나로 조선고서간행회에서 편찬한 『해행총재』를 1974년부터 1981년까지 12권(색인포함)으로 번역, 『국역해행총재』로 일반에게 보급했다. 조엄의 『해사일기』가 번역 원료된 것은 1974년, 간행된 것은 1975년이다. '한국고전번역원(www.itkc.or.kr)'에서 열람 가능하다.

『봉사일본시문견록奉使日本時聞見錄』(이정섭·정연탁 옮김, 고전번역원)

　무진사행(1748) 때 종사관이었던 조명채(曹命采)의 사행록이다. 번역 완료된 것은 1974년, 『국역 해행총재』의 한 편으로 간행된 것은 1977년이다. '한국고전번역원(www.itkc.or.kr)'에서 열람 가능하다.

『붓끝으로 부사산 바람을 가르다』(김보경 옮김, 이혜순 감수, 소명출판, 2006)

　제술관 남옥의 『일관기日觀記』를 번역한 것이다.

『조선 후기 지식인, 일본인과 만나다』(김경숙 옮김, 이혜순 감수, 소명출판, 2006)

　서기 원중거의 『승사록乘槎錄』을 번역한 것이다.

『와신상담의 마음으로 일본을 기록하다』(박재금 옮김, 이혜순 감수, 소명출판, 2006)

　서기 원중거의 『화국지和國志』를 번역한 것이다.

『일동장유가』(최강현 역주, 보고사, 2007)

　김인겸의 언문 장편가사 『일동장유가日東壯遊歌』를 현대어로 고치고 주석을 단 것이다.

『부사산 비파호를 날 듯이 건너』(홍학희 옮김, 이혜순 감수, 소명출판, 2006)

　성대중의 『일본록日本錄』을 번역한 것이다.

『나는 골목길 부처다—이언진 평전』(박희병, 돌베개, 2010)

　이언진의 시, 일기, 일본인과의 필담 등을 번역한 것이 포함되어 있다.

『1763 계미 통신사 사행문학 연구』(구지현, 보고사, 2011)

계미년 통신사의 전모를 헤아릴 수 있는 흥미로운 연구서다. 명무군관 민혜수의 『사록槎錄』, 한학상통사 오대령의 『명사록溟槎錄』, 선장 변탁의 『계미수사록癸未隨槎錄』, 이 세 책의 극히 일부가 번역되어 있고 해제가 풀이되어 있다.

『상한필어桑韓筆語』·『계단앵명雞壇嚶鳴』·『송암필어松菴筆語』

『상한필어』는 막부의원이었던 야마다 세이친(山田正珍)이 조선인과 필담한 바를(남옥에게 언문 배우고 이좌국과 인삼에 관해 필담한 대목이 유명하다), 『계단앵명』은 의원 기타야마 쇼우(北山彰) 등이 조선인과 필담한 바를(남두민과 인체해부를 주제로 한 대화가 유명하다), 『송암필어』는 의원 이 빈케이(井敏卿)가 조선인과 필담한 바를 엮은 책이다. 모두 1764년에 즉시 간행되었다.

일본에서는 1~12차 통신사로 왔던 조선인과 창수하고 필담한 바를 각종 책자로 출간했다. 현재 발굴된 것이 2백여 종에 이른다. 그것을 번역하여 갈무리한 것이 『조선후기 통신사 필담창화집 번역총서 1~30』(보고사, 2013~14)다.

이 총서에 위 세 책의 번역본은 들어있지 않은 듯하다. 『통신사 의학 관련 필담창화집 연구』(조선후기 통신사 필담창화집 연구총서 2, 김형태, 보고사, 2011)에는 언급되어 있다.

「필담筆談을 통한 조일의원朝日醫員 간 소통의 방식—1763년 계미사행癸未使行의 필담을 중심으로」(김형태, 2010)는 세 책에 대한 섬세한 연구다.

『한객인상필화韓客人相筆話』(니야마 다이호 지음, 허경진 옮김, 지만지, 2009)

일본 에도시대의 관상가 니야마 다이호(新山退甫) 등이 계미통신사 일행의 상·중관 관상을 보고 필담한 바까지 세세히 적어 묶어놓았다. 결코 왕후장상 영웅호걸이라 할 수 없는 이 소설의 몇몇 주인공에 대한 귀중한 정보를 제공한다.

『조선시대 통신사 행렬朝鮮時代 通信使 行列』(국사편찬위원회·조선통신사문화
사업회, 2005)

『조선통신사—에도 일본의 성신 외교』(나카오 히로시 지음, 손승철 옮김, 소
화, 2013)

『조선시대 한일관계사 연구—교린관계의 허와 실』(손승철 지음, 경인문화
사, 2006)

『이야기 일본사』(김희영, 청아, 2006)

『조선통신사의 일본견문록』(강재언 지음, 이규수 옮김, 한길사, 2005)

『근세 동아시아관계사 연구—조청교섭과 동아삼국교역을 중심으로』
(김종원, 혜안, 1999)

『조선통신사와 일본근세문학』(박찬기, 보고사, 2001)

『왜관—조선은 왜 일본사람들을 가두었을까?』(다시로 가즈이 지음, 정성일
옮김, 논형, 2005)

『새로 쓰는 조선의 차 문화—다산·추사·초의가 빚은 아름다운 차의 시
대』(정민, 김영사, 2011)

『한국의 산삼—세계가 인정한 신비로운 명약』(김홍대, 김영사, 2005)

『부산은 넓다』(유승훈, 글항아리, 2013)

『한의학에 미친 조선인의 지식인들—유의열전』(김남일, 들녘, 2011)

『조선이 본 일본』(국사편찬위원회, 두산동아, 2009)

『한국학, 그림을 그리다』(고연희 · 김동준 · 정민 외, 태학사, 2013)

『조선시대 통신사문학 연구』(정영문, 지식과교양, 2011)

『조선노비열전—가혹한 신분제도의 올가미에서 몸부림친 사람들의 기
록』(이상각, 유리창, 2014)

『조선 노비들, 천하지만 특별한』(김종성, 역사의아침, 2013)

『17~18세기 통신사에 대한 일본의 의식다례』(박정희, 민속원, 2010)

『조선통신사의 길에서 오늘을 묻다—조선통신사 국내노정 답사기』(한

태문, 2012)

『동아시아, 해양과 대륙이 맞서다―임진왜란부터 태평양전쟁까지 동아
시아 오백년사』(김시덕, 메디치미디어, 2015)

이외에도 '조선통신사문화사업(www.tongsinsa.com)'에서 조선통신사와
관련 된 무수한 책의 목록을 볼 수 있다.

그중에 반드시 언급해야 마땅한 총서가 둘 있다.

『통신사 사행록 연구총서』(전 13권, 숭실대 한국문예연구소 문예총서, 조규익·
정영문 엮음, 학고방, 2008)

2008년까지 통신사에 대한 모든 연구를 집대성했다.

『조선후기 통신사 필담창화집 연구총서』(전5권, 보고사, 2011)

통신사 연구의 지평을 넓혔다는 평가를 받을 만하다. 보고사는 그 밖에
도 조선통신사와 관련한 학술서적을 다종 다수 출간했다. 통신사 연구에
가장 기여한 출판사가 아닐는지.

종놈 삽사리(挿沙里), 격군 추상우(秋尙右), 격군 김국창(金國昌), 소동 임
취빈(林就賓)이 남긴 기록은 없다. 완전 허구다. 하지만 그런 기록이 있었으
리라고 믿는다. 전해지지 않았을 뿐.

간략 일행록(一行錄)

남옥의 『일관기』「좌목座目」을 토대로, 조엄의 『해사일기』「일행록」을 참고로 재구성한 것이다. '일방'은 정사(상사)가 거느린 패, '이방'은 부사가 거느린 패, '삼방'은 종사관이 거느린 패다. 모든 일행은 셋 중 한 패에 포함되었다. 『일관기』와 『해사일기』에는 소속 방이 표기되어 있다. 원역의 경우 자·호·본관 등이, 노자의 경우 주인의 이름이 병기되어 있으나 모두 생략했다.

정사(正使, 상사, 총책임자): 조엄(趙曮, 44)

부사(副使, 부책임자): 이인배(李仁培, 47)

종사관(從事官, 감독관): 김상익(金相翊, 42)

제술관(製述官, 문장가의 우두머리): 남옥(南玉, 41)

명무군관(名武軍官, 병·공·예방, 일공, 검선 등의 업무 관장. 별칭 비장)
 : 김상옥(金相玉, 36) 유달원(柳達源, 32) 서유대(徐有大, 31) 민혜수(閔惠

洙, 40) 유진항(柳鎭恒, 43) 이해문(李海文, 51) 조학신(曹學臣, 31) 임흘
(任屹, 31) 오재희(吳載熙, 36) 양용(梁瑢, 30)

장사군관(壯士軍官, 삼사의 승지 및 내금위 역할)

: 임춘흥(林春興, 29) 조신(曹信, 32)

자제군관(子弟軍官, 삼사가 친인척이나 지인 중에서 데리고 간 군관)

: 이매(李梅, 60) 조철(趙瞰, 39) 권기(權琦, 39) 이덕리(李德履, 35) 이징
보(李徵輔, 51)

서기(書記, 문장가): 성대중(成大中, 31) 원중거(元重擧, 44) 김인겸(金仁謙, 56)

역관(譯官)

당상(當上, 수역): 최학령(崔鶴齡, 53) 이명윤(李命尹, 52) 현태익(玄泰翼, 62)

상통사(上通事): 최봉령(崔鳳齡, 41) 최홍경(崔弘景, 42) 오대령(吳大齡, 62)

차상통사(次上通事): 최수인(崔壽仁, 54) 이명화(李命和, 35)

압물통사(押物通事): 현태심(玄泰心, 50) 현계근(玄啓根, 37) 유도홍(劉
道弘, 25) 이언진(李彦瑱, 23)

반인(伴人, 삼사가 자비로 데려간 자): 조동관(趙東觀, 54) 김응석(金應錫, 38)
홍선보(洪善輔, 49)

양의(良醫, 주치의): 이좌국(李佐國, 29)

의원(醫員): 남두민(南斗旻, 38) 성호(成灝, 42)

사자관(寫字官, 글씨 전문가): 홍성원(洪聖源, 38) 이언우(李彦佑, 39)

화원(畫員): 김유성(金有聲, 38)

별파군(別破軍, 화기 전문가): 허규(許圭, 37) 유두억(劉斗億, 37)

마상재(馬上才, 마상무예 전문가): 정도행(鄭道行, 39) 박성적(朴聖迪, 24)

전악(典樂, 악공 지휘자): 김태성(金泰成, 43) 정덕귀(鄭德龜, 44)

이마(理馬, 국마 운반자): 장세문(張世文, 39)

도훈도(都訓導, 규율 관리): 최천종(崔天宗, 대구) 문두흥(文斗興, 좌수영) 정

윤복(鄭潤復, 동래)

향서기(鄕書記, 사무 관리): 김광호(金光虎, 동래) 변계하(邊啓河)

예단직(禮單直, 예단 관리): 이수의(李守義, 서울)

반전직(盤纏直, 노잣돈 관리): 김석충(金錫忠) 이수만(李守萬) 김만유(金萬裕)

청직(廳直, 청지기): 유성필(劉聖弼, 30, 안동) 정수영(鄭守榮) 한두성(韓斗成)

소동(小童, 평상시에는 통인과 사환 노릇. 행렬 때는 무희 역할)

 : 백태륭(白泰隆, 대구) 박태범(朴泰範, 동래) 정치인(鄭致仁, 부산) 김용택(金龍澤, 좌수영) 최치대(崔致大, 초량) 옥진해(玉振海, 부산) 손금도(孫金道, 경주) 김대진(金大振, 동래) 조명삼(趙命三, 밀양) 임취빈(林就彬, 영천) 김영대(金永大, 부산) 정중교(鄭重僑, 동래) 김한중(金漢中, 초량) 오맹직(吳孟直, 진주) 배상태(裵尙台, 김해) 박성신(朴聖信, 부산)

소통사(小通事, 일본말을 공부시키기 위해서 데려가는 학생들. 미래의 역관. 서울에서 내려온 역관들이 무능하고 게을러, 초량왜관에서 실전기초를 다진 소통사들이 더 뛰어난 경우도 있었다. 전원 초량 거주)

 : 박재회(朴再會) 박태만(朴泰萬) 김분웅(金分雄) 박두웅(朴斗應) 박상점(朴尙点) 박원홍(朴元興) 김성득(金聖得) 박치상(朴致祥) 전치백(田致白) 김덕중(金德重)

노자(종)

 : 장지묵(張志默) 김재복(金載福) 진도(震道) 귀금(貴金) 광욱(光郁) 광봉(光奉) 시남(時男) 일명(一命) 윤복(允福) 임금(任金) 무응이(無應伊) 엇복(㐪福) 호랑(好郎) 흥문(興文) 이금(二金) 기리금(己里金) 치중(致中) 덕봉(德奉) 순복(順福) 복남(福男) 대흥(大興) 말봉(㐪奉) 엇금(㐪金) 개산(介山) 흥복(興福) 돌이(乭伊) 보로미(甫老味) 복재(卜才) 점금(占金) 노미(老味) 개도치(介道致) 석재(石才) 순이(順伊) 천근(千根) 홍

이(興伊) 귀담(貴淡) 이성(二成) 악선(岳先) 순산(順山) 한흥(汗興) 노미
(老味) 악동(岳同) 오봉(五奉) 미금(未金) 몽선(夢先) 장금(長金) 삽사리
(揷沙里) 덕봉(德奉) 일동(日同)

급창 · 흡창 · 방자(及唱 · 吸唱 · 房子, 삼사의 심부름꾼)

: 정태휘(鄭太輝, 경비국에서 파견) 오취몽(吳翠夢, 대구) 원득(元得, 동래)
대의(大義, 김해) 채인(采仁, 동래) 정세장(鄭世長, 부산) 이복만(李福萬,
서울) 이자근노미(李者斤老味, 부산) 염담립(廉淡立, 서울)

도척(刀尺, 칼자 – 요리사. 침선 – 바느질로 옷 따위를 짓거나 꿰매는 일을 겸했던
듯하다)

: 이수복(李壽福, 대구) 이억봉(李億奉) 익대(益大, 김해) 봉세(奉世, 동래)
김필세(金弼世) 노근내(奴斤乃)

악공(樂工, 민간 전문 연주자)

: 최익창(崔益昌, 김해) 원상악(元相岳, 김해) 원봉태(元奉太, 김해) 조삼
맹(趙三孟, 김해) 김선강(金善康, 창원) 장복삼(張福三, 동래) 이분삼(李分
三, 동래) 유원봉(劉元奉, 동래) 복용(福用, 경주) 웅태(雄太, 경주) 취백(就
白, 경주) 볼음금(乶音金, 경주) 이덕견(李德見, 진주) 김돌공(金乭公, 진주)
방상곤(方尙昆, 진주) 이상영(李尙永, 진주) 김봉운(金奉云, 진주) 신행우
(申幸右, 창원)

나장(羅將, 영남의 각 군영에서 차출)

: 김태백(金太白, 안동) 정진분(鄭辰分, 좌수영) 오세빈(吳世彬, 우병영) 김
맹삼(金孟三, 우병영) 한만래(韓萬來, 함안) 최수경(崔守京, 양산) 김덕정
(金德正, 좌병영) 이태명(李太明, 좌병영) 최후삼(崔厚三, 장기) 박용택(朴
用宅, 흥해) 김험봉(金驗奉, 청하) 김기석(金己石, 영덕) 김설의(金雪儀, 웅

천) 이부재(李夫才, 곤양) 조천벽(趙天碧, 진해) 현선남(玄先男, 영일) 김여흥(金汝興, 부산) 김시동(金時同, 부산)

포수(砲手, 전원 좌수영에서 차출)

: 윤성발(尹聖發) 손칠동(孫七同) 유자근노미(劉者斤老味) 김덕봉(金德奉) 윤돌석(尹乭石) 김마당(金麻當)

의장군악대

기수(旗手)와 취수(吹手). 통신사 행렬은 군 행렬과 흡사했다. 정사, 부사, 종사관 등이 일방, 이방, 삼방 세 부대를 이끌고 행진하는 것과 같았다. 행렬의 선두는 군악대였다. 기수가 각종 깃발을 앞세우고 취수가 각종 군악기를 연주하며 위의(威儀)를 갖추었다. 발을 못 맞춘 자는 곤장을 맞았다는 기록이 있을 정도로 규율이 강했다. 군악대의 구성원은 영남의 각 군영에서 차출되었다. 군영 표시 생략.

호적수(號笛手, 피리): 송재만(宋載萬) 김유성(金有聲) 유노변(劉老邊) 장복남(張卜男)

태평수(太平手, 태평소): 김수동(金守東) 이만봉(李萬奉)

나팔수(喇叭手, 나팔): 이덕순(李德淳) 박진기(朴進起) 박세정(朴世貞) 최한구(崔汗九) 이팔용(李八用) 진유재(陳有才)

나각수(螺角手, 나각): 최용세(崔用世) 우치정(禹致貞)

발라수(哱囉手, 발라): 엄득래(嚴得來) 김재봉(金再奉) 박성삼(朴成三), 강납선(姜納善)

절수(節手, 왕명기): 강위흥(姜魏興) 이진송(李進松)

월수(鉞手, 생사여탈권을 상징하는 도끼): 노태중(盧太重) 하성수(河成守)

독수(纛手, 쇠꼬리 꿩꼬리로 장식된 기): 박세환(朴世還) 박봉업(朴奉業)

형명수(形名手, 기와 북으로 대열의 행동을 지휘하는 신호법): 박태명(朴泰明) 최석재(崔石才)

청도수(淸道手, 길을 비키라는 의미의 기): 장담사리(張淡沙里) 최세주(崔世周) 조순백(趙順白) 김재운(金再云)

대기수(大旗手): 고잉동(高芿同) 채종이(蔡宗伊)

영기수(令旗手): 박성기(朴成起) 김무응금(金無應金) 김돌립(金乭立) 김명우(金命右) 손귀대(孫貴大) 손후대(孫后大)

순시수(巡視手): 신막재(申莫才) 김흥삼(金興三) 서태춘(徐太春) 최정환(崔貞環) 김덕재(金德才) 노선만(魯先滿)

삼지수(三枝手, 삼지창): 강성태(姜成泰) 김모진(金毛進) 김구영(金九永) 김원태(金元太) 서담봉(徐淡奉) 황후걸(黃后傑)

월도수(月刀手, 언월도): 오악삼(吳岳三) 박배장(朴倍章) 정무실(鄭武實) 이복재(李卜才)

장쟁수(長鎗手, 긴 창): 한봉삼(韓奉三) 박원재(朴元才) 김덕발(金德發) 이원악(李元岳) 김삭불(金朔不) 방홍조지(方弘助之)

고수(鼓手, 북): 하재청(河再淸) 여태순(呂太順) 김*복(金*福) 김시돌(金時乭) 이관돌(李官乭) 최만기(崔萬己)

쟁수(錚手, 징): 황세장(黃世張) 김태복(金太福) 이계표(李戒標)

점자수(點子手, 작은 징 열 개를 나무틀에 달아맨 타악기): 김귀태(金貴泰) 강시오작(姜時吾作) 고천의(高千儀) 허징이(許徵伊) 김성삼(金聖三) 이이재(李以才)

동고수(銅鼓手, 꽹과리): 이흥손(李興孫) 박엄회(朴嚴回) 장목포(張木浦) 유원봉(劉元奉) 하칠선(河七善)

탁수(鐸手, 손잡이가 달린 작은 종): 서봉선(徐奉先) 박득중(朴得中) 송설동(宋雪同)

뱃사람

사람을 주로 태운 배가 '기선'. 짐을 주로 실은 배가 '복선'. 사행선은 총 6척. 조선배에는 일본인(금도 1, 통사 2, 사공 2~3, 심부름꾼 2~3)도 타고 있었다. 뱃사람의 9할이 영남인, 1할은 호남인과 서울인이었다. 원래 사행록에는 거주지가 표기되어 있으나 대개 생략했다.

일기선(상사선, 정사선)

선장 김용화(金龍和), **병선색**(兵船色, 사무) 유성재(劉聖再), **도사공**(都沙工, 사공 통솔, 키잡이) 이항원(李項元), **요수**(繞手, 돛담당) 정건리동(鄭件里同), **정수**(碇手, 닻 담당) 김막대(金莫大), **무상**(舞上, 물레 담당, 기관사) 김원재(金元才), **도선장**(都船匠, 배목수 통솔) 팽성조(彭聖祚)

격군 김삼이(金三伊) 박태재(朴太才) 정복재(鄭福才) 강시태(姜是太) 김혹불(金或不) 이정삼(李正三) 김태년(金太年) 이동식(李東植) 장금돌(張金突) 김후삼(金厚三) 정진태(鄭震太) 서수만(徐守萬) 김기리금(金己里金) 유팔동(劉八同) 강돌박(姜突朴) 정동빈(鄭東彬) 안후발(安厚發) 정원기(鄭元己) 정도웅(鄭道雄) 이석보(李石甫) 이태희(李太希) 김국창(金國昌) 박세주(朴世柱) 허산이(許山伊) 김차점(金次占) 윤명돌(尹命突) 차칠금(次七金, 서울)

일복선

선장 박중삼(朴重三), **도사공** 이**, **요수** 이귀진(李貴眞), **정수** 강운태(姜云太), **무상** 최여흥(崔汝興)

격군 최세숙(崔世叔) 강필무(姜弼武) 이광하(李光夏) 김두우(金斗右) 임철동(林鐵同) 이강선(李江先) 이맹성(李孟成) 김덕영(金德永) 김흥수(金興守) 조중실(趙中實) 이세귀(李世貴) 고덕삼(高德三) 최도망(崔道望) 강성태(姜聖泰) 조세완(趙世完) 손세대(孫世大) 강한태(姜漢太) 이시채(李時采) 조일태(趙日太) 이춘영(李春英) 여만기(呂萬己) 최영덕

(崔永德, 서울) 오연걸(吳連傑) 정고산(鄭古山) 이장선(李長善) 박평우
(朴平右)

이기선(부사선)

선장 변탁(卞琢), **병선색** 오계빙(吳季聘), **도사공** 김치영(金致靈), **요수**
배시돌(裵時乭), **정수** 황일해(黃日海), **무상** 이무응토리(李無應土里)

격군 장얼인노미(張乻仁老味) 김무응재(金無應才) 이수장(李守長) 정
기용(鄭己用) 김정기(金正己) 조창적(趙昌籍, 서울) 김중석(金中石) 김
근태(金根太) 배가태(裵可太) 송한석(宋汗石) 황일재(黃日才) 이장석
(李長石) 두광주(杜光柱) 김세중(金世中) 송차우(宋次右) 이감선(李鑒
先) 황실란(黃失亂) 주억몽(朱億夢) 주금점(朱金點) 주치우(朱致右) 주
용호(朱用好) 제원발(諸元發) 안녹발(安祿發) 김한창(金汗昌) 이선창
(李先昌) 김원중(金元中) 동령(冬令)

이복선

선장 유진복(兪進復), **선장** 김윤하(金潤河), **도사공** 이막솔(李莫率), **병선
색** 안백령(安白齡), **요수** 조감석(趙甘石), **무상** 김한걸(金汗傑), **정수** 오
금봉(吳今奉)

격군 조순봉(趙順奉) 박지부동(朴之夫同) 김조금남(金早今男) 김원재
(金元才) 김용정(金用正) 박중억(朴中抑) 이중정(李中正) 이귀봉(李貴
奉) 최망휘(崔望輝) 안한돌(安汗突) 한신채(韓信采) 손부대(孫夫大) 안
태산(安太山) 영일(迎日) 신막남(辛莫男) 이계축(李癸丑) 김*소이(金*
所伊) 전재필(田再弼) 백건리남(白件里男) 추원재(秋元才) 김한상(金汗
尙) 이덕재(李德才) 장한적(張汗) 김원남(金元男) 박자은남(朴自㶛男)
김돌금(金突金) 김란이(金亂伊) 박두엄(朴斗奄) 염동락(廉東樂) 유돌바
위(劉乫嚴回, 대마도에서 병들어 출송됨)

삼기선(종사선)

선장 변박(卞璞), **병선색** 박도갑(朴道甲), **도사공** 김명색(金命色), **요수**
이취삼(李就三), **정수** 김삼이(金三伊), **무상** 김차돌(金次乭), **도선장** 김
진재(金進才)

격군 양금암회(梁金岩回) 부후경(夫后京) 최금고치(崔金古致) 김명곤
(金命坤) 채덕재(蔡德才) 김재영(金才永) 김세중(金世中) 김귀삼(金貴
三) 박한중(朴汗中) 허선흥(許善興) 강성기(姜聖己) 김정옥(金正玉) 최
영태(崔永太) 여금이(呂金伊) 김설운금(金雪云金) 김종도리(金宗道里)
손귀태(孫貴太) 손세창(孫世昌, 서울) 김연재(金連才) 박춘채(朴春采)
공만동(孔萬東) 추상우(秋尙右) 박권이(朴權伊) 장세유(張世有) 김맹돌
(金孟乭) 백진국(白進國) 이무재(李武才) 김여채(金汝采) 김두리봉(金斗
里奉) 강우문(姜右文) 동안(東安)

삼복선

선장 정세태(鄭世泰), **병선색** 이운보(李云寶), **도사공** 이수문(李守文),
요수 장암회(張巖回), **정수** 박금남(朴金南), **무상** 김성진(金聖陳)

격군 안자음동(安者音同) 전오을미(田五乙未) 박원태(朴元太) 박인채
(朴仁采) 김돌금(金乭金) 박금돌(朴金乭) 이만웅(李萬雄) 이수골(李壽
骨) 유사동(柳四同) 박어둔(朴於屯) 박두웅적(朴斗應廸) 이태우(李太
右) 정노랑(鄭老郎) 박봉대(朴奉代) 김여수(金汝守) 김성정(金成正) 김
시성(金時成) 전귀재(田貴才) 김진옥(金進玉) 정운장(鄭云長) 박차복
(朴次福) 정태교(鄭太僑, 서울)

조선통신사 2 김종광 장편소설

초판 1쇄 인쇄 2017년 11월 23일
초판 1쇄 발행 2017년 11월 30일

지은이 김종광
펴낸이 김선식

경영총괄 김은영
책임편집 이승환 **책임마케터** 이보민, 기명리
콘텐츠개발2팀장 김현정 **콘텐츠개발2팀** 김정현, 문성미, 이승환, 정민교
마케팅본부 이주화, 정명찬, 이보민, 최혜령, 김선욱, 이승민, 이수인, 김은지, 배시영, 유미정, 기명리
전략기획팀 김상윤
저작권팀 최하나
경영관리팀 허대우, 권송이, 윤이경, 임해랑, 김재경, 한유현
외부 스태프 표지디자인 오필민 본문디자인 이춘희

펴낸곳 다산북스 **출판등록** 2005년 12월 23일 제313-2005-00277호
주소 경기도 파주시 회동길 357 3층
대표전화 02-704-1724 **팩스** 02-703-2219 **이메일** dasanbooks@dasanbooks.com
홈페이지 www.dasanbooks.com **블로그** blog.naver.com/dasan_books
종이 한솔피앤에스 **인쇄** 민언프린텍 **제본** 정문바인텍
ISBN 979-11-306-1503-5 04810
　　　　979-11-306-1501-1 (세트)